Beatrice Adela Bradley, die sich in London einen Namen als Amateurde-
tektivin gemacht hat, beschließt, ihrer Heimatstadt über die Weihnachts-
feiertage den Rücken zu kehren und lässt sich kurzerhand aufs Land kutschieren. Im hügeligen Oxfordshire lebt ihr Neffe Carey Lestrange, der
über Weihnachten mehrere Gäste in seinem Gutshaus versammelt hat.
Die Stimmung unter den Besuchern der Farm ist entspannt, doch eine
lokale Spuklegende sorgt für Aufregung. Vor allem, weil ein mysteriöser
Brief dazu verlockt, dem kopflosen Geist um Mitternacht im benachbar-
ten Städtchen aufzulauern. Das kaputte Auto von Mrs. Bradley macht dem
Vorhaben zunächst einen Strich durch die Rechnung. Doch dann wird der
Anwalt des Dorfes, der ebenfalls eine Nachricht des mysteriösen Briefe-
schreibers erhalten hat, tot am Fluss aufgefunden. Und Mrs. Bradley ist
nicht die Einzige, die einen Mord wittert ...

GLADYS MAUDE WINIFRED MITCHELL,
geboren 1901 in Oxfordshire, studierte in London Geschichte und arbeitete als Lehrerin, bevor sie 1929 die berühmte Detektivin Beatrice Adela
Lestrange Bradley erschuf und ihr anschließend über sechzig Kriminal-
romane widmete. Gladys Mitchell war eine fundierte Kennerin der Werke
von Sigmund Freud und begeisterte sich für Hexerei; neben Agatha Chris-
tie und Dorothy Sayers gehörte sie dem britischen Detection Club an und
erhielt 1976 die höchste Ehrung der Crime Writer's Association.

DOROTHEE MERKEL
lebt als freie Übersetzerin in Köln. Zu ihren Übertragungen aus dem Englischen zählen Werke von Edgar Allan Poe, John Banville, John Lanches-
ter und Nickolas Butler.

Gladys Mitchell

GEHEIMNIS AM WEIHNACHTSABEND
Eine weihnachtliche Kriminalgeschichte

Aus dem Englischen
von Dorothee Merkel

KLETT-COTTA

Klett-Cotta

www.klett-cotta.de

Die englische Originalausgabe erschien unter dem Titel
»Dead Men's Morris« im Verlag Michael Joseph Ltd, London
© The Estate of Gladys Mitchell, 1936
Für die deutsche Ausgabe
© 2022, 2024 by J. G. Cotta'sche Buchhandlung Nachfolger GmbH,
gegr. 1659, Stuttgart
Alle deutschsprachigen Rechte vorbehalten
Cover: ANZINGER UND RASP Kommunikation GmbH, München
unter Verwendung einer Illustration von
Dieter Braun Illustration, Hamburg
Gesetzt von Dörlemann Satz, Lemförde
Gedruckt und gebunden von
Druckerei C.H.Beck, Nördlingen
ISBN 978-3-608-98818-5
E-Book ISBN 978-3-608-11941-1

INHALT

Erste Figur
FOSSDERS TORHEIT

Erstes Kapitel
Ausfallschritt ohne Tanzpartner in Stanton St John .. 9

Zweites Kapitel
Hoch das Bein auf dem Alten Hof 41

Drittes Kapitel
Wechselschritt in Sandford 67

Viertes Kapitel
Eckenformation und Schlag auf Schlag in Iffley 94

Fünftes Kapitel
Kreuz und quer auf dem Alten Hof................. 116

Sechstes Kapitel
Pirouetten am Flussufer 138

Zweite Figur
SIMITH AUF DEM SHOTOVER HILL

Siebtes Kapitel
Sprung und Hieb auf dem Shotover Hill 165

Achtes Kapitel
Reigen im Halbkreis auf einer Schweinefarm 195

Neuntes Kapitel
Rücken an Rücken in Kensington 214

Zehntes Kapitel
Formationswechsel in Stanton St John 235

Elftes Kapitel
Munterer Reigen von Horsepath über Iffley
nach Stanton St John 256

Zwölftes Kapitel
Sprung und Hieb auf Roman Ending 284

Dritte Figur
NARRENTANZ

Dreizehntes Kapitel
Stockklopfen auf dem Alten Hof 305

Vierzehntes Kapitel
Eckenformation und Kapriolen in Stanton St John . . . 329

Fünfzehntes Kapitel
Eckenformation und Gleichschritt in Garsington 350

Sechzehntes Kapitel
Munterer Reigen auf Roman Ending 371

Siebzehntes Kapitel
Karten auf den Tisch in Stanton St John 402

Erste Figur

FOSSDERS TORHEIT

Er beabsichtigt, seinen Anwalt aufzusuchen.
Va a ver su abogado.
Ich rate Ihnen, nichts über diese Sache verlauten zu lassen.
Le aconsejo a Vd. que no diga nada de ello.

Charles Hugo,
Spanisches Konversationslexikon für Anfänger

Erstes Kapitel

AUSFALLSCHRITT OHNE TANZPARTNER IN STANTON ST JOHN

»Schön vorsichtig, guter Mann!«, sagte Sir Selby Villiers.

»Lassen Sie ihn an Ihrem Ende ein wenig herab, George«, sagte Mrs. Bradley.

»Halt, nicht so flott, Kumpel!«, sagte der Fahrer des Lieferwagens.

»Nur noch ein paar Zentimeter«, sagte George. Sie ließen den sorgfältig verpackten Eberkopf auf den Gepäckträger von Mrs. Bradleys Automobil herab und schnallten ihn fest. Dann überprüften George und der Fahrer des Lieferwagens die Gurte, während Sir Selby Mrs. Bradley beim Einsteigen half.

»Frohe Weihnachten«, sagte er.

»Frohe Weihnachten«, sagte Mrs. Bradley.

»Frohe Weihnachten, George«, sagte Sir Selby und gab dem Chauffeur zehn Schilling.

»Vielen Dank, Sir. Ihnen auch frohe Weihnachten«, sagte George, salutierte kurz und nahm seinen Platz hinter dem Steuer ein.

»Das hätten wir, gnädige Frau«, sagte der Fahrer des Lieferwagens.

»Frohe Weihnachten«, sagte Mrs. Bradley, gab ihm ein Trinkgeld und verabschiedete sich inmitten dieser Atmosphäre allgemeinen Wohlwollens, um zusammen mit George der Great West Road entgegenzufahren.

Das zwar nicht mehr ganz neue, aber einwandfrei funktionierende Automobil glitt durch Hammersmith und Chiswick und kletterte bei Gunnersbury die leichte Steigung zur Great West Road hinauf, die es jedoch alsbald wieder verließ, um bei Hounslow auf die Bath Road zu wechseln. George fuhr langsam durch Colnbrook und Maidenhead, kroch im Schneckentempo durch Henley und behielt dann für den größten Teil der restlichen Strecke eine moderate Geschwindigkeit von achtundzwanzig Meilen die Stunde bei. Auf der Höhe von Headington Quarry bog er nach rechts auf eine Nebenstraße ab, die zum nördlichen Ende von Stanton St John führte. Es war halb vier Uhr nachmittags. Zwar herrschte immer noch Tageslicht, aber die Dämmerung begann sich bereits anzukündigen.

George hielt an der ersten Gaststätte, an der sie vorbeikamen, und klopfte an die Tür, um den Wirt nach dem Weg zu fragen. Als niemand antwortete, da man offenbar bereits geschlossen hatte, ging er um das Haus herum in den Garten, wo er den Wirt zusammen mit seiner Frau damit beschäftigt fand, ein paar Hühner zu rupfen und mit Küchengarn zusammenzubinden.

»Guten Tag«, sagte George. »Wären Sie wohl so freundlich, mir zu sagen, wo ich das Gehöft von Mr. Lestrange finde?«

»Aber gerne doch«, sagte der Wirt. Er tauchte seine übel riechenden Hände in einen Eimer mit Regenwasser und trocknete sie an der Schürze ab, die er sich umgebunden hatte.

»Da wird einem ziemlich kalt, bei dieser Arbeit, was?«,

sagte George, während sie zusammen zur Straße gingen. Der Wirt lachte.

»Na ja, dieses Weihnachten ist es nicht so schlimm wie in manch anderem Jahr, das kann ich Ihnen sagen! Wir haben hier in der Gegend kein fließend Wasser im Haus, wissen Sie. Also, Mr. Lestrange? Sie meinen wohl den Burschen, der Schweine züchtet und Bilder malt. Da müssen Sie nach dem Alten Hof fragen, so nennen wir den hier. Drehen Sie um, an der Kirche links und hinunter zum Postamt, dort kennt man den Weg sicher. Das würde Sie ja doch nur verwirren, wenn ich versuche, es Ihnen von hier aus zu erklären.« Er lächelte Mrs. Bradley zu. »Einen schönen Tag, gnädige Frau! Herrliches Wetter, nicht wahr? Wenn auch nicht grad der Jahreszeit entsprechend.«

George wendete den Wagen, fuhr vorsichtig durch die schmale Gasse, die an der langen, grauen Friedhofsmauer entlangführte und bog an einem kleinen Bauernhof links ab. Dahinter säumte eine Reihe von Cottages die Straße. Das Postamt, das sich durch einen deutlich lesbaren Schriftzug über dem schlichten Schiebefenster zu erkennen gab, war in einem recht kleinen Haus untergebracht, dessen Ziegelfassade sich grob und hässlich von den anderen Gebäuden aus freundlichem grauen Stein abhob.

Die Postmeisterin trat auf die Straße hinaus, um ihnen den Weg zu zeigen.

»Geradeaus, über den kleinen Bach, der da so lustig vor sich hin plätschert – den werden Sie die ganze Nacht hören, also gewöhnen Sie sich besser gleich daran, Ma'am, das kann ich Ihnen nur raten. Dahinter sehen Sie dann schon den alten Feldweg, der rechts abgeht. Der wird Ägypterweg genannt, fragen Sie mich nicht, warum. Da biegen Sie ein, und dann sind Sie auch schon am Ziel.«

Sie fuhren etwa zweieinhalb Meilen in recht gemächlichem Tempo die leicht abfallende Straße hinab und trafen schließlich auf einen grasüberwachsenen, schmalen Feldweg, der im rechten Winkel von der Straße abging und von tiefen Wagenfurchen durchzogen war. Er schien an einem Haus vorbeizuführen, das sie hinter einer Reihe von Ulmen erkennen konnten, und dann in einen kleinen Wald zu münden.

George hielt den Wagen an und stieg aus.

»Es tut mir sehr leid, Madam, aber ich fürchte, ich habe die richtige Abzweigung verpasst. Ich glaube, wir sind zu weit gefahren.«

»So ein Pech«, sagte Mrs. Bradley teilnahmsvoll. Sie kurbelte das Fenster noch ein Stück weiter hinunter und steckte den Kopf hinaus. George trat höflich zur Seite. »Dieser Ort stimmt nicht mit der Beschreibung überein, die man uns gegeben hat, so viel steht fest«, sagte sie, »und ... George, sehen Sie nur, dort drüben ist ein Kampf im Gange! Kommen Sie, lassen Sie uns mitmachen!«

»Davon würde ich wirklich abraten, Madam«, sagte George alarmiert. »Denken Sie nur an damals in Spanien, als ...«

»Unsinn«, sagte Mrs. Bradley. Doch da ihr Chauffeur nicht gewillt zu sein schien, ihr behilflich zu sein, öffnete sie selbst die Tür und rannte mit forschen, kurzen Schritten quer über die Felder. George warf seine Mütze ins Auto und trottete ihr wie ein treuer Hund hinterher, bewahrte dabei jedoch immer einen respektvollen Abstand, nicht zuletzt deshalb, weil ihn seine Gamaschen beim Laufen behinderten.

Es wurde bereits dunkel, doch Mrs. Bradleys weitsichtige

Augen hatten sie nicht getäuscht. Vor einem Schweinestall, in einem Feld, das unmittelbar an das Haus angrenzte, trugen ein alter und ein junger Mann einen grimmigen Kampf aus. Der Alte war mit einem Gehstock bewaffnet, einem schweren hässlichen Ding aus Schwarzdorn. Der Jüngere hielt einen Eimer in der Hand, den er als Schutzschild benutzte, während er gleichzeitig laut und ärgerlich auf seinen Kontrahenten einredete. Es war offensichtlich, wer von den beiden der Angreifer war.

Mrs. Bradley, die etwa zehn Meter entfernt stand, konnte gar nicht genug bewundern, mit welch geradezu wissenschaftlichem Geschick der junge Mann den Eimer gegen den schweren Stock zur Verteidigung ins Feld führte. Schlag auf Schlag klatschte mit lautem Scheppern auf den Eimer, während der junge Mann mit großer Gewandtheit jedem der mordlustigen Angriffe auswich. Plötzlich bemerkte der Alte Mrs. Bradley und George und drehte sich mit einem bitterbösen Blick zu ihnen um.

»Das ist unbefugtes Betreten!«, rief er und ließ den Schwarzdornstock sinken. »Was wollt ihr Halunken auf meinem Land?«

»Friede, Friede«, sagte Mrs. Bradley mit sonorer Stimme.

»Sie haben ja wohl nicht mehr alle Tassen im Schrank«, sagte der alte Mann und hob den Stock wieder in die Höhe. »Scheren Sie sich fort, bevor ich Ihnen eine verpasse!«

George stellte sich vor seine Dienstherrin, aber Mrs. Bradley schob ihn zur Seite.

»Ich suche meinen Neffen, Carey Lestrange«, sagte sie und betrachtete den vor Wut schäumenden Alten mit dem nüchternen Interesse eines wohlgesättigten Alligators, der sich in der Sonne aalt. Der Mann hatte seinen Stock so fest gepackt, dass seine Knöchel weiß waren.

»Carey Lestrange?«, fragte der Jüngere und trat vor, ohne sich im Geringsten darum zu kümmern, dass er sich dadurch in eine gefährliche Nähe zu dem Schwarzdornstock begab. Er stellte den Eimer auf die Erde und wies mit dem Daumen nach Westen. »Der wohnt nicht hier, sondern auf dem Alten Hof. Dieses Gehöft hier heißt Roman Ending.«

Der junge Mann war kräftig gebaut und machte einen ungehobelten Eindruck, doch irgendetwas an seiner Erscheinung wirkte vertraut auf Mrs. Bradley.

Aber ich habe ihn bestimmt noch nie gesehen, dachte sie bei sich, während sie ihn begutachtete. »George …«, sagte sie.

»Das Holbein-Porträt seiner Hoheit, König Heinrich VIII., Madam«, antwortete George zuvorkommend.

»Du liebe Güte, George!«, sagte Mrs. Bradley beeindruckt. Vor dem Hintergrund dieser neuen Erkenntnis nahm sie ihre eingehende Betrachtung wieder auf. Kein Zweifel, in den massigen, breiten Wangen und den kleinen Schweinsäuglein, die sie da vor sich hatte, lag weit mehr als nur eine flüchtige Ähnlichkeit zu dem von George genannten Porträt.

Der alte Mann hingegen erinnerte eher an einen Holzapfel. Er trat einen Schritt vor, begegnete Mrs. Bradleys Blick mit einem hasserfüllten Glotzen und sagte: »Ihr habt die Abzweigung verpasst! Wart ihr etwa zu blöd, um nach dem Weg zu fragen?«

»Gewiss«, sagte George, pflanzte seine gamaschenbestückten Beine breit auseinander und musterte den Alten mit einem kalten Blick.

»Bist wohl ein Trottel, was?«, verlangte der Holzapfel zu

wissen, wobei er ihm mit dem Schwarzdornstock vor dem Gesicht herumfuchtelte.

»Ja«, sagte George. »Aber immerhin bin ich in der Lage, mich einer höflichen Sprache zu bedienen – etwas, dessen Sie nicht fähig zu sein scheinen. Und«, fügte er hinzu, »wenn dieser junge Bursche hier Hilfe dabei braucht, Sie in den nächsten Graben zu schmeißen, kann er auf mich zählen. Na, was sagen Sie jetzt, Sie verschrumpelte alte Wurstpelle?«

»Aber, aber«, sagte Mrs. Bradley mit einem hämischen Kichern. »Wir wollen doch nicht gleich so kampflüstern werden, George. Das steht diesen Gamaschen gar nicht gut zu Gesicht! Weisen Sie uns den Weg, bitte«, sagte sie zu dem jüngeren Mann.

»Fahren Sie zur Straße zurück, dann ein Stück den Hügel hinunter, bis Sie zu einer Weggabelung kommen, kurz bevor der Bach eine Biegung macht ...«

»Ah, ja, der plätschernde Bach«, sagte Mrs. Bradley, an die Frau aus dem Postamt denkend.

»Dann geht's den Hügel hinauf«, fuhr der junge Mann fort, »und von dort sehen Sie es dann auch schon. Die grauen Mauern des Hauses sind auf der anderen Seite des kleinen Waldes dort drüben deutlich zu erkennen. Sie können es eigentlich gar nicht verpassen. Lestrange ist ein Freund von uns. Sagen Sie ihm, er soll uns bald mal zusammen mit Ihnen besuchen kommen. Es würde mich freuen, Sie wiederzusehen.«

Zu Mrs. Bradleys Überraschung schloss sich der Alte dieser Einladung an, wenn auch auf seine eigene, griesgrämige Weise.

»Ja, schauen Sie vorbei. Dann können Sie mal sehen, wie man das richtig macht, das Schweinezüchten. Der da drüben mit seinen neumodischen Schnapsideen! Skandinavischer Firlefanz! Ich halte es da lieber mit ehrlichem britischen Schinken, sag ich ihm immer. Aber ja, schauen Sie ruhig noch mal vorbei, schadet ja nichts.« Er drehte sich zu dem jüngeren Mann um. »Das hier ist mein Neffe. Er ist nicht grad eine Schönheit, und die Mädels fliegen auch nicht auf ihn, aber er kriegt mein Geld, wenn ich mal nicht mehr bin, und kann dann damit tun und lassen, was er will. Einen schönen Tag noch. Ah, und frohe Weihnachten. Das sollte ich Ihnen wohl auch noch wünschen, also tue ich das hiermit, und nun machen Sie, dass Sie fortkommen, los!«, fügte er am Ende seiner Rede ganz plötzlich mit einer Art zornigem Kreischen hinzu.

»Danke, das wünsche ich Ihnen auch«, sagte Mrs. Bradley. »Ich freue mich darauf, Sie besser kennenzulernen, Mr ...?«

»Simith. Und der hier heißt Tombley. George William Tombley.« Er schenkte seinem Neffen ein säuerliches Lächeln.

»Geraint Wilfred Tombley«, korrigierte ihn der junge Mann mürrisch. »Auf diesen Namen bin ich in der Kirche von Cowley getauft worden. Nächsten Februar ist das sechsundzwanzig Jahre her.«

Mrs. Bradley und George gingen langsam zum Auto zurück.

»Es ist kalt, George«, sagte Mrs. Bradley. George schaute zum Himmel hinauf.

»Es wird bald schneien, denke ich, Madam«, sagte er, »und auch sehr dunkel werden.« Er half ihr über den Zauntritt. »Das ist eine recht ansprechende Landschaft hier, aber *alt*, wenn Sie verstehen, was ich meine.«

»Nur zu gut, George«, antwortete Mrs. Bradley. »Thor und Odin, und der schlummernde Karl der Große.«

»Nein, Madam, noch älter als das. Sanfter, wenn ich das so ausdrücken darf, und auch ein wenig subtiler, scheint mir. Aber ich bin natürlich in London geboren und werde mich nie an das Landleben gewöhnen können. Und doch ist es eine ansprechende Landschaft. Sehr ansprechend, fürwahr. Aber die Hügel, Madam! Es kommt mir vor, als gliche jeder einzelne von ihnen dem Leviathan aus der Schöpfungsgeschichte. Von gerundeter Gestalt zwar, aber doch auch eine Art Schuppentier, will mir scheinen.«

»Ein allmächtiges, gütiges Schuppentier«, murmelte Mrs. Bradley gedankenverloren. »Sie brauchen einen Drink, George. Den haben Sie sich verdient. Und wenn wir unseren Bestimmungsort gefunden haben, sorge ich dafür, dass Sie ihn auch bekommen.«

»Danke, Madam«, sagte George.

Carey Lestrange, ein Neffe von Mrs. Bradleys erstem Ehemann, war ein junger Mann mit grauen Augen, der eine derart dicke Flanellhose trug, dass es beim ersten Blick so aussah, als handelte es sich dabei um Gamaschen aus Bärenfell. Seine übrige Kleidung bestand aus einem leuchtend blauen Pullover und einer sehr alten Tweedjacke mit ausgebeulten Taschen, die den anrüchigen Eindruck erweckte, als habe er darin geschlafen. Er hatte lange, wohlgeformte, nikotinverfärbte Finger und eine elfenartige Haarlocke vor der Stirn, die ihm sehr gut zu Gesicht stand. Mrs. Bradley hegte den Verdacht, dass er sie absichtlich so abgerichtet hatte, dass sie ihm mit künstlerischem Flair ins Auge fiel. Jedenfalls hatte er die Angewohnheit, sich die Locke mit einer malerischen Geste aus dem Gesicht zu streichen – eine Angewohnheit, die, da war sich Mrs. Bradley sicher, in die Kategorie des sogenannten angelernten Verhaltens gehörte. Er legte dabei nämlich keinerlei Ungeduld an den Tag, sondern schien dieser bedeutungsvollen Geste großen Wert beizumessen. Jedes Mal, wenn die Elfenlocke ein wenig verrutschte, hob der junge Mann seine farbbefleckte, schmutzige Hand und schob sie wieder an ihren angestammten Platz.

»Mein lieber Carey«, sagte Mrs. Bradley, nahm seinen Arm und drückte ihn voller Zuneigung. Sie hatte das große Glück, von sich behaupten zu können, dass sie ihre gesamte Verwandtschaft gernhatte. Manche fand sie amüsant, das ließ sich nicht leugnen, aber sie genoss die geistige Anregung, die ihr das verschaffte, und war darüber hinaus mit einer beneidenswert objektiven Beobachtungsgabe und Denkweise gesegnet. Das führte dazu, dass sie nur sehr selten in die Verlegenheit geriet, jemanden nicht leiden zu können oder sich über jemanden zu ärgern. Für ihren Neffen Carey empfand sie nicht nur eine große persönliche Wertschätzung, sondern auch Respekt. Er verfügte über nahezu sämtliche Charaktereigenschaften, die sie an ihrem ersten Ehemann so zu schätzen gewusst hatte. Genau wie sein Onkel war er ein sehr fleißiger Mensch und außerdem – trotz seines nachlässigen Auftretens – ein hervorragender Geschäftsmann. Er leitete nicht nur einen experimentellen Schweinemast-Betrieb, sondern malte auch Plakate und – gelegentlich – Bilder. Tatsächlich hätte er sich sogar als Porträtmaler einen Namen machen können, wenn er hinsichtlich seiner Modelle nicht so wählerisch gewesen wäre. Zum Beispiel ließ er sich nur selten dazu herab, eine Frau zu malen. Er möge keine Frauengesichter, sagte er. Allerdings hatte er ein Porträt von Mrs. Bradley angefertigt, und zwar auf seinen eigenen Wunsch hin und nicht auf den ihren. Das überaus abstoßende Resultat verschaffte ihnen beiden beträchtliches Vergnügen.

Er zog seiner Tante einen Lehnstuhl vor das Kaminfeuer im Wohnzimmer und forderte sie, nachdem er sich selbst auf die Kaminbank gesetzt hatte, auf, seine Möbelsammlung zu bewundern. Es gab eine Bibeltruhe aus dem sechzehnten Jahrhundert, eine Anrichte aus dem jakobinischen Zeitalter und einen Stuhl aus der Epoche Karls II.

»Wenn ich Besuch habe, stelle ich mich immer abwechselnd vor eins dieser Möbelstücke«, sagte er. »Dabei komme ich mir dann vor wie eine Mutter, die versucht, ihre Töchter vor den Vandalen zu beschützen. Stell dir vor, Tante Adela, es kommen tatsächlich Leute her, die sich auf diesen Stuhl da *setzen* würden, wenn ich das zuließe.«

Mrs. Bradley gab ein meckerndes Lachen von sich.

»O, und übrigens«, fügte er hinzu, während er sich erhob, »was möchtest du, dass wir mit den zehn Zentnern Kohle tun, oder was auch immer das gewesen sein mag, was wir vom Gepäckträger deines Autos heruntergehievt haben? Momentan steht das Ding in der Eingangshalle und wartet auf deine Anweisungen.«

»O ja, der Eberkopf«, sagte Mrs. Bradley. »Wo ist eigentlich dein Freund Hugh? Ich dachte, er würde zu Weihnachten hier sein.«

»Das ist er auch, genau wie der junge Denis. Die zwei sind nach Oxford auf den Markt gefahren. Ach, und noch was, Tante Adela, es tut mir leid, aber wir können George nicht im Haus unterbringen. Ich fürchte, es wird etwas eng werden. Es kommen nämlich ein paar Mädels und dann noch so eine schreckliche Zecke namens Pratt, der Verlobte von einem der Mädchen. Ich denke, sie werden für ein oder zwei Tage bleiben, deshalb haben wir nicht genug Platz. Macht dir das was aus?«

»Ein paar Mädels!«, sagte Mrs. Bradley. »Und ich dachte, du hättest mich allein um meiner selbst willen eingeladen und nicht, um einer Schar Gören als Anstandsdame zu dienen. Die werden mich wahrscheinlich, wenn sie sich in meiner Abwesenheit über mich unterhalten, nur ›diese alte Schabracke‹ nennen, wenn sie mich mögen, oder ›die Cenci‹, wenn sie mich nicht mögen.« Sie stand auf, betrachtete ihren Neffen mit dem Blick einer gut gelaunten Schlange und verpasste ihm einen fröhlichen Stups in die Seite. Dann lachte sie grell und ging abrupt zur Tür.

»Komm, mein Kind, hilf mir, den Eberkopf in die Küche zu tragen, und dann zeig mir mein Zimmer.«

»Dein Zimmer? Ja, natürlich«, sagte Carey. »Die Waschgelegenheiten sind hier leider etwas primitiv, aber die sanitären Einrichtungen – sofern man sie so nennen kann – sind immerhin im Haus und nicht draußen vor der Tür. Mrs. Ditch wird dir alles zeigen. Eine äußerst nützliche Person. Sie führt den Haushalt und ihr Mann und ihr jüngster Sohn kümmern sich um meine Schweine. Sie hat auch noch andere Kinder – ein Mädchen, das nicht viel älter als achtzehn Jahre alt ist und drüben auf dem Hof vom alten Simith arbeitet, und drei weitere Jungs, die alle über zwanzig sind, glaube ich. Nette Leute. Stammen ursprünglich aus Headington. Mrs. Ditch ist wie eine Mutter für mich. Ich rufe sie mal.«

Er hob den Kopf und jodelte. Das Geräusch, das ursprünglich dazu erfunden worden war, um weithin über die Bergtäler zu erschallen, gellte durch das stille Haus wie ein Trompetenstoß. Mrs. Ditch kam hastig herbeigelaufen. Sie hatte kluge Augen, ein ansprechendes Äußeres, graue Haare und kühne Gesichtszüge – ein Frauentypus, wie man ihn in dieser Gegend häufig antraf. Ihre Haut war von den vielen Stunden, die sie bei jedem Wetter draußen verbrachte, faltig und rau geworden und hatte jenen roten Farbton, wie er für eine Bäuerin mittleren Alters typisch ist. Sie hatte quadratische, maskuline Hände, mit zahlreichen Narben an den Fingern, die vom Kartoffelschälen herrührten und die dadurch, dass sie die Wunden dann jedes Mal in heißes Seifenwasser getaucht hatte, noch tiefer geworden waren. Ihr Auftreten entsprach ihrer Erscheinung. Es war nicht das einer Bediensteten, aber dennoch respektvoll.

Sie nahm eine der Kerzen, putzte den Docht, zündete sie an und betrachtete den Jodler voller Zuneigung.

»Hören Sie, Mrs. Ditch, könnten Sie meiner Tante wohl ihr Zimmer zeigen? Ich weiß nicht, welches Sie ihr zugeteilt haben, aber ich nehme mal an, es ist fertig?«, fragte Carey.

»Mrs. Bradley bekomm...en das Zimmer über diesem hier, Ma'am«, sagte Mrs. Ditch, indem sie den Satz höflich zwischen ihren beiden Zuhörern aufteilte. »Das ist ein sehr gutes Zimmer. Die jungen Mädels, die haben weichere Knochen als Sie in Ihrem Alter, würd ich sagen. Wollen Sie mir folgen, Ma'am? Ich leuchte Ihnen, sonst stolpern Sie noch im Dunkeln.«

Sie hielt die Kerze hoch, damit Mrs. Bradley den Weg aus dem Wohnzimmer und die Treppe hinauf erkennen konnte.

Sorgfältig beleuchtete sie jede einzelne Stufe und ging dann durch den schmalen, steinernen Flur zu Mrs. Bradleys Zimmer voraus.

»Da wären wir«, sagte sie herzlich, während sie die Kerze auf einer alten Kommode abstellte. »Soll ich die Vorhänge zuziehen oder möchten Sie, dass ich sie offen lasse? Von draußen kann Sie niemand sehen, das weiß ich genau, aber ich ziehe sie gerne zu, wenn Sie möchten.«

»Nicht zuziehen«, sagte Mrs. Bradley.

»Essen gibt es um sieben, zusammen mit Master Denis«, sagte Mrs. Ditch, bevor sie das Zimmer verließ. Sie schloss leise die Tür hinter sich, und Mrs. Bradley konnte hören, wie sie mit würdevollen Schritten den Flur entlang verschwand.

Das Schlafzimmer war schlicht und ordentlich eingerichtet. Mehrere dicke, bunte Teppiche bedeckten den kalten Steinboden, das Bett war relativ neu, und es war auch ein ausreichend großer Kleiderschrank vorhanden. Der Nachttisch diente gleichzeitig als drehbares Bücherregal, und im Kamin brannte ein glühend rotes Feuer, sodass es im Zimmer angenehm warm war.

Carey und Mrs. Ditch, das ergibt zusammen eine feine Kombination, dachte Mrs. Bradley. Sie ging zum Fenster und sah hinaus. Vor ihr lag, in der Dämmerung nur schwach zu erkennen, ein Feld, das offenbar als Magerweide diente, und dahinter die Straße, die durch das Dorf und hinauf zur Kirche führte. Sie glaubte, so gerade eben noch den gedrungenen Kirchturm in der Ferne ausmachen zu können. Die gewaltige, blaugrüne Ausdehnung des Stanton Great Wood konnte sie von ihrem Fenster aus dagegen nicht sehen, da dieser hinter dem Haus lag. Irgendwo in der Nähe war inmitten der stillen, einsamen Landschaft der winterliche Gesang des Baches zu hören. Das Gurgeln des rasch dahinfließenden Wassers erfreute ihr Herz, denn es erinnerte sie an die Hochzeitsreise, die sie in den Süden Frankreichs gemacht hatte, als sie jung und verliebt gewesen war.

Unmittelbar unter dem Fenster breitete sich der kiesbedeckte Innenhof aus, auf dem es, seit Carey den Betrieb leitete, weder Misthaufen noch Abfall noch in sich zusammengesunkene, halb verfaulte Heuhaufen oder krächzendes, nach Essensresten suchendes Geflügel gab. Stattdessen konnte sich der Vorplatz sogar eines schmalen Blumenbeets rühmen, das sich an der Hausmauer entlangzog.

Im nächsten Moment wurde an die Tür geklopft, und zwar im Rhythmus der ersten Takte von Händels Largo in G-Dur. Mrs. Bradley ging zum Kaminfeuer hinüber und bat ihren Besuch, einzutreten. Es war Carey, der geklopft hatte, doch er war nicht allein. Unmittelbar hinter ihm trat Hugh Kingston ein, den sie schon früher einmal im Haus von Careys Mutter kennengelernt hatte. Hugh war ein gut aussehender Mann mit schmalem Mund, größer als Carey und in einen grünen Anzug gekleidet, der aus Jacke und Knickerbocker bestand.

»Wie geht es Ihnen, Mrs. Bradley?«, fragte er. »Ich nehme an, wir sind über Weihnachten Leidensgenossen. Seit meiner Ankunft musste ich ununterbrochen schuften. Dieser Mann ...«, er zeigte auf Carey, der die Tür hinter sich geschlossen hatte und sich nun mit dem Rücken dagegenlehnte, »hat alle möglichen Arbeiten aufgespart, die über das Jahr angefallen sind, und zwingt mich jetzt, ihm dabei zu helfen.«

»Und was habt ihr mit Denis gemacht?«, fragte Mrs. Bradley. Ihr Großneffe war zwölf Jahre alt, und sie fand ihn nicht nur äußerst unterhaltsam, sondern hatte ihn auch sehr ins Herz geschlossen.

»Er wird wohl wieder Weihnachtslieder auf seiner Oboe üben«, sagte Hugh. »Das ist ein Musikinstrument, ein sogenanntes«, erklärte er als Antwort auf Careys entsetzten Blick. »Das Ding macht Geräusche wie ein zeitgenössischer Dichter, der unter unerträglichen Schmerzen leidet.«

»Zeitgenössische Dichter haben nie Schmerzen«, sagte Mrs. Bradley vorwurfsvoll. »Und auch keine Hemmungen. Aber wer hat Denis denn beigebracht, Oboe zu spielen?«

»Ich glaube, es war Priest, der Kerl, der sich auf Simiths Farm um die Schweine kümmert.«

»Priest kann Oboe spielen?«, fragte Carey. »Gute Güte! Wenn ich Simith wäre, würde ich diesen Kerl sofort feuern! Wobei ich eigentlich hoffe, dass er das nicht tut, weil ich Priest im Moment nicht leicht entbehren kann. Er sitzt für mich Modell, für eine Reihe von Londoner Plakaten, die als Werbung für Landausflüge gedacht sind.«

»Ich finde, er sieht eher aus wie das Mitglied einer Räuberbande«, sagte Hugh. »Aber wenn er tatsächlich ein Musikus ist, dann kann er dir ja vielleicht ein paar Jodel-Tipps geben. Und wo wir gerade beim Jodeln sind – wann bekommt denn Mrs. Bradley endlich eine Tasse Tee und ein bisschen was zu essen?«

»Der Tee müsste mittlerweile fertig sein«, sagte Carey. »Ich habe Mrs. Ditch gebeten, sich bereitzuhalten. Ich werde sie herbeijodeln.«

Er hatte in der Zwischenzeit auf dem Bett Platz genommen, Mrs. Bradley zu sich herabgezogen und sich über ihren Kopf hinweg freundschaftlich mit Hugh unterhalten. Nun holte er tief Luft und jodelte lange und laut. Gleich darauf erschien Mrs. Ditch mit einem schwer beladenen Tablett.

»Fantastisch, Mrs. Ditch!«, sagte Hugh, der nicht zum ersten Mal in diesem Haus zu Besuch war. »Sie denken wirklich an alles!«

»Das tut Master Carey auch, jawohl!«, sagte Mrs. Ditch so leidenschaftlich, dass es fast komisch wirkte – als müsse sie ihn gegen üble Nachrede in Schutz nehmen. »Er war es ja schließlich, der mir aufgetragen hat, den Tee aufzusetzen.«

»Ah, aber ich bin bei Ihnen in die Lehre gegangen, Mrs. Ditch«, sagte Carey. »Sie sind der Engel, der über mein besseres Ich wacht. Aber was haben Sie mit dem jungen Scab gemacht?«

»Master Denis hat ganz allerliebst zum Tanz aufgespielt, und jetzt jagt er in der Gegend umher und spielt Schmuggler. Ich weiß die halbe Zeit nicht, was er treibt, aber er ist ein lieber kleiner Junge!«, sagte Mrs. Ditch. »Und musiziert so wunderschön.«

»Auf seiner Oboe?«, fragte Mrs. Bradley. Sie war fest entschlossen, Hughs womöglich frei erfundenen Behauptungen zu diesem geheimnisvollen Instrument auf den Grund zu gehen.

»Sie meinen doch nicht etwa seine kleine Trommel«, fragte Mrs. Ditch, »und seine kleine Pfeife?«

»Wohl eher nicht«, sagte Mrs. Bradley. »Was ist eine Oboe?«, fragte sie dann mit unterdrückter Stimme ihren Neffen. Carey zuckte mit den Schultern und grinste.

»Er spielt die Violine«, klärte Hugh sie nun auf. »Und gar nicht mal so schlecht, für einen kleinen Jungen.«

»Das will ich meinen!«, sagte Mrs. Ditch. »Aber die anderen

machen sich Sorgen wegen Mr. Tombley. Sie sagen, er hätte das Tanzen aufgegeben. Ich kann mir gar nicht vorstellen, warum. Er ist ein großartiger Tänzer und schlägt auch herrliche Kapriolen. Er behauptet, sein Onkel mag es nicht, wenn er tanzt, aber das ist doch bestimmt Unsinn!«

»Also, diese Leute, ehrlich«, sagte Hugh, nachdem Mrs. Ditch sich zurückgezogen hatte. Mrs. Bradley trank Tee und aß eine dünne Scheibe Brot mit Butter. Ihr Neffe kaute geräuschvoll ein paar Kekse. Hugh lehnte sich gegen die Tür.

»Ich denke, wir sollten unsere Gesellschaft besser auf Fay, Jenny und dieses Furunkel von Pratt beschränken«, sagte Carey. »Den *müssen* wir wohl einladen, fürchte ich, denn Fay hat anscheinend tatsächlich beschlossen, das Aufgebot zu bestellen.«

»Hat sie das? Jetzt schon?«, fragte Hugh. »Ich dachte, sie hätte sich in deinen Schweine züchtenden Nachbarn Tombley verguckt.«

»Der, der das Tanzen aufgegeben hat?«, fragte Mrs. Bradley.

»Wir reden vom Morris-Tanz, musst du wissen. Aber ja, genau der. Vielleicht sollten wir ihn auch einladen. Wobei. Das können wir wohl schlecht machen, wegen Pratt. Auch wenn ich nicht ganz begreife, wie du dir eine Frau zur Gemahlin aussuchen konntest, deren Schwester ein solcher Schafskopf ist, dass sie sich mit einem wie Pratt abgibt«, sagte Carey. Hugh grinste.

»Eigentlich kann man nicht wirklich von Schwestern reden. Jenny ist nämlich ein uneheliches Kind«, erklärte er, an Mrs. Bradley gewandt. »Außerdem fürchte ich, dass meine Hochzeit mit ihr noch in weiter Ferne liegt. Erst muss ich genug Geld verdienen.«

»Ich hoffe, du wirst Jenny mögen, Tante Adela«, sagte Carey.

Mrs. Bradley lächelte und kniff ihn ins Knie. »Wie auch immer«, fuhr Hugh fort und wandte sich wieder an Carey. »Du kannst unmöglich alle mit dem Motorradgespann abholen.«

»Das weiß ich doch. Außerdem ist es *deine* Aufgabe, diese hübsche Fuhre herzubringen. Leih dir Tante Adelas Automobil. Das Ding ist zwar alt, aber es fährt sich noch ganz gut, sonst hätte es den Weg hierher wohl kaum geschafft.«

»Das ist eine gute Idee. Aber George soll fahren, nicht Hugh«, sagte Mrs. Bradley in einem Tonfall, der keine Widerrede duldete. »Wann treffen die jungen Leute denn ein?«

»An Heiligabend. Also übermorgen«, antwortete Carey. »Aber Hugh holt sie erst nach dem Abendessen ab. Und wo wir gerade vom Abendessen sprechen, Hugh, ziehen wir uns nun was Schickes an oder nicht? Tante, wie wirst du es halten?«

»Wir müssen uns schick machen«, sagte Hugh, bevor Mrs. Bradley antworten konnte. »Mrs. Ditch hat einen entsprechenden Befehl erteilt. Als sie erfuhr, dass deine Tante zu Besuch kommt, hat sie zu mir gesagt: ›Wie schön für Sie. Da können Sie Ihren eleganten schwarzen Anzug mit dem weißen Hemd anziehen. Ich denke immer, die Herren sehen so gut aus, in ihrer Abendgarderobe!‹ Finster, findest du nicht?«

»Apropos finster«, sagte Carey. »Der alte Fossder, dein zukünftiger Schwiegervater ...«

»Schwiegeronkel«, berichtigte ihn Hugh.

»Entschuldige. Dein zukünftiger Schwiegeronkel hat einen sehr seltsamen Brief bekommen, zusammen mit zweihundert Pfund.«

»O mein Gott. So eine anonyme Schmiererei, meinst du?«

»Nein, nicht ganz. Der Brief war zwar anonym, das stimmt, aber im Innern befanden sich zwei mit Bleistift gezeichnete Wappen. Das eine trug ein Kreuz und das andere ein Gittermuster. Das Ganze kam mit der Post, in einem Umschlag, der in Reading frankiert worden war. Pratt hat mir das erzählt, als ich letzten Sonntag rübergefahren bin, um die Einzelheiten für dieses Weihnachtswochenende zu klären. Er fand die Zeichnungen viel beeindruckender als die zweihundert Pfund.«

»War ja klar, dass Pratt *das* beeindruckend findet. Ist so was nicht eine Art Steckenpferd von ihm? Früher waren es noch Kreuzworträtsel, jetzt sind es merkwürdige archäologische Funde und Folklore und was nicht sonst noch alles. In Wirklichkeit hat er natürlich überhaupt keine Ahnung, aber er schmökert halt rum und sammelt alle möglichen Informationsfetzen, die er dann unbedingt weitererzählen will«, sagte Hugh. »Nicht mir, aber den Mädels. Er weiß, dass ich mir das nicht gefallen lassen würde!«

»Sicher nicht«, meinte Carey mit einem breiten Grinsen, »wo du doch die Fackel der Wissenschaft hochhältst.«

Mrs. Ditch klopfte an der Tür.

»Hallo?«, fragte Carey.

»Ich wollte Ihnen nur sagen, Ma'am, dass das Wasser jetzt heiß ist, für Ihr Bad, falls Sie eins nehmen wollen, nach Ihrer Fahrt im Automobil.«

»Danke«, sagte Mrs. Bradley. Sie stand auf und wies ihre beiden Knappen zur Tür hinaus. Nachdem die jungen Männer verschwunden waren, traf sie die nötigen Vorbereitungen für ihr Bad. Als sie wenig später Mrs. Ditch den steinernen Flur entlang folgte, blieb diese plötzlich stehen.

»Kommen Sie gefälligst dort heraus, Master Denis! Was stellen Sie bloß als Nächstes an! Und dann noch in Ihren besten Kleidern!«

Mrs. Bradleys Großneffe krabbelte aus einem riesigen Schrank, der in die Wand eingelassen war. Er machte einen etwas zerknitterten, aber sehr entschlossenen Eindruck. Er war ein ernstes, aufrichtiges und intelligentes Kind, und diese Eigenschaften hatten Auswirkungen auf alles, was er tat, zum Guten wie zum Schlechten.

»Immerhin habe ich jetzt bewiesen, dass das hier nirgendwo hinführt«, sagte er. »O, hallo Tante Bradley! Wie geht es George?« Er trat zu ihr und schüttelte ihr feierlich die Hand.

Mrs. Bradley kicherte und stieß ihn in die Rippen. »Hallo! Wie geht es dir denn so?«, fragte sie.

»Ich bin auf Diät«, antwortete Denis. »Ich muss Platz schaffen, damit ich mich an Weihnachten so richtig vollstopfen kann.«

Beim Abendessen drehte sich das Gespräch um Verbrechen.

»Ihr könnt hier in der Gegend unmöglich über Verbrechen Bescheid wissen«, sagte Hugh, als die Diskussion ihren Zenit eigentlich schon überschritten hatte. »Die Dorfbewohner können schließlich jederzeit ein Schwein töten, um Dampf abzulassen. Das macht bestimmt einen großen Unterschied.«

»Tante Bradley«, sagte Denis, wobei er sein Glas schief hielt und den Ingwerwein betrachtete, der sich darin befand. »Würdest du sagen, dass du von Morden verfolgt wirst?«

»Ich hoffe nicht«, antwortete Mrs. Bradley. Sie lachte meckernd und ließ sich von Mrs. Ditch eine zweite Portion gekochten Schinken mit Wintergemüse reichen. Begonnen hatte das Mahl mit Schinkenpastete. Der nächste Gang sollte aus gebratener Blutwurst und Kartoffelpüree bestehen.

»In dieser Gegend gibt es meilenweit nichts als Leute, die Schweine züchten, Schweine essen und über Schweine reden«, sagte Carey. Als Mrs. Bradley nach unten gekommen war, hatte er ihr so schonend wie möglich beigebracht, wie das Menü für diesen Abend und das Frühstück am nächsten Morgen aussehen würde. »Aber am ersten Weihnachtsfeiertag gibt es einen Kapaun und sogar Fisch, wenn du möchtest«, sagte er jetzt. »Wir haben uns überlegt, dass wir morgen mit dem Motorradgespann zum Markt nach Oxford fahren und uns dort einen ganzen Heilbutt oder etwas Ähnliches kaufen, und auch ein paar Garnelen. Wenn wir Garnelen und Oliven und ein oder zwei Sardinen haben, können wir so tun, als wären das unsere Horsd'œuvres.«

»Oder wir nehmen Truthahnleber«, sagte Denis hilfsbereit. Er trank ein wenig Ingwerwein. »Wie auch immer, Tante Bradley, du glaubst aber schon, dass es Leute gibt, die von Morden verfolgt werden, nicht wahr? *Ich* bin jedenfalls fest davon überzeugt. Im Grunde genommen habe ich das sogar so gut wie bewiesen.«

»An der Theorie könnte was dran sein, weißt du«, sagte Carey. Er jodelte nach Mrs. Ditch, damit diese den dritten Gang brachte und mitnahm, was vom gekochten Schinken und dem Wintergemüse übrig geblieben war. »Wie wär's mit einer netten, gruseligen Spukgeschichte, Tante Adela?«

»Oder einem Vortrag über die gefährlichen Geisteskranken, die Ihnen so über den Weg gelaufen sind, Mrs. Bradley?«, sagte Hugh mit einem Grinsen.

»Oder beides!«, sagte Denis mit vollem Mund. Er schluckte

den Bissen hinunter und wischte sich das Fett von den Lippen. »Aber noch besser fände ich es, wenn es im Dorf einen echten Mord geben würde. So ein richtig toller Mord«, fuhr er voller Enthusiasmus fort, »damit sich das Weihnachtsfest auch lohnt. Was meinen Sie, Mrs. Ditch?«

»Also ich glaube nicht, dass ich den Kapaun und den Plumpudding mehr genießen würde, wenn es einen Mord gäbe, Master Denis«, sagte Mrs. Ditch, die durch die dunkle Türöffnung getreten war und ein Tablett mit Blutwurst und Kartoffelpüree brachte.

»Aber überlegen Sie doch nur mal, wie spannend das wäre«, hakte Denis nach. »Mit all den Polizisten und der gerichtlichen Untersuchung. Und alle hätten Angst, nachts schlafen zu gehen, weil ja vielleicht der Mörder noch draußen herumschleicht. Ich wette, Sie hätten große Angst, Mrs. Ditch. Ich wette, Sie würden sich in der Speisekammer einschließen.«

»Ja, Master Denis, da könnten Sie recht haben«, antwortete Mrs. Ditch, die sich durch diese Verleumdung nicht aus der Ruhe bringen ließ. Sie tischte Denis eine Portion Kartoffelpüree auf und nahm sein leer getrunkenes Glas an sich.

»He«, sagte Denis. »Ich will noch mehr Ingwerwein.«

»Erst wieder am ersten Weihnachtstag«, widersprach Mrs. Ditch gelassen, aber bestimmt. Sie legte ihm ein kleines Stück Blutwurst auf den Teller und zog sich danach mit dem schmutzigen Geschirr zurück. Denis fing Mrs. Bradleys Blick auf und grinste, während er sich Wasser in ein Glas einschenkte.

»Du glaubst also nicht«, sagte er ein wenig wehmütig, »dass es *tatsächlich* Leute gibt, die von Morden verfolgt werden? Ich meine, nehmen wir dich zum Beispiel. Würdest du dich nicht als so eine Art Tiefdruckgebiet bezeichnen ... du verstehst schon ...«

Carey lachte, und nach einer kleinen erstaunten Pause stimmte Hugh in sein Lachen ein. Mrs. Bradley grinste.

»Ich verstehe nicht viel von Tiefdruckgebieten, aber ich würde nur ungern glauben wollen, dass ich, nur weil ich ein Mal ...«

»Du meinst doch nicht etwa«, sagte Denis mit großen Augen, »dass *du* mal jemand ermordet hast?«

»Das ist ja geradezu unheimlich«, sagte Mrs. Bradley zu Hugh. Sie trank einen Schluck Wein und machte sich dann entschlossen über die Blutwurst her. Denis trank Wasser und beäugte sie ehrfürchtig über den Rand seines Glases.

»Könntest du ... Wäre es eine zu große Zumutung, wenn du ...«, platzte es nach einem Moment aus ihm heraus.

»Nein, ich denke nicht, dass ich das tun werde«, sagte Mrs. Bradley forsch.

»Tut mir leid«, sagte Denis. »Trink doch noch etwas Ingwerwein.«

Ein weiterer Jodler von Carey brachte Mrs. Ditch herbei, mitsamt einem Tablett voll Tipsy Cake, ein wenig Käse und einem Teller mit Marmeladentörtchen.

»Warum gibt es keine Mince Pies?«, fragte Denis und nahm sich ein Törtchen.

»Weil es noch nicht Weihnachten ist, Master Denis«, antwortete Mrs. Ditch, während sie Tipsy Cake auf seinen Teller häufte und gleichzeitig eine Flasche mit Pilz-Ketchup hervorzauberte, die sie neben die Käseplatte auf den Tisch stellte. Dann ging sie erneut in die Küche und kehrte mit einer Flasche Brandy zurück.

»Das ist Schmuggelware, sagt mein Ditch. Kam über diesen alten Packeselpfad, beim Shotover Hill«, verkündete sie. »Um ehrlich zu sein, die Flasche ist so dreckig, dass sie gut und gern aus der Zeit Napoleons stammen könnte.«

»So alt wie Napoleon«, sagte Carey und starrte verzückt das vollkommen verdreckte Gefäß an. »Napoleon-Brandy, Hugh! Mrs. Ditch, holen Sie noch zwei Gläser und bringen Sie Ihren Ditch mit. Obwohl, wahrscheinlich sollten wir uns diese Köstlichkeit besser für Weihnachten aufsparen.«

Ditch, ein gut aussehender Mann mittleren Alters, mit jener mühelos wirkenden, aufrechten Haltung, wie sie für Morris-Tänzer typisch ist, einem riesigen Schnurrbart und einem nachsichtigen Ausdruck in den graublauen Augen, lächelte über den Beifall, den die versammelte Gesellschaft ihm bei seinem Eintreten spendete.

»Die hab ich *gefunden*«, war alles, mit dem er auf Careys Nachfragen hin herausrückte. »Denke mal, die wurde übersehen, von den Leuten, die ’74 hier ausgezogen sind, und danach hat nie wieder einer einen Gedanken dran verschwendet. War gut versteckt, die Flasche, aber eines Morgens bin ich draufgestoßen. Auf Ihre Gesundheit, gnädige Frau, werte Herren! Und falls Sie vorhaben, an Heiligabend durch Sandford zu fahren, dann schauen Sie bloß weg, wenn die alte Sandford-Kutsche daherkommt!« Er kicherte und stürzte seinen Brandy hinunter.

»Was hat es denn damit auf sich?«, fragte Mrs. Bradley.

»Das ist eine Legende, die man sich hier in der Gegend erzählt – eine Geistergeschichte!«, antwortete Carey. Er schlug seine Beine übereinander und lehnte sich in seinem bequem gepolsterten, in modernem Design gehaltenen Sessel zurück.

Nach dem Ende der Mahlzeit hatten sich alle um den Kamin versammelt. »Anscheinend gab es zur Zeit der elisabethanischen Regentschaft in der hiesigen Gegend einen gewissen katholischen Priester namens George Napper, vom Sandfordschen Zweig dieser Familie, der in Oxford hingerichtet wurde. Nach seinem Tod zerhackte man seinen Körper in vier Teile und stellte seine Gliedmaßen an den vier Toren der Stadt zur Schau. Sein Kopf wurde irgendwo in der Stadtmitte ausgestellt – vor dem Christ Church College, glaube ich. Wie auch immer, in der Nacht kamen heimlich seine Verwandten und nahmen den Leichnam an sich. Weil sie aber den Schädel nicht finden konnten, brachten sie ihn kopflos zurück nach Sandford und begruben ihn dort. Seit dieser Zeit fährt George Napper an jedem Weihnachtsabend in einer Kutsche um die Temple Farm in Sandford herum und sucht nach seinem Kopf. Und wer die Kutsche sieht, stirbt innerhalb eines Jahres, jedenfalls erzählt man sich das. Aber ich kenne ein paar bessere Geistergeschichten, wenn ihr Interesse habt. Wobei mir gerade einfällt: Die zweihundert Pfund, die wir alle so spannend finden, gehören zu einer verrückten Wette, die jemand mit dem alten Fossder abgeschlossen hat. Es geht wohl darum, ob er sich traut, den Geist zu suchen.«

»Erbärmlich«, sagte Denis. »Ich kann aus dem Stegreif eine viel bessere Geschichte erfinden. Dieser Geist wird garantiert nicht auftauchen.«

»Die Geschichte kenne ich natürlich, und jedes Mal frage ich mich: Was soll diese Kutsche?«, warf Hugh ein. »Man sollte doch meinen, ein kopfloser Geist, der zu Fuß durch die Gegend marschiert, wäre viel überzeugender. Der alte Fossder hat übrigens vor, die Herausforderung anzunehmen.«

»Das ist doch mal eine Frage«, kam es von Mrs. Bradley. »Ist ein kopfloser Geist *in* einer Kutsche Furcht einflößender als ein kopfloser Geist, der sich *nicht* in einer Kutsche befindet?«

»Tatsächlich«, sagte Carey, »hatte ich letztes Jahr fest vor, mir den Geist einmal anzusehen, aber dann regnete es so heftig, dass ich den Gedanken wieder aufgegeben habe und stattdessen ins Bett gegangen bin. Vielleicht hat ja der alte Fossder Glück. Wenn er den Geist sieht, bekommt er immerhin zweihundert Pfund.«

»Nun«, sagte Mrs. Bradley. »Ich jedenfalls würde mich über einen Augenzeugenbericht freuen.«

»Tja, den hättest du von Carey hier ja ohnehin nicht bekommen, nicht wahr?«, bemerkte Denis. »Denn der wäre jetzt tot, wenn er den Geist gesehen hätte.«

»Möglicherweise ja auch nicht. Das eine Jahr ist erst morgen Abend vorüber«, sagte Hugh. Er legte ein paar Esskastanien auf den Gitterrost über dem Feuer. »Da fällt mir ein – wann sollte ich noch mal die Mädels abholen? Ich weiß, dass es nach dem Essen sein sollte, aber wann genau?«, fragte er.

»Ich habe ihnen gesagt, so gegen halb elf, also brauchst du dich nicht zu beeilen. Es ist ein bisschen lästig, dass wir sie schon am Vorabend abholen müssen, aber schließlich können wir sie ja schlecht erst am Weihnachtsmorgen herbringen, und Mr. Fossder besitzt selbst kein Auto. Ich kann mir nicht erklären, warum nicht! Der Mann hat schließlich genug Geld! Weiß George schon Bescheid, dass wir seinen Schönheitsschlaf unterbrechen werden?«, fragte er Mrs. Bradley unvermittelt. »Wir sollten ihn das spätestens morgen früh wissen lassen, denke ich.«

»George macht das nichts aus«, sagte Mrs. Bradley. »So-lange nur die Straßen in einem guten Zustand sind.«

»Sie sind jedenfalls nicht schlecht. Ab der Thornhill Farm ist die ganze Strecke eine Hauptstraße. Am besten fahrt ihr durch Headington nach Oxford und dann über die Iffley Road. Das ist besser, als im Dunkeln quer übers Land zu fahren.«

»Tante Bradley«, durchbrach Denis das Schweigen, das sich über die Gesellschaft gelegt hatte, nachdem alle nötigen Arrangements besprochen worden waren. »Möchtest du hören, wie ich Pfeife und Tabor spiele?«

»Was?«, sagte Mrs. Bradley. »Aber man hat mir doch erzählt, du spielst Oboe!«

»Was ist da eigentlich der Unterschied?«, fragte Carey, an Hugh gewandt.

»Keine Ahnung. Aber ich wette, er hat sie beide ausprobiert und sich dann für dasjenige entschieden, das hässlicher klingt«, antwortete Hugh und wich im nächsten Moment geschickt dem Kissen aus, das Denis nach ihm geworfen hatte.

»Bei Pfeife und Tabor«, sagte Denis, »handelt es sich nicht um ein einzelnes Instrument, du Dummkopf. Es sind zwei verschiedene. Ich gehe sie mal holen, ja?«, fragte er und sah Mrs. Bradley an. »Natürlich bin ich nicht besonders gut. Im Allgemeinen gelingt es mir zwar, die Tabor zu schlagen, aber dann vergesse ich, die Pfeife zu blasen. Und wenn die Melodie ein bisschen knifflig ist, konzentriere ich mich auf die Pfeife und lasse die Trommel weg.«

»Also gut. Dann geh sie mal holen«, sagte Carey.

»Aber ihr müsst alle weggucken oder die Augen zumachen«, sagte Denis. »Ich möchte nicht, dass irgendjemand weiß, wo ich sie aufbewahre.«

In seiner Stimme lag etwas, das Carey dazu veranlasste, ihm einen scharfen Blick zuzuwerfen.

»Ein Geheimversteck in *meinem* Haus?«, fragte er spöttisch. Denis grinste.

»Ich nehme an, ich sollte es dir wohl zeigen, aber ich habe es ganz allein entdeckt«, sagte er. »Niemand hat mir davon erzählt. Ich wusste nicht mal, dass es hier so etwas überhaupt gibt. In einer Nacht, als alle schon im Bett waren, habe ich hier im Wohnzimmer die gesamte Wandvertäfelung abgeklopft. Ich hatte ganz schön Angst, das kann ich euch sagen, als ich mitten in der Nacht so ganz allein hier unten war. Das war ziemlich unheimlich. Es gab merkwürdige Geräusche, und zwar nicht von Ratten, so Geräusche, die man sich nicht erklären kann. Ich hatte nur eine einzige Kerze, und da waren überall diese dunklen Schatten, und ein scheußlicher Wind hat durch den Kamin gepfiffen. Als ich dann tatsächlich einen Hohlraum gefunden habe, war ich mächtig erleichtert. Hineingeschaut habe ich aber erst am nächsten Morgen. Es ist wahrscheinlich eins von diesen Priesterverstecken. Also gut, ich zeig's dir«, fuhr er großzügig fort. »Schließlich ist es ja *dein* Haus.«

Es war durchaus möglich, dass es sich tatsächlich einmal um ein Priesterversteck gehandelt hatte. Auf jeden Fall war es eine Geheimkammer, deren Belüftungsschacht von außen nicht zu sehen war, da er von dicht wucherndem Efeu verdeckt war, wie sie bei ihren Nachforschungen feststellten.

»Den lasse ich wegschneiden«, sagte Carey, hocherfreut darüber, dass sein Haus ein Geheimversteck hatte. »Ich bin dir zu großem Dank verpflichtet, Scab. Wenn es mal Stress gibt, kann ich mich dort vor Mrs. Ditch und ihren mütterlichen Instinkten verstecken. Gut gemacht! Das nenne ich mal eine schicke kleine Kammer, und sie entspricht durchaus den Anforderungen, die man üblicherweise an ein solches Versteck stellt.«

»Ich bin fast sicher, dass es noch einen anderen Ausgang gibt. Bisher habe ich ihn aber nicht gefunden«, sagte Denis. Er nahm Pfeife und Tabor zur Hand und begann nach einem kurzen, einleitenden Geplänkel eine kecke kleine Melodie zu spielen.

»Du wirst damit noch Ditch anlocken«, sagte Carey. »Und dann wird er uns einen Morris-Tanz darbieten wollen. Pass bloß auf, dass du nur nette Sachen zu ihm sagst«, fügte er an Mrs. Bradley gewandt hinzu. »Ditch stammt aus Headington und kennt all diese Tänze in- und auswendig. Wir werden es nicht zu einem Sechser bringen, weil Tombley und Bob Ditch nicht hier sind, um uns den Gefallen zu tun, aber er hat mir ein bisschen was beigebracht, und Hugh kennt zwar die Sprünge nicht, aber er kann zumindest die richtigen Schritte gehen. Und da kommt er auch schon! Hab ich's mir doch gedacht!«

Aber es war Mrs. Ditch, die das Zimmer betrat. Sie hatte einen großen Milchkrug dabei, der mit Glühwein gefüllt war.

»Ein Schluck aus dem Pokal, Ma'am?«, fragte sie. Mrs. Bradley nahm den Krug entgegen, trank und ließ ihn dann die Runde machen. »Und jetzt, falls Sie mögen, wird mein Ditch für Sie tanzen«, sagte Mrs. Ditch. »Wenn Master Denis so nett ist und ihm aufspielt.«

»Ich hole meine Geige, mit der komme ich besser zurecht«, sagte Denis. Er wollte zusammen mit Mrs. Ditch den Raum verlassen, doch als sie bereits die Tür erreicht hatten, fragte

Carey plötzlich: »Was war das für eine Melodie, die Denis da gerade gespielt hat?«

»Die? Die heißt *Constant Billy*, Master Carey. Ich kann das Lied für Sie singen, wenn Sie mögen. Auch wenn ich für das Singen mittlerweile ein bisschen zu alt bin, fürchte ich.«

»Bitte, singen Sie«, sagte Mrs. Bradley. Also legte Mrs. Ditch die Hand auf Denis' Schulter und begann mit einer dünnen, ungeschulten, aber durchaus melodischen Stimme die in Headington geläufige Variante des Liedes zu singen:

»O mein treuer Billy,
Kann ich mit dir gehen?
O, wann werde ich
Meinen Billy wiedersehen?«

»Das ist ja aus der *Bettleroper*«, sagte Hugh. »Mit anderem Text natürlich. Ich wusste doch, dass ich das irgendwo schon mal gehört hatte. Singen Sie es noch einmal, bitte, Mrs. Ditch.«

Als die Morris-Tänzer sich wenig später aufstellten, trugen sie nicht ihre üblichen Pfingstkostüme.

»Unsere weißen Sachen sind alle weggepackt, von Mutter Ditch hier«, erklärte Mr. Ditch. Immerhin trugen sie die zum Kostüm gehörenden Gürtel um die Taille und hatten sich zwischen Knien und Fußknöcheln die Manschetten umgebunden, an denen die Schellen angebracht waren. Die Manschetten waren aus weichem Leder gefertigt und in der Mitte von oben bis unten eingeschnitten, damit die Schellen besser hin- und herschwingen konnten. An den Füßen trugen die Männer Kricketschuhe und in den Händen hielten sie ihre Taschentücher und Morris-Stöcke. Denis stellte sich in der

Nähe der Tür auf. Doch zunächst legten die Männer ihre Taschentücher und Stöcke auf den Boden und halfen dabei, die Mitte des Zimmers frei zu räumen. Danach nahmen Carey und Hugh die mittlere Position ein, einander gegenüber, und der junge Walt flüsterte Hugh zu: »Folgen Sie nur meinem Vater. Ich schiebe Sie dann schon einfach durch. Sie können auch einfach nur gehen, statt zu springen, dann bringen Sie uns andere nicht raus. Was meinst du, Vater? Wie wär's mit dem *Blue-Eyed Stranger*?«, fügte er mit lauter Stimme hinzu. Also hoben sie alle ihre riesigen Taschentücher auf, hielten sie, wie es sich für Männer aus Headington gehörte, an den vier Ecken fest, und Denis begann, die Melodie zu spielen.

»Man darf das Stampfen der Füße eigentlich gar nicht hören, jedenfalls nicht richtig«, flüsterte Mrs. Ditch Mrs. Bradley zu. »Normalerweise tanzt man nämlich auf Gras, wissen Sie, an Pfingsten, und denken Sie immer daran, wenn Sie so einen Tanz sehen, dass Sie eigentlich gar nicht wissen dürfen, wer da tanzt! Verstehen Sie, was ich meine?«

»Ich denke schon«, antwortete Mrs. Bradley, die früher bereits ein paarmal Zeugin derartiger ritueller Tänze gewesen war.

»Wir haben den Eberkopf ausgepackt, wie Sie es uns aufgetragen haben, Ma'am«, sagte Ditch, als der Tanz vorüber war und die Tänzer sich eine Erfrischung gönnten. »Und er sieht wirklich ganz prächtig aus, nicht wahr, Walt?«

»O ja, in der Tat«, antwortete Walt mit einem Nicken.

»Trotzdem habe ich da wohl Eulen nach Athen getragen, fürchte ich«, sagte Mrs. Bradley und erinnerte sich mit Schaudern an die so reichlich kredenzte Blutwurst.

Zweites Kapitel

HOCH DAS BEIN AUF DEM
ALTEN HOF

»Was meinst du, Tante Adela, könntest du dich für Schweine begeistern?«, fragte Carey am nächsten Morgen. »Was ich damit sagen will – du hast Hugh lauter eklige Geschichten über deine Zeit als Medizinstudentin erzählt, du hast den musikalischen Darbietungen des kleinen Scab auf den verschiedensten Instrumenten gelauscht, du hast Ditch tanzen gesehen und Mrs. Ditch singen gehört. Aber wo bleibe ich?«

»Zeig ihr Sabrina«, sagte Hugh. »Sabrina ist mein Lieblingsschwein«, fügte er an Mrs. Bradley gewandt hinzu. »Sie ist die einzige ihrer Rasse, die mich bei der zweiten Begegnung auf Anhieb wiedererkannt hat. Sie hat zornig losgebrüllt und bei ihren frenetischen Anstrengungen, mich zu zerfleischen, fast die Wände ihres Kobens umgerissen. Ich kann mir nicht erklären, warum sie derart heftig Anstoß an mir nimmt, aber so ist es nun mal. Das einzige andere weibliche Wesen, das jemals auch nur die geringste Abneigung gegen mich empfunden hat, war die selige Gräfin von Serren. Ich habe mich bei einer Preisverleihung in der Schule auf ihren Schuh erbrochen. Das lag zwar einzig und allein an meiner Nervosität, aber es kam dennoch nicht besonders gut an.«

Er begleitete Mrs. Bradley zu den Schweineställen. Carey

blieb zurück. Er wollte sich kurz mit Ditch besprechen, der eben ins Haus gekommen war, um sich die Anweisungen für den heutigen Tag zu holen.

»Schauen wir uns doch zuerst mal das Masthaus an«, schlug Hugh vor, während sie den Vorplatz überquerten. »Wir können so tun, als wären wir im Zoo, falls es das irgendwie leichter macht. Ich nehme an, Carey wäre verletzt, wenn Sie nicht alles gründlich besichtigen.«

Das Masthaus unterschied sich tatsächlich nicht wesentlich von den Ställen im Zoologischen Garten. Im Innern des Gebäudes war es warm, und es gab einen großen Mittelgang, von dem zahlreiche Koben abgingen. Die weißen Schweine, die sich darin befanden, drängten sich, als sie das willkommene Geräusch von Schritten hörten – es war fast Fütterungszeit –, schnuppernd und quiekend gegen die vorderen Bretter der Verschläge.

An der Rückseite der Koben verliefen Rinnen, die das Ausmisten erleichtern sollten. In die beiden langgestreckten Außenmauern waren zahlreiche Fenster eingefügt, deren untere Hälften feststehend waren, während die oberen jeweils in ein ellbogenförmiges Belüftungsrohr mündeten. Dadurch war der Zustrom von Frischluft gewährleistet, ohne dass ein Durchzug entstand.

»Sie müssen das alles gebührend bewundern«, sagte Hugh, während er sie langsam den Mittelgang entlangführte. Wann immer sie stehen blieb, um die Schweine zu betrachten, wartete er höflich. »Ich musste da auch durch, und ich werde Sie nicht so leicht davonkommen lassen.«

»Aber ich bewundere das alles doch *wirklich!*«, protestierte Mrs. Bradley. »Carey hat Freude daran, Schweine zu züchten, und es gibt auf dieser Welt viel zu wenig Menschen, die Freude an dem haben, was sie tun.« Erneut blieb sie stehen und beobachtete mit wohlwollendem, ehrlichem Interesse ein paar halb ausgewachsene Mastschweine, die glaubten, gleich gefüttert zu werden. Als Carey sich schließlich zu ihr gesellte, schlenderte Hugh gemächlich davon, doch kaum hatte er den Schweinestall verlassen, eilte er auf dem direktesten Weg zum Haus zurück. Carey lachte.

»Der arme Hugh hasst diese Schweine, daran besteht kein Zweifel. Da geht er, um sich wieder in sein Buch über den Thunfischfang zu vertiefen. Er hat recht seltsame Hobbys für einen Bibliothekar. Er liebt es zu töten, weißt du. Komm mal hier lang und schau dir Buttercup an. Sie ist nicht meine beste Zuchtsau, sie hat nämlich ärgerlicherweise nur zehn Zitzen, aber wenn man sie so anschaut, ist sie doch ein recht ansehnliches Exemplar. Sie ist das Ergebnis einer Kreuzung eines reinrassigen großen weißen Ebers mit einer Essex-Sau. Sie braucht nie lange, um ihr Futter zu finden, und scheint eine gutmütige, ausgeglichene junge Dame zu sein. Also sollte sie eigentlich trotz ihrer Mängel eine gute Mutter abgeben. Falls sie einen großen Wurf Ferkel bekommt, werde ich wohl das kleinste davon und vielleicht auch noch ein oder zwei weitere von Hand aufziehen. Es macht Spaß, kleine Ferkel zu füttern. Sie sind viel vergnügter als Hundewelpen. Aber auch ziemlich gierige Satansbraten. Kampflustig noch dazu. Simith, mein Nachbar, hat einen großen Weißen mit einer Berkshire-Sau gekreuzt und dabei recht gute Resultate erzielt. Man muss sehr vorsichtig sein, bei der Wahl der Zuchtschweine. Schwarze Schweine sind nicht besonders beliebt als Nahrungsquelle. Ich würde dir Simiths

Farm gerne mal zeigen. Er schwört auf ein System, bei dem die Schweine meistens an der frischen Luft sind, aber Tombley, sein Neffe, versucht andauernd, ihn dazu zu bringen, zur skandinavischen Methode zu wechseln, so wie ich das getan habe. Sie streiten sich deswegen wie die Teufel. Das ist so grotesk, dass man da eigentlich nur drüber lachen kann.« Er führte sie nach draußen, und sie gingen zu dem zweiten, etwas größeren Schweinestall hinüber.

»Ich bin den beiden bereits begegnet«, sagte Mrs. Bradley. Sie beschrieb das kleine Abenteuer, das sie auf der Herfahrt erlebt hatten. »Ja, lass sie uns besuchen gehen, Kind. Ich würde sie sehr gern wiedersehen – und natürlich auch ihre Farm besichtigen«, fügte sie hastig hinzu. Carey warf ihr einen schiefen Blick zu.

»Versuch erst gar nicht, dich zu entschuldigen«, sagte er. »Hast du Simith also zu einem deiner Musterexemplare auserkoren, meine Liebe?«

»Nein, eher Tombley, denke ich«, antwortete Mrs. Bradley lachend.

»Der ist ein ziemlicher Flegel«, sagte Carey mit gerunzelter Stirn. »Der alte Simith ist ganz in Ordnung, würde ich sagen. Er ist durch und durch ein Mann vom Land, trotz all seines Geldes, aber Tombley ist eine komische Mischung. Simith stammt aus Bampton, weißt du, vom anderen Ende der Grafschaft, und lebt noch gar nicht so lange hier. Die Leute mögen ihn nicht besonders. Vermutlich aufgrund von Vorurteilen. Andererseits ist mir zu Ohren gekommen, dass der alte Kerl angeblich manchmal eine Art Recht der ersten Nacht bei den Töchtern seiner Pächter geltend macht. So was kommt natürlich gar nicht gut an. Wir sind sehr moralische Leute hier in Stanton St John. Ich habe mich oft gefragt, warum Mrs. Ditch damit einverstanden ist, dass ihre Linda dort arbeitet, aber natürlich kann Linda heimkommen, wann immer sie will, und Mrs. Ditch führt als Mutter eine ziemliche Schreckensherrschaft, auch wenn man das nicht meinen sollte. Die stehen alle unter ihrer Fuchtel, und das nicht zu knapp. Hier, das ist Buttercup.« Er lehnte sich vor und gab der Sau einen Klaps. Mrs. Bradley stand daneben und bemühte sich, eine bewundernde Haltung einzunehmen. »Und das hier ist mein Liebling: Clytie.« Er blieb vor dem Koben einer sehr großen Sau stehen und rief sie zu sich. Sie quiekte vor Freude, kam schwerfällig herbeigelaufen, stemmte die Vorderfüße gegen die Holzbalken ihres Kobens, riss den Rachen auf und schien ihn anzugrinsen. Carey tätschelte ihren Nacken, kitzelte sie an der Schnauze und zog sanft an ihren großen Ohren. Währenddessen redete er die ganze Zeit auf sie ein.

»Aber wie kannst du es denn da ertragen, sie zu töten?«, fragte Mrs. Bradley. Die Sau schien eine so überbordende Liebe zu empfinden, dass ihr der Geifer in großen Schwallen aus der Schnauze tropfte. Es war rührend und eklig zugleich, faszinierend und abstoßend, zu sehen, wie sehr sie an Carey hing, und ihr vorwurfsvolles Quieken zu hören, als er fortging.

»Ich schlachte meine Säue nicht«, sagte Carey. »Es sei denn, sie sind krank. Die Tiere sterben verwöhnt und verzärtelt an Altersschwäche. Das ist natürlich sentimental und außerdem noch äußerst schlecht fürs Geschäft. Bei meinen Schlacht- und Mastschweinen ist das anders, da achte ich sorgfältig darauf, niemals Freundschaft mit ihnen zu schließen. Und jetzt komm und schau dir Tom an.«

»Ich dachte immer, dass Eber und Säue – oder genauer gesagt alle Zuchttiere, inklusive Hunde und Katzen – irgendwelche wohlklingenden, hochtrabenden Namen hätten, so etwas wie Blue China Charles II. of Bloomsbury«, sagte Mrs. Bradley, während sie ihrem Neffen zu dem Koben folgte, in dem der Eber untergebracht war.

»Das tun sie auch. Aber wenn wir unter uns sind, kürzen wir das Ganze ein bisschen ab. Darf ich vorstellen: Christchurch Tom of Stanton. Und die Sau, die du eben kennengelernt hast, heißt Brockenhurst Clytemnestra IV.«

»Und ist Tom sehr wild?«, fragte Mrs. Bradley, während sie den Eber betrachtete.

»O nein, kein bisschen, außer bei Fremden. Sieh nur.« Er öffnete das Gatter und trat ein. Tom wich zurück, stellte sich mit dem Rücken zum Zaun und scharrte mit den Füßen. »Komm schon, du alter Narr«, sagte Carey. Der Eber kam langsam auf ihn zu, mit solch zierlichen Schritten, als wollte er ein Menuett tanzen, doch als er nur noch etwa einen Meter von Carey entfernt war, stürzte er plötzlich wie entfesselt auf ihn los. Carey sprang zur Seite wie ein spanischer Stierkämpfer, gab dem Eber einen klatschenden Schlag auf die Hinterkeulen und stellte sich ihm dann erneut entgegen. Der Vorgang wiederholte sich drei Mal. Dann wurde der Eber friedlich, wandte sich ab und trottete davon. Carey folgte ihm, packte seinen Kopf und zeigte Mrs. Bradley seine Hauer. Anschließend schritt er seelenruhig aus dem Koben hinaus, schloss das Gatter hinter sich und wischte sich die Hände an der Hose ab.

»Ich würde eigentlich nicht unbedingt behaupten wollen, dass er nicht wild ist«, lautete Mrs. Bradleys Kommentar.

»Er spielt nur. Das mag er. Aber er ist natürlich auch ein

ziemlicher Grobian. Wenn ich für einen Kampf trainiere, gehe ich jeden Tag für zehn Minuten in seinen Koben. Das schärft die Augen, und man wird flink auf den Beinen – beides sehr nützliche Eigenschaften im Boxring. Aber du musst dir unbedingt noch Hereward anschauen. Er hat seinen eigenen, separaten Stall, draußen im Hof. Wir kommen auf dem Rückweg zum Haus daran vorbei. Er hat mehr Ähnlichkeit mit einem Hund als mit einem Eber. Mit dem kommt wirklich jeder zurecht, meine ich. Er ist noch ziemlich jung. Ich habe ihn selbst großgezogen, seit seiner Geburt. Ein wirklich entzückendes Kerlchen. Erst zwei Jahre alt.«

»Kommt, ihr zwei, es ist schon Viertel vor eins«, sagte Hugh, der auf der Suche nach ihnen in den Schweinestall gekommen war.

Also gingen sie wieder ins Haus, ohne Abstecher zu Herewards Stall, und setzten sich zu den anderen an den Esstisch. Mrs. Ditch trat mit einem Rinderbraten in Erscheinung.

»Du liebe Güte, Mrs. Ditch!«, rief Hugh und betrachtete den Braten voll verzückter Überraschung. »Das ist ja Häresie!«

»Nein, einen Herrn Esi kenne ich nicht«, antwortete Mrs. Ditch. »Aber das mit dem Rinderbraten hier, das war ein großer Zufall: Mr. Dellock kam mit Weihnachtsgrüßen vorbei, und ich habe meinem Ditch gesagt, er soll mit dem Mistkarren rüberfahren und etwas Nettes zum Essen mit zurückbringen. So kam es dazu. Aber was das jetzt mit diesem Herrn Esi zu tun haben soll, das ist mir ein Rätsel.«

»Das sagt er, weil er ein großer Prophet ist, Mrs. Ditch, genau wie Saul. Die erfinden auch andauernd irgendwelche Leute«, sagte Carey und reichte Hugh das Tranchiermesser. »Mach du das mal. Du als Fachmann!« Dann wandte er sich wieder an Mrs. Ditch. »Übrigens, wo ist Scab? Er hat doch wohl nichts Schlimmes angestellt?«

»Master Denis hat es sich in den Kopf gesetzt, sich morgen Abend den Geist vom alten Napper anzuschauen«, sagte Mrs. Ditch ein wenig besorgt. Sie sah Mrs. Bradley an. »Ich bin ja eigentlich nicht abergläubisch, Ma'am, gewiss nicht, aber mir gefällt diese Idee nicht, er ist doch noch so jung. Wenn ich seine Mutter wäre, würde ich es nicht zulassen, dass er sich irgendwelche Geister in Sandford anguckt, das kann ich Ihnen sagen.« Sie klang ein wenig außer Atem und schaute herausfordernd in die Runde. »Zweihundert Pfund sind viel Geld, Ma'am.«

»Aber Mrs. Ditch, Sie glauben doch nicht im Ernst an die Legende von Sandford?«, fragte Hugh überrascht. Mrs. Ditch sah ihn nicht an. Stattdessen knetete sie ihre Schürze zwischen den Fingern.

»Ich glaube gar nichts, Master Hugh«, sagte sie ein wenig verärgert. »Aber wenn niemand sonst dafür sorgt, dass dieses Kind zu Hause bleibt, dann werde ich selbst dafür sorgen, ganz gleich, was Sie davon halten. Es ist gefährlich, für alle und jeden, sich diese alte Kutsche da unten anzusehen. Ich glaube gar nichts. Aber das ist auf jeden Fall nichts für kleine Kinder, die ohne ihre Mutter hier zu Besuch sind!«

»Also gut, Mrs. Ditch, er wird nicht fahren«, sagte Mrs. Bradley.

»Vielen Dank, Ma'am«, sagte Mrs. Ditch überrascht. Es hatte ganz den Anschein, als wollte sie noch mehr sagen, aber dann entschied sie sich anders und verließ den Raum.

»Also weißt du«, sagte Carey, als Mrs. Ditch gegangen war, »es scheint mir fast, als sei mein Faktotum gerade ein wenig

anmaßend geworden. Warum hast du so schnell nachgege-
ben, Tante Adela? Das ist keine kluge Hauspolitik, finde ich.
Da ist doch nichts dran, an der Sache mit dem Geist. Und
außerdem, wenn Scab sich etwas in den Kopf gesetzt hat, ist
es sehr schwer, ihn davon abzubringen.«

»Mrs. Ditch hat Denis ins Herz geschlossen, und sie ist
nun mal um ihn besorgt«, sagte Mrs. Bradley, während sie
mit großem Wohlgefallen den Rinderbraten betrachtete und
sich eine Kartoffel nahm. »Und Denis wird tun, was man ihm
sagt, du wirst sehen, und zwar ohne viel Aufhebens zu machen. Für Kinder wie ihn ist Ungehorsam etwas vollkommen
Untypisches.«

Hugh lachte. Genau in diesem Moment betrat Denis den
Raum.

»Also so was«, sagte er und setzte sich. »Ich bin gerade Mrs.
Ditch begegnet, und sie hat gesagt, ich dürfe morgen Abend
nicht nach Sandford fahren, um mir den Geist anzuschauen.
Ich habe ihr mächtig die Meinung gegeigt und gesagt, ich
fahre trotzdem. Irgendjemand hat anscheinend mit einer
Menge roter Farbe ein merkwürdiges Kreuz auf Mr. Fossders
Tor gemalt, und das scheint ihr Angst eingejagt zu haben.
Jedenfalls hat sie das so gesagt. Tombley, der Kerl von Roman
Ending, hat es ihr erzählt, nehme ich an. Ich weiß, dass Mrs.
Ditch Angst vor dem Geist hat. Das hat sie gesagt. Aber das
ist doch kein Grund, dass ich auch Angst haben muss!« Er
sah Mrs. Bradley an, weil er aus dieser Richtung Widerstand
witterte, und machte sich darauf gefasst, für seine Rechte zu
kämpfen.

»Das ist ein sehr guter Grund für uns alle, Angst zu haben«,
sagte Mrs. Bradley gelassen. Sie sah Denis an, und er erwi-

derte ihren Blick. Ihre leuchtenden schwarzen Augen waren so scharf und starr wie die eines Vogels.

»Na, also wer von uns fährt denn jetzt nach Sandford?«, fragte Denis und senkte den Blick.

»Niemand. Aber Hugh fährt nach Iffley«, sagte Carey. »Und du und ich, wir bleiben schön brav zu Hause.«

Denis hob die Augenbrauen, doch er sagte nichts mehr. Das Einzige, was er von sich gab, war ein begeisterter Ausruf, als er den Rinderbraten entdeckte, von dem Hugh gerade eine Portion für ihn abschnitt: »Rindfleisch? Gut. Blutig? Großartig!«

Nach dem Mittagessen gingen Carey und Mrs. Bradley zunächst den Feldweg entlang, dann über verschiedene Trampelpfade, die streckenweise äußerst matschig waren, und stiegen schließlich über einen Acker, der bereits zur Hälfte gepflügt war, einen Hang hinauf. Von dort aus schauten sie auf Simiths Bauernhof hinunter.

»Er betreibt auch ein wenig Ackerbau, zusätzlich zur Schweinezucht«, sagte Carey. »Wenn man das Freiluftsystem anwendet, muss man sein eigenes Futter anbauen. Dort drüben sind seine fahrbaren Unterstände. Eine sehr praktische Idee. Natürlich muss man auf so einer Farm die Schweine mit einem Zaun von der landwirtschaftlich genutzten Fläche fernhalten, es sei denn, man möchte, dass sie die Felder von jeglicher Ernte befreien.«

Er ging ihr voraus, den Hügel hinunter in Richtung von Simiths Haus.

»Man benutzt die Schweine auch dazu, das Land zu düngen, verstehst du. Das ist eins von Simiths wichtigsten Argumenten, darauf reitet er andauernd herum. Aber um das auf

die richtige Weise zu tun, also um eine gleichmäßige Vertei-
lung der Gülle zu erzielen, muss man die Unterstände und
Futtertröge jeden Tag an eine andere Stelle versetzen. Ich
ziehe zwar meine eigene Methode bei Weitem vor, aber seine
ist durchaus interessant. Außerdem hat sein Zuchtvieh natürlich schon ein schöneres Leben. Tatsächlich gibt es für die
Aufzucht von Säuen kaum etwas Besseres.«

»Die Schweine füttern sich quasi selbst, nehme ich an?«,
fragte Mrs. Bradley. »Das ist wahrscheinlich ein weiteres
Hauptargument für dieses System, stimmt's?«

»O ja. In diesem Winter bringt Simith seine Schweine zum
Beispiel dazu, ein Kartoffelfeld leerzuräumen. Natürlich haben Schweine, die im Freien leben und ihr Futter selbst suchen müssen, wesentlich mehr Bewegung, deshalb fressen sie
auch sehr viel mehr, als sie das bei meiner Methode tun. Insgesamt scheint mir das Ganze eine ziemlich teure und müh-
same Methode zur Zucht von Vieh zu sein, das ja doch nur
als Speck und Koteletts endet. Meine Schweine haben es zum
Beispiel in den Masthäusern schön warm. Seine Schweine
müssen sich selbst warmhalten, und das tun sie natürlich, indem sie noch mehr fressen. Aber Simith ist ein ausgefuchs-
ter alter Kerl, und seine Interessen sind breit gefächert – also
seine geschäftlichen Interessen, meine ich –, obwohl sie alle
mit Schweinefleisch zu tun haben. Wir sind da! Pass auf, dass
du nicht in den Matsch trittst.«

Sie gingen durch das Hoftor und suchten sich einen Weg
durch den Dung und die Jauche zur Vorderseite des Hauses.
Eine Dienstmagd, die etwa zwanzig Jahre alt war und ein
sauberes, sehr kurzes Kleid mit Schürze trug, öffnete ihnen
die Tür. Sie war ein hübsches Mädchen, mit frechen, weit auf-

gerissenen Augen und einem gewaltigen Busen. Sie lächelte Carey an.

»Hallo, Linda«, sagte Carey. »Das hier ist die einzige Tochter unserer Mrs. Ditch, Tante Adela. Ist Mr. Simith zu Hause, Linda? Falls er beschäftigt ist, gehen wir wieder und kommen ein anderes Mal.«

»Er ist zu Hause, Sir, und Mr. Tombley auch. Sind Sie verabredet? Die beiden sind wieder mal am Streiten, wie üblich.«

»Na ja, ich habe gesagt, ich würde mal vorbeikommen und mir den neuen Zaun anschauen, den er sich kommen lassen wollte.«

»Ah, den hat er noch nicht bestellt. Er wollte vorher Ihre Meinung hören, hat er gesagt. Er wird sich freuen, Sie zu sehen. Mr. Tombley ebenfalls. Hier entlang. Und ich könnte mir auch etwas Schrecklicheres vorstellen, als Ihr Gesicht zu sehen«, fügte sie kryptisch hinzu, während sie sie in die große, dunkle, mit einem Steinfußboden versehene Küche führte.

Onkel und Neffe saßen zu beiden Seiten des Kamins. Wenn man bedachte, wie reich Mr. Simith war, schien es umso erstaunlicher, dass er, was seine Einrichtung und Kleidung betraf, offenbar das Schlichte bevorzugte. Wie schon bei ihrer ersten Begegnung war er in Cordhosen und Gamaschen gekleidet, wobei Letztere mit einer dicken Schicht getrocknetem Schlamm überkrustet waren. Der einzige Gegenstand, der auf einen gewissen Wohlstand hinwies, war eine goldene Taschenuhr mit Sprungdeckel, deren Zeiger er gerade mit denen der Küchenuhr abglich. Die Küche war ein kahler, hässlicher Raum, dessen einzige Zierde eine Geschirrkommode war. In der Mitte standen ein gewaltiger Küchentisch, ein paar Windsor-Stühle und ein alter, mit Pferdehaaren gepolsterter Sessel.

Die Art der Polsterung konnte man erkennen, weil sie durch ein Loch in dem schwarzen Lederbezug heraushing.

Der alte Mann erhob sich und steckte die goldene Uhr in seine Westentasche. Zu Mrs. Bradleys Überraschung fiel seine Begrüßung überaus heiter und herzlich aus, während der junge Mann sie beide finster anstarrte und eine Begrüßung brummte, die genauso gut ein Fluch hätte sein können. Falls er sich freute, sie zu sehen, wies sein Verhalten jedenfalls nicht darauf hin. Carey stellte seine Tante vor, wobei er ein sehr ernstes und förmliches Gebaren an den Tag legte.

»Gekommen, um die Schweine zu besichtigen? Gewiss doch, Sie sollen die Schweine zu sehen bekommen. Und Tombley können Sie gleich mit besichtigen!« Als er den missmutigen Gesichtsausdruck seines Neffen sah, verschwand seine Heiterkeit abrupt und sein Blick wurde düster. »Was wollen Sie sich zuerst ansehen?«

»Eber«, antwortete Mrs. Bradley.

»Ah. Davon können wir Ihnen zwei zeigen. Einen guten und einen schlechten, stimmt's, Neffe?«

»Nero ist schon in Ordnung. Das macht einen Eber nur besser, wenn er ein bisschen übellaunig ist.«

»Tatsächlich, ist das so?«, fragte Simith und warf dem jungen Mann, der auf seinem Stuhl lümmelte, einen verächtlichen Blick zu. »Na, du musst es ja wissen.«

»Du bist der Richtige, mich als übellaunig zu bezeichnen!«, knurrte sein Neffe. »Kommen Sie, Mrs. Bradley«, fügte er dann hinzu. »Ich zeige Ihnen den Weg.«

Die beiden gingen voraus. Carey und Simith folgten ihnen, blieben jedoch bald zurück, um den neuen Zaun zu begutachten, von dem man Simith zur Ansicht ein kleines Probeexemplar geschickt hatte, zusammen mit einer detaillierten Beschreibung.

»Der Eber läuft also nicht frei herum?«, fragte Mrs. Bradley, während sie und der jüngere ihrer beiden Gastgeber durch eine Herde von Schweinen wateten und hier und da auch über eins hinüberstiegen. Auf diese Weise überquerten sie den Hof und die untere Hälfte eines schlammigen, zertrampelten Feldes.

»O nein, die Eber halten wir in Koben. Sonst hätten wir keine Kontrolle über die Zucht, verstehen Sie?« Er ging auf einen großen Koben zu, der mit einem Ziegelboden ausgestattet war. »Das ist Nero, ein prächtiger Kerl, auch wenn er schon etwas in die Jahre gekommen ist. Aber seinen Beitrag leistet er immer noch. Es gibt nur einen Menschen in der ganzen, weiten Welt, der sich traut, diesen Koben zu betreten, und das ist Priest, unser Gehilfe.«

»Ah ja, der Musikant«, sagte Mrs. Bradley abwesend. Sie starrte entzückt den Eber an. »Er macht einen sehr gefährlichen Eindruck«, sagte sie, während sich der Eber mit einem wütenden Brüllen gegen den Zaun des Kobens warf. »Und ich dachte immer, man würde ihnen die Hauer entfernen.«

»O nein. Wenn niemand da ist, und wir alle übrigen Tiere eingezäunt haben, lässt Priest ihn eine Weile frei herumrennen, und dann wühlt er in der Erde und schnaubt und führt sich auf wie ein junger Elefantenbulle. Das könnte er nicht, wenn er keine Hauer mehr hätte.«

»Und lassen Sie den anderen Eber auch frei herumlaufen?«, fragte Mrs. Bradley.

»Bill Sykes? Ja, aber nicht zur selben Zeit wie Nero. Die beiden würden sich wahrscheinlich bis aufs Blut bekämpfen, bis einer von ihnen tot ist. Was möchten Sie sonst noch gerne sehen?«

»Bill Sykes«, antwortete Mrs. Bradley.

»Der Weg dorthin ist ziemlich matschig. Sein Stall ist drüben beim Obstgarten. Ich nehme mal an, Sie müssen Ihre Schuhe nicht selber putzen.«

Er schaute auf seine Gamaschen und lachte, aber es war kein freundliches Lachen.

Er ist nicht gern hier, dachte Mrs. Bradley und sagte:

»Erklären Sie mir doch bitte einmal Ihr System. Es kommt mir sehr anders vor als das von Carey.«

»Nun, ja, es ist anders, natürlich. Grob gesagt sieht die Idee so aus: Die Schweine führen ein Leben im Freien und suchen sich ihr Futter selbst. Natürlich füttern wir zu, falls das notwendig sein sollte. Es ist ein schmutziges, unwirtschaftliches System, finde ich, aber mein Onkel ist sehr davon angetan, und für den Moment kommt es mir gelegen, hierzubleiben und ihm zu helfen. Aber ich tauge nicht besonders gut für die Arbeit mit Schweinen. Man muss schon sehr viel Begeisterung für die Sache haben, wissen Sie, unglaublich viel Begeisterung, um mit der Schweinezucht Erfolg zu haben. Ich mag sie ja eigentlich schon, die Tiere, aber ich würde lieber Careys System anwenden. Ich wünschte, ich könnte nach Dänemark oder Schweden reisen und mir anschauen, wie sie die Sache dort anfangen. Mein Onkel und ich verstehen uns leider überhaupt nicht. Er empfindet das Streiten als belebend, mich dagegen langweilt es unsäglich. Alles, was ich mir wünsche, ist etwas Geld und eine Frau und ein wenig Ruhe und Frieden.«

»Verständlich«, sagte Mrs. Bradley. Sie hatten die Mauer des Obstgartens erreicht, in deren Nähe sich ein weiterer Koben befand. »Das ist also Bill Sykes«, fügte sie hinzu. »Nicht so wild wie Nero.«

»Bei Weitem nicht.« Bill Sykes war noch jung. Er schien ihre Annäherung eher mit Interesse zu betrachten, als dass sie ihn störte.

»Ich habe Angst vor Ebern, um ehrlich zu sein«, gestand Tombley. »Ich würde diesen Koben selbst dann nicht betreten, wenn man mir hundert Pfund dafür bietet.«

»Aber wenn er nicht so gefährlich ist ...«

»Ich weiß. Aber ein Eber möchte immer der alleinige Herrscher in seinem Schloss sein. Sie hassen es, wenn Menschen in ihren Koben kommen. Das Futter schieben wir einfach rein oder schaufeln es mit einer Mistgabel über den Zaun. Wenn wir den Koben reinigen wollen, müssen wir den Eber in den Unterstand locken und die Klappe herunterlassen. Hinterher öffnen wir sie wieder und machen uns so schnell wir können davon. Es ist ziemlich aufregend. Mir bricht dabei immer der Schweiß aus. O, da kommt Priest. Das bedeutet, dass ich mich besser aufmachen sollte. Ich hab ein paar Kartoffeln im Kessel, für die beiden Eber, und sollte mal nachschauen, ob die schon gar sind.«

Mrs. Bradley begleitete ihn. Als sie an dem Gehilfen vorbeikamen, grunzte dieser nur zur Begrüßung – ein ganz ähnliches Geräusch, wie es die ihm anvertrauten Tiere von sich gaben. Mrs. Bradley warf ihm einen durchdringenden Blick zu.

»Man könnte ihn wohl als den hässlichsten Mann der gesamten Grafschaft bezeichnen«, sagte Tombley mit einem Lächeln. »Ich habe in meinem ganzen Leben noch kein Gesicht gesehen, das einen mordgierigeren Eindruck gemacht hätte.«

»O, ich schon«, sagte Mrs. Bradley. »Mein Beruf bringt es

mit sich, dass ich recht vielen mordgierigen Gesichtern begegne, auf die ein oder andere Weise, wie ich mit Freuden sagen kann.«

»Mit Freuden?«, fragte Tombley und sah sie überrascht an.

»Ich finde Morde äußerst interessant«, antwortete Mrs. Bradley. »Man könnte sie als die angewandte Mathematik der krankhaften Psyche bezeichnen, nicht wahr?«

»Nun, das gilt dann wohl ebenso für Selbstmord, Vergewaltigung, Inzest und all die anderen Perversionen, die es so gibt, meinen Sie nicht?«, entgegnete Tombley amüsiert.

»In der Tat«, sagte Mrs. Bradley. Sie betrachtete ihn aufmunternd mit ihren scharfen schwarzen Augen, aber Tombley schien der Ansicht zu sein, dass man dieses Thema nun zur Genüge besprochen hatte, denn er erwiderte lediglich:

»Sind Sie nicht *die* Mrs. Bradley, die Psychoanalytikerin?«

»Das bin ich durchaus, oder war es zumindest, als Sigmund Freud noch in Mode war. Heutzutage bezeichnet man mich als Nerven- oder Irrenärztin.«

»Sie sind also befähigt, sich um erkrankte Gemüter zu kümmern?«

»Ich denke schon. Aber das hängt immer von der Bereitschaft des jeweiligen Gemüts ab. Ob es auch will, dass man sich um es kümmert, verstehen Sie?«

»Ich spreche nicht über mich selbst, sondern über meinen Onkel. Er hat seit einiger Zeit seltsame Aussetzer.«

»Aussetzer?«, fragte Mrs. Bradley.

»Ja. Er nimmt ein Schwein an die Leine, als wäre es ein Hund, und nennt es Fido. Solche Sachen.«

»Meiner Treu, das ist kein Aussetzer, Kind, das ist eine Idiosynkrasie«, sagte Mrs. Bradley grinsend.

»Vielleicht war das nicht das beste Beispiel. Aber letzte Nacht hat er behauptet, er hätte einen Geist gesehen, der seinen Kopf unterm Arm trug. Und ja, ich kenne das entsprechende Scherzlied sehr wohl«, fügte er hastig hinzu, als er Mrs. Bradleys ironischen Blick bemerkte. »Und betrunken war der alte Kerl zu diesem Zeitpunkt auch nicht, möchte ich meinen. Er kam ins Zimmer, vollkommen durchgeschwitzt, und sagte, dass er ihn gesehen hat.«

»Hat er auch gesagt, wo er ihn gesehen hat, mein Junge?«

»Ja, er sah ihn aus dem Wald dort drüben kommen. Das liegt zwischen Careys Haus und dem unsrigen. Ich würde ja sagen, falls er tatsächlich was gesehen hat, war es einer von den Ditch-Jungs in seinem weißen Morris-Kostüm.«

»Unsere Mrs. Ditch hat sämtliche Kostüme weggeräumt«, sagte Mrs. Bradley.

»Ah, ich verstehe«, sagte Tombley. »Was halten Sie übrigens von dem Brief, den Mr. Fossder erhalten hat, in dem man ihn und mich dazu auffordert, nach Sandford zu fahren und uns den Geist des alten Napper anzusehen?«

»Sie wurden auch aufgefordert?«, fragte Mrs. Bradley.

»Ja. Ich bekomme die Hälfte der zweihundert Pfund, falls ich es tue.«

Am nächsten Tag warf Denis erneut die Frage auf, ob man nicht nach Sandford fahren wolle, um den Geist zu sehen.

»Hugh fährt heute Abend nach Iffley«, antwortete Carey ungeduldig. »Es kommt überhaupt nicht infrage, sich in Sandford irgendwelche Geister anzusehen. Das ist ohnehin nur großer Unsinn.«

»Wirst du mit ihm fahren?«, erkundigte sich Denis.

»Ich? Nein. Das habe ich dir doch schon gesagt. Es ist nicht genug Platz im Automobil.«

»Und ich werde nicht später als Viertel nach elf von Iffley losfahren«, sagte Hugh. »Also kann das mit dem Geist unmöglich vor meiner Heimkehr funktionieren. Kopf hoch, Scab, du verpasst nichts.«

»Und Carey, du und ich werden allein hier im Haus sein«, sagte Denis zu Mrs. Bradley, »weil Mr. Ditch nämlich nach Oxford fährt und Mrs. Ditch ...«

»Die Unheil verkündende Mrs. Ditch bleibt zu Hause«, sagte Mrs. Bradley genüsslich.

An diesem Abend, um kurz nach zehn, als sich Hugh gerade zu dem Cottage aufmachen wollte, in dem George, der Chauffeur, untergebracht war, stellte Mrs. Ditch sich ihm in den Weg.

»Ich weiß, dass Master Carey mich nur auslachen würde, Master Hugh, aber ich bitte Sie, schauen Sie, dass Sie vor Mitternacht dort fortkommen, ja? Gehen Sie bloß kein Risiko ein.«

»Aber, aber, Mrs. Ditch, was soll denn das!«, sagte Hugh. »Ich hätte Sie für vernünftiger gehalten! Wie können Sie denn solch alberne Geschichten erzählen? Oder an so einen Mist glauben wie diesen Geist von Sandford! Außerdem werde ich ohnehin nicht durch Sandford fahren!« Vor Ärger war er ganz laut geworden.

Mrs. Ditch sah elend aus.

»Ich bitte um Verzeihung, wenn ich Ihnen zu viel rede, ganz ehrlich, ich mein's ja nur gut, das können Sie mir glauben.«

»Das weiß ich doch«, sagte Hugh. »Aber wir werden Iffley garantiert lange vor Mitternacht verlassen, Mrs. Ditch, und wie gesagt, Sandford liegt überhaupt nicht auf unserem Weg.«

»Aber der Geist muss schließlich irgendwie nach Sandford kommen, nicht wahr?«, sagte Mrs. Ditch langsam. »Und ich wünschte, Sie müssten gar nicht fahren, ganz ehrlich, das wünschte ich! Es wäre mir so viel lieber, wenn Sie zu Hause bleiben könnten! Mir gefällt dieses Gerede über diesen anonymischen Brief, oder wie man das nennt, überhaupt nicht. Wenn Tombley in die Sache verwickelt ist, bedeutet das nichts Gutes. Und das Geld, das man angeblich dafür kriegt, dass man sich einen Geist anschaut, das macht mir auch Angst.«

»Jetzt hören Sie mal, Mrs. Ditch, ich wünschte, Sie würden damit herausrücken, was Sie meinen. Was ist los? Sie haben doch nicht wirklich Angst vor einem Geist. Es geht hier doch um irgendetwas anderes«, sagte Hugh. »Was soll schon mit dem Brief sein? Das ist doch nur eine Wette, die als Scherz gemeint ist.«

»Außer, dass der Gehilfe von Mr. Simith drüben auf Roman Ending behauptet, er hätte den Geist gesehen, wie er durch den Wald geschlichen ist.«

Sie öffnete die Tür – sie standen in der Nähe des Hintereingangs – und ging ins Haus. Genau in diesem Moment trat Carey zur Vordertür hinaus, und als er Hugh den Hof überqueren hörte, rief er ihm zu, er möge warten. Hugh blieb stehen, und Carey kam zu ihm herüber.

»Ich begleite dich zum Cottage«, sagte er. Sie gingen Seite an Seite durch das Hoftor und dann den Feldweg entlang, bis sie die Straße erreichten.

»Ich wünschte«, sagte Carey, während sie in der Dunkelheit mit zügigen Schritten den Hügel hinaufliefen, »wir hätten Pratt und Fay nicht einladen müssen. Nervensägen, alle beide. Warum bringst du nicht einfach nur Jenny mit zurück? Pratt und Fay haben doch einander, sie sind schließlich verlobt. Die brauchen uns gar nicht.«

»Aber das geschah anscheinend gegen Fays Willen«, sagte Hugh. »Fay und Jenny kleben zusammen wie Pech und Schwefel und erzählen sich alles, wie das Mädchen halt so tun, und ich habe mir sagen lassen, dass die Verlobung von Fossder eingefädelt wurde. Bei der Wahl eines Schwiegersohns kamen anscheinend nur Pratt und Tombley infrage, und aus irgendeinem Grund kann Fossder Tombley nicht ausstehen.«

»Aber Tombley wird doch ziemlich wohlhabend sein, wenn der alte Simith irgendwann den Löffel abgibt. Die Schweinefarm ist ja nicht das einzige Eisen, das er im Feuer hat. Simith hält große Anteile an Schweinezuchtbetrieben in Norfolk und Leicestershire, außerdem ist er so eine Art Wurstkönig. Man sieht seine Produkte jetzt überall. Finanziell gesehen könnte Fay es sehr viel schlechter treffen. Aber ich weiß nicht, wie sie den jungen Tombley als Ehemann finden würde. Er könnte sich als ziemlicher Grobian entpuppen, wenn er erst einmal etwas älter ist.«

»Man kann es den Leuten kaum zum Vorwurf machen, wenn sie mit Simith nichts zu tun haben wollen. Ein wirklich widerwärtiger alter Teufel«, sagte Hugh, während sie an der Kirche vorbeikamen.

»Tombleys Mutter war Simiths Schwester, und ich glaube, der *alte* Tombley hatte sogar einen Sitz im Parlament oder so etwas«, nahm Carey unbekümmert den Faden wieder auf. »Er war so eine Art Gutsherr. Hat in Cambridge studiert, habe ich gehört. Ist aufgrund seiner Verdienste um die Landwirtschaft ins Parlament gelangt. Mittlerweile ist er natürlich längst tot, genau wie Tombleys Mutter. Simith hat den Jungen adoptiert. Ich habe Tante Adela heute Nachmittag zu einem Besuch dorthin mitgenommen, während du die Einkäufe in Oxford erledigt hast. Ich glaube, es hat ihr Spaß gemacht. Obwohl gerade nicht mal die richtige Jahreszeit ist, um einen Freiluftbetrieb von seiner besten Seite zu sehen.«

Sie kamen am Cottage an, und Hugh klopfte an der Tür, um George herauszubitten.

»Sehr wohl, Sir, ich komme sofort«, sagte dieser.

»Und? Langweilen Sie sich hier unten?«, fragte Carey. George grinste. Er hatte einen kleinen Jungen auf der Schulter, und ein weiteres Kind klammerte sich an sein Hosenbein, um sich aufrecht halten zu können.

»Nein, Sir. Es ist sehr interessant, sich ein eigenes Bild von den Bedingungen machen zu können.«

»Was für Bedingungen?«, fragte Hugh.

»Die Bedingungen, die in einer kleinen Dorfgemeinschaft herrschen, Sir«, antwortete George. »Dass man hier zum Beispiel noch fest an Geister glaubt und auch dass das Problem mit dem Wasser tatsächlich so ernst ist, wie es in der Londoner Presse dargestellt wird.«

»Geister?«, fragte Carey. »Erzählen Sie mir nicht, dass man Ihnen auch dieses dumme Zeug aufgetischt hat!«

»Ich bin feierlich gewarnt worden, Sir, mich heute Abend nach halb elf nicht mehr in Sandford blicken zu lassen. Und man hat mir ebenfalls erzählt, dass auf dem hiesigen Hof namens Roman Ending ein Geist gesehen wurde.«

»Wer hat Sie gewarnt?«, fragte Carey scharf.

»Ihre Mrs. Ditch, Sir, ganze zwei Mal, und jedes Mal mit großem Nachdruck.«

»Also wirklich«, sagte Carey, nachdem Hugh herzlich gelacht und George versichert hatte, dass sie noch vor Mitternacht wieder zu Hause sein würden. »Ich werde schon die Wahrheit aus Mrs. Ditch herauskriegen. Sie hat vor irgendetwas Angst, und dabei handelt es sich *nicht* um den Geist von George Napper. Dieser Name taucht andauernd auf«, erklärte er.

»Welcher Name?«

»George.«

»Na, im Grunde genommen bedeutet der Name nichts anderes als Bauer.«

»Du liebe Güte!«, sagte Carey und boxte ihn freundschaftlich in die Rippen. »Wie großartig, wenn man eine klassische Erziehung genossen hat und sein Leben in einer Bibliothek verbringen darf!«

Aber als er nach seiner Rückkehr Mrs. Ditch befragte, war nichts aus ihr herauszubekommen. Sie behauptete steif und fest, es sei der Geist und diese törichte Wette, die ihr Angst einjagten. Er gab auf und ging ins Wohnzimmer, um sich zu Mrs. Bradley zu gesellen.

»Wir fahren jetzt los«, sagte Hugh, der seinen Kopf ins Zimmer gesteckt hatte. »Und ich hoffe, ihr werdet mich wohlbehalten wieder zurückbekommen.«

»Na, da mach dir mal keine Sorgen«, sagte Carey. »Der Fluch erfüllt sich erst nach einem Jahr, und nicht sofort beim Anblick des Geistes.«

Es wurde an der Tür geklopft. Es war George, und sie baten ihn, einzutreten. »Es tut mir sehr leid, Sir«, sagte George zu Hugh. »Aber wir haben da ein kleines Problem, fürchte ich. Könnten Sie sich noch eine halbe Stunde gedulden, wäre das möglich? Ich hoffe, das Automobil bis dahin fahrtüchtig machen zu können.«

»Warum? Was ist denn passiert?«, fragte Hugh.

»Irgendjemand muss sich daran zu schaffen gemacht haben. Aber ich werde das Auto schon wieder zum Laufen bringen, Sir. Ditch oder Walt werden Ihnen Bescheid geben, sobald wir es repariert haben. In einer halben Stunde etwa.«

»Schön und gut, aber was ist denn nun das Problem?«, fragte Hugh.

»Ein Leck im Tank. Das war Absicht«, antwortete Ditch, der George ins Haus gefolgt war. »Das müsste man eigentlich in einer Werkstatt reparieren, aber George hier glaubt, dass wir das hinkriegen. Wenn das Ding nicht vorher in die Luft fliegt«, fügte er nach einer kurzen Pause hinzu.

»Ganz gleich, ob es in die Luft fliegt oder nicht, ich fahre heute Abend auf jeden Fall nach Iffley. Ich lasse nicht zu, dass irgendeiner dieser Bauerntrampel seine Spielchen mit meinem Auto treibt«, sagte George verärgert, »und mich daran hindert zu fahren, wohin ich will.«

Mrs. Bradley nickte ernst und zustimmend.

»Aber das sieht den Leuten hier gar nicht ähnlich!«, sagte Carey.

»Wer auch immer es war«, brummte George, »dem werde ich ordentlich die Leviten lesen, wenn ich ihn in die Finger kriege.«

»Ich verstehe das nicht«, sagte Carey. Er ging in die Küche, wo Mrs. Ditch gerade damit beschäftigt war, Brot durch ein

Reibeisen zu pressen. Auf diese Weise hatte sie bereits einen großen Haufen Brosamen hergestellt. An der Decke hingen Schinken und Zwiebeln, und Ditchs Unterwäsche trocknete an einer Leine, die quer durch den riesigen, dunklen Raum gespannt war.

»Jetzt hören Sie mal, Mrs. Ditch«, sagte Carey in äußerst strengem Tonfall. »Was geht hier vor? Jemand hat Mrs. Bradleys Auto fahruntüchtig gemacht. Und Sie verbreiten diesen Unsinn über Geister! Was steckt dahinter? Raus damit!«

»Ich weiß genauso wenig wie Sie, Master Carey«, antwortete Mrs. Ditch. »Ich weiß nur, was ich Ihnen erzählt habe, und das habe ich von meiner Tochter gehört, die endlich nach Hause gekommen ist. Jetzt ist sie aus der Sache raus, und das war auch höchste Zeit, finde ich. Und von meinem Bob hab ich's auch gehört, und der hat es mit eigenen Augen gesehen. Und dann noch das ganze Geld. Das geht doch nicht mit rechten Dingen zu.«

Carey gab sich geschlagen und ging ins Wohnzimmer zurück.

»Seid ihr noch gar nicht losgefahren?«, fragte Denis, der im Schlafanzug nach unten gekommen war, und nahm sich einen Keks von der Anrichte.

»Der gewissenhafte George wollte das Auto noch einmal einer genauen Prüfung unterziehen«, sagte Carey leichthin, bevor Hugh antworten konnte. Er warf Hugh einen Blick zu. Dieser nickte und stopfte seine Pfeife. Aber Denis ließ sich nicht so leicht täuschen. Er wedelte mit dem Keks in der Luft herum und machte ein paar Freudensprünge. Seine Augen leuchteten vor Begeisterung.

»Dann ist hier also tatsächlich irgendetwas Verdächtiges im

Gange! Ich habe es euch ja gesagt!«, rief er. »O, bitte, nehmt mich mit, wenn ihr nach Iffley fahrt!«

»Ach du, geh wieder ins Bett!«, sagte Carey. »Ich dachte, du hättest was zum Lesen dabei.«

»Bin schon fertig. Ich konnte das Ende nicht erwarten«, sagte Denis voller Bedauern und nahm sich noch ein paar Kekse. Mrs. Bradley gab ihm eine Tafel Nussmilchschokolade.

»Er wird sich die Zähne ruinieren«, sagte Hugh. »Ich wette, er macht sich nicht die Mühe, sie noch einmal zu putzen, nachdem er den ganzen Kram in sich hineingestopft hat.«

Mrs. Bradley reichte Denis einen Apfel.

»Das ist genauso gut wie eine Zahnbürste«, sagte sie.

Drittes Kapitel

WECHSELSCHRITT IN SANDFORD

Zweimal ging Hugh zur Wagenremise hinüber, um nachzuschauen, wie die Reparaturtruppe vorankam. Beim zweiten Mal klang der Bericht optimistisch.

»Ich werde doch fahren können«, sagte er, als er ins Wohnzimmer zurückkam. Carey saß vor dem Schachbrett, auf dem er in eine hoffnungslose Lage geraten war, während Mrs. Bradley ihn über die Figuren hinweg teuflisch angrinste.

»Gut«, sagte sie. Carey grunzte, gab das Schachspiel auf und fischte eine Pfeife samt Tabak aus der Tasche.

»Du wirst von Glück sagen können, wenn du nicht schuld daran bist, dass man Jenny des Hauses verweist und sie auffordert, nie wieder einen Fuß hineinzusetzen«, sagte er und griff nach den Streichhölzern.

»Du denkst, Mr. Fossder wird nicht wollen, dass sie uns besuchen kommt? Ach, verdammt, das wäre ein Pech!«, sagte Hugh. »Aber die alte Dame mag mich, weißt du?«

»Ja«, sagte Carey. »Und wäre es ihr nicht auch viel lieber, wenn Tombley ihr Schwiegersohn würde? Ich glaube, sie kann Pratt auf den Tod nicht ausstehen.«

»Und der alte Fossder kann Tombley nicht ausstehen. Aber ich finde, das kann man ihm eigentlich nicht übelnehmen. Der alte Simith hat ihm nämlich einmal eine leere Flasche über den Kopf gezogen. Simith wurde dafür eingelocht, und seitdem hasst er Fossder. Außerdem ist er davon überzeugt, dass Fossder ein Gerichtsverfahren von ihm verpfuscht hat, in dem es um irgendeine Brücke oder so ging.«

»Interessant«, sagte Mrs. Bradley, die sich gern Klatsch und Tratsch anhörte, wenn auch eher passiv, ohne sich groß einzubringen. Sie stand im Begriff, die beiden aufzufordern, mit ihrer Erzählung fortzufahren, als die Türglocke mit lautem Scheppern in Gang gesetzt wurde und das ganze Haus aufschreckte. Das Geräusch fuhr Mrs. Ditch, die in der Küche saß, durch alle Glieder. Sie ließ sich zurück in ihren Windsor-Stuhl fallen, umklammerte die Tischkante mit ihrer dunkel verfärbten Hand – sie war gerade damit beschäftigt gewesen, die Innereien aus einem Kapaun zu entfernen – und sagte:

»Walt, lass bloß niemand rein, das wäre sehr unklug!«

Woraufhin Walt, Mrs. Ditchs jüngster Sohn, beschwichtigend antwortete:

»Aber, aber, Mutter, woher willst du denn wissen, wer es ist? Warte hier, ja? Dann kann ich's dir gleich sagen.«

Mit diesen Worten ging er zur Tür, um sie zu öffnen.

Das Geräusch hatte auch Carey aufgeschreckt.

»Gute Güte, wer ist denn das?«, verlangte er zu wissen und schwang seine Füße vom Sofa, während Hugh zur Tür ging, die vom Wohnzimmer in die Eingangshalle führte.

»Wer ist da, Walt?«, rief er.

Oben in seinem Zimmer hatte sich Denis aufgesetzt und lauschte. Dann schlüpfte er aus dem Bett, zog sich seinen Morgenmantel und seine Pantoffeln an und machte sich auf, um die Lage zu erkunden. Die Geschicklichkeit, die er dabei an den Tag legte, hatte er sich durch jahrelange Übung daheim erworben, bei zahlreichen Raubzügen in die Küche, um die Keksdose zu plündern. Er schlich die Hälfte der Treppe hinunter, und als er Hugh entdeckte, dessen Silhouette sich in der geöffneten Wohnzimmertür vor dem dahinter brennenden Licht abzeichnete, kauerte er sich hinter das Treppengeländer. Dort wartete er die weiteren Entwicklungen ab.

Selbst Mrs. Bradley konnte sich bei diesem scheppernden Missklang so spät am Heiligen Abend einer gewissen Beanspruchung ihres Nervenkostüms nicht erwehren.

»Wer ist da?«, fragte Hugh erneut, als Walt durch die Eingangshalle auf ihn zukam.

»Es ist ein Gentleman namens Pratt. Er will wissen, ob Sie nun nach Iffley fahren oder nicht«, sagte er.

»Pratt? Bitte ihn herein«, sagte Carey. Ein hochgewachsener dünner Mann mit leicht gebückter Haltung trat in den Lichtschein der Lampe, die im Wohnzimmer brannte.

»Man dachte, man sei womöglich falsch informiert worden«, sagte er. »Man hatte von seiner Verlobten die Information erhalten, dass man eine Person aus Ihrer Gesellschaft um halb elf Uhr heute Abend zu erwarten hätte.«

»Man hat das ganz richtig verstanden«, sagte Carey kühl. »Unglücklicherweise hat das Auto seinen Geist aufgegeben. Ich fürchte, Hugh wird seinen Besuch auf morgen früh verschieben müssen.«

»Man bedauert das Missgeschick«, sagte Pratt. Er blinzelte zu Mrs. Bradley hinüber. Carey stellte sie einander vor.

»Nun«, sagte Mrs. Bradley mit dem liebevollen Lächeln einer Boa Constrictor, der es gelungen war, ihre Beute mit der geringstmöglichen Anstrengung in ihre Fänge zu bekommen. »Also das ist Mr. Pratt! Wie geht es Ihnen, Kind?«

»Man befindet sich wohlauf«, sagte Pratt. Er warf einen vagen Blick in die Runde. »Man hatte eigentlich erwartet, dass ...«

»Ja, das ist richtig«, sagte Carey. »Und es tut uns wirklich furchtbar leid, aber es stimmt tatsächlich etwas mit dem Auto nicht. Es wird sich gerade darum gekümmert. Und ich meine es ganz ehrlich, wenn ich sage, dass ich nicht weiß, ob Hugh es heute Abend noch schaffen wird. Sie können hierbleiben und abwarten, wenn Sie möchten, und mit ihm zurückfahren, falls er überhaupt noch aufbrechen sollte.«

»Man hatte eigentlich vorgehabt, unverzüglich wieder zurückzukehren. Man ist auf einem Fahrrad gekommen, das Jenny gehört«, sagte Pratt, während er sich entschuldigend Richtung Ausgang schob.

»Alles klar. Dann bis später«, sagte Hugh leichthin.

»Ich kann nicht gerade behaupten, dass ich Fays Geschmack bewundere«, sagte er, als Pratt verschwunden war. Sie kehrten alle wieder zu ihren jeweiligen Beschäftigungen zurück, und Stille war eingekehrt, als sie plötzlich einen Schrei hörten und dann das Geräusch eines schweren Körpers, der gegen die Tür krachte.

»Du lieber Gott!«, sagte Hugh. »Was war das denn?« Er setzte sich starr auf und sah zur Tür hinüber. Carey ging und öffnete sie.

»Alles in Ordnung«, sagte eine mürrische Stimme, die Mrs. Bradley sofort wiedererkannte. »Ich bin durch den Hintereingang gekommen. Tut mir leid, Sie um diese Uhrzeit noch zu stören. Bin im Flur ausgerutscht. Wollte nicht darauf warten, dass Mrs. Ditch eine Lampe bringt.«

»Na, kommen Sie schon rein, Tombley«, sagte Carey nicht

besonders herzlich. »Was ist los? Ich hoffe, es ist nichts passiert?«

»Nein, wahrscheinlich nicht«, antwortete Tombley. »Es sind alle daheim, nehme ich an?«

»Ja, das sind wir«, antwortete Hugh. »Warum? Ist irgendetwas Schlimmes vorgefallen?«

»Nein, ich denke nicht. Zumindest nicht, wenn Sie meinen Onkel hier zu Besuch haben. Wenn er aber nicht hier ist, dann habe ich etwas Angst, dass ... Sein Herz spielt manchmal ein bisschen verrückt, und dann hat er heute auch noch ordentlich dem Alkohol zugesprochen ...«

»Es tut mir leid, aber Mr. Simith ist nicht hier«, sagte Carey. »Was denken Sie denn, was passiert sein könnte?«

»Nun, ich weiß nicht recht. Es ist gut möglich, dass gar nichts passiert ist«, antwortete Tombley. Mittlerweile war er eingetreten, sodass er im Licht der Wohnzimmerlampe stand.

»Mein lieber Claudius!«, rief Mrs. Bradley. Sie stand im Schatten, und beim Klang ihrer tiefen, wohlklingenden Stimme machte der junge Mann unwillkürlichen einen Schritt in ihre Richtung.

»Wie bitte?«, sagte er. Plötzlich erschien Mrs. Bradley im Lichtkreis, das Strickzeug noch in der Hand, und Tombley fuhr vor Schreck zusammen. Er war sich sicher gewesen, dass sie weiter von ihm entfernt war, und hatte deshalb nicht damit gerechnet, sie so unerwartet vor sich auftauchen zu sehen.

»Ich unterteile die Menschen in verschiedene Klassen«, sagte sie mit einem Winken ihrer Klauenhand. Im Licht der Lampe hatte ihre Haut eine seltsame schmutzige Farbe angenommen. Ihre schwarzen Augen glänzten wie die einer Hexe oder eines Wolfs, und als sie weitersprach, glich ihr Lächeln eher einem heimtückischen Grinsen. »Haben Sie nicht Aldous Huxleys Buch *Eine Gesellschaft auf dem Lande* gelesen, insbesondere die Stelle, wo der bemerkenswerte Mr. Scogan sich über das äußerst faszinierende Thema der Cäsaren auslässt? Typen. Typen. Wir sind alle Typen, mein liebes Kind. So etwas wie ein Individuum gibt es nicht, verstehen Sie? Sie hatten doch nicht etwa geglaubt, so etwas gäbe es, und Sie wären eines? Na, machen Sie sich nichts draus.«

Carey fing an zu lachen.

»Beachten Sie meine Tante nicht«, sagte er. »Sie ist Irrenärztin und verfügt über zahlreiche ausgefallene akademische Grade. Dagegen können wir nichts tun. Und wir versuchen es auch gar nicht erst.«

»Setzen Sie sich doch«, sagte Hugh. »Und erzählen Sie uns, was passiert ist.«

»Nun, es klingt vielleicht ein bisschen albern«, sagte Tombley. »Aber die Sache ist die: Mein Onkel ist nach Oxford gefahren und hat unser Haus heute Morgen um neun Uhr verlassen. Ich hatte ihn zur Teestunde zurückerwartet, und jetzt ist er noch immer nicht wieder da. Ich kann es mir nicht erklären, außer vielleicht, dass er irgendwelche Freunde getroffen hat. Das Problem ist, sein Herz ist nicht mehr das allerkräftigste. Deshalb mache ich mir immer ein wenig Sorgen, wenn er nicht zu seiner üblichen Zeit zurückkehrt. Und diesmal ist es zudem auch noch so, dass ...«

»Ein sehr löbliches Verhalten.« Erneut kam Mrs. Bradley aus der Dunkelheit herausgeschossen, in der nervenaufreibenden Manier eines Kuckucks, der aus seiner Uhr springt.

»Das ehrt Sie, junger Mann!«, sagte sie und zog sich wieder zurück in den Schatten, gefolgt von einem verwunderten Schweigen. Dann führte Tombley seinen Satz zu Ende.

»Die Sache ist die, ich habe einen Termin bei meinem Anwalt, Fossder, in Iffley, und werde nun nicht mehr in der Lage sein, ihn einzuhalten, fürchte ich. Ich hatte den Eindruck gewonnen, jemand aus Ihrer Gesellschaft würde vielleicht dorthin fahren, und da habe ich mich gefragt, ob Sie ihm womöglich die Nachricht überbringen könnten, dass ich nicht werde kommen können. Es ist wegen dieser dummen Wette, Sie wissen schon.«

»Mein Automobil ist momentan nicht fahrtüchtig«, kam Mrs. Bradley den Männern zuvor. Dies war ein so deutlicher Wink mit dem Zaunpfahl, dass der Besucher ihn nicht ignorieren konnte. Während Hugh Tombley zum Ausgang begleitete, ging Carey zur Wohnzimmertür und schloss sie. Er grinste Mrs. Bradley an, deren Echsenlächeln im Licht der Lampe aufblitzte, setzte sich wieder und nahm sein Buch zur Hand.

»Du magst Sir Geraint von der Schweinefarm nicht«, bemerkte er.

Mrs. Bradley antwortete nicht darauf. »Ich frage mich, wie George und die Ditches mit dem Auto vorankommen«, sagte sie stattdessen und blickte dem lachenden Carey direkt ins Gesicht.

Um elf Uhr war das Auto endlich einsatzbereit, und George fuhr los, mit Hugh auf dem Beifahrersitz. Auf die Rückbank hatten sie ein paar Decken gelegt. Das Auto glitt in vorsichtigem Tempo über den Feldweg und von dort auf die Straße. Außer ihnen war niemand unterwegs. In den Cottages brannte kein Licht, und das Murmeln des Baches ging im Motorengeräusch unter. Bald schon hatten sie den Hügel erklommen, kamen an der Kirche und dem Gasthof vorbei und brachten die wenigen Meilen hinter sich, die sie von der Landstraße von Headington nach Oxford trennten.

Es dauerte nicht lange, bis sie den Stadtrand von Oxford erreichten, wo sie die Cowley Road überquerten und dann im höchsten Gang weiter Richtung Iffley fuhren.

Kurz hinter der Kirche machte Hugh den Chauffeur mit einer Geste darauf aufmerksam, dass sie ihr Ziel fast erreicht hatten. George verlangsamte das Tempo und hielt vor einer dichten Lorbeerhecke. Hugh stieg aus.

»Warten Sie hier bitte einen Moment, George. Ich nehme an, man rechnet nicht mehr mit unserem Kommen. Ich werde wohl das ganze Haus aufwecken müssen.«

»Sehr wohl, Sir«, sagte George.

»Es könnte mindestens eine halbe Stunde dauern, also rauchen Sie eine oder tun Sie, was auch immer Sie wollen. Haben Sie Zigaretten und Streichhölzer?«

»Ja, Sir, das habe ich, danke.«

»Schön. Reichen Sie mir doch bitte mal das Päckchen für Mrs. Fossder.« Mit dem Päckchen bewaffnet, ging er an der Lorbeerhecke vorbei, zwischen den Rasenflächen hindurch und klingelte an der Haustür. Ein kleiner Mann mit grauem Schnurrbart ließ ihn eintreten. Es war Fossder, der Rechtsanwalt. Er hatte sich die Jacke über den Arm gehängt und trug seine Schuhe in der Hand.

»Verdammt noch mal, wir hatten Sie schon aufgegeben!«, sagte er. »Kommen Sie herein und trinken Sie etwas. Die anderen sind schon zu Bett gegangen! Hätten Sie nicht um halb elf hier sein sollen, junger Mann? Jetzt ist es Mitternacht! Mitternacht!«

»Ja, das ist richtig, fast Mitternacht, Sir, fürchte ich«, sagte Hugh so demütig wie möglich. »Bitte verzeihen Sie mir. Wir hatten ein wenig Ärger mit dem Automobil, aber jetzt ist es wieder in Ordnung. Doch leider hat uns das ziemlich in Verzug gebracht.«

»Das will ich meinen! Das will ich wohl meinen! Nun, kommen Sie herein, kommen Sie schon herein! Auch wenn ich nicht eine Sekunde, nicht eine einzige Sekunde glaube, dass meine Frau es den Mädchen erlauben wird, jetzt noch zu fahren!«

»O, ich bitte Sie, es ist doch alles schon arrangiert«, protestierte Hugh und folgte seinem Gastgeber ins Esszimmer.

»Das ist ein großes Ärgernis. Ein sehr großes Ärgernis!«, sagte Mr. Fossder zornig. »Ich denke, Sie sollten besser wieder heimfahren! Ja, wirklich, wirklich! Ich bin beschäftigt. Äußerst beschäftigt. Ich muss mich dringend um meine Geschäfte kümmern. Tut mir leid, mein Junge!«

Hugh zog ein bekümmertes Gesicht und sagte unwillkürlich zu früh »Danke«, als Mr. Fossder ihm Whisky einschenkte.

»Aber sehen Sie doch, Sir ...«, sagte er. Er stand da, mit dem Glas in der einen und dem in braunes Papier eingeschlagenen Päckchen in der anderen Hand, unschlüssig, wütend und enttäuscht, während Mr. Fossder sich Jacke und Schuhe anzog, das Zimmer verließ, sich seinen Mantel und einen grauen Filzhut von einem Haken in der Diele holte und schließlich wieder ins Esszimmer zurückkehrte.

»Jetzt trinken Sie mal Ihren Whisky aus und fahren brav nach Hause«, sagte Mr. Fossder. Bevor Hugh begriff, was da gerade passiert war, fand er sich zusammen mit seinem Gastgeber draußen vor dem Haus wieder, nachdem sich die Eingangstür hinter ihnen geschlossen hatte. »Ich muss meine Verabredung einhalten, wissen Sie.«

»Also das schlägt doch dem Fass den Boden aus«, sagte Hugh. Er blickte der kleinen, steifen Gestalt nach und hörte, wie sich das Tor mit einem Klicken schloss. Die Schritte entfernten sich auf der sandigen Straße, entschieden und regelmäßig, wenn auch nicht besonders schnell. Hugh lauschte, bis er sie nicht mehr hören konnte. Unschlüssig drehte er sich wieder dem Haus zu. In zweien der Fenster im ersten Stock brannte Licht. Er ging die Straße hinunter, um sich mit George zu besprechen.

»George«, sagte er. »Ist ein Herr hier vorbeigekommen?«

»Ja, Sir, aber er ging nicht besonders schnell. Er hat im Licht unserer Scheinwerfer auf seine Uhr geschaut, Sir.«

»Also gut, ich muss noch mal zurück, George. Es könnte länger dauern, als ich dachte. Halten Sie sich bereit, schnell loszufahren. Ich werde eine der Damen entführen.«

»Sehr wohl, Sir«, sagte George. »Ich werde den Motor laufen lassen.«

»Erst möchte ich aber dem alten Herrn noch ein paar Schritte folgen, um sicherzugehen, dass ich auch wirklich freie Bahn habe. Ich gebe ihm auf jeden Fall erst einmal einen guten Vorsprung. Falls Sie ihn danach wieder hier vorbeikommen hören, drücken Sie doch bitte kurz auf die Hupe. Du liebe Güte! Jetzt erinnere ich mich wieder, ich sollte ihm ja eine Nachricht von Mr. Tombley ausrichten! Gut, dass mir das noch eingefallen ist! Ich muss versuchen, ihn einzuholen!«

»Sehr wohl, Sir. Ich werde auf der Hut sein«, sagte George. Er ließ Hugh vorbeigehen und wendete dann den Wagen. Als Hugh zurückkehrte und sich dem Auto näherte, drückte George plötzlich auf die Hupe. Hugh blieb stehen und rief erschrocken und mit scharfer Stimme: »Aber, aber! Nicht doch!« Dann drückte er zum zweiten Mal das Tor auf und ging den Kiesweg zwischen den beiden in dunklen Schatten liegenden Rasenflächen entlang. Das Haus war größer, als es die bescheidene Auffahrt vermuten ließ. Im Erdgeschoss brannte noch immer kein Licht, aber im ersten Stock war nun ein drittes Fenster erhellt. Das Fenster öffnete sich und eine Mädchenstimme sagte in einem erschreckten Tonfall, der schon fast an Panik grenzte:

»Wer ist da?«

Hugh, der beim Klang der Stimme freudig aufhorchte, erklärte Jenny so leise wie möglich die Situation.

»Wir haben dich um halb elf erwartet«, sagte das Mädchen. Sie lehnte sich weiter aus dem Fenster heraus. »Und jetzt ist es Viertel vor zwölf! Wo warst du so lange, du Wahnsinniger?«

»Es gab Ärger mit dem Wagen«, antwortete Hugh. »Zieh dir ein Kleid an, o holde Maid, und dann lass uns fahren!«

»Was?«, kiekste das Mädchen. »Aber ich bin doch schon seit *Stunden* im Bett! Und kann unmöglich jetzt mit dir zurückfahren! Außerdem, was würden Tante und Onkel dazu sagen? Ich kann jetzt nicht mit dir fahren, auf gar keinen Fall!«

»Warum nicht? Nun sei doch nicht so dickköpfig! Wo ist Fay?«

»Sie schläft, nehme ich an, du Idiot! Verschwinde! Wir müssen euch eben morgen besuchen kommen.«

»Aber jetzt hör doch mal zu!«, sagte Hugh.

»Also gut, was willst du? Mach rasch. Mir wird allmählich kalt!«

»Komm runter, dann erzähle ich es dir«, sagte Hugh, über dessen freibeuterisches Verhalten Carey ebenso erstaunt wie entzückt gewesen wäre.

»O, na *klar!*«, sagte Jenny lachend, gab dann aber plötzlich doch nach. »Also gut, warte! Ich komme runter!«

In diesem Augenblick wurde ein zweites der erhellten Fenster geöffnet und die Stimme einer älteren Frau sagte scharf und deutlich:

»Also wirklich, junger Mann! Was glauben Sie denn, was Sie da tun, um diese Uhrzeit! Sie hätten früher da sein sollen!«

»Es tut mir leid, Mrs. Fossder«, sagte Hugh. »Wir hatten ein kleines Problem mit dem Automobil. Es tut mir wirklich ganz *entsetzlich* leid, aber ich bin gekommen, sobald ich konnte.«

»Ich nehme an, Sie sind meinem Gatten unterwegs nicht begegnet?«

»Nun, doch, in gewisser Weise schon«, sagte Hugh vorsichtig.

»Hatte er seinen Mantel angezogen? Ach, was soll's, da lässt sich nichts mehr daran ändern. Nun, gut, Sie sollten besser rasch wieder heimfahren. Die Mädchen werden morgen früh vorbeikommen. Ich hoffe, Mr. Lestranges Tante ist tatsächlich bei Ihnen zu Besuch. Er hat mir hoch und heilig versprochen, dass sie da sein würde. Dieses Vorhaben, dass die Mädchen auf dem Alten Hof übernachten, ist ganz und gar nicht in meinem Sinne. Es gibt nicht das Geringste, was

dafürsprechen würde. Irgendwie hat das alles einen Beige-
schmack von ...«

»Ja, Careys Tante ist bei uns. Aber jetzt hören Sie doch
bitte mal, Mrs. Fossder ...«

»Machen Sie sich von dannen! Gute Nacht. Frohe Weihnachten. Kommen Sie morgen früh wieder«, sagte Mrs. Fossder, ohne eine weitere Widerrede zu dulden. Sie knallte das
Fenster zu, und im nächsten Moment erlosch auch das Licht
in ihrem Zimmer. Es folgte eine lange Stille. Hugh ging zu
dem Lorbeergebüsch zurück und versteckte sich dort. Nach
etwa drei Minuten glitt das helle Licht einer Taschenlampe
suchend über die Zweige, hinter denen er kauerte. Er hatte
seine Handschuhe angezogen und zudem die Vorsichtsmaßnahme ergriffen, sich die Mütze vors Gesicht zu halten. Nach
einer geduldigen und gründlichen Suche wurde die Taschenlampe schließlich ausgeschaltet. Hugh wartete weitere zwei
Minuten, rannte dann auf Zehenspitzen über die Rasenflä-
che zur Eingangstür und stellt sich unter das Vordach. Er
rechnete fest damit, dass es Jenny schon irgendwie gelingen
würde, nach unten zu kommen und mit ihm zu reden.

Als weitere fünf Minuten vergangen waren, öffnete sich
leise die Haustür, und Jenny trat heraus.

»Hugh?«, flüsterte sie. Irgendwo schlug eine Uhr zwölfmal.

»Hier bin ich!«, sagte Hugh. Er trat hervor und küsste sie.
Jenny umarmte ihn, küsste ihn aufs Ohr und löste sich dann
wieder.

»Ich muss jetzt wirklich zurück«, sagte sie. »Frohe Weihnachten, mein Schatz! Ich sehe dich dann morgen früh. Wir
können den alten Bidster aus dem Dorf bitten, uns rüberzu-
fahren. Mach dir nicht die Mühe herzukommen. Ist Careys

Tante wirklich da? Mrs. Bradley? Ich kann es kaum erwarten, sie kennenzulernen! Das geht uns allen so – besonders Maurice! Gute Nacht, Liebster!« Sie küssten sich erneut. Jenny unterdrückte ein Kichern und murmelte dann: »Du solltest über Sandford zurückfahren und schauen, ob du nicht meinen Onkel und den Geist entdecken kannst!«

»Deinen Onkel und den Geist?«, fragte Hugh. »Wie meinst du das? Ist er denn allen Ernstes losgezogen, um den Geist zu sehen?«

»Ja, genau. Mein Onkel und dieser Geraint Tombley jagen den Geist von Sandford.«

»Du liebe Güte!«, sagte Hugh und kicherte leise. »Natürlich! Die Verabredung, die Tombley nicht einhalten konnte.«

»Nicht einhalten konnte? Wie meinst du das? Wird Tombley nicht dort sein? Also das ist ja wirklich ein böser Streich, meinen Onkel dazu zu bringen, ganz umsonst dorthin zu laufen, Hugh! Wie schade! Er ist nämlich ganz verrückt auf das Geld! Und Tombley bekäme die Hälfte der zweihundert Pfund, wenn er ihn als Zeuge begleitete.«

»Komm und setz dich mit mir ins Auto und erzähle mir alles«, sagte Hugh. »Das Ganze scheint mir ein wenig verrückt zu sein!«

»Natürlich ist es verrückt«, sagte Jenny. Sie schlichen wie zwei Katzen zum Tor und gingen dann zum Auto hinüber. »Ich habe in meinem ganzen Leben noch nichts gehört, das auch nur halb so dumm gewesen wäre.«

Hugh half ihr ins Auto, setzte sich neben sie, hüllte sie in eine Decke ein und hielt deren Enden fest, damit sie nicht verrutschte. Jenny schmiegte sich an ihn.

»Der Brief kam vergangenen Dienstag oder Mittwochmorgen. Genauer gesagt war es eher ein Päckchen als ein Brief. Es enthielt zweihundert Pfund in nicht registrierten Schatzwechseln. Und in dem beigefügten Brief hieß es, das Geld sei ein Wetteinsatz, und Tombley und mein Onkel könnten sich es teilen, falls sie nach Sandford gingen, um sich den Geist anzusehen. Und dann waren da noch diese kleinen Wappen ...«

»Aber ich bin ihm nachgegangen und habe ihm gesagt, dass Tombley nicht kommen würde. Er hat überhaupt keine Notiz davon genommen, obwohl er mich verstanden haben muss. Man stelle sich nur vor – da verschwindet er heute Nacht einfach so nach Sandford. Das kommt mir wirklich seltsam vor, Wette hin oder her.«

Sämtliche Warnungen, die Mrs. Ditch in den letzten Tagen ausgesprochen hatte, schossen ihm durch den Kopf. Wenn man hinaus in die Stille und die Dunkelheit schaute, kam es einem tatsächlich so vor, als gehörte ein Geist in diese Landschaft. Als wäre er eine reale Möglichkeit und kein Ammenmärchen. Es schauderte ihn, und er steckte seine Hand unter Jennys Arm, die sie daraufhin trostspendend an sich drückte.

»Natürlich ist das Ganze kompletter Unsinn – aber er ist trotzdem losgezogen«, sagte sie. Dann legte sie die Decke wieder an ihren Platz. »Hugh, ich sollte jetzt besser gehen.« Es entstand ein kurzes Schweigen, das Hugh nutzte, um sie zu küssen.

»Ich fürchte, mein armer Onkel wird schrecklich frieren. Und sein Herz ist doch in einem so furchtbaren Zustand, da könnte die Kälte schlimme Auswirkungen haben«, sagte Jenny.

»Aber sie werden sich doch sicher in einem Haus treffen«,

meinte Hugh. Er presste Jenny an sich, wickelte erneut die Decke um sie und drückte ihr einen Kuss aufs Kinn. »Du kommst mit«, sagte er. »Mrs. Ditch kann dir ein Nachthemd leihen. Fahren Sie los, George!« Das Auto fuhr dröhnend in die Dunkelheit hinein und bei der Iffley-Abzweigung Richtung Rose Hill hinauf. »Hör mal, vielleicht hast du doch recht. Es ist in der Tat eine ziemlich kalte Nacht. Wir könnten ihn suchen gehen, wenn du möchtest«, sagte Hugh plötzlich.

»O ja, lass uns das tun«, sagte Jenny. »Darf ich durch das Sprechfenster mit deinem Chauffeur reden?« Sie öffnete das Fenster und bat George, den Wagen hinter der nächsten Kurve anzuhalten. »Wir könnten bis zum Fluss runterfahren, den Wagen dort stehen lassen und ihm zu Fuß folgen. Er wird sicher den Treidelpfad entlanglaufen. Das ist bei Weitem der schnellste Weg nach Sandford, weißt du. Und er hat bestimmt die Schleuse überquert.«

»Alles klar«, sagte Hugh und gab die nötigen Anweisungen. George wendete den Wagen, und sie fuhren den Hügel hinunter zurück nach Iffley und dann in langsamem Tempo Richtung Schleuse. Auf der Iffley-Seite befand sich eine Mautstation, und zwar genau an der Stelle, wo früher einmal eine Mühle gestanden hatte. Nach elf Uhr abends wurde keine Maut mehr erhoben, und der Weg war frei, sodass Reisende die Schleuse nach Belieben passieren konnten.

»Hier ist früher mal jemand ertrunken, eine Frau, glaube ich«, sagte Jenny. »Sie hat versucht hinüberzugelangen, als die Schranke geschlossen war. Deswegen lassen sie sie jetzt die ganze Nacht offen. Onkel ist bestimmt hier entlanggekommen, und sein Herz ist so schwach, dass er garantiert sehr langsam gegangen ist. Es sollte mich nicht wundern, wenn wir ihn noch diesseits von Kennington Island einholen würden.«

Sie überquerten die Schleuse, wobei sie zunächst über die Brücke mit den Holzplanken gingen, die sich über den rauschenden Wasserarm spannte, der früher einmal das Mühlrad angetrieben hatte, und dann über den Hauptarm der Themse, wo das Wasser ruhig dahinströmte. Hugh ging voraus und wartete auf Jenny, sobald er das gegenüberliegende Ufer erreicht hatte. Danach setzten sie ihren Weg Seite an Seite fort, wobei sie in ihrer Hast mehr rannten als gingen, vorbei an großen Feldern, die den schmalen Pfad säumten. Auf der anderen Seite erstreckte sich ein Wald bis zum Ufer hinunter, und seine Silhouette zeichnete sich düster und drohend vor dem matten Nachthimmel ab.

»Es ist sehr seltsam, hier im Dunkeln entlangzugehen«, sagte Jenny leise. »Hör mal, am besten gehen wir direkt zur nächsten Schleuse und überqueren den Fluss wieder, falls wir ihn vorher nicht einholen. Und wir müssen uns verstecken, wenn wir ihn kommen sehen, und ihm dann folgen, ganz gleich, wo er hingeht. Falls er ein Haus betritt ...«

»Ich kenne mich bei Nacht in Sandford nicht aus«, sagte Hugh. »Aber wir geben unser Bestes.«

»Ich bin mir nicht mal sicher, ob er den Fluss überhaupt überqueren muss«, sagte Jenny.

»Die Straße führt auf der anderen Seite über eine kleine Brücke, dort, wo der Fluss unterhalb von Sandford Pool eine Schleife macht. Dort trifft sie dann auf der Höhe vom Radley Large Wood auf eine größere Straße«, sagte Hugh. »Gut möglich, dass er diesen Weg nimmt.«

»Ich dachte, du kennst dich in Sandford im Dunkeln nicht aus!«

»Ich meine damit, dass ich nicht weiß, welches die Temple Farm ist, und dort treibt doch der Geist sein Unwesen, nicht wahr?«

Während er noch redete, stolperte Jenny und stürzte. Sie stieß einen leisen Schrei aus.

»Ich bin hingefallen! O Hugh!« Sie stand langsam auf, doch im selben Moment stürzte auch Hugh fluchend zu Boden. Während er sich wieder aufrappelte, zog er eine Taschenlampe hervor. Das Hindernis, über das sie gefallen waren, war der Körper von Mr. Fossder.

»Um Himmels willen!«, rief Hugh.

»O Hugh! Der arme Onkel. Sein Herz!«, rief Jenny und begann laut zu weinen.

»Nun warte doch, Jenny, es ist alles in Ordnung. Es ist alles in Ordnung«, sagte Hugh, während er sich auf die Erde kniete und nach Fossders Herz tastete. Aber kein Zweifel, Mr. Fossder war tot. Hugh hob ein wenig die Stimme und sagte in knappem Befehlston:

»Jenny, geh zurück zum Auto und hol George!«

Auf der Heimfahrt saß Jenny vorne. Hugh hatte den Leichnam zum Auto getragen und hielt ihn nun auf dem Rücksitz fest, damit er nicht allzu sehr durchgerüttelt wurde.

George half Hugh, den Toten aus dem Auto zu hieven und über den Weg zwischen den beiden Rasenflächen zur Haustür zu tragen. Ein verängstigter Dienstbote kam zur Tür und rief ihnen durch den Briefschlitz zu:

»Wer ist da, zu dieser Zeit, mitten in der Nacht? Machen Sie, dass Sie fortkommen!« Aber der Dienstbote wurde schon bald von Mrs. Fossder verdrängt, die wach gelegen und darauf gewartet hatte, dass ihr Gatte heimkehrte.

»Es tut mir unendlich leid. Es gab einen Unfall«, sagte Hugh.

»Bringen Sie ihn herein!«, sagte sie. »Was ist passiert? War es sein Herz?« Sie machte einen außerordentlich gefassten Eindruck.

Hugh und George legten den Leichnam auf eines der Sofas im Salon.

»Es tut mir schrecklich leid«, wiederholte Hugh. »Ja, ich fürchte, sein Herz hat versagt. Er muss gerannt sein, vermute ich.«

»Er ist ermordet worden«, sagte Mrs. Fossder.

Er sah sie an, legte dann seinen Arm um ihre Taille und half ihr, sich auf einen Stuhl zu setzen.

»Brandy, George! In der Anrichte im Nebenzimmer.« Er hatte die Flasche gesehen, als Mr. Fossder vor kaum zwei Stunden den Whisky hervorgeholt hatte.

»Nun?«, sagte Mrs. Bradley, als das Weihnachtsfrühstück vorbei war, und Carey zusammen mit Ditch und Denis losgezogen war, um die Schweine zu füttern. »Dann erzählen Sie mir mal alles schön der Reihe nach.«

Ihre schwarzen Augen leuchteten, und als sie ihre Hand auf die holzgeschnitzte Lehne des Stuhls legte, funkelte der gelbe Topas ihres Rings im Lichtschein des Kaminfeuers wie das Auge einer trägen Katze.

Hugh nickte und schob mit der Fußspitze einen Holzscheit ins Feuer. »Je mehr man über diese Sache nachdenkt, desto übler sieht sie aus, würde ich sagen. Dass Fossder ein schwaches Herz hatte, war kein Geheimnis, beileibe nicht. Das habe ich letzte Nacht von Mrs. Fossder erfahren. Es gab ein wenig Aufregung wegen der Mädchen, und der alte Fossder ist mitten in dieser Auseinandersetzung mit seiner Frau fortgegangen, um die Verabredung mit dem Geist einzuhalten. Wie Sie ja wissen, hat jemand eine ziemlich große Summe gegen Fossder gewettet, dass er es nicht wagen würde, nach Sandford zu gehen und sich den Geist anzuschauen. Dabei durfte er einen Zeugen mitnehmen, und er hat sich für Tombley entschieden. Keine Ahnung, warum. Nun, Fossder ist also losgezogen, und ich bin ihm hinterhergerannt, um ihm Tombleys Nachricht zu überbringen. Dann bin ich zurück zum Haus gegangen, habe Jenny rausgelockt, und wir haben beschlossen, durch Iffley nach Sandford zu laufen, um Fossder abzufangen, weil Jenny befürchtete, dass er in dieser kalten Nacht fürchterlich frieren würde. Und während wir so am Fluss entlanggingen und uns unterhielten, ist die arme Jenny über Fossders Leiche gestolpert. Ich kann mir das nur so erklären, dass jemand ihn über den Treidelpfad gejagt hat, bis er tot umgefallen ist. Das ist alles. Es kommt mir so vor, als wäre da was ziemlich faul. Ich meine, warum sollte Fossder sonst so schnell rennen, dass sein Herz versagt, wenn ihn nicht jemand verfolgt hat?«

Mrs. Ditch betrat den Raum.

»Mr. Simith ist wohlbehalten nach Hause gekommen«, sagte sie. »Mr. Tombley war gerade da und hat diese Nachricht hinterlassen. Er fragt, ob Sie vielleicht rüberkommen möchten.«

»Weiß man mittlerweile, was eigentlich passiert ist?«, fragte Hugh.

»Nichts, hat Mr. Tombley behauptet«, antwortete Mrs. Ditch. »Er war losgegangen, um sich …«

»Um sich ordentlich einen hinter die Binde zu kippen?«, fragte Hugh kichernd.

»Nein, Master Hugh. Um sich einen Eber anzusehen.«

»Aber sie haben doch schon einen Eber. Genauer gesagt haben sie sogar zwei, wenn ich mich nicht irre. Einer ist ein wilder, der schon fast neun Jahre alt ist und nicht mehr besonders viel taugt, und der andere ist ein munteres junges Kerlchen von etwa zwei Jahren. Wollen die beiden den alten Nero denn ersetzen?«

»Das weiß ich nicht«, antwortete Mrs. Ditch. »Er hat nur gesagt, ich soll Ihnen diese Nachricht ausrichten und Frohe Weihnachten wünschen!«

»Interessant«, sagte Mrs. Bradley abwesend. Sie stand auf und sammelte ihre Sachen zusammen – ein Buch, ihr Strickzeug und einen Füllfederhalter. »Erzählen Sie mir, was es mit diesen zweihundert Pfund auf sich hat«, sagte sie, als Mrs. Ditch wieder gegangen war.

»Die Geschichte ist ziemlich unglaublich, soweit ich das beurteilen kann. Aber ich werde versuchen, heute Nachmittag so viel wie möglich von Mrs. Fossder herauszufinden.«

»Ja, tun Sie das.« Mrs. Bradley nahm die Handglocke, die sie immer benutzte, um Mrs. Ditch herbeizurufen, und läutete sie energisch. Doch statt Mrs. Ditch erschien ihr Sohn Walt in Hemdsärmeln und grinste schüchtern.

»Meine Mutter schiebt gerade den Kapaun in den Ofen und lässt fragen, ob ich Ihnen vielleicht diesmal genüge?«

»Das tun Sie«, sagte Mrs. Bradley. »Zu welcher Uhrzeit ist Mr. Simith heimgekehrt?«

»Gestern Nacht, meinen Sie, Ma'am? Mr. Tombley sagte, es sei um halb drei Uhr morgens gewesen. Er und ein paar Freunde waren drüben in Witney, heißt es, weil sie dachten, sie könnten dort vielleicht einen Eber kaufen. Etwas Unwahrscheinlicheres habe ich in meinem ganzen Leben nicht gehört, und ausgerechnet am Heiligen Abend. Also so was!«

Der junge Walt schien sich über die Sache zu amüsieren. Mrs. Bradley betrachtete ihn prüfend. Er schien ein intelligenter junger Mann zu sein.

»Walt«, sagte sie. »Glauben Sie, dass Mr. Simith tatsächlich nach Witney gegangen ist?«

»Keine Ahnung. Das ist ziemlich nah bei Bampton. Und er kommt ja aus Bampton.«

»Wissen Sie, ob er Mr. Fossder kannte, der drüben in Iffley wohnt?«

»Fossder, den Rechtsanwalt? Natürlich kannte er den. Der alte Fossder hat doch nach ihm geschickt, damit er sein Testament bezeugt. Jedenfalls hat das unsere Linda erzählt.«

»Wie haben sich denn die beiden verstanden?«

»Die verstanden sich überhaupt nicht.« Walt lachte. »Obwohl ich das auch nur weiß, weil unsere Linda das erzählt hat. Die hassen sich und schenken sich gleichzeitig großes Vertrauen. Sieht man immer wieder, solche alten Kerle.«

»Ach ja? Danke, Walt. Um wie viel Uhr wird das Essen serviert, wissen Sie das?«

»Mutter sagt, um Viertel nach eins.«

»Dann werde ich jetzt mal einen kleinen Spaziergang machen«, sagte Mrs. Bradley. Sie ließ Hugh allein auf dem Sofa zurück, mit einem Buch auf der Brust, das er zu Weihnachten geschenkt bekommen hatte, während ihm ganz sanft die Augen zufielen. Mrs. Bradley machte sich auf die Suche nach Denis und fand ihn vor Herewards Koben. Dort stand er und starrte den vor sich hin kauenden Eber an, der kampflustig zurückstarrte.

»Glaubst du, dass die Menschen sich in Tiere verwandeln, wenn sie sterben?«, fragte Denis, als sie sich neben ihn stellte.

»Nein, mein Schatz«, antwortete Mrs. Bradley, während sie Hereward wohlwollend betrachtete. »Das glaube ich ganz bestimmt nicht. Magst du vor dem Essen einen kleinen Spaziergang mit mir machen?«

»Klar«, antwortete Denis. Es war ein bewölkter Vormittag, aber es regnete nicht. Mrs. Bradley schaute zum Himmel hinauf und sagte dann:

»Geh und hol dir einen Mantel, mein Kind. Es ist kalt, und es wird bald schneien.«

Denis rannte ins Haus und kehrte gleich darauf mit seinem Mantel zurück, den er sich im Laufen überzog. Die Mütze saß bereits auf seinem Kopf. Mrs. Bradley nahm seine Aufmachung befriedigt zur Kenntnis, und so zogen sie los, den Feldweg entlang und dann die Straße hinauf.

»Wo gehen wir hin?«, fragte Denis.

»Hier entlang«, antwortete Mrs. Bradley. Sie verließen das Dorf und stapften den Hügel hinunter in Richtung des Stanton Great Wood. Die Straße näherte sich dem Wald bis auf hundert Meter, und von dort aus führte ein Fußweg am Rand von Simiths Ländereien entlang.

»Schau zu Simiths Farm hinüber«, sagte Mrs. Bradley. »Und wenn du jemanden siehst, dann winke. Deine Augen sind jünger als meine.«

Aber schärfer waren sie nicht, denn als Denis unsicher die Hand hob, winkte Mrs. Bradley bereits.

»Waren sie das? Ich war mir nicht ganz sicher«, sagte Denis. Eine Gestalt richtete sich auf und winkte zurück.

»Komm«, sagte Mrs. Bradley. »Das ist Mr. Tombley.« Sie verließen den Fußweg und gingen quer über das angrenzende Feld. Tombley kam ihnen entgegen. »Frohe Weihnachten«, sagte er. »Wissen Sie, ob Lestrange die Nachricht über meinen Onkel bekommen hat?«

»O ja. Oder vielmehr, Hugh und ich haben die Nachricht erhalten. Ich bin froh, dass Ihr Onkel wohlbehalten heimgekehrt ist«, sagte Mrs. Bradley. »Haben Sie schon gehört, dass Mr. Fossder tot ist? Ich glaube, Sie kannten ihn, nicht wahr?«

»Fossder? Tot? Aber ... wie um alles in der Welt ist das passiert? Ich habe erst neulich einen Brief von ihm bekommen.«

»Ging es darin um den Geist von Sandford?«

»Aber ja! Woher wussten Sie das?«

»Hugh hat mir von der Wette erzählt. Und Sie selbst haben sie auch erwähnt.«

»O, habe ich das? Sehr geheimnisvoll, meinen Sie nicht?«

»Ja, in der Tat, sehr geheimnisvoll«, sagte Mrs. Bradley. Sie schwieg einen Moment. »Letzte Nacht ist Mr. Fossder allein nach Sandford gegangen. Auf dem Weg wurde er von einer oder mehreren Personen gejagt und musste rennen, was zur Folge hatte, dass er zusammenbrach und starb.«

»Um Himmels willen! Wie furchtbar! Wo genau ist das passiert? Er ist gar nicht bis Sandford gekommen, sagen Sie? Sie glauben doch nicht ... also wirklich! Das ist ja furchtbar!« Tombley schien ehrlich bestürzt zu sein. »Wie furchtbar!«, wiederholte er.

»Das ist es in der Tat«, sagte Mrs. Bradley. »Der Geist muss unbedingt gefunden werden.«

»Das will ich meinen! Aber es kommt einem alles so ungewöhnlich vor. Ist Hugh eigentlich noch nach Iffley gefahren? Wenn er das getan hat, dann bedeutet das, dass er Fossder meine Nachricht überbracht hat! Hugh sollte ihm doch mitteilen, dass ich nicht würde kommen können, wegen meines Onkels, wissen Sie noch? Aber hat Hugh nicht gesagt, dass das Auto nicht fahrtüchtig sei ...«

»Mein Chauffeur und Ditch haben es am Ende doch noch reparieren können, und Hugh ist sehr spät noch losgefahren. Er hat erzählt, er sei hinter Mr. Fossder hergelaufen, um ihm Ihre Nachricht zu überbringen, aber anscheinend hat ihn das nicht von seinem Plan abgebracht. Wie sah eigentlich die Vereinbarung zwischen Ihnen und Mr. Fossder genau aus?«

»Wir wollten uns bei der Schleuse treffen, den Fluss überqueren und über den Treidelpfad nach Sandford laufen.«

»Sind Sie sicher, dass Sie das verabredet hatten?«

»Absolut sicher. Zehn vor zwölf war die ausgemachte Zeit.«

»Ah«, sagte Mrs. Bradley. Sie klang befriedigt. »War Fossder ein nervöser Mensch, Mr. Tombley?«

»Rechtsanwälte sind für gewöhnlich nicht nervös. Bitte entschuldigen Sie mich jetzt! Ich habe dem Pastor versprochen, dass ich in den Gottesdienst komme.«

»Haben Sie Ihr Weihnachtsessen schon auf dem Herd?«, fragte Denis unvermittelt.

»O ja. Mrs. Parsons ist bei uns. Wir werden schon klarkommen. Auch wenn das mit Linda natürlich sehr ärgerlich ist. Nichts ist mehr so, wie es früher war!«, sagte Tombley, wenn auch eher freundlich als übellaunig.

Da Mrs. Bradley im Moment keine passende Antwort dazu einfiel – zumindest keine, die für Denis' Ohren geeignet gewesen wäre –, drehte sie sich um und ging zum Fußweg zurück. Der Junge lief neben ihr her, und sie waren rechtzeitig zum Weihnachtsessen wieder daheim. Hugh kam kurz nach ihnen zu Tisch.

»Und, genug geschlafen?«, fragte Mrs. Bradley lächelnd. Hugh senkte den Blick und fing dann an zu lachen.

»Geschlafen? Ach so, ja, danke. Ich habe es mir dann aber doch anders überlegt und einen Spaziergang unternommen. Ich denke, ich sollte heute Nachmittag wohl wirklich besser nach Iffley fahren«, fügte er hinzu. »Schließlich wäre der alte Knabe ein Verwandter von mir geworden, wenn er bis zu meiner Hochzeit überlebt hätte.«

Mrs. Bradley wirkte interessiert. »Würde es Ihnen etwas ausmachen, wenn ich mitkäme?«, fragte sie, bevor jemand anderes etwas sagen konnte. »Natürlich nicht mit ins Haus, sondern nur bis nach Iffley. Ich denke, eine kleine Ausfahrt täte mir gut.«

»Darf ich auch mitkommen?«, fragte Denis. Mrs. Bradley warf Carey einen bedeutungsvollen Blick zu.

»Ich hatte eigentlich gehofft, Scab würde mit mir Tischtennis spielen«, sagte er daraufhin. Also blieb der stets entgegenkommende Denis zurück, während Mrs. Bradley und Hugh zusammen im Auto fortfuhren. Mrs. Bradley setzte sich selbst ans Steuer. Sie hatte eine Generalstabskarte mitgenommen, und während Hugh Mrs. Fossder besuchte, fuhr sie mit dem Wagen durch die Gegend. Die Route, die sie nahm, zweigte bei Littlemore ab, überquerte die Hauptstraße unterhalb von Cowley, machte einen kleinen Bogen über Garsington und führte am Coombe Wood vorbei nach Wheatley. Dort traf sie wieder auf die Hauptstraße, folgte dieser bis nach Hill House, durch Forest Hill hindurch und dann noch ein oder zwei Meilen Richtung Norden zurück nach Stanton St John. Anschließend fuhr Mrs. Bradley auf direktem Weg bis nach Headington Quarry und von dort aus zurück nach Iffley. Sie ließ den Wagen vor dem Wirtshaus stehen und machte einen kurzen Spaziergang den Treidelpfad entlang. Es gab keinerlei Hinweise darauf, wo Fossders Leiche gelegen hatte. Als sie dann zum Haus zurückkehrte, verbrachte sie einige Augenblicke damit, das Kreuz auf dem Tor zu betrachten.

Viertes Kapitel

ECKENFORMATION UND SCHLAG
AUF SCHLAG IN IFFLEY

Hugh wartete bereits auf sie.

»Würde es Ihnen etwas ausmachen, mit ins Haus zu kommen und sich mit Mrs. Fossder zu unterhalten?«, fragte er. »Sie ist natürlich niedergeschlagen, aber es ... sie ist mächtig tapfer. Ziemlich gefasst. Obwohl, um ehrlich zu sein, ist sie wahnsinnig wütend. Sie gibt Simith die Schuld an dem Ganzen. Nun, es ist ja wirklich etwas merkwürdig, oder nicht?«

»Durchaus«, sagte Mrs. Bradley.

»Wo führt der hin, dort, auf der anderen Seite des Hauses?«, fragte sie, während sie einen Moment am Tor stehen blieben. Sie deutete mit der Hand auf den kleinen Weg, der um das Gebäude herumführte.

»Das ist eine Abkürzung zum Fluss hinunter«, antwortete Hugh. »Der untere Abschnitt des Wegs ist im Frühling immer überflutet und momentan fürchterlich versumpft. Ich glaube nicht, dass Fossder in diese Richtung ... Nein, natürlich hat er das nicht getan. Er ist ja am Auto vorbeigekommen und muss den Fluss bei der Mühle überquert haben – beziehungsweise dort, wo früher einmal die Mühle stand. Diesen Weg haben Jenny und ich ebenfalls genommen, als wir ihm später gefolgt sind.«

Sie gingen zum Haus, und Jenny, die sie aus einem der Fenster hatte kommen sehen, öffnete ihnen die Tür, bevor sie klingeln konnten.

Mrs. Fossder war blass und sah sehr unwohl aus. Ihre Stimme jedoch klang ebenso kräftig und entschlossen wie in der Nacht zuvor, als sie Hugh fortgeschickt hatte.

»Mein Gatte ist ermordet worden«, sagte sie.

»Nun, es war zumindest Totschlag«, sagte Mrs. Bradley forsch. »Was haben Sie gegen Mr. Simith, den Nachbarn meines Neffen Carey?«

»Die beiden haben sich nie verstanden. Edmund hat einen Fall verloren, bei dem er Simith vertreten hat, und Simith hat ihm das nie verziehen. Er wusste, dass Edmund ein schwaches Herz hatte – das wusste jeder, er litt schon seit Jahren darunter und musste immer vorsichtig sein. Er fuhr deswegen auch nie Auto, weil er ja einen Anfall hätte haben können, während er am Steuer saß.«

»Wissen Sie, warum Ihrem Gatten so sehr daran gelegen war, die Verabredung mit Mr. Tombley einzuhalten?«

»Ja. Das war wegen so einer absurden Wette, bei der es um den Geist von Sandford ging. Dort sollte er Geraint Tombley treffen. Falls die beiden hingingen, würden sie sich die Summe von zweihundert Pfund teilen können. Der arme Junge! Er hat es so schwer mit diesem bösartigen alten Mann.«

»Sie hegen also Tombley gegenüber nicht dieselben Gefühle wie gegenüber Simith?«, fragte Mrs. Bradley. Mrs. Fossder riss die Augen auf.

»Du liebe Güte, nein! Das ist ein himmelweiter Unterschied! Simith ist eine gemeine, niederträchtige, gewöhnliche Person. Tombley ist ein Gentleman. Aber weil er Simiths

Neffe ist, wollte mein Gatte nicht seine Zustimmung zu dessen Verlobung mit Fay geben, obwohl sie es selbst gewollt hätte.«

»Es scheint mir doch sehr viel wahrscheinlicher«, sagte Mrs. Bradley unverhohlen, »dass jemand in Tombleys Alter Ihren Mann den Treidelpfad entlanggejagt hat – falls dies überhaupt jemand getan hat.«

»Sie kennen Simith offenbar nicht«, entgegnete Mrs. Fossder. »Er hat mehr als einmal versucht, seinen eigenen Neffen zu ermorden. Er ist ein fürchterlich rachsüchtiger alter Mann und hat auch in anderer Hinsicht einen überaus schlechten Ruf.«

Mrs. Bradley dachte an die Auseinandersetzung zwischen Onkel und Neffe, deren Zeugen sie und George bei ihrer Ankunft in Stanton St John geworden waren. Da war tatsächlich Simith der Angreifer gewesen. Tombley hatte mit seinem Eimer wenig mehr getan als sich zu verteidigen.

Sie nickte.

»Dürfte ich den Brief sehen, den Ihr Gatte aus Reading erhielt? Ich habe gehört, er sei anonym gewesen«, sagte sie. Mrs. Fossder verließ den Raum. »Ich kann nicht glauben, dass es Simith war«, flüsterte Mrs. Bradley. Hugh verzog das Gesicht.

»Mir ist das alles schleierhaft«, erwiderte er. »Und ich sage Ihnen noch was …«

Aber bevor er das tun konnte, war Mrs. Fossder bereits zurück.

Mrs. Bradley las den Brief. Außer den Bedingungen der Wette und dem Vorschlag, dass Fossder und sein Zeuge sich nach Mitternacht an der Kirche von Sandford treffen sollten, stand nichts darin. Mrs. Bradley schaute auf ihre Karte. Die

Kirche lag am nördlichen Ende einer kleinen Straße, die von der Hauptstraße zum Stauwehr und zur Papiermühle führte.

»Es kam noch eine weitere anonyme Nachricht – mit kleinen Wappensymbolen«, sagte Mrs. Fossder. »Sie haben bestimmt das Kreuz auf dem Tor bemerkt.« Sie hielt Mrs. Bradley einen zweiten Umschlag entgegen. Auf den Papierbogen, der sich darin befand, hatte jemand mit Bleistift zwei Wappen gezeichnet, von denen das eine ein Kreuz trug und das andere ein rautenförmiges Gittermuster.

»Ein Kreuz und ein Gitter«, sagte Mrs. Fossder. »Nur, das Kreuz ist nicht das christliche Symbol!«

»O doch, ich denke schon«, sagte Mrs. Bradley. »Es ist ein heraldisches Kreuz, von der Sorte, die man, wie ich glaube, als Tatzenkreuz bezeichnet. Aber was Mr. Simith angeht ...«

»Hugh hat uns erzählt, dass Simith letzte Nacht nicht zu Hause war«, sagte Mrs. Fossder. Sie biss sich auf die Unterlippe und runzelte die Stirn. »Mrs. Bradley, ich *weiß*, dass er etwas mit dem Tod meines armen Edmund zu tun hat. Ich bin mir *sicher*, dass er dort war. Hugh hat erzählt, er sei erst um halb drei Uhr morgens heimgekehrt. Ist das nicht ein unumstößlicher Beweis?«

»Nun, ich fürchte, nein«, sagte Mrs. Bradley. »Aber tatsächlich möchte ich einmal ein paar Uhrzeiten überprüfen. Also, Jenny, fangen wir mit Ihnen an.«

Jenny rutschte unbehaglich auf ihrem Stuhl hin und her, sah Mrs. Bradley an und sagte dann unsicher:

»Es schlug gerade zwölf Uhr, als ich Hugh im Garten traf.«

»Erzählen Sie weiter«, sagte Mrs. Bradley.

»Wir haben uns ein bisschen unterhalten, und dann sind wir ins Auto gestiegen. Der Chauffeur ist losgefahren, und diesseits von Rose Hill haben wir für ein oder zwei Minuten haltgemacht – also auf der Steigung, dort, wo man vom Dorf aus abbiegt, um nach Littlemore zu fahren.«

»Was meint ihr?«, sagte Hugh. »Könnte es nicht sein, dass sich da irgendein Wahnsinniger einen Scherz erlaubt hat? Oder sich selbst für den Geist von Sandford hält?«

»Das ist wohl das Unwahrscheinlichste, das man sich nur vorstellen kann«, sagte Mrs. Fossder. »Geisteskranke halten sich nie für vollkommen unbekannte Leute wie diesen George Napper, der ein harmloser, freundlicher Priester war. Sie halten sich für jemanden, den alle Welt kennt – Weltengestalter, oder vielmehr Weltenzerstörer. Es sind immer Menschen mit Macht und Einfluss. Sie halten sich zwar oft für Märtyrer, aber nicht für die Art von Märtyrer, die später nur in den Legenden kleiner Dorfgemeinden vorkommen. Dennoch – die entsprechenden Institute werden uns sicher mitteilen, ob sämtliche, ihnen anvertraute Personen letzte Nacht nachweisbar auf ihren Zimmern waren. Mein Gatte interessierte sich für Geisteskranke und hatte ziemliche Angst vor ihnen«, fügte sie hinzu. »Ich finde, dieses Interesse hatte selbst etwas Krankhaftes. Gelegentlich ging er sogar auf Besuch in die Irrenanstalt. Wir haben mit einem der Ärzte dort Bekanntschaft geschlossen. Er kam ab und zu zum Tee vorbei. Armer Mann! Er ist letztes Jahr gestorben. Er war wirklich ein sehr netter Mensch und hatte viel Interessantes über seine Arbeit zu berichten.«

Mrs. Bradley sah Jenny an.

»Dann hat Ihr Chauffeur George das Auto gewendet, und wir sind zur Schleuse gefahren. Wir haben den Fluss überquert und sind Richtung Sandford gelaufen. Wir waren nicht besonders weit gekommen, als ich … als ich über ihn gestolpert bin.«

»In welche Richtung zeigte sein Kopf?«, fragte Mrs. Bradley. Die Antwort musste Hugh übernehmen, denn Jenny wurde von ihren Gefühlen übermannt.

»Er lag mit dem Gesicht nach unten, der Kopf zeigte zur Folly Bridge.«

»Aber das sieht doch ganz so aus, als wäre er von Sandford *zurückgekommen* und nicht auf dem Weg *dorthin!*«, rief Mrs. Fossder.

»Wir müssen versuchen, den Geist aufzuspüren, falls es tatsächlich einen gegeben haben sollte«, sagte Mrs. Bradley.

»Mrs. Bradley«, sagte Mrs. Fossder und sah ihr dabei direkt ins Gesicht. »Ich habe gehört, Sie seien eine sehr kluge Frau. Sie treten dieser abscheulichen Geschichte mit großer Unvoreingenommenheit entgegen. Würden Sie mir eine Frage beantworten?«

»Gerne«, sagte Mrs. Bradley ernst. »Ich glaube, dass Ihr Gatte vorsätzlich ermordet wurde. Ich habe durchaus nicht vor, das abzustreiten.«

»Woher wussten Sie, was meine Tante Sie fragen wollte?«, fragte Jenny, als sie an der Haustür standen.

»Das war offensichtlich, mein Kind. Aber wie ich es wissen konnte, kann ich Ihnen nicht sagen.«

»Sollten wir dann nicht vielleicht besser die Polizei hinzuziehen?«

»In dieser Hinsicht kann ich Ihnen keinen Rat erteilen, mein Kind. Was hat denn Ihr Arzt gesagt?«

»Er hat bereits den Totenschein ausgestellt. Er meinte, es

habe stets die Gefahr bestanden, dass mein Onkel wegen irgendeiner Überanstrengung oder wegen eines plötzlichen Schocks tot umfallen würde. Deshalb wird es auch keine gerichtliche Untersuchung geben.«

»Dann, fürchte ich, handelt es sich zu diesem Zeitpunkt eher nicht um einen Fall für die Polizei. Ein gefährlicher Streich, das wäre wohl das Einzige, was man geltend machen könnte, selbst wenn es Ihnen gelänge, denjenigen zu finden, der für diesen Streich verantwortlich ist. Und wenn ich Ihre Tante richtig verstehe, dann möchte sie jemanden dafür hängen sehen. So wie der arme George Napper«, fügte sie noch hinzu.

»Ich glaube, er wurde nur gestreckt und geviertelt«, sagte Hugh. Mrs. Bradley sah ihn an und erschauderte.

»Übrigens«, sagte sie dann. »War Mr. Fossder taub?«

»Taub? Nein, nicht im Geringsten«, antwortete Jenny.

»Er hatte ein sehr scharfes Gehör«, sagte sie später zu Hugh, als sie sich voneinander verabschiedeten, bevor er sich zu Mrs. Bradley ins Auto setzte. »Careys Tante scheint sich mehr über die Dummheit dieses Verbrechens aufzuregen als über dessen moralische Verwerflichkeit.«

»Mir kommt es nicht besonders dumm vor«, sagte Hugh. »Ich für meinen Teil würde es eher als ziemlich ausgeklügelt bezeichnen. Übrigens, Mrs. Fossder scheint die Sache ganz gut zu verkraften. Das hat mich ziemlich überrascht.«

»Hugh, was glaubst *du*, wer es war?«, fragte Jenny nach einem kurzen Schweigen.

»Ich würde ohne lange nachzudenken auf Tombley setzen«, antwortete Hugh. »Wenn ich nur beweisen könnte, dass er zwischen halb elf Uhr abends und ein Uhr morgens letzte

Nacht nicht in Roman Ending war. Aber weißt du, um *das* beweisen zu können ...«

»Müsste es Ihnen gelingen, Tombley und Simith getrennt voneinander zu befragen, und vielleicht auch Priest, den Gehilfen«, sagte Mrs. Bradley, die den Kopf aus dem Autofenster gesteckt hatte und sie angrinste wie eine Seeschlange. »Gehen Sie zurück ins Haus, mein Kind, sonst erkälten Sie sich noch.« Jenny gehorchte und winkte ihnen nach, bis das Lorbeergebüsch ihre Gestalt verdeckte. »Ich nehme an«, sagte Mrs. Bradley dann, »Ihr Argument für eine Schuld Tombleys lautet, dass er trotz der Nachricht, die er Sie zu überbringen bat, die Verabredung eingehalten haben könnte – wenn auch nicht gerade auf eine akzeptable Art und Weise, aus der Perspektive des armen Mr. Fossder betrachtet.«

»Genau«, antwortete Hugh ernst. »Die arme kleine Fay!«

»Ich mag Ihre Verlobte«, sagte Mrs. Bradley freundlich. »Irgendwann mal muss ich auch ihre Schwester kennenlernen.«

»Na ja, eigentlich ist sie gar nicht ihre Schwester«, sagte Hugh. »Aber die Fossders behandeln beide vollkommen gleich. Wen Sie meines Erachtens aber auf jeden Fall kennenlernen müssen, ist Pratt.«

»Den habe ich doch schon kennengelernt«, sagte Mrs. Bradley. Hugh nickte und lachte.

»Aber nicht in seiner ganzen Pracht«, bemerkte er.

»Nun, das war ja mal ein sehr seltsamer erster Weihnachtsfeiertag«, sagte Carey, als sie sich um sechs zum Tee an den Tisch setzten. Denis nahm sich eine Selleriestange.

»Mehr will ich gar nicht«, sagte er und biss mit feierlichem Ernst ein Stück davon ab. »Ich habe keinen großen Appetit.«

»Den sparst du dir wohl fürs Abendessen auf, was, Scab?«, meinte Hugh.

»Er hat den ganzen Nachmittag irgendwelches Zeug in sich hineingestopft«, sagte Carey. »Kinder sind abscheulich, wirklich abscheulich!« Er boxte Denis sanft in die Rippen, der wand sich kurz und biss dann noch einmal in seine Selleriestange.

»Und was habt ihr beide so gemacht?«, fragte er und hörte einen Moment mit dem Kauen auf, um sie anzustarren.

»Wir haben Mrs. Fossder besucht«, antwortete Hugh.

»Ich habe heute Nachmittag dem alten Simith davon erzählt«, sagte Denis. »Er war total überrascht. Er meinte, er hätte noch nie an Geister geglaubt und dass ich ihn auf den Arm nehmen würde. Also habe ich gesagt: ›Na, das müssten *Sie* doch besser wissen! Wo waren *Sie* denn letzte Nacht, Mr. Simith? Das würden wir ganz gerne herausfinden.‹ Das kam nicht besonders gut bei ihm an. Er ist schrecklich rot im Gesicht geworden und hat mich mit seinen grässlichen blauen Augen angestarrt. Dann hat er mir einen fiesen Hieb mit seinem Stock verpasst und mir dieses Schimpfwort an den Kopf geworfen, das sie hier in der Gegend benutzen, wenn sie jemanden beschreiben wollen, der ...« Er warf Mrs. Bradley einen kurzen Blick zu und formulierte es dann rasch ein wenig anders. »Sich gern in die Angelegenheiten anderer Leute einmischt. Ich habe mich dann natürlich so schnell ich konnte davongemacht, und Tombley stand in der Nähe und hat sich kaputtgelacht, dieser dumme Tölpel. O, und ich habe drei graue Pferde gesehen ... Falls der Geist seine Kutsche benutzt hat, versteht ihr?«

Er legte seine Selleriestange auf den Tisch, zog ein Blatt

Papier aus der Tasche und breitete es auf dem Tisch aus. Er genoss, mit welch schmeichelhaftem und geradezu atemlosem Interesse man seiner Erzählung lauschte. Es geschah nur äußerst selten, dass er von seinen Verwandten ernst genommen wurde. Erst beugte sich Hugh über das Papier, dann Mrs. Bradley. In einer groben, aber bemerkenswert gut ausgeführten Skizze der Gegend waren die drei Pferde mit Fragezeichen gekennzeichnet. Eins davon war auf Simiths Farm.

»Großartig!«, sagte Mrs. Bradley.

»Und gleich drei!«, sagte Hugh.

»Man braucht nichts weiter zu tun«, sagte Denis eifrig, »als sie durchs Hoftor hinauszuführen.«

»Aber nachts stehen sie doch bestimmt im Stall?«

»Ich denke, der Geist würde mindestens eines der Pferde noch am Tag aus dem Stall holen, meinst du nicht, Tante Bradley? Ich habe Priest gefragt, wie er darüber denkt, und er hat gesagt, er würde es so machen.«

Mrs. Bradley fing über den gesenkten Kopf des Jungen hinweg Hughs Blick auf. Hugh hob die Augenbrauen. Mrs. Bradley nickte.

»Er hat sehr gute Arbeit geleistet«, sagte Hugh.

»Taugt es was? Wirklich?«, fragte Denis.

»Das ist unglaublich hilfreich«, antwortete Mrs. Bradley. »Darf ich die Skizze behalten, bitte?«

Sie nahm sie sogleich an sich, und Denis beschäftigte sich wieder mit seiner Selleriestange. Später schaffte er dann aber doch noch zwei Stück Weihnachtstorte und ein halbes Dutzend Schokoladenkekse.

»Schon besser, Scab«, sagte Carey. »Ich will dich ja schließlich nicht vollkommen abgemagert nach Hause schicken.«

Denis lächelte höflich und ging zusammen mit Carey in die Galerie im ersten Stock, um Darts zu spielen. Hugh zündete sich eine Zigarre an, und nachdem Mrs. Ditch den Tisch abgeräumt und den Raum verlassen hatte, sagte er zu Mrs. Bradley:

»Nicht wirklich hilfreich, oder? Aber der kleine Teufel ist beileibe nicht auf den Kopf gefallen.«

»Ja«, sagte Mrs. Bradley. »Und es ist durchaus interessant, dass Simith ein graues Pferd besitzt. Er hat letzte Nacht zweifellos etwas Ungewöhnliches, um nicht zu sagen, etwas Gesetzwidriges unternommen. Und Priest hat für keinen seiner beiden Arbeitgeber besonders viel übrig, würde ich meinen.«

»Eins hat Scab auf jeden Fall bewiesen: Es scheint keinen Mangel an grauen Pferden zu geben und ... das mit der Kutsche ist natürlich absurd, aber wenn der Kerl *geritten* ist ...«

»Das stimmt.« Mrs. Bradley sah nachdenklich aus. »Ist Ihnen heute bei den Fossders irgendetwas aufgefallen?«

»Nichts Bestimmtes, nein. Mrs. Fossder ist eine sehr mutige Frau, finde ich.«

»Oder eine sehr rachsüchtige«, sagte Mrs. Bradley. »Übrigens, es gibt da etwas, was Sie für mich tun könnten.«

»Ich persönlich?«

»Niemand sonst. Ich möchte, dass Sie von Jenny herausfinden, was in Fossders Testament steht, sobald es verlesen worden ist.«

»O, Sie meinen, es könnte ein Motiv für das Verbrechen liefern?«

»Das meine ich in der Tat. Obwohl ...« Sie runzelte leicht die Stirn.

»Was denn?«, fragte Hugh. »Im Übrigen kann ich Ihnen

jetzt schon sagen, was im Testament steht, es sei denn, es wäre kürzlich geändert worden.«

»Ob Fossder wirklich *sterben* sollte?«, sagte Mrs. Bradley sinnierend und mehr zu sich selbst.

»Sie meinen, es war vielleicht doch kein Mord, sondern einfach nur ein Scherz mit unvorhergesehenen Folgen? Das ist sehr viel wahrscheinlicher, wissen Sie. Und in diesem Fall kann man dann selbstverständlich diejenigen nicht mehr verdächtigen, denen bekannt war, dass er ein schwaches Herz hatte. Diese Personen würden ihm dann nämlich eher keine Streiche spielen.«

»Ich wünschte«, sagte Mrs. Bradley, während sie zu stricken begann, »ich hätte irgendeinen Vorwand, um Fossders Herz zu untersuchen.«

»Das würde eine Obduktion erfordern, und der Arzt hat ja bereits den Totenschein ausgestellt.«

»Exakt. Was für ein Glück für den Mörder ...«

»Falls es Mord war!«

»Was, wenn jemand das Ganze gesehen hätte?«

»Unmöglich. Es war stockdunkel.«

»Oder etwas gehört hat.«

»Könnte man dadurch irgendetwas beweisen?«

»Natürlich könnte man das. Warum nicht?« Sie grinste ihn boshaft an. »Es sind schon Leute aufgrund sehr viel fadenscheinigerer Beweise gehängt worden.«

»Das stimmt vermutlich. Ich würde sagen, wir sollten die Leute in Roman Ending befragen und herausfinden, was sie letzte Nacht getan haben. Simith und Tombley waren beide zu bestimmten Zeiten nicht zu Hause. So viel steht fest. Tombley ist sogar hierhergekommen und wollte wissen, wie die Dinge stehen, was meine Fahrt nach Iffley angeht. Gut möglich, dass es Tombley war, der das Auto beschädigt hat. Ich schlage vor, wir gehen alle zusammen rüber, so als wollten wir sie besuchen. Ihr Chauffeur soll sich ein Weilchen den Gehilfen zur Brust nehmen, Carey und ich könnten Onkel und Neffe voneinander trennen und Sie die Runde machen und Ihre Fragen stellen.«

»Das müssen wir auf morgen verschieben. Wir können sie unmöglich am ersten Weihnachtsfeiertag noch einmal stören, dafür haben wir nicht den geringsten Vorwand. Denis und ich sind heute früh über ihre Ländereien gelaufen, und Denis war heute Nachmittag noch einmal alleine dort. Wir müssen wirklich bis morgen warten, denke ich.«

»Also gut«, sagte Hugh. »Ich gebe Ihnen vollkommen recht. Wissen Sie, einen Moment lang habe ich mich gefragt, ob Mrs. Fossder ihren Mann selbst umgebracht hat, aber man möchte so etwas natürlich lieber nicht unterstellen, ohne irgendwelche definitiven Hinweise in der Hand zu haben.«

Mrs. Bradley zuckte mit den Schultern.

»Ehefrauen töten ihre Ehemänner – das kommt durchaus vor«, sagte sie. »Und Ehemänner töten ihre Ehefrauen. Aber erzählen Sie mir doch erst einmal, was in dem Testament steht.«

»Kurz gesagt: Pratt bekommt die Anwaltspraxis – er war Fossders Partner, müssen Sie wissen. Und die drei Frauen bekommen das Geld, zu gleichen Teilen, glaube ich. Ich weiß nicht, wie groß die Summe ist, aber ich würde sagen, es ist herzlich wenig.«

»Aha«, sagte Mrs. Bradley. »Das ist sehr interessant. Wenn also Geraint Tombley dringend ein paar hundert Pfund braucht, dann müsste er nur – nachdem er Mr. Fossder zu Tode erschreckt hat – Fay heiraten und hoffen, dass sie gewillt ist, ihm das Geld zu überlassen.«

»Schon, aber ich glaube nicht, dass die Summe hoch genug ist, um das zu rechtfertigen«, wandte Hugh ein. »Ein Provinzanwalt kann unmöglich so viel zu vererben haben, und der alte Fossder hat auch ab und zu mal ein wenig an der Börse spekuliert, wissen Sie. Auf diese Weise kann man rasch ein Vermögen verlieren.«

Er wandte sich seinem Buch zu. Mrs. Bradley fuhr mit ihrer Strickarbeit fort und las währenddessen mit leicht gerunzelter Stirn in einem zeitgenössischen Lyrikband.

Denis und Carey gesellten sich wieder zu ihnen.

»Kommt, lasst uns was trinken. Scab, du darfst einen Cocktail haben, wenn du versprichst, es deiner Mutter nicht zu erzählen. Was meint ihr?«, fragte Carey. »O, und übrigens, Hugh, hier ist eine Nachricht für dich aus Roman Ending. Tombley hat sie gerade vorbeigebracht. Er wollte nicht lange bleiben, weil er seinen Onkel nicht mit dem Whisky allein lassen wollte.«

Hugh las die Nachricht.

»Sie bieten uns an, uns morgen den ganzen Tag ihr Grammophon zu leihen«, sagte er. »Ich habe ihnen erzählt, dass wir ein paar neue Platten haben. Wenn wir das Grammophon zurückbringen, sollten wir ihnen im Gegenzug die Platten leihen, das wäre nur fair.«

Beim Abendessen thronte der Eberkopf in der Mitte der Tafel. Hugh begrüßte ihn feierlich und murmelte dann etwas, das klang wie »nettes kleines Bartholomäus-Schweinchen«.

»Sehr hübsch«, bemerkte Mrs. Ditch.

»Schneiden Sie sich doch auch etwas für sich ab«, sagte Mrs. Bradley. »Wie viele sind Sie insgesamt?«

»Fünf, wenn man Linda mitzählt, Ma'am«, antwortete Mrs. Ditch.

»O, haben Sie eigentlich noch ein Bett für Linda gefunden?«, fragte Carey.

»Danke, Master Carey, sie bekommt ein hübsches kleines Notlager bei uns. Wir haben zwei Matratzen auf unserem Bett und dann noch ein paar Federbetten oben drauf, also kann Linda eine Matratze von uns bekommen. Das reicht ihr vollkommen.«

Sie nahm ein paar Scheiben vom Eberkopf mit und auch eine Flasche Port, die Carey aus der Anrichte geholt hatte.

Um Mitternacht wurde Denis ins Bett geschickt, und Mrs. Bradley, die noch nie besonders viel davon gehalten hatte, lange aufzubleiben, zog sich um halb eins ebenfalls zurück. Bald darauf folgten Carey und Hugh ihrem Beispiel.

Außer Carey schliefen am zweiten Weihnachtsfeiertag alle aus, und es war bereits zehn Uhr, als Mrs. Bradley und Denis, die am längsten geschlafen hatten, ihr gemütliches Frühstück beendeten. Mrs. Bradley las in einem Buch mit Gedichten, das sie aufgeschlagen auf den Tisch gestellt hatte, und trank noch zwei Tassen Kaffee, während Denis mit aufgestützten Ellbogen eine Detektivgeschichte verschlang. Um elf kam Mrs. Ditch und räumte den Tisch ab.

»Und?«, fragte Mrs. Bradley. »Was wollen wir jetzt unternehmen?«

»Ich will weiterlesen«, sagte Denis. Er hob kurz sein Buch hoch, damit Mrs. Ditch das Tischtuch abnehmen konnte, und ließ sich dann mit einem Seufzer in seinen Stuhl zurücksinken, dem Mörder dicht auf der Spur. In diesem Moment betrat Carey den Raum.

»Hallo, ihr Faulenzer«, sagte er und stellte sich vor das Feuer. »Selbst der alte Hugh war heute Morgen früher dran als ihr zwei! Er ist rüber nach Roman Ending gegangen, um Tombleys Grammophon abzuholen. Ich habe letzte Woche einige neue Platten aus Oxford mitgebracht.«

»Hast du denn keinen Radioapparat?«, fragte Denis.

»O doch. Sogar einen tragbaren. Für gewöhnlich steht er in der Küche, wo die Ditch-Jungs ihn immer wieder auseinandernehmen und mit den neuesten technologischen Verbesserungen ausstatten. Ich dachte, das Grammophon wäre mal eine nette Abwechslung. Wir könnten die Schwerttanz-Platten auflegen – *Kirkby Malzeard* und *Flamborough* –, ich liebe diese Lieder. Die könnte ich mir den ganzen Tag anhören. Hugh ist mit dem Motorrad losgefahren und hat den Beiwagen mitgenommen, damit er das Grammophon transportieren kann. Ich nehme mal an, der alte Simith hat ihm noch einen Drink angeboten. Tombley ist nicht zu Hause, er ist heute früh nach Iffley gefahren, um Mrs. Fossder und Fay zu besuchen.«

»Ach ja, schließlich würde Mrs. Fossder ihn viel lieber als ihren Schwiegersohn sehen als Pratt«, bemerkte Mrs. Bradley.

Als es Zeit fürs Mittagessen war, hatte Denis sein Buch ausgelesen. Für den Großteil des Nachmittags ließen sie das Grammophon laufen. Tombley und Simith kamen vorbei, gingen jedoch beide vor Einbruch der Dunkelheit wieder heim, um Priest dabei zu helfen, die Schweine in den Unterstand zu bringen. Am Himmel standen schwere, graue Wolken. Es sah aus, als könnte es jeden Moment anfangen zu schneien.

»Hören Sie, Master Carey«, sagte Mrs. Ditch, als Onkel und Neffe gegangen waren. »Wenn das Wetter wieder besser wird, könnten Sie dann nicht diesen Priest drüben bitten, dieses Jahr mitzutanzen?«

»Priest! Ich wusste gar nicht, dass er ein Morris-Tänzer ist«, sagte Carey.

»Ist er auch nicht«, erklärte Mr. Ditch ernst. »Aber wenn Mr. Tombley auf keinen Fall tanzen will, dann brauchen wir Ersatz, Master Carey.«

Carey rieb sich das Kinn.

»Ich kümmere mich darum«, sagte er. »Bis Ostern ist es ja noch lange hin. Das kann problemlos bis dahin warten.«

»An Ostern beginnen die Proben, Master Carey, das haben Sie doch wohl nicht vergessen?«

»Nein, stimmt. Aber ich werde ihn schon überzeugen. Machen Sie sich da mal keine Sorgen, Ditch. Wir bekommen sicher eine Truppe zusammen!«

Um zehn Uhr sagte Hugh, er sei müde, und wünschte ihnen eine gute Nacht. Um elf ging auch Denis ins Bett, der schon seit einer Weile gegen seine Schläfrigkeit angekämpft hatte. Mrs. Bradley begleitete ihn, und Carey folgte ihnen fast auf dem Fuße.

Bevor sie sich zu entkleiden begann, trat Mrs. Bradley ans Fenster und schaute in die Dunkelheit hinaus. Es war eine mondlose Nacht, und auch die Sterne versteckten sich hinter einer Wolkendecke. Während sie dort stand, geschah, wonach es schon den ganzen Tag ausgesehen hatte: Es begann zu schneien, in großen, dichten Flocken, und in weniger als einer Viertelstunde schimmerte der Boden weiß.

Sie trat vom Fenster zurück, zog sich langsam aus, wusch

sich das Gesicht und die Hände mit eiskaltem Wasser und legte sich ins Bett. Die Wärmflasche erzeugte eine wohlige Temperatur. Auch im Zimmer war es warm, obwohl das Feuer heruntergebrannt war und sie nur noch ein schwaches rotes Glühen erkennen konnte, als sie mit einem Auge hinüberschielte.

Sie war noch wach, als eines der Schweine plötzlich anfing zu quieken. Sofort taten es ihm mehrere andere nach. Doch schon bald verstummten die Tiere wieder. Mrs. Bradley drehte sich auf die Seite und schlief ein. Carey dagegen, der sich im Nachbarzimmer befand, war hellwach und in Alarmbereitschaft. Auch er hatte die Schweine gehört. Er stand auf und ging zu seinem Fenster, das zu den Ställen hinausschaute. Aber es war zu dunkel, um irgendetwas erkennen zu können. Er zog seinen Schlafrock an und ging nach unten. Dort tauschte er den Schlafrock gegen einen Mantel, zog statt der Pantoffeln Schuhe an, nahm sich einen kräftigen Stock aus dem Ständer und machte sich in Richtung der Schweineställe auf. Der Schnee fiel in dicken Flocken auf seine Haare, durchnässte seine Schultern und bedeckte seine Schuhe und Ärmel. Er versuchte, die Flocken im Gehen abzuschütteln, aber sie kamen immer wieder zurück, ohne Hast, mit weicher Beharrlichkeit, benetzten sein Gesicht und ließen sich mit abscheulicher Präzision in seinem Kragen nieder.

Als Erstes ging er zu Herewards Koben, denn der lag dem Haus am nächsten. Von dem Eber war kein Laut zu hören, obwohl Carey eine Weile vor dem Gehege stehen blieb. Herewards Koben war der einzige separate Stall auf der Farm, denn Tom war im größeren der Schweineställe untergebracht, in einem Koben direkt neben der Abferkelbucht.

Dort ging Carey als Nächstes hin. Nachdem er den Stall betreten hatte, hob er die Laterne von dem Nagel neben der Tür und zündete sie an. Dann ging er den Mittelgang entlang und nahm eine gründliche Inspektion vor. Die jungen Ferkel in den Aufzuchtställen schienen sich wieder beruhigt zu haben, aber zwei der Säue waren sehr unruhig. Auch Tom war wach. Er zottelte hoffnungsvoll zum Futtertrog, gähnte, blinzelte seinen Besitzer an und scharrte mit seinen adretten kleinen Vorderfüßen auf dem Boden.

»Das kannst du vergessen«, sagte Carey. Die Abferkelbucht, die doppelt so groß war wie ein normaler Koben, war zurzeit leer, doch in der Entwöhnungsbucht, die sich direkt daneben befand, tummelten sich mehrere hübsche kleine, pinkfarbene Bewohner. Carey sah sie vorwurfsvoll an.

»Also, wer von euch hat denn eben gequiekt?«, sagte er. »Und warum bloß, ihr Trottel!« Die Ferkel waren hellwach und purzelten beim Klang seiner Stimme übereinander. Ihr Verschlag befand sich fast direkt an der Außenwand des Gebäudes. Dazwischen war nur noch ein schmaler Gang. Gegenüber befand sich noch eine zweite Entwöhnungsbucht, doch die war momentan leer. An diese Bucht grenzte der Koben, in dem Sabrina untergebracht war, die übel gelaunte, angriffslustige alte Sau. Sie machte einen wesentlich nervöseren Eindruck als ihre Nachbarin Buttercup, grunzte laut, rieb ihre gewaltige Flanke an der Stallwand und schnaufte anklagend.

»Was ist denn los?«, fragte Carey. »Hast du dich über den Krach geärgert? Aber warum haben die Kerlchen denn überhaupt gequiekt, Sabrina? Das war doch sehr ärgerlich! Und jetzt bist du ganz aufgebracht!« Er streckte die Hand aus und gab ihr einen mitfühlenden Klaps. Dann ging er zu dem kleineren Stallgebäude hinüber, das ähnlich gebaut, aber knapp sechs Meter kürzer war. Es lag weiter vom Haus entfernt, und die darin befindlichen Schweine schienen nicht gestört worden zu sein.

Carey trat wieder ins Freie und schwenkte die Laterne im Kreis, aber es gab nichts zu sehen außer Schnee, der bereits eine so dicke Schicht auf der Erde gebildet hatte, dass die Spuren ausgelöscht worden waren, die er auf dem Weg vom Haus zu Herewards Koben hinterlassen hatte. Auch seine jetzigen Spuren verschwanden sofort wieder. Er senkte den Kopf und eilte zum Haus zurück. Dort angekommen, musste er jedoch feststellen, dass er die Eingangstür hinter sich geschlossen und keinen Schlüssel dabeihatte. Er klopfte. Ditch nahm sich erst noch die Zeit, eine Hose anzuziehen, bevor er nach unten kam und ihn hereinließ.

»Es ist alles gut, Ditch«, sagte Carey. »Ich bin's nur. Eines der Schweine muss schlecht geträumt haben oder so.«

»Ah, wahrscheinlich ist ein Hund hier rumgeschlichen. So ein Hund bringt die Schweine rasch in Aufruhr. Wem der wohl gehören mag? In der Nähe hat niemand einen Hund. Der nächste, der einen hat, ist William Smart.«

»Es scheint jedenfalls alles in Ordnung zu sein«, sagte Carey, während er mit den Füßen auf den Boden stampfte, um den Schnee abzuschütteln. »Hässliche Nacht da draußen.«

»Ah, so ein Hund bringt die Schweine rasch in Aufruhr«, wiederholte Ditch. »Aber unsere Linda, die ist nicht aufgewacht. Die hat nicht mal einen Finger gerührt. Meine Frau ist aufgewacht, und ich auch. Aber nicht unsere Linda. Die schläft wie ein Stein, dieses Mädel. Hat sie schon immer getan. Die denkt an niemanden außer sich selbst.«

»Das stimmt, von vorn bis hinten«, sagte Mrs. Ditch, die mit der Kerze in der Hand übers Treppengeländer lugte. »In ihrem Bett liegt nur ein Polster, das sie der Länge nach in die Mitte gelegt hat. Wenn wir elektrisches Licht hätten, statt nur diese alten Kerzen, dann hätten wir das sofort bemerkt, als wir ins Bett gegangen sind!«

»Aber wo könnte sie denn sein?«, fragte Carey.

»Müssen Sie das noch fragen?«, sagte Ditch bitter. »Die ist drüben in Roman Ending, die Dirne.«

»Sei still, Mann«, sagte Mrs. Ditch gebieterisch.

»Möchten Sie, dass ich mal rübergehe?«, fragte Carey.

»Nein, wir mischen uns da nicht ein. Sie hat sich ihr Bett selbst ausgesucht. Und so wie sie sich bettet, so liegt sie dann eben«, meinte Ditch philosophisch.

»Ich verstehe das nicht«, sagte Carey zu Mrs. Bradley, die ebenfalls aufgewacht und daraufhin auf den Treppenabsatz hinausgetreten war. Ein bizarrer, mit Drachen bestickter Mantel umhüllte ihre magere, aufrechte Gestalt. »Ich dachte, Linda Ditch sei von Roman Ending geflüchtet, weil sie die Aufdringlichkeit des alten Simith nicht mehr ertragen konnte. Ich muss morgen früh unbedingt mal dort vorbeischauen. Zum Teufel mit diesen hübschen Frauenzimmern! Sie geraten immer in irgendwelche Schwierigkeiten. Das Letzte, was ich suche, ist ein Streit mit Simith, aber er kann nicht einfach Mrs. Ditchs einzige Tochter verführen. Ein Jammer, dass Linda nicht mehr Ähnlichkeit mit ihren Brüdern hat. Die sind so sanft wie Lämmer. Sie haben nichts anderes im Kopf als den Radioapparat und das Morris-Tanzen. Ich glaube zwar, einer von ihnen hat ein Motorrad, aber du weißt schon, was ich meine. Ich denke, sie haben ihren

Eltern in ihrem ganzen Leben noch keinen einzigen Moment der Sorge bereitet. Der junge Walt wohnt hier im Haus und ist fast zu gut, um wahr zu sein, außer, wenn es darum geht, sich um die Schweine zu kümmern. Davon hat er nicht die geringste Ahnung. Ich wünschte, ich könnte diesen Priest von drüben loseisen. Insgeheim glaube ich ja, er hält dort nur so lange durch, weil er auf eine Gelegenheit hofft, den alten Simith umzubringen. Er hegt einen abgrundtiefen Hass auf ihn. Ach, wie auch immer, komm und trink einen Whisky mit mir. Ich muss mich aufwärmen.«

Er ging ihr ins Wohnzimmer voraus und zündete die Lampe an. Die Tür zum Priesterversteck stand offen und ein leichter Luftzug durchwehte den menschenleeren Raum.

»Du liebe Güte«, sagte Carey. »Was ist denn hier los?«

Sie gingen hinüber und untersuchten das Priesterversteck, doch es lag leer und unschuldig vor ihnen. Carey schloss die Tür in der Vertäfelung und lehnte sich mit dem Rücken dagegen.

»Seltsam, findest du nicht?«, fragte Mrs. Bradley. Carey schüttelte den Kopf.

»Das ist bestimmt nur wieder einer von Scabs Streichen. Sicher ist er runtergehuscht und hat die Tür geöffnet, während ich draußen bei den Ställen war.«

Fünftes Kapitel

KREUZ UND QUER AUF DEM ALTEN HOF

»Scab«, sagte Carey, nachdem er sich den Jungen auf dem Weg zum Frühstück geschnappt hatte. »Warum hast du gestern Nacht die Tür zum Priesterversteck offen gelassen?«

»Aber das war ich nicht!«, sagte Denis, dem die Frage vor lauter Überraschung ein – wie er danach gedanklich für sich konstatierte – deprimierend kindliches Kieksen entlockte.

»Ganz ehrlich?«, fragte Hugh, der es sich auf der Fensterbank bequem gemacht hatte und in die schneebedeckte Landschaft hinausschaute. Er sehnte sich nach gebratenem Speck und Eiern und sog gierig den Duft des Kaffees ein, den Mrs. Ditch soeben hereintrug.

»Selbstverständlich war ich das nicht, Hugh! Ich würde doch mein Geheimnis nicht an Mrs. Ditch verraten, oder an irgendjemanden sonst, der morgens hier hereinkommen könnte!«

»Das ist ja sehr merkwürdig«, sagte Carey. »Ich weiß genau, dass die Tür geschlossen war, als ich so gegen halb elf ins Bett gegangen bin.«

»Da können wir nicht sicher sein. Es ist doch möglich, dass sie einen Spaltbreit offen stand, meinst du nicht?«, fragte Hugh. »Andererseits – ich bin vor dir nach oben gegangen, und mir ist nichts aufgefallen.«

»Nun, jetzt steht sie jedenfalls nicht mehr offen«, sagte Carey. »Ich habe sie so fest wie möglich zugedrückt, als wir gestern Nacht zum zweiten Mal ins Bett gegangen sind. Außerdem habe ich zusätzlich noch einen Stuhl davorgeschoben.«

Er zog den schweren Stuhl zur Seite und öffnete abrupt die Tür. »Du lieber Gott!«, sagte er. »Was ist denn das?«

Linda Ditch stürzte halb ohnmächtig in den Raum. Die beiden jungen Männer und Denis eilten ihr zu Hilfe.

»Tretet ein bisschen zurück, ihr zwei. Lasst ihr Platz zum Atmen«, sagte Hugh und kniete sich neben sie. Im selben Moment setzte Linda sich auf.

»Nicht meiner Mutter erzählen!«, sagte sie.

»Aber wie sind Sie denn dort hineingekommen?«, fragte Hugh. »Hier, trinken Sie erst mal was!« Er bedeutete Carey, ihr eine Tasse Kaffee zu bringen. Linda machte eine abwehrende Handbewegung und rappelte sich mit kalkweißem Gesicht auf. Sie steckte offenbar noch in ihrer Festtagskleidung, die aus einem geschmacklosen, bodenlangen Kleid aus billiger blauer Spitze bestand, das zudem auch noch tief ausgeschnitten war. Darüber trug sie einen Mantel, und an den Füßen silberne Schuhe, deren Absätze leichte Abnutzungsspuren aufwiesen. Sie hatte sich eine Lockenfrisur zugelegt, die ihr nicht besonders gut stand und mittlerweile vollkommen derangiert war. Alles in allem machte sie einen recht mitgenommenen Eindruck, aber es sah nicht so aus, als wäre sie draußen im Schnee gewesen.

»Lassen Sie mich. Ich will nicht darüber reden. Ich wurde im Stich gelassen«, sagte sie.

»Seien Sie still, Linda!«, sagte Carey und nickte fast unmerklich zu Denis hinüber.

»O das! Das meine ich doch gar nicht! Wo denken Sie hin? Können Sie denn nicht sehen, dass das, auf das Sie da anspielen, schon vor Wochen passiert ist? Nein, ich meine, ich wurde einfach sitzen gelassen. Also bin ich wieder zurückgekommen und habe in diesem Versteck da geschlafen.«

»Nun seien Sie doch vernünftig, Linda«, sagte Carey. »Es hat keinen Sinn, ein Geheimnis daraus zu machen. Wo sind Sie gewesen? Und wie sind Sie dort hineingekommen?«

Hugh ging zu der Tür in der Vertäfelung hinüber, schloss sie und stellte sich mit dem Rücken davor.

»Ich sollte wohl besser verschwinden«, sagte Denis hilfsbereit und versuchte dabei, so erwachsen wie möglich zu klingen. Dann ging er in den Schnee hinaus, der im Sonnenschein funkelte.

»Lassen Sie mich in Ruhe«, sagte Linda. »Ich werde mir in Littlemore eine Anstellung suchen. Im Irrenhaus«, fügte sie trotzig hinzu.

»Es wird Ihnen dort nicht gefallen«, sagte Carey. »Wollen Sie uns wirklich nicht erzählen, was passiert ist?«

»Nein. Also lassen Sie mich gehen. Ich kümmere mich um meine eigenen Angelegenheiten, kümmern Sie sich um Ihre!«

»Aber das *sind* seine Angelegenheiten, Sie dummes Ding!«, sagte Mrs. Bradley, die plötzlich vor Linda auftauchte wie der Teufel, der Doktor Faustus heimsucht. »Es ist sein Haus, und er hat sehr wohl das Recht, Ihnen Fragen zu stellen, wenn er Sie in einem Teil des Gebäudes vorfindet, in dem Sie nichts zu suchen haben. Gehen Sie nach oben und ziehen Sie sich ein anderes Kleid und andere Schuhe an. Und dann schicken Sie Ihre Mutter zu mir.«

Bei diesen Worten stürzte Linda auf die Knie.

»Sie erzählen es doch nicht meiner Mutter! Erzählen Sie es nicht meiner Mutter!«, schluchzte sie.

»Kein Wort«, sagte Mrs. Bradley. »Außer, dass man Sie aus Versehen eingeschlossen hat. Haben Sie dieses Kleid gestern Abend hier in diesem Haus getragen, für die Weihnachtsfeier Ihrer Familie?«

»Ja, habe ich. Und Walt hat es sogar zerrissen.«

»Dann ist es ja gut. Und jetzt seien Sie ein vernünftiges Mädchen. Ich werde Sie nur dann in Schutz nehmen, wenn Sie mir die Wahrheit sagen. Und täuschen Sie sich da mal nicht: Ich erkenne die Wahrheit, wenn ich sie höre! Letzte Nacht sind anscheinend mehrere seltsame Dinge geschehen.«

Sie sah Linda mit einem anzüglichen Grinsen ins Gesicht. Linda zuckte zurück, dann aber fing sie an zu kichern. Offenbar hatte sie ihr feuriges Temperament noch nicht verloren.

»So ist's schon besser«, sagte Mrs. Bradley.

»Und, wird sie es dir erzählen?«, fragte Carey, nachdem Linda gegangen war.

»O ja, zumindest einen *Teil* der Wahrheit«, sagte Mrs. Bradley. »Sie ist ein ziemlich loser Vogel, dieses Mädchen.« Sie schüttelte über Lindas Verfehlungen den Kopf. »Natürlich ist sie jemanden auf Roman Ending besuchen gegangen.«

»Du denkst also, sie hat den Krach verursacht, der letzte Nacht die Schweine aufgescheucht hat? Als sie nach Roman Ending rübergelaufen ist?«

»Das weiß ich nicht, aber ich bezweifle es. Wann hat es angefangen zu schneien?«

»Kurz bevor ich das Haus verlassen habe, um nach den Schweinen zu sehen. Als ich draußen war, schneite es schon ziemlich heftig.«

»Dann ist Linda zu einem früheren Zeitpunkt aus dem Haus gegangen und auch früher wieder zurückgekehrt, es sei denn, sie hätte sich irgendwo untergestellt und auch ihr Kleid und ihre Schuhe gewechselt.«

»Durch das Priesterversteck, meinst du? Donnerwetter ...« Er trat vor die Vertäfelung und öffnete erneut die Tür. In diesem Moment kam Mrs. Ditch in den Raum und brachte Eier mit Speck. Voller Neugier starrte sie die Öffnung in der Wand an. Mrs. Bradley winkte mit einer ihrer mageren Klauen.

»Linda wurde aus Versehen da drin eingesperrt. Wir haben sie gerade herausgelassen«, sagte sie. »Sie ist nach oben gegangen, um sich umzuziehen. Sie hatte immer noch ihr Festtagskleid an. Ich würde sie an Ihrer Stelle jetzt nicht mit irgendwelchen Fragen behelligen. Sie hat einen ziemlichen Schock erlitten, würde ich sagen.«

»Wir haben aber doch genau gesehen, dass sie kurz vor zehn ins Bett gegangen ist.«

»Das kann sie unmöglich getan haben. Was bedeutet, dass dieses Versteck noch einen anderen Eingang hat«, sagte Carey plötzlich.

»Wenn sie auf dem üblichen Weg nach Roman Ending gegangen wäre, hätte sie draußen durch den Schnee stapfen müssen. Und dann wären Spuren davon auf ihren Schuhen zurückgeblieben. Hören Sie auf meinen Rat. Fragen Sie nicht weiter nach. Erwähnen Sie es allenfalls als Scherz, so wie Sie es getan hätten, wenn statt Linda der junge Walt dort eingesperrt worden wäre. Drangsalieren Sie das Mädchen nicht, Mrs. Ditch«, sagte Carey, der das ritterliche Bedürfnis empfand, Linda in Schutz zu nehmen. Er war nämlich der Ansicht, dass Linda von ihrer Mutter nicht gerade gerecht behandelt wurde.

Der Indizienbeweis der Schuhe überzeugte Mrs. Ditch. Bei der ersten Gelegenheit, die sich ihr bot, nahm sie sie unter die Lupe und kam zu dem Schluss, dass diese unmöglich im Freien getragen worden sein konnten. Also meinte sie nur sarkastisch: »Unsere Linda hat es eben darauf angelegt, sich einsperren zu lassen, auf die ein oder andere Weise.« Und dabei ließ sie es für den Augenblick bewenden.

»Übrigens«, sagte Carey, als Mrs. Ditch gegangen war. »Ich habe von Tombley gehört, der es wiederum von Fay gehört hat, dass mit Fossders Testament alles vollkommen in Ordnung war.«

»Was meinst du damit?«

»Nun, es gab irgendwann mal das komische Gerücht, er wolle Jenny und womöglich auch Mrs. Fossder enterben oder so etwas in der Richtung. Aber da war wohl nichts dran, jedenfalls stehen alle noch drin.«

»O, tatsächlich? So ist es natürlich viel besser.« Sie nickte, als wollte sie allen betroffenen Personen zu ihrem Erbe gratulieren, und nahm ihren Platz am Esstisch ein, unmittelbar vor einer Schüssel mit gebratenem Speck und der offenbar unvermeidlichen Blutwurst. Nach dem Frühstück gelang ihr das sehr beachtliche, wenn auch vollkommen nutzlose Kunststück, mit sechs Schneebällen sechs leere Flaschen von der Mauer des Küchengartens zu werfen. Nachdem sie auf diese Weise dem winterlichen Niederschlag Tribut gezollt hatte, war sie der Ansicht, sich das Recht verdient zu haben, ins Wohnzimmer zurückzukehren und das Glas Bovril zu trinken, das Linda auf einem kleinen silbernen Tablett hereinbrachte.

»Sag mal«, fragte Denis, der ihr ins Haus gefolgt war, »hast du jemals dein Glück an einer dieser Wurfbuden auf der Kirmes versucht, Tante Bradley? Ich glaube, da würdest du ziemlich abräumen!«

»Man hat mir allein in der Umgebung von London auf nicht weniger als drei Jahrmärkten zu verstehen gegeben, dass ich mich von den Wurfbuden fernhalten soll«, antwortete seine Großtante mit geziemender Bescheidenheit. Denis stieß einen anerkennenden Pfiff aus.

»In mancher Hinsicht hast du tatsächlich große Ähnlichkeit mit einer Hexe«, bemerkte er.

»Das ist sehr unhöflich, Master Denis«, sagte Linda Ditch. »Trinken Sie Ihren Bovril aus und reden Sie nicht solchen Unsinn!«

Denis war über diese Bemerkung so empört, dass er sie keiner Antwort würdigte. Er trank seinen Bovril, nahm sich ein paar Kekse von der Anrichte und zog los, um Hugh und Carey zu finden, die Ditch und dem jungen Walt gerade dabei halfen, die Wege freizuschaufeln.

»Also gut, Ma'am«, sagte Linda forsch.

»Also gut, Linda«, sagte Mrs. Bradley.

»Nun, Ma'am, ich will nicht leugnen, dass ich ausgegangen bin, um meinen Bo zu treffen.«

»Ihren was?«, fragte Mrs. Bradley. »Ach so, ja, natürlich, Sie meinen Ihren Beau. Fahren Sie fort.«

»Das ist nämlich Priest, drüben in Roman Ending.«

»Kommen Sie schon. Seien Sie nicht albern«, sagte Mrs. Bradley. »Ein Mann mit so einem Gesicht! Wie um alles in der Welt würden da die Kinder aussehen!«

Linda starrte sie an, dann aber musste sie plötzlich lachen.

»Sie sind mir ja eine!«, sagte sie. »Also gut, ich habe mich mit Tombley getroffen – Jerry, nenne ich ihn –, weil wir uns über das hier unterhalten müssen.«

Sie machte eine unmissverständliche Geste.

»Ah ja, das uneheliche Kind«, sagte Mrs. Bradley, ohne ein Blatt vor den Mund zu nehmen. Linda blickte sie kühl an.

»So schlimm ist es nicht. Er wird mich heiraten, warten Sie's nur ab!«, entgegnete sie leidenschaftlich.

»Das kann er nicht, wenn er gehängt wird«, entgegnete Mrs. Bradley seelenruhig. »Wo war er Heiligabend?«

Das Mädchen zog ein mürrisches Gesicht, wirkte jedoch gleichzeitig verängstigt.

»Ich weiß nicht, wovon Sie da reden.«

»O Linda!«, sagte Mrs. Bradley.

»Ich weiß es wirklich nicht! Können Sie nicht einfach glauben, was ich Ihnen sage?«

»Nein, das kann ich nicht. Jedenfalls nicht besonders viel davon. Warum haben Sie Roman Ending so überstürzt verlassen?«

»Wegen Jim Priest. Er hat einen Streit gehört und ist abgehauen.«

Mrs. Bradley begann, eine bestimmte Melodie zu summen. Zunächst runzelte Linda die Stirn, dann war ihr mürrischer Gesichtsausdruck plötzlich wie weggeblasen, und sie fing an zu lachen.

»Ja, der ist ein richtig treuer Billy, das kann man wohl sagen. Er bringt mich zum Lachen. Und ist andauernd eifersüchtig. Drückt sich immer in der Nähe herum, auch wenn man nichts mehr mit ihm zu tun haben will!« Sie begann nun ebenfalls zu summen. »Ah, und ich wünschte, die Fische würden *nie* über die Berge fliegen«, sagte sie dann geheimnisvollerweise.

»Wie war das?«, fragte Mrs. Bradley.

»Wie war was?«, sagte Linda, diesmal in ehrlicher Unschuld.

»Das mit den Fischen und den Bergen, mein Kind. Ich glaube nicht, dass ich weiß, woher dieses Zitat stammt.«

»O, das ist aus diesem Lied, das die Morris-Tänzer immer singen. Mein Vater kennt es. Und Walt auch.« Ihre Stimme war melodiöser als die ihrer Mutter, dafür hatte sie kein so gutes Gefühl für den Rhythmus.

»O mein Billy, mein treuer Billy,
Wann werde ich meinen Billy wiedersehen?
Wenn die Fische über die Berge fliegen,
Dann wirst du deinen Billy wiedersehen!«

»Danke, mein Kind. Das ist sehr interessant«, sagte Mrs. Bradley und prägte sich diese Variante des Liedes, das sie vor nicht allzu langer Zeit Lindas Mutter hatte singen hören, in ihr Gedächtnis ein, um sie später in ihr Notizbuch übertragen zu können. »Erzählen Sie weiter, was sich während Ihres nächtlichen Abenteuers zugetragen hat. Meine Neffen werden bald zurückkommen.«

»Nun, Jerry Tombley und ich, wir haben vereinbart, dass wir uns in der alten Scheune hinter der Gartenmauer treffen. Vom Keller dieses Hauses hier gibt es nämlich einen unterirdischen Gang dort hinüber. In der Gegend wissen das alle.

Die kleine Kammer da hinter der Holzwand haben Walt und ich gefunden, als wir als Kinder hier gespielt haben. Und wir haben entdeckt, dass es von dort aus einen Gang zum Keller gibt. Also habe ich mir gedacht, ich tue so, als würde ich früh ins Bett gehen. Dann wollte ich das Polster unter die Decke legen, damit es so aussieht, als würde ich im Bett liegen, und dann wollte ich hier durch diese Kammer in den Keller gehen, denn es hätte ja sein können, dass mein Vater die normale Kellertreppe hinuntergehen würde, um Bier zu holen. Am Ende des Gangs wäre ich dann in einer hinteren Ecke des Kellers rausgekommen.

Die anderen haben die ganze Zeit Tiddlywinks gespielt und Radio gehört, und dann haben sie auch noch das Grammophon laufen lassen und wollten, dass ich dazu tanze. Irgendwann war ich so müde, dass ich wirklich nur noch ins Bett wollte. Da musste ich gar nicht erst so tun als ob. Also bin ich nach dem Essen – das war so gegen halb elf – nach oben gegangen und dann auf einem anderen Weg, den mein Bruder und ich ebenfalls entdeckt hatten, wieder hinuntergeschlichen. Der liegt woanders, ich sage Ihnen aber nicht, wo. Sie können ja selbst versuchen, ihn zu finden. Das Versteck hier haben Sie ja auch gefunden.

Doch als ich dann unten im Keller war, sah ich, dass mein Vater und Walt die ganze Kohle und den Koks umgeschichtet hatten. Dadurch war der Gang total versperrt. Ich hätte schreien können, sage ich Ihnen. Stattdessen habe ich mich auf eins der Fässer gesetzt und geheult wie ein kleines Kind. Ich habe es nicht gewagt, die Kohle und den Koks wegzuschieben, nicht nur, weil ich mein bestes Kleid anhatte, sondern auch, weil ich Angst hatte, dass mein Vater es hören könnte. Und nachdem ich mich dann ausgeheult hatte, dachte ich, dass ich besser wieder ins Bett gehen und nicht mehr daran denken sollte, dass Jerry Tombley im Holzschuppen auf mich wartet.«

»Aber das ist noch nicht alles. Sie können nicht zurück ins Bett gegangen sein«, sagte Mrs. Bradley. »Wir haben Sie schließlich in dieser Kammer hier gefunden. Warum konnten Sie nicht auf demselben Weg zurückgehen?«

»Das kommt davon, wenn man in einem alten Haus lauter blöde Verbesserungen einbaut«, war alles, was Linda darauf antwortete, und Mrs. Bradley erkannte, dass das Mädchen alles gesagt hatte, was sie zu diesem Zeitpunkt bereit war preiszugeben.

Nachdem Linda zurück zu ihrer Mutter in die Küche gegangen war, machte Mrs. Bradley sich auf die Suche nach Denis.

»Geh hinunter in den Keller, mein Junge«, sagte sie, »und erzähle mir anschließend, wo genau sich die Kohle und der Koks befinden.«

»O, das weiß ich auch so«, sagte Denis. »Zwei Tage vor deiner Ankunft bin ich mit Ditch in den Keller gegangen. Das Zeug liegt in einer Ecke und versperrt dadurch einen hübschen kleinen Gang, der zu der alten Scheune dort drüben führt.«

Mrs. Bradley war verwirrt. Es hatte so geklungen, als sei Linda davon überzeugt gewesen, dass die Kohle erst vor Kurzem dorthin geschafft worden war. Ansonsten wäre sie doch sicher vorher in den Keller gegangen, um sicherzugehen, dass der Weg frei war, dachte Mrs. Bradley. Aber vielleicht hatte sie auch einfach nur auf ihr Glück vertraut. Menschen ihres Naturells vertrauten immer auf ihr Glück, nur, um dann bei nahezu jeder Gelegenheit festzustellen, dass das Glück sie im Stich gelassen hatte. Sie seufzte.

»Hat Linda gelogen? Das tut sie immer, sagt Walt«, meinte Denis.

»Ich weiß es nicht«, antwortete Mrs. Bradley. »Denis, was

genau meint man damit, wenn man sagt, dass in einem alten Haus Verbesserungen eingebaut wurden?«

»Ist das ein Rätsel?«

»Wenn du so willst.«

»Kennst du die Antwort?«

»Nun«, sagte Mrs. Bradley zurückhaltend. »Ich denke, ich würde sie erkennen, wenn ich sie höre.«

»Na ja, ich glaube, das bedeutet, dass man ein paar Badezimmer einbaut. Du weißt schon …«

Aber seine Großtante wartete den Rest des Satzes nicht ab.

»Komm mit mir, schnell«, sagte sie. »Du wolltest doch noch einen anderen Eingang zu dem Priesterversteck finden, Denis, nicht wahr? Nun, mein liebes Kind, ich denke, du hast einen gefunden.«

Sie gingen zusammen die Treppe hoch und betraten das größere der beiden Badezimmer. Darin stand eine große Zinkwanne so nah an der Wand hinter der Tür, dass sie sie fast berührte, und unter dem Fenster befand sich einer jener abscheulichen Waschtische mit einem herausnehmbaren Becken, aus dem man das seifige Wasser in ein darunterstehendes Gefäß schütten musste. Ansonsten war der Raum mit einem Korbstuhl, einer Bademmatte, einem Handtuchhalter und einem kleinen, lackierten Badezimmerschrank möbliert. Letzteren hatte man offenbar nur deshalb gekauft, weil er genau in eine der Ecken passte.

»Wo mag es sein?«, fragte Mrs. Bradley. Sie durchsuchten mit äußerster Sorgfalt jeden einzelnen Zentimeter des Raumes. Denis legte sich flach auf den Bauch, mit einer Taschenlampe in der Hand, um alle Dielenbretter und Ecken unter die Lupe zu nehmen. Schließlich stand er auf und seufzte.

»Versuchen wir es im anderen Badezimmer«, sagte er. Das zweite Bad war Mrs. Bradleys Ansicht nach ohnehin die wahrscheinlichere Variante, da die Mitglieder der Familie Ditch dieses benutzen durften, wenn ihnen nach Baden zumute war. Der Raum war von einem der Schlafzimmer durch eine hölzerne Wand abgetrennt worden, die nicht ganz bis zur Decke reichte. Das, was vom Schlafzimmer übrig geblieben war, diente als Kammer zur Unterbringung von allerlei Gerümpel.

»Wir sollten auch dort drüben suchen, falls wir im Bad nichts finden«, sagte Mrs. Bradley, während sie an der Kammertür vorübergingen. Doch ihre Suche blieb nicht ohne Ergebnis. Der Boden war mit grün-weiß-kariertem Linoleum ausgelegt, und in der Nähe der Wand entdeckte Denis eine leichte Vertiefung im Belag. Er hob ein Stück des Linoleums an, und darunter kam eine Falltür zum Vorschein. Die Scharniere sahen relativ neu aus, hatten jedoch aufgrund der von Wasser und Dampf erzeugten Feuchtigkeit bereits zu rosten begonnen. Denis öffnete die Falltür und starrte in einen schwarzen, scheinbar bodenlosen Schacht hinunter.

»Er ist genauso breit wie eine der alten Wände. Interessant«, sagte Mrs. Bradley. Sie leuchteten mit ihren Taschenlampen nach unten, aber der Schacht schien lotrecht in die Tiefe zu fallen, ohne jemals den Grund zu erreichen – soweit sie das erkennen konnten.

»Schließe die Tür für einen Moment wieder, mein Kind«, sagte Mrs. Bradley. »Und dann schau aus dem Fenster und sag mir genau, wo wir uns befinden.«

Das Badezimmerfenster war nicht sehr viel größer als eine Schießscharte. Dieser Teil des Hauses war offenbar älter als der Rest. Denis stellte sich auf die Zehenspitzen und sah nach draußen.

»Ich schaue Richtung Norden, glaube ich. Die Kirche liegt zu meiner Linken, aber in einem schrägen Winkel. Das hier muss also die Nordwestecke des Hauses sein.«

»Das ergibt Sinn«, sagte Mrs. Bradley. »Wahrscheinlich verläuft der Schacht parallel zur Hauswand und reicht bis zum Boden hinunter. Von dort geht es dann unterirdisch weiter, würde ich sagen. Das nützt uns nichts, Denis. Lass uns nebenan weitersuchen.«

Aber in der Kammer mit dem Gerümpel fanden sie nichts, weshalb sie ins Wohnzimmer zurückkehrten, um sich am Kaminfeuer aufzuwärmen.

Wir haben keinen Weg nach draußen gefunden, also wie ist Linda hier hereingekommen?, fragte Mrs. Bradley sich in Gedanken. Sie ging zu der Vertäfelung hinüber und öffnete die Tür. Das Priesterversteck – falls es sich bei dieser Kammer tatsächlich um ein solches Versteck gehandelt haben sollte – war so kahl und leer wie eh und je. Sie betrat den Raum.

»Schließ die Vertäfelung hinter mir, Denis. Ich möchte mal sehen, ob ich hier irgendwie herauskomme«, sagte sie. »Mach die Tür in zehn Minuten wieder auf.«

»Was für eine einmalige Gelegenheit, Scab«, sagte Carey, der genau in dem Moment den Raum betrat, als Denis die Vertäfelung schloss und seine Uhr zückte – ein Weihnachtsgeschenk von seinem Vater. »Wenn Tante Adela und du euer Versteckspiel beendet habt, würde ich gern mit ihr reden.«

Während Denis darauf wartete, dass die zehn Minuten verstrichen, erzählte er Carey von dem Schacht.

»O ja, den haben wir letzten Sommer gefunden. Das ist eine Art Stauraum aus dem vierzehnten Jahrhundert, glaube ich. Fall da bloß nicht runter. Ich denke nicht, dass wir dich da jemals wieder rausholen könnten, es sei denn, wir würden das ganze Haus abreißen. Und das würde ich nicht über mich bringen. Ich hoffe übrigens, es gibt genug Luft in diesem Priesterversteck. Linda war der Ohnmacht nahe, als sie heute Morgen da rausgepurzelt ist.«

»Linda? Ach so, darum geht es hier also!«

»Ja, darum geht es hier. Also behalte die Uhr gut im Auge, ich mache mir wirklich Sorgen wegen der Belüftung da drin.«

Als die zehn Minuten vorüber waren, öffnete Denis sofort die Tür, und Mrs. Bradley trat aus dem Versteck.

»Es gibt also genug Frischluft«, sagte Carey.

»Ich denke nicht, dass ich lange genug drin war, um das mit Sicherheit sagen zu können. Aber ich konnte auch keinen weiteren Ausgang entdecken«, antwortete Mrs. Bradley.

»Tatsächlich? Na, wie auch immer, komm mal bitte mit und schau dir Hereward an. Ich glaube, der arme Kerl fühlt sich heute Morgen nicht so gut. Es hat mir gar nicht gefallen, dass er nicht herausgekommen ist, um mich anzugrunzen, als ich letzte Nacht meine Runde gemacht habe. Wir hatten noch nie irgendwelche Krankheiten auf der Farm. Ich hoffe nicht, dass er ausgerechnet jetzt damit anfängt. Falls er nicht fressen will, muss ich wohl oder übel losziehen und den Tierarzt holen. Ich kann es mir nicht leisten, einen wertvollen Eber zu verlieren.«

»Wenn er ein menschliches Wesen wäre«, sagte Mrs. Bradley, nachdem sie zusammen mit Carey etwa zehn Minuten vor Herewards Koben gestanden und den matt und kraftlos vor sich hin schnüffelnden Eber betrachtet hatte, »würde ich sagen, er ist erkältet. Aber ist so etwas bei Schweinen überhaupt möglich?«

»Sie erkranken an Wundrose, Lungenwurmseuche, Rundwürmern und Schweinepest, also können sie sich wahrscheinlich auch eine Erkältung einfangen. Das ist wirklich ärgerlich. Obwohl, wie um alles in der Welt *du* das geschafft hast, du Depp,« fügte er an den Eber gewandt hinzu, »übersteigt mein Begriffsvermögen. Schau dir diesen Boden an«, sagte er zu Mrs. Bradley. »Das ist das Modernste, was es gibt. Alles, was dieser Idiot tun muss, ist, in seinem Unterstand zu bleiben, wenn es regnet oder schneit. Andererseits, bei diesen hochgezüchteten Tieren weiß man ja nie ... Was machst du bloß für Sachen?«, fragte er den Eber. »Wenigstens geht es den Säuen gut. Zumindest ein Trost. Am liebsten würde ich den Burschen für ein, zwei Tage ins Haus holen. Oder ihn für eine Weile in den leeren Koben im großen Schweinestall stecken, aber wenn ich das tue, würden die Säue unbedingt zu ihm wollen. Den alten Tom können sie nicht ausstehen, aber nach Hereward sind sie ganz verrückt.«

Mrs. Bradley fand dieses kleine Streiflicht auf den unterschiedlichen Grad der sexuellen Anziehungskraft von Ebern äußerst faszinierend, aber genauso faszinierend fand sie das plötzliche Auftauchen von Simiths Gehilfen Priest, der den Pfad entlanggehastet kam, um mit Carey zu sprechen.

»Mr. Tombley schickt mich. Ich bin heute früh gekommen, um die Schweine zu füttern, und es sieht so aus, als wäre Mr. Simith letzte Nacht überhaupt nicht nach Hause gekommen, und Mr. Tombley hat herumtelefoniert, und er denkt, sie haben ihn ins Krankenhaus gebracht, und jetzt hat er Angst, dass sie ihn nach Littlemore bringen, und will wissen, was er tun soll.«

»Er hat direkt mit dem Krankenhaus telefoniert, meinen Sie?«, fragte Carey.

»Ja. Aber anscheinend konnten die ihm nicht sagen, ob es wirklich Mr. Simith ist oder nicht. Sie haben über die Weihnachtstage ein oder zwei ältere Männer aufgenommen, sagen sie, und Mr. Tombley lässt fragen, falls das keine zu große Zumutung für Sie wäre, ob Sie nicht rüberkommen und nach den Schweinen schauen könnten, während er hinfährt und sich darum kümmert. Ich selbst heirate heute, sonst würde ich Sie damit nicht belästigen, verstehen Sie?«

»Sie heiraten?«, sagte Carey. »Ich gratuliere! Äh ...«

»Linda Ditch«, sagte Priest und grinste peinlich berührt. »Und es ist auch höchste Zeit! Das arme törichte Ding!«, fügte er hinzu.

»Und was ist jetzt mit diesem Burschen hier?«, fragte Mrs. Bradley mit einem Blick auf Hereward.

Sie schnalzte dem Eber mitfühlend zu, doch er starrte sie nur elend aus seinen kleinen roten Äuglein an.

»Wenn es dir nichts ausmacht, hole ich ihn ins Haus. Er ist ein sehr reinliches Tier. Natürlich nicht ins Wohnzimmer. Er kann im Nebengebäude bleiben. Mrs. Ditch wird das nichts ausmachen. Sie ist an Schweine gewöhnt. Ich zünde ein Feuer an, stelle ein Schutzgitter in den Raum und lege noch ein paar alte Säcke auf den Boden, damit er es bequem hat. Hast du Angst vor ihm?«

»Nein«, sagte Mrs. Bradley resolut.

»Also gut. Dann kannst du ja das Gatter öffnen, und ich werde ihn herauslocken.«

Doch der Eber wich zurück und ließ Carey nicht in seine Nähe.

»Also ehrlich, du bist ja heute mächtig eigen«, sagte Carey und betrachtete den Eber erstaunt. »Wie du willst, dann mache ich es dir halt hier ein wenig bequemer.«

Beim Klang seiner Stimme wurde der Eber etwas fügsamer und ließ sich doch noch zum Haus führen. In der Sonne hatte der Schnee rasch zu schmelzen begonnen, und Hereward trottete mit platschenden Schritten durch den Matsch. Doch immer wenn sie an eine Stelle kamen, an der der Schnee noch nicht geschmolzen war, steckte das Tier vorsichtig die Füße hinein und quiekte laut.

»Da hat er wohl einen Komplex, Tante Adela«, sagte Carey mit einem Grinsen. »Würde es dir etwas ausmachen, über diese Schneefläche dort zu laufen, bis sie ein bisschen braun ist? Ich glaube, er hasst dieses viele Weiß. Aber mal eine ganz andere Frage: Was mag wohl mit dem alten Simith passiert sein? Ob er nicht mehr ganz richtig im Kopf ist? Was meinst du?«

»Das kann ich unmöglich sagen, ohne ihn selbst gesehen zu haben. Bisher jedenfalls hat er nicht diesen Eindruck auf mich gemacht«, antwortete Mrs. Bradley vorsichtig. »Wann gehst du rüber, um nach seinen Schweinen zu schauen?«

»O, das mache ich erst später. Priest hat sie heute Morgen bestimmt schon gefüttert. Da halten sie es noch eine Weile aus.«

»Schön. Magst du dann nach dem Mittagessen ein Stündchen mit mir im Auto durch die Gegend fahren, Kind?«

»Gern. Und wenn ich's recht bedenke, können genauso gut auch Ditch und Walt nach Roman Ending hinübergehen.«

»Und du bist sicher, dass sie die Schweine dort nicht vergiften werden?«

»Wegen Linda, meinst du? O, Linda ist ein Tunichtgut, keine Frage, und das weiß ihre Familie nur zu gut. Aber Schweine sind hier heilig. Denen würden sie nie etwas antun. Außerdem würde ich wirklich gern ein wenig mit dir herumfahren. Worum geht es denn? Doch nicht etwa um eine Geisterjagd?«

»Doch, genau darum geht es. Gott segne dich, mein Kind, für deinen überlegenen Verstand.«

»Wem bin ich denn überlegen?«

»Hugh.«

»Ach ja?«

»Ja, ja, ja!«, sagte Mrs. Bradley und klang dabei beinahe gereizt – ein Gefühlszustand, den ihr Neffe noch nie an ihr erlebt hatte. »Wenn du Heiligabend nach Iffley gefahren wärst, dann wüsstest du jetzt so einiges über Mr. Fossders Tod. Hugh dagegen scheint überhaupt nichts zu wissen. Wenn das Mädchen nicht bereit wäre zu beschwören, dass er ein unumstößliches Alibi hat, könnte ich fast meinen, dass er selbst der Geist war!«

Sie lachte laut und meckernd. Hereward stieß bei diesem Geräusch ein verängstigtes Schnauben aus, und Carey musste ihm den Weg versperren, damit er nicht davonstürmte. Anschließend überredete er das Tier mit einschmeichelnden Worten, das Nebengebäude zu betreten, das ihm verdächtig vorzukommen schien.

»Hugh?«, fragte Carey, während er sich hinkniete, um das Feuer anzuzünden. »Warum um alles in der Welt sollte er das tun?«

»Nun, das weiß ich auch nicht«, antwortete Mrs. Bradley abwesend und sah zu, wie Hereward seine neue Unterkunft eingehend begutachtete. »Aber genauso wenig gibt es einen triftigen Grund, warum er es *nicht* gewesen sein sollte.«

»Worauf willst du hinaus?«, fragte Carey.

»Auf Hughs einfühlsame, verständnisvolle Art. Und auf seine Blindheit, Taubheit und generelle Idiotie!«, antwortete Mrs. Bradley, die ihre gute Laune zurückgewonnen hatte.

»Aber war er denn tatsächlich blind, taub und dumm? Entschuldige mich für einen Moment. Das Feuer müsste zwar reichen, aber ich muss noch ein wenig Stroh und ein paar Säcke holen gehen. Macht es dir was aus, einen Moment mit ihm allein zu bleiben? Falls ja, dann komm doch schnell mit, dann kannst du mir tragen helfen, in Ordnung?«

Nachdem Mrs. Bradley einen kurzen Blick auf Hereward geworfen hatte, der nun stillstand, beide Vorderfüße fest aufgepflanzt und die Schnauze fast bis zum Boden gesenkt hatte, beschloss sie, Carey zu begleiten.

»Es ist merkwürdig, dass Mr. Fossder entschieden hat, die Verabredung einzuhalten, trotz der Nachricht, die Tombley ihm hat überbringen lassen«, sagte sie, während sie erneut den Hof überquerten.

»Vielleicht hat er ja nicht gehört, was Hugh gesagt hat. Oder es einfach nicht verstanden.«

»Er war nicht taub. Ich habe Jenny gefragt. Also warum ist er trotzdem nach Sandford gegangen, wenn Tombley nicht dort sein würde?«

»Aus irgendwelchen nur ihm bekannten Gründen, die nichts mit Tombley zu tun hatten. Und einer dieser Gründe wurde plötzlich böse und jagte und tötete ihn«, schlug Carey vor. »Warum lassen wir die Sache nicht auf sich beruhen? Wenn der Arzt den Totenschein ausgestellt hat, ohne weitere Fragen zu stellen, warum machst du dir dann Gedanken, meine Liebe?, Es ist nicht wirklich unsere Angelegenheit, oder?«

»Ich wünschte, ich könnte das glauben.« Zu Careys Belustigung hatte es ganz den Anschein, als sei seine Tante ausnahmsweise einmal unschlüssig. »Aber ich kann mich des Gefühls nicht erwehren, dass Fossder ermordet wurde, und wenn das zutrifft, dann geht diese Angelegenheit *jeden* an, Kind. Zumindest will uns das Gesetz das nahelegen. Ich nehme an, Hugh hat ihm Tombleys Nachricht tatsächlich überbracht. Denn weißt du, falls er das nicht getan hat ...«

»Falls er es vergessen hat, meinst du, und das jetzt nicht zugeben möchte, da der alte Bursche ja bei dem Versuch, die Verabredung einzuhalten, den Tod gefunden hat? Ja, da ist was dran. Unser Hugh hat durchaus eine Neigung zur Schwäche, wenn es darum geht, sich einem Problem zu stellen, auch wenn ich so etwas wohl nicht sagen sollte.«

»Weißt du was?«, meinte Mrs. Bradley und betrachtete ihn streng. »Ich finde, du verhältst dich vollkommen idiotisch, was Jenny angeht.«

Carey öffnete den Mund und starrte sie voller Erstaunen an.

»O ja!«, sagte Mrs. Bradley und wackelte mit dem Kopf. »Und du behauptest, *Hugh* sei schwach!«

»Verdammt noch mal«, protestierte ihr Neffe und strich sich mit seiner typischen Geste die Elfenlocke aus dem Gesicht. »Es sind nicht gerade nette Umgangsformen, wenn man versuchen wollte, die Zuneigung eines Mädchens zu erringen, das bereits mit einem anderen verlobt ist! Aber sag, würdest du gerne mal das Bild sehen, das ich für die Akademie gemalt habe? Es stellt Sabrina dar, wie sie in all ihrer eleganten, rosafarbenen Nacktheit mit dem Bauch nach oben in ihrem Koben liegt. Ich nenne es *Porträt einer Dame von Welt, 1936.* Die Akademie wird es natürlich nicht ausstellen, aber es ist trotzdem verdammt gut geworden!«

Sechstes Kapitel

PIROUETTEN AM FLUSSUFER

»Hereward hat brav sein Futter gefressen«, sagte Carey. »Ich muss den Tierarzt wohl doch nicht herschleifen. Jedenfalls nicht heute. Wann wollen wir also aufbrechen?«, fragte er seine Tante.

»Der junge Walt hat George Bescheid gegeben, dass er das Auto um zwei bereithalten soll.«

»Dann jodle ich mal besser den nächsten Gang herbei. Sind das gebratene Scheiben vom Plumpudding? Dachte ich's mir doch. Hier, Scab, tu dir lieber etwas Honig drauf. Den wirst du brauchen.«

Er goss sich noch ein Bier ein.

»Ob es wohl möglich wäre, George zu bitten, mich morgen früh zum Bahnhof nach Oxford zu fahren? Mein Urlaub ist morgen zu Ende. Und dann müsste Carey nicht das Motorradgespann hervorholen, wissen Sie«, sagte Hugh entschuldigend.

»Aber selbstverständlich kann George Sie zum Bahnhof bringen. Ich gebe ihm Bescheid. Um wie viel Uhr fährt Ihr Zug?«

»Nun, ich fürchte, bereits um Viertel nach sieben. Das ist entsetzlich früh. Aber ansonsten müsste ich schon heute Abend abreisen.«

»Auf gar keinen Fall«, sagte Carey. »Wegen des armen alten Fossders lassen wir heute zwar nicht die Art von Party steigen, wie wir sie geplant hatten, aber trotzdem fahren wir heute Nachmittag rüber, um Jenny zu holen. Genauer gesagt holen wir sie rechtzeitig zum Tee.«

Um Viertel vor drei kamen Carey und Mrs. Bradley in Iffley an. Sie ließen das Auto in der Nähe der Kirche stehen, gingen zur Mautstation und zahlten die Gebühr, um über die Brücke laufen zu können.

»Schade, dass es gerade Winter ist. Sonst hätten wir schwimmen gehen können«, sagte Carey und sah zu, wie das Wasser über die Staustufe strömte. »Wie sieht unser Programm aus, meine Liebe?«, fragte er dann. »Es bleiben uns nur noch etwa anderthalb Stunden Tageslicht, würde ich sagen.«

»Ich würde gern über den Treidelpfad nach Sandford gehen«, antwortete Mrs. Bradley.

»Du möchtest den Weg unter die Lupe nehmen?«

»Das ist bereits geschehen. Und nach dem Schneefall vom ersten Weihnachtstag bezweifle ich ohnehin, dass noch irgendwelche Spuren zu sehen sind.«

Sie schaute über die Schleuse zu den Feldern hinüber, die fast bis zum Ufer reichten. Der Treidelpfad war an dieser Stelle sehr schmal, eigentlich kaum mehr als ein schlammiger Fußweg, der am Flussufer entlangführte. Sie wandten sich nach links und gingen am Ufer Richtung Sandford. Ein kleiner, von Kopfweiden gesäumter Bachlauf kam aus den niedrigen, sanften Berkshire Hills herabgeflossen und schlängelte sich durch die Wiese. Nicht weit von ihnen entfernt, standen zwei Bäume so dicht beieinander, dass sich ihre Stämme fast berührten.

»Das erinnert mich an diese großartigen Bilder von Arthur

Rackham«, sagte Carey unvermittelt und wies auf die Bäume. Mrs. Bradley nickte, aber ihre scharfen schwarzen Augen waren auf den schlammigen Boden gerichtet. Nachdem sie ihn etwa zehn Minuten untersucht hatte, seufzte sie und schüttelte den Kopf.

»Ich fürchte, es nützt nichts, Kind. Es gibt hier viel zu viele Hufspuren.«

»O, du glaubst, an Hughs Gedanke, dass der Geist auf einem Pferd geritten ist, könnte etwas dran sein?«

»Vielleicht, ja, in irgendeiner entfernten Hinsicht vielleicht«, antwortete Mrs. Bradley langsam. »Die Polizei könnte mit diesen Spuren möglicherweise etwas anfangen, aber ich bin mir sehr sicher, dass *ich* es nicht kann«, fuhr sie fort, während sie noch immer auf die Erde starrte. »Darüber hinaus ist es gut möglich, dass die Spuren des Pferdes, nach dem wir suchen, vom Schnee verwischt worden sind. Ganz abgesehen davon, dass ich nicht weiß, wie es möglich sein soll, dass der Geist auf einem Pferd geritten ist.«

»Nun, ich fand ja auch, dass die Idee recht weit hergeholt war. Schließlich hätte der Bursche, wenn er vorhatte, Fossder zu ermorden, wesentlich unauffälliger vorgehen können, wenn er *ohne* Pferd unterwegs war. Ich begreife nicht, wie Hugh überhaupt auf diesen Gedanken gekommen ist.«

»Andererseits muss man an dieser Stelle jedoch das ebenso gewichtige Argument ins Feld führen, dass die Aussicht darauf, Fossder einen gründlichen Schreck einzujagen, sehr viel erfolgversprechender war, wenn der Geist auf dem Rücken eines Pferdes saß, statt zu Fuß unterwegs zu sein«, sagte Mrs. Bradley.

»Da hast du auch wieder recht«, sagte Carey. »Wie glaubst

du, ist der Geist hierhergekommen? Über die Schleuse, so wie wir?«

»Ja, das würde ich meinen, mein Kind. Der Weg bleibt geöffnet und nach elf Uhr abends werden auch keine Mautgebühren mehr erhoben, wie wir wissen.«

»Mir kommt gerade der Gedanke, dass der Bursche, falls er tatsächlich geritten ist, vielleicht lieber nicht das Risiko eingegangen wäre, den Weg durch Iffley zu nehmen, weil er dann das Tier über die Schleuse hätte führen müssen. Denkst du nicht, es ist wahrscheinlicher, dass er den Fluss bei der Folly Bridge in der Nähe von Christchurch überquert hat und von dort aus den Treidelpfad entlangkam? Komm mit, dann zeige ich dir, was ich meine.«

»Ich weiß, was du meinst«, sagte Mrs. Bradley. »Eine sehr praktikable Vorgehensweise.«

»Er wäre in seiner Reitkleidung hergekommen und hätte dann kurz hinter der Schleuse von Iffley sein Nachthemd übergezogen, oder was auch immer er für eine Verkleidung getragen hat. So hätte *ich* es jedenfalls gemacht.«

Während ihres Gesprächs waren sie weiter in Richtung Sandford gelaufen, doch jetzt kehrten sie um, ließen die Schleuse von Iffley rechts liegen, kamen an der Fähre vorbei, überquerten ein Stück weiter oben die erste der beiden großen Brücken und gingen dann an dem öffentlichen Badeplatz vorbei, den der Stadtrat den Bürgern zur Verfügung gestellt hatte. Das Wasser des Flusses stand recht hoch und hatte eine schmutzige, dunkelgraue Farbe. Ein leichter Wind erhob sich, sodass sich kleine Strudel unter der Uferböschung bildeten. In der Nähe des Bootshauses verlief der Fluss in einer weiten Schleife, wechselte seine Farbe von grau zu braun und floss an einer schmaleren Stelle über zahlreiche Kieselsteine. Dort lauerte im Sommer immer ein kleiner Fischschwarm, der auf den ersten Blick Teil der sich kräuselnden Wellen zu sein schien, Teil der Steine und der gesprenkelten Spiegelungen des Himmels.

Carey hob einen flachen Kiesel von der Böschung auf, wo sich diese ausnahmsweise sanft zum Wasser neigte, und ließ ihn bis zum gegenüberliegenden Ufer springen, wo er, sehr zu seiner Freude, gegen eine Weide prallte, die in einer halb gefluteten Aue stand.

Sie kamen am Zusammenfluss des Cherwell und der Isis vorbei und blieben stehen, um die Schwarzpappeln zu bewundern, die das Ufer des Cherwell an ihrer Mündung säumten und im Winter einen ebenso prächtigen Anblick boten wie im Frühling. Als Nächstes kamen sie an den Hausbooten der Universität vorbei, die am gegenüberliegenden Ufer der Isis vor Anker lagen, und erreichten schließlich die Folly Bridge. Hier wurde – zu Mrs. Bradleys großer Begeisterung – Careys Theorie, ein Reiter könne über die Brücke zum Treidelpfad gelangt sein, ganz zufällig bestätigt. In dem Bestreben, seine Theorie zu beweisen, hatte Carey sich ein kleines Geschäft am Flussufer gesucht, und sie waren hineingegangen. Er kaufte sich ein wenig Tabak und ein halbes Pfund Toffee, und während er bedient wurde, erkundigte er sich: »Ich nehme an, die Fenster auf der Rückseite Ihres Geschäfts gehen zum Fluss hinaus?«

»Ja, das tun sie.« Der Ladenbesitzer war freundlich und gesprächig. »Da haben wir ziemlich viel Spaß, im Sommer, wenn die Herren von der Universität kommen, mit ihren ganzen Booten und so.«

»Aber im Winter passiert wahrscheinlich nicht besonders viel, nehme ich an?«

»Nein, nicht viel. Na ja, nicht wirklich viel. Obwohl ich ja schon gern wissen würde, was der Kerl vorhatte, der Heiligabend hier mit seinem Pferd vorbeigekommen ist.«

»O? Hat er das Pferd etwa im Fluss schwimmen lassen?«

»O nein! Im Fluss hat er es nicht schwimmen lassen. Nein, so was hat er nicht gemacht. Er ist drauf geritten, aber es war schon weit nach Mitternacht. Wahrscheinlich schon fast ein Uhr, wenn ich's recht bedenke. Oder vielleicht sogar nach eins. Das war wirklich ein seltsamer Zufall, ich hätte das gar nicht mitgekriegt, aber unsere Emily, die hatte Zahnschmerzen, und meine Frau musste deswegen mitten in der Nacht aufstehen und nach ihr schauen. Wenn das nicht gewesen wäre, hätte ich das Pferd wahrscheinlich gar nicht gehört.«

»Da haben wir es also«, sagte Carey, als sie wieder draußen waren. »Was meinst du? Das klingt doch ganz nach dem Geist des alten Napper, oder etwa nicht?«

»Nein, das halte ich für äußerst unwahrscheinlich«, bemerkte Mrs. Bradley. »Folgendes haben wir bisher in Erfahrung gebracht: Der Geist wusste, dass Mr. Fossder nach Sandford gehen würde. Er wusste, dass Fossder den Fluss in Iffley überqueren und dann dem Treidelpfad in Richtung Sandford folgen würde. Er wusste, wie lange Fossder dafür brauchen würde, und er wusste auch, dass Fossder keineswegs vorhatte, genau um Mitternacht – also zu der Zeit, zu der der Geist erscheinen sollte – am verabredeten Ort zu sein. Und darüber hinaus wusste er, dass Fossder allein sein würde.«

»Wobei der Haupteinwand gegen die Theorie, dass dieser

geheimnisvolle Reiter der Geist war, natürlich darin besteht, dass Fossder, als er tot umfiel, von Sandford weg und nicht hin rannte«, sagte Carey.

»Ich weiß, Kind. Aber der Mörder hätte die Leiche durchaus umdrehen können.«

»Wäre der Polizei nicht sofort aufgefallen, dass er umgedreht wurde?«

»Das wäre es vielleicht, wenn es denn einen Fall gegeben hätte, den es zu lösen galt. Aber sie wurde ja erst gar nicht gerufen. Und dann hat es ja auch noch geschneit. Der Himmel weiß, ob das bei der Untersuchung einen großen Unterschied gemacht hätte, aber ich denke, ein wenig hätte es sie sicher beeinträchtigt!«

Sie kehrten nach Iffley zurück, stiegen ins Auto und waren schon bald wieder in Stanton St John angekommen.

»Ich gehe mal eben rüber zu Simith, um nach seinen Schweinen zu schauen und ihnen ihr Futter zu geben«, sagte Carey.

»Lass uns mit dem Auto fahren, das geht schneller. So kann ich auch kurz mit Tombley sprechen, falls er daheim ist«, sagte Mrs. Bradley und gab George ein Zeichen, er solle weiterfahren.

Doch als sie auf der Farm ankamen, war Tombley nicht dort. Carey machte die Runde, um nach den Schweinen zu sehen, und gesellte sich danach wieder zu seiner Tante. Gerade, als sie ins Auto steigen wollten, kehrte Tombley nach Roman Ending zurück.

»Ich mache mir Sorgen«, sagte er. »Ich kann meinen Onkel nirgendwo finden. Ich war im Krankenhaus und bin sogar nach Littlemore gefahren, aber ich habe nicht das Geringste erreicht. Es war schon seltsam genug, dass er Heiligabend ganz allein losgezogen ist, aber das hier, das ist jetzt gar nicht mehr lustig. Ich habe ihn nicht mehr gesehen, seit ...«

»Wann haben Sie Mr. Fossder das letzte Mal gesehen?«, unterbrach ihn Mrs. Bradley. Tombley zuckte mit den Schultern.

»O, das ist bestimmt mehrere Wochen her. Er hätte wahrhaftig nicht jetzt schon sterben müssen, der arme Kerl. Aber was nutzt es, sich darüber Gedanken zu machen? Jeder wusste, dass er ein schwaches Herz hatte. Ich wünschte nur, ich hätte diese Verabredung einhalten können. Ich frage mich,« fügte er hinzu, »was Mrs. Fossder mit dem Geld machen wird? O ja«, sagte er dann als Antwort auf einen Ausruf von Carey, »sie hat die zweihundert Pfund behalten. Ich nehme an, sie hat vergessen, dass ihr Mann das Geld letztendlich gar nicht verdient hat!«

»Die Hälfte davon gehört Mrs. Fossder sehr wohl, falls ihr Gatte ihr seinen Besitz vermacht hat, wovon ich mit Sicherheit ausgehe«, sagte Carey kühl. »Und die andere Hälfte gehört doch gewiss dem Mann, der die Wette abgeschlossen hat, denn Sie selbst sind ja schließlich nicht hingegangen.«

»Nun, also *ich* bin der Ansicht, dass die Wette von dem Mann gewonnen wurde, der sie abgeschlossen hat«, sagte Mrs. Bradley. »Es ist gut möglich, dass Fossder gestorben ist, bevor er die Verabredung einhalten konnte. Meiner Ansicht nach sollte daher die gesamte Summe zurückgegeben werden. Wir können höchstwahrscheinlich nicht mehr beweisen, ob Fossder in jener Nacht Sandford erreicht hat oder nicht.«

»Wie schade, dass wir nicht wissen, wer diese Wette vorgeschlagen hat«, sagte Tombley. »Und wer auch immer es war, wird es jetzt, da Fossder gestorben ist, kaum zugeben. Ob sie als Scherz gedacht war oder nicht – sie hat auf jeden Fall ein sehr ernstes Ende genommen.«

»Hugh kann uns gewiss etwas über die Wette erzählen«, sagte Mrs. Bradley und grinste dabei wie ein Teufel, der eine arme Seele mit seiner Forke aufspießt.

»Das ist bestimmt sehr unangenehm für ihn«, sagte Tombley ernst. »Denn irgendjemand hat die Wette ausgenutzt, um dem alten Fossder eine Falle zu stellen und ihn zu töten. Ich gebe mir selbst einen Teil der Schuld. Ich habe aller Welt von der Wette erzählt, wissen Sie? Jeder hätte herausfinden können, worum es geht. Falls diese Idee von Hugh stammt, dann wette ich, dass er sich jetzt am liebsten umbringen würde.«

»Also ich meine, wenn es tatsächlich Hugh war, der die Wette vorgeschlagen hat, dann hätte er das erzählt. Ich weiß, ich habe gesagt, er würde sich den Dingen nicht stellen«, sagte Carey, während das Auto davonfuhr und Mrs. Bradley sich umdrehte, um Tombley durch das schmale Rückfenster zuzuwinken. Sie lachte meckernd.

»Nach Hause, Madam?«, fragte George, als sie auf die Straße einbogen, die zurück nach Stanton St John führte.

»Nein, George. Nach Iffley. Mrs. Fossders Haus.«

»Noch mal nach Iffley?«, fragte Carey. »Was hast du denn jetzt schon wieder vor?«

»Jenny. Wir haben Hugh versprochen, dass wir sie zum Tee mitbringen. Das hatte ich bis eben vollkommen vergessen.«

Mrs. Fossder und Jenny hatten bereits ihre eigene Teestunde begonnen, als Mrs. Bradley und Carey eintrafen.

»Ich würde sehr gern mitkommen«, sagte Jenny hocherfreut.

»Hugh fährt wieder heim, nehme ich an«, sagte Mrs. Fossder. Sie stand auf und ging zu einer großen Vase, die auf dem Kaminsims stand. »Dieses Geld, ich weiß wirklich nicht, was ich damit anfangen soll. Das Geld für diese fürchterliche Wette, wissen Sie?«

»Behalten Sie hundert, und für die anderen hundert gebe ich Ihnen eine Quittung«, sagte Mrs. Bradley und zückte einen Stift.

»O nein!«, rief Mrs. Fossder entsetzt. »Das kann ich unmöglich tun! Das sähe doch so aus, als wollte ich vom Tod meines Mannes profitieren! Wirklich, das ist ganz und gar unmöglich.« Sie stopfte Carey die Banknoten in die Hand. »Sie beide werden sicherlich wissen, was zu tun ist. Bitte sorgen Sie dafür, dass das Geld seinem Besitzer zurückgegeben wird. Ich wäre froh, es los zu sein!«

Mrs. Bradley stellte ihr eine Quittung über zweihundert Pfund aus, während Carey die Banknoten zählte, zusammenfaltete und in seine Hosentasche steckte.

»Mrs. Fossder«, fragte Mrs. Bradley. »Was war das für ein Groll, den Geraint Tombley gegen Ihren Gatten hegte?«

»Ich weiß nicht, was Sie meinen. Ich sage es Ihnen noch einmal – es war Simith, der meinen Mann ermordet hat. Die beiden konnten sich nicht ausstehen, schon in ihrer Kindheit nicht.«

»Simith ist verschwunden. Niemand weiß, wo er ist«, sagte Carey.

»Ja, das ist das schlechte Gewissen«, bemerkte Mrs. Fossder. Sie sah Mrs. Bradley an, doch die schüttelte den Kopf.

»Ich würde Ihnen ja glauben«, sagte sie, »wenn Simith so alt wäre wie Tombley oder zumindest zwanzig Jahre jünger. Aber Simith muss mindestens siebzig Jahre alt sein.«

»Er ist achtundsechzig – nur zehn Jahre älter als mein Ehemann«, sagte Mrs. Fossder.

»In diesem Alter denkt man sich keinen Mord aus, der wie ein Streich aussehen soll«, sagte Mrs. Bradley mit großer Bestimmtheit.

»Deine Tante erinnert mich irgendwie an eine römische Matrone«, sagte Carey, während er mit Jenny zum Tor flanierte. »Wo sind eigentlich Fay und Pratt?«

»Spazieren. Maurice übernimmt ja von morgen an die Leitung der Praxis.«

»Was ist Pratt denn so für ein Mensch?«, fragte Carey. »Er kommt mir wie ein ziemlich alberner Kerl vor.« Er sah ihn vor seinem geistigen Auge: ein hochgewachsener, magerer, traurig dreinblickender Intellektueller.

»Na ja, er ist tatsächlich ziemlich albern«, gestand Jenny mit einem Lächeln ein. »Nur nicht, wenn's ums Geschäftliche geht, weißt du? Aber ich bin mir sicher, dass er weder ein schwacher noch ein böser Mensch ist.«

»Hm. Übrigens, wo ist meine Tante?«

»Sie redet noch kurz mit meiner Tante. Da sind sie auch schon. Und ich glaube, ich höre, wie Fay und Maurice die Straße entlangkommen, also kann ich das Haus guten Gewissens verlassen. Wie hast du das eigentlich gemeint – römische Matrone?«

»Dieses Stets-Haltung-Bewahren. Du weißt schon. Kummer im Herzen, aber keine Tränen.«

»Na ja, sie hing nicht besonders an meinem Onkel. Nichts,

worüber man sich Gedanken machen muss, es war nur so, dass sie eben nicht besonders gut zueinander passten. Früher haben sie sich oft gestritten, hauptsächlich darüber, wen Fay heiraten soll. Gott sei Dank schert sich niemand darum, wen ich heirate.«

»Sag mal, und verzeih, falls die Frage dir unangenehm sein sollte, aber wem hat Fossder eigentlich sein Vermögen hinterlassen? Weißt du das zufällig?«

»Natürlich weiß ich das. Es wurde zu gleichen Teilen vererbt. Meine Tante, Fay und ich bekommen jeweils ein Drittel. Und Maurice erbt die Praxis.«

»Das ist ein ziemlich starkes Motiv für Hugh, Pratt und Tombley!«

»Ja, aber selbst, wenn du beweisen könntest, dass es Geraint Tombley war, würde meine Tante dir nicht glauben. Und ich denke ebenso wenig, dass er es war.«

»Und was denkt Fay?«

»Sie denkt gar nichts. Es klingt vielleicht hart, so etwas über die Person zu sagen, die in meiner Kindheit meine beste Freundin war, aber Fay ist ein Schwachkopf! Sie konnte sich eine Ewigkeit lang nicht zwischen Tombley und Maurice entscheiden und ist andauernd hin und her geschwankt. Ich glaube, sie war so begeistert darüber, zwei Verehrer gleichzeitig zu haben, dass sie es genossen hat, die beiden zappeln zu lassen. Früher war sie eher eine graue Maus, weißt du, und die Situation ist ihr zu Kopf gestiegen.«

»Und du bist eher eine Katze?«, zog Carey sie lachend auf.

»Aber ich werde es Tante Adela erzählen. Man weiß ja nie, ob einem das nicht vielleicht mal nützlich werden könnte, stimmt's? Und Tombley«, fuhr er fort, »wie hat er reagiert, als er von Fay den Laufpass bekam, nachdem sie sich schließlich für Pratt entschieden hatte?«

Jenny zuckte mit den Schultern.

»Als hätte er sein Leben lang nie etwas anderes getan.«

»Du meinst, wie ein wahrer Gentleman?«

»Ja, genau. Das behauptet Fay zumindest. Sie waren im Garten. Er zog seinen Hut, sagte, das Glück sei ihm noch nie hold gewesen, küsste ihre Hand und ging gemessenen Schrittes davon. Meine Tante hat es vom Fenster aus beobachtet. Sie meinte, er habe sehr edelmütig ausgesehen. Fay hat tagelang geweint. Ehrlich, sie ist eine komplette Närrin!«

Jenny kicherte bei der Erinnerung.

»Es *muss* Tombley gewesen sein«, sagte Carey nach dem Abendessen zu Mrs. Bradley. Hugh und Jenny saßen Seite an Seite auf dem Sofa, betrachteten ein Buch und unterhielten sich leise über Dinge, die nicht das Geringste mit dem zu tun hatten, was sie da gerade lasen. Carey warf ihnen einen kurzen Blick zu und kam zu dem Schluss, dass sie sich nur auf ihr eigenes Gespräch konzentrierten und es sehr unwahrscheinlich war, dass sie hörten, was er sagte. Er erzählte Mrs. Bradley, was er von Jenny in Erfahrung gebracht hatte.

»Es scheint so, als könne Fay nun, da Fossder aus dem Weg ist, möglicherweise ihre Meinung ändern und nicht mehr Pratt, sondern Tombley heiraten. Mrs. Fossder gibt ihm definitiv den Vorzug, und Jenny meint, die kleine Fay sei sich nie sicher gewesen, welchen von beiden sie wollte, und habe schrecklich geweint, als sie sich am Ende dazu entschied, Tombley in die Wüste zu schicken. Für mich jedenfalls steht fest, dass Tombley den Mord begangen hat.«

»Sehr interessant, Kind. Ich habe ebenfalls noch etwas in Erfahrung gebracht. Mrs. Fossder hat erzählt, dass nicht etwa die Mädchen, sondern die Männer, die sie heiraten, Fossders Geld erben. Mrs. Fossder bekommt ein Drittel, und der Rest wird zu gleichen Teilen zwischen den Ehemännern der Mädchen aufgeteilt.«

»Also bekommen die Mädchen gar nichts, sozusagen?«

»Genau. Mr. Fossder scheint der Ansicht gewesen zu sein, dass seine Nichten törichte, oberflächliche Personen sind, und hielt sie daher für unfähig, ihr eigenes Geld angemessen zu verwalten.«

»Eine ziemliche Frechheit. Aber in gewisser Hinsicht war er schon immer ein wenig verschroben. Wenn ich eines der Mädchen wäre, hätte ich einen Geldfälscher oder Bankräuber geheiratet, rein aus Protest.«

»Und das wäre zweifellos dein gutes Recht gewesen«, sagte Mrs. Bradley. »Aber siehst du, während deine Neuigkeiten dazu dienen könnten, Maurice Pratt und Hugh zu entlasten, sorgen meine dafür, dass sie wieder mitten im verdächtigen Licht stehen. Niemand konnte in irgendeiner Form profitieren, bevor Mr. Fossder nicht aus dem Weg geräumt wurde. Doch danach konnte jeder von ihnen ein Drittel von Fossders Besitz beanspruchen. Wie ist es um Hughs Finanzen bestellt? Weißt du das zufällig?« Sie grinste und spreizte ihre Finger.

Carey schüttelte den Kopf.

»Er ist arm, aber nicht mittellos. Das ist alles, was ich weiß«, sagte er. »Das ist etwas, das Bibliothekare und Lehrer gemeinsam haben: Sie müssen unbescholten sein, sonst werden sie gefeuert.«

»Wir werden sehen«, sagte Mrs. Bradley. »Hugh!«, rief sie. Hugh blickte auf.

»Hallo? O, Mrs. Bradley. Brauchen Sie mich?«

»Könnten Sie mir einen Scheck über zweihundert Pfund ausstellen?«

»Es müsste ein Scheck vom Postamt sein, fürchte ich, Mrs. Bradley. Und ich dürfte das Geld nicht zu lange schuldig bleiben. Ich spare nämlich für meine Hochzeit.« Er lachte und sah Jenny an.

»Du verdächtigst Hugh doch nicht wirklich! Bestimmt nicht!«, sagte Carey. »Aber warum erwähnst du ihn dann immer wieder im Zusammenhang mit dieser Geschichte? Ist das nur dein schräger Sinn für Humor?«

»Durchaus nicht, Kind. Man kann ihn unmöglich ausschließen, jetzt, da die Bedingungen des Testaments bekannt geworden sind. Selbst, wenn er nicht mittellos ist, verstehst du?«

»Aber du denkst doch auch, dass es Tombley war, richtig?«

»Nun, das würde ich, wenn da nicht diese eine winzige, unbedeutende Tatsache wäre.«

»Auch an kleinen Halmen erkennt man, aus welcher Richtung der Wind weht. Sag schon. Wo ist der Haken?«

»Nun, es war äußerst dumm, Mr. Fossder in Iffley zu ermorden, insbesondere, wenn man bedenkt, dass Tombley unsere Aufmerksamkeit auf sich gelenkt hat, indem er hierher zu uns kam und nach seinem Onkel fragte. Und ich denke nicht, dass Tombley dumm ist.«

»Aber wer hat dann dein Auto sabotiert, um zu verhindern, dass Hugh nach Iffley fährt und die Mädchen und Pratt abholt? Das war doch bestimmt Tombley!«

»Wohl kaum, würde ich sagen. Es könnte Pratt gewesen sein. Er war ebenfalls hier. Und Linda Ditch könnte es auch gewesen sein.«

»Linda? Aber warum um alles in der Welt sollte sie das tun?«

»Da gibt es verschiedene denkbare Gründe: um Tombley zu helfen, falls sie wusste, dass er Fossder töten wollte; um Hugh zu retten, falls sie dachte, dass ihn seine Fahrt nach Iffley in Schwierigkeiten bringen würde; aus Abneigung zu mir; um meinen rechtschaffenen Chauffeur zu ärgern, der womöglich ihre Avancen abgewiesen hat; aus lauter Übermut, mit dem sie reichlich gesegnet ist; aus Trotz gegen ihren Vater und ihren Bruder, weil diese möglicherweise dabei helfen müssen, das Auto wieder zu reparieren ...«

»Gnade!«, rief Carey lachend. »Ich gebe ja schon zu, es ist möglich, dass Linda das Auto sabotiert hat.«

»Trotzdem glaube ich, dass es ein Mann war«, fuhr Mrs. Bradley fort. »Ein Mädchen hätte vermutlich eher die Reifen aufgeschlitzt.«

»Sie hätte eine Hutnadel hineingesteckt, meinst du.«

»Niemand benutzt heutzutage noch Hutnadeln. So etwas gibt es gar nicht mehr. Wie auch immer, du würdest mir doch sicher zustimmen, wenn ich sage, dass Linda etwas sehr viel weniger Subtiles getan hätte, als ein Leck im Tank zu verursachen.«

»Und ich dachte immer, Frauen wären das subtile Geschlecht!«, sagte Carey.

»Sie sind nicht klug genug, um subtil zu sein«, sagte Mrs. Bradley mit einem breiten Grinsen. »Eva aß zwar den Apfel, das Subtile an der Geschichte war aber doch zweifellos das Vorgehen der Schlange.«

»Ich habe Tombley nie für besonders subtil gehalten«, sagte Carey und erwiderte ihren Blick. Sie zog eine Grimasse.

»Du liebe Güte, Kind!«, sagte sie.

»Clever, ja«, sagte Carey, »aber nicht subtil. So wie Heinrich VIII. Du weißt schon: ›Dies Unkraut ist eine Plage. Ich werde es ausreißen!‹ Oder ist das etwa keine zutreffende Beschreibung seines Charakters?«

»Tombleys oder Heinrichs des VIII.?«, fragte Mrs. Bradley. »Übrigens«, fuhr sie fort, bevor Carey Zeit hatte zu antworten, »ist dir jemals der Gedanke gekommen, dass Tombley – falls tatsächlich er es war, der das Auto fahruntüchtig gemacht hat – es gut gemeint haben könnte?«

»Warum das? Um uns vor einer Gefahr in Iffley zu bewahren, meinst du?«

»War nur so eine Idee. Da ist wahrscheinlich nichts dran«, sagte Mrs. Bradley beschwichtigend, »aber es ist immer besser, alle Möglichkeiten in Betracht zu ziehen.« Sie strahlte ihn liebevoll an.

»Ich wünschte, ich wüsste, was du in Wirklichkeit denkst.«

»Das weißt du doch, Kind. Ich meine, ich habe es dir doch schon gesagt. Ich kann nichts dafür, wenn es dir nicht gelingt, es auch zu erfassen.«

»Tombley hat Fossder ermordet, weil Fossder ihn daran gehindert hat, Fay zu heiraten.«

»Macht Tombley auf dich den Eindruck eines liebeskranken Jünglings, den es nach Rache am Vormund seiner ihm entrissenen Liebsten gelüstet, Kind?«

»Nein. Aber jetzt, wo Fossder aus dem Weg geräumt ist, scheint es so, als könne Tombley sie nun doch heiraten. Und dann gibt es da ja auch noch die Möglichkeit, dass der Geist, oder was auch immer es war, wovor Fossder geflüchtet ist, gar nicht vorhatte, ihn zu töten. Diese Theorie hatte doch auch irgendwann mal jemand geäußert, nicht wahr?«

»Ich weiß.« Sie nickte. »Aber jetzt komm, Ditch will mir das Stockklopfen in *Rigs o' Marlow* beibringen. Komm und sieh zu, wie ich in die Geheimnisse des Morris-Tanzes eingeweiht werde.«

»Sehr gern! Mich zwingt er ja, Kapriolen zu üben. Wir sind hier alle Morris-Tanz-Enthusiasten. Du musst unbedingt Pratt kennenlernen. Er brennt am leidenschaftlichsten dafür, glaube ich. Aber für öffentliche Auftritte ist er vollkommen unbrauchbar.«

»Und stammt er auch aus Headington?«

»O nein. Er ist in Bampton aufgewachsen. Ditch will ihn nicht in seiner Gruppe tanzen lassen. Er sagt, Pratt würde alle anderen rausbringen. Er ist ein langer, dürrer Kerl mit gebückter Haltung und angestrengten Glotzaugen. Mit einem Minderwertigkeitskomplex, der so groß ist wie die Sündenlast der gesamten Christenheit. Der taugt überhaupt nicht zum Morris-Tanzen. O ja, natürlich, du hast ihn ja Heiligabend gesehen. Das hatte ich schon wieder vergessen.«

»Ah ja.« Mrs. Bradley sah ihren Neffen von der Seite an. Carey grinste.

»Ich würde gern die zweihundert Pfund von dir borgen«, sagte er.

»Hast *du* etwa diese Briefe an Mr. Fossder geschickt, Kind?«

»Nein. Aber ich würde Tombley gern ins Bockshorn jagen.«

»Zu welchem Zweck, Kind?«

»Nun, ich möchte ihm so viel Angst einjagen, dass er zugibt, der Geist gewesen zu sein. Ich bin mir nämlich sicher, dass er es war.«

»Spar dir das Geld und durchsuche lieber die nähere Umgebung, Kind.«

»Wozu?«

»Um die Verkleidung zu finden, die der Geist Heiligabend getragen hat. Warst du noch nie bei einem Maskenball, wo einer der Gäste einen Kopf unterm Arm trägt? Was zwar nicht besonders realistisch aussieht, aber einem dennoch auf ganz und gar irrationale Weise Angst einflößt.«

»Du denkst, der Geist hat tatsächlich so ausgesehen, als habe er keinen Kopf mehr, als der arme Fossder ihm begegnet ist?«

»Ich weiß es nicht«, sagte Mrs. Bradley. »Irgendetwas scheint Mr. Fossder jedenfalls Angst eingejagt zu haben, oder nicht? Wie auch immer. Komm, Kind, und sieh zu, wie ich mit dem Stock klopfe!«

Sie ließen Hugh und Jenny im Wohnzimmer zurück und gingen in die Küche. Mrs. Ditch und Linda waren damit beschäftigt, das Geschirr zu spülen, während der junge Walt auf dem fröhlich bunten Kaminvorleger aus roten, blauen und grauen Flanellstreifen hockte und ein Fahrrad auseinandernahm. Der Teppich lag Mrs. Ditch sehr am Herzen - ihre Mutter hatte ihn selbst gewebt -, und außer Walt hätte gewiss niemand die Erlaubnis erhalten, darauf, oder auch nur in dessen Nähe, ein Fahrrad zu reparieren. Ditch hatte seine Schuhe ausgezogen, die Füße aufs Kamingitter gelegt und las Zeitung.

»Arsenal spielt grad ziemlich gut«, sagte er zu Walt. Walt, der ölverschmierte Hände, einen schwarzen Streifen auf der

Wange und den Mund voll winziger Kugellagerkugeln hatte, sagte nichts und griff nach einem Schraubenschlüssel, der auf dem Teppich lag.

»Hallo, Ditch. Wie geht es Hereward?«, fragte Carey.

»Ich habe eben nach ihm geschaut. Er schien in Ordnung zu sein«, antwortete Ditch. »Ein bisschen nervös, würde ich sagen, aber ihm fehlt nichts.« Er nickte Mrs. Bradley zu. »Und? Möchten Sie immer noch lernen, wie das mit dem Stockklopfen geht? Es ist ganz leicht. Schauen Sie, ich zeige es Ihnen.«

Er holte die Ziehharmonika und zwei Morris-Stöcke, die oben auf der Nähmaschine lagen, und reichte einen davon an Mrs. Bradley weiter, die ihn mit einem begeisterten Grinsen entgegennahm.

»Ich spiele Ihnen einfach mal ein bisschen von der Melodie vor, und dann hören Sie schon, wann Sie klopfen müssen. Es geht so.« Er legte seinen eigenen Stock zur Seite, hob das Instrument an die Brust und presste die Eingangstakte des berühmten *Rigs o' Marlow* heraus. Mrs. Bradley lauschte der Musik und hüpfte und tänzelte dann in einer Weise umher, die Ditchs fachmännisches Auge beleidigte. Dabei hatte sie große Ähnlichkeit mit einem Raubvogel, der wild mit den Flügeln schlägt, oder auch einer Hexe, die einen bösen Zauberspruch vorbereitet.

»Alles klar«, sagte sie. Ditch begann, die Melodie zu summen, und seine Frau stimmte mit ein. Er legte die Ziehharmonika auf den Tisch, stellte sich gegenüber der noch immer grinsenden Mrs. Bradley auf und weihte sie in die Geheimnisse des Stockklopfens ein.

»Und jetzt, Sir«, sagte Ditch zu Carey, »tanzen wir zu *Trunk-*

les, was meinen Sie? Es ist nicht besonders viel Platz in der Küche, aber vielleicht können wir trotzdem ein paar Kapriolen hinlegen, wenn wir nicht allzu raumgreifende Schritte machen.«

»Mutter, *Trunkles!*«, rief der junge Walt vom Fußboden. »Sing, so laut du kannst, mein liebes altes Entlein!« Er lachte und legte die ölverschmierte Kette auf eine Zeitung, denn er war ein braver, liebevoller Sohn und wusste, wie sehr seine Mutter an dem Teppich hing. Mrs. Ditch, die kurz ins Nebengebäude gegangen war, kehrte in die Küche zurück.

»O ja, das kenne ich«, sagte sie. »Na los, Vater Ditch, leg eine flotte Sohle aufs Parkett, damit Master Carey sieht, wie's geht. Schauen Sie, wie er die Kapriolen springt, Ma'am«, sagte sie dann zu Mrs. Bradley. »Das ist eine rechte Freude, wenn man sieht, wie es richtig geht. Da, sehen Sie, Ma'am, was habe ich Ihnen gesagt?«

Als die kleine Übungsstunde vorüber war und Ditch die Ziehharmonika auf die Kommode gelegt und die Stöcke in einer Schublade verstaut hatte, zog Mrs. Bradley ihren Neffen wieder aus der Küche.

»Ich werde Tombley einfach direkt fragen«, sagte Carey, bevor sie Gelegenheit hatte, selbst etwas zu sagen. »Ich gehe davon aus, dass er es abstreiten wird, und wir werden ihm glauben müssen, aber ich würde gern sein Gesicht sehen.«

»Ein Einblick in seine Vermögensverhältnisse wäre sehr viel interessanter, Kind.«

»Ja. Würde die Polizei sich darum kümmern, dann würde man wohl sein Bankkonto unter die Lupe nehmen, nicht wahr? Der alte Fossder war ziemlich verrückt, wenn es um Geld ging. Er hat spekuliert und all so was. Zweihundert

Pfund wären für ihn Versuchung genug gewesen, um nahezu jeden Unsinn anzustellen. Er hätte sich über jede Gefahr hinweggesetzt, die ihm möglicherweise drohte, insbesondere, weil er wusste, wo das Geld herkam, obwohl der Brief anonym war. Da bin ich mir ziemlich sicher.«

»Die zweite Nachricht kam in einem separaten Umschlag und mit einer späteren Postzustellung, richtig?«

»Die Zeichnungen der kleinen Wappen? Ja, das stimmt. Es gibt keinen Beweis dafür, dass der Brief und die Wappen von ein und derselben Person stammen.«

»Aber auch keinen Beweis dafür, dass es *nicht* dieselbe Person war.«

»Stimmt.« Er machte ein nachdenkliches Gesicht und fügte dann hinzu: »Falls Tombley doch gestehen sollte, würde jedenfalls keine Notwendigkeit mehr bestehen, Hugh in die Sache mit reinzuziehen.«

»Ich frage mich aber schon, ob Hugh Tombleys Nachricht überbracht hat.«

»Wegen Jenny, meinst du? Du denkst, er wollte Fossder fortschicken, damit er Jenny mitnehmen konnte?«

Mrs. Bradley machte ein gequältes Gesicht.

»Es scheinen recht egoistische Dinge zu sein, an denen Hugh Vergnügen hat, Kind«, sagte sie. »Aber nein, ich glaube nicht, dass *das* der Grund war. Trotzdem, lass uns morgen nach Roman Ending gehen und uns Tombley vorknöpfen.«

»Ich denke, ich werde Hugh noch heute Abend fragen, nur, um sicherzugehen. Sieh an, da ist er ja! Hör mal! Hast *du* dem alten Fossder diese zweihundert Pfund geschickt?«

Hugh lachte, griff dann in seine Hosentasche und zückte ein Postsparbuch.

»Ich habe es zur Hand, weil ich Mrs. Bradley ja Geld borgen sollte.« Er reichte ihm das Sparbuch, und Carey blätterte es rasch durch. Während der beiden vergangenen Jahre waren nicht mehr als fünfzig Pfund abgehoben worden. Der letzte Saldo, der vor zwei Monaten vermerkt worden war, belief sich auf zweihundertsiebzehn Pfund und drei Pfennig. Carey reichte das Buch an Mrs. Bradley weiter.

»Tante Adela glaubt, du hast Mr. Fossder die zweihundert Pfund geschickt«, sagte Carey. Hugh lachte erneut.

»Ich versichere Ihnen, dass ich das nicht getan habe«, sagte er. »Aber selbst, wenn ich es getan hätte ...«

»Nun, Tombley glaubt, dass jemand, der irgendeinen Groll gegen den alten Fossder hegte, von der Wette erfahren und sich das zunutze gemacht hat, um nach Sandford zu gehen und ihn umzubringen.«

»Ich möchte euren romantischen Theorien ja nur ungern einen Dämpfer verpassen«, sagte Hugh, »aber noch ist keineswegs bewiesen, dass Fossder nicht eines natürlichen Todes gestorben ist. Soweit ich das erkennen kann, gibt es bisher keinerlei Anzeichen dafür, dass ihn irgendjemand ermordet hat, auch wenn ich das eine Zeit lang selbst geglaubt habe.«

Er nahm sein Sparbuch wieder an sich und steckte es zurück in die Tasche.

»Ich habe auch nur gescherzt, was diese zweihundert Pfund anbelangt«, sagte Mrs. Bradley. »Zumindest ...« Sie schwieg einen Moment. Hughs ernstes Gesicht hellte sich auf. »Zumindest habe ich nie geglaubt, dass das Geld aus Ihrem kleinen Büchlein da stammen könnte.«

Hugh nickte und ging dann fort, um sein Sparbuch sicher zu verstauen.

»Weißt du, ich denke, Fossders Tod nimmt den alten Hugh mehr mit, als man glauben könnte, wenn man ihn nicht gut kennt«, sagte Carey. »Übrigens, meine Liebe, hast du von dem skandalösen Vorfall in der Kirche von Horsepath gehört?«

»Doch nicht etwa schon wieder rote Farbe, Kind?«

»Wie kommst du denn auf rote Farbe?«

»Wegen Mr. Fossders Tor, auf das jemand ein Tatzenkreuz gemalt hat.«

»Ah, ja, natürlich. Nein, da geht es um etwas anderes. Mrs. Ditch hat dort Verwandte, und die haben ihr erzählt, jemand habe in der Nähe der Kanzel einen Papierpfeil an die Wand geklebt. Und dieser Pfeil zeigte anscheinend auf ein kleines, darüberliegendes Fenster, auf dem die eher ungewöhnliche Darstellung eines Mannes zu sehen ist, der einen Eberkopf auf einer Speerspitze vor sich herträgt.«

»Tatsächlich?«, sagte Mrs. Bradley. Ihr wurde mulmig zumute. »Ist das alles, Kind?«

»Abgesehen davon, dass auf dem Pfeil ein Zitat von Shakespeare stand – aus *Heinrich IV.*, glaube ich. ›Ich habe eine Speckseite und zwei Packen Ingwer, die soll ich bis nach Charing-Cross bringen.‹«

Zweite Figur

SIMITH AUF DEM SHOTOVER HILL

Den Eberkopf ich halt auf dem Speer,
Geschmückt mit Rosmarin und Lorbeer,
Seid fröhlich ihr Herren, das ist mein Begehr

Quot estis in convivio.
Caput apri defero
Reddens laudes Domino.

The Boar's Head Carol

Siebtes Kapitel

SPRUNG UND HIEB AUF DEM
SHOTOVER HILL

George fuhr Hugh und Denis nach Oxford, damit sie dort in den Zug nach London einsteigen konnten. Carey und Mrs. Bradley beschlossen, mitzufahren und sie am Bahnhof zu verabschieden.

»Und was möchtest du jetzt unternehmen?«, fragte Carey, während sie zurück nach Stanton St John fuhren.

»Wir fahren zu Simiths Farm und nehmen uns Tombley zur Brust«, sagte Mrs. Bradley. »Du kannst ja den Vorwand nutzen, dass du noch mal nach den Schweinen schauen wolltest.«

Doch Tombley war nicht zu Hause. Priest kam mit einem Eimer voll Jauche um die Ecke und verkündete, dass er um zwölf Uhr mittags zu seiner Hochzeit gehen werde. Auf Mrs. Bradleys Nachfrage antwortete er, Simith sei auch in der vergangenen Nacht nicht zurückgekehrt, man habe die Polizei informiert, Mr. Tombley wirke aufgebracht und besorgt, und Nero würde sich noch wilder aufführen als sonst.

»Das ist ja merkwürdig. Was ist bloß mit diesen Ebern los? Ich hoffe, es ist keine Seuche oder so was«, sagte Carey schwarzseherisch. »Meinem Hereward geht es auch nicht besonders gut. Schauen wir uns doch Nero mal an.«

Priest ging ihnen voraus zu Neros Stall. Der Eber war nicht in einem der fahrbaren Unterstände untergebracht, sondern hatte einen feststehenden Koben für sich allein, nicht weit vom zentralen Futterhaus entfernt. Das Tier wirkte rastlos und angespannt. Carey stellte sich vor den Koben und betrachtete den Eber lange. Auch Mrs. Bradley schien großes Interesse an ihm zu hegen. Nero hatte offenbar etwas gegen ihre Gegenwart einzuwenden und schien sogar Angst vor ihnen zu haben. Er wich zurück, während seine kleinen Äuglein sie wütend und wachsam anstarrten. Seine Ohren waren aufgestellt wie die eines argwöhnischen, feindseligen Hundes, und selbst seinem buschigen Schwanz fehlte jene spitzbübische Anmutung, die diesem Anhängsel bei Schweinen im Allgemeinen zu eigen ist.

»Mit dem stimmt was nicht«, sagte Priest. »Ich finde, er sieht aus wie eine Muttersau, die ihren Wurf gefressen hat. Wir trauen uns nicht, ihm nahezukommen. So wild ist er noch nie gewesen.«

»Er sieht tatsächlich ein bisschen so aus, als hätte er Schuldgefühle«, sagte Carey. »Irgendetwas hat ihm einen Schrecken eingejagt.« Mrs. Bradley, ihres Zeichens keine Schweinezüchterin, schwieg.

»Wo ist Mr. Tombley heute Morgen?«, fragte Carey. Priest sah ihn misstrauisch an.

»Er versucht herauszufinden, was mit Mr. Simith passiert ist.«

»Priest«, sagte Mrs. Bradley plötzlich. »Wo führt der alte Gang hin? Wissen Sie das zufällig?«

»Was, der Gang aus Mr. Lestranges Keller, meinen Sie den, Ma'am? Ich habe gehört, der endet angeblich in der Scheune dort in der Nähe, aber soweit ich weiß, hat das noch niemand bewiesen.«

»Interessant«, sagte Mrs. Bradley. »Ah, da kommt er ja!«

»Wer? Mr. Simith?«, fragte Priest und wandte sich um. Aber es war Mr. Tombley. Er wurde von einem Mann in Zivil begleitet, dem man jedoch selbst aus dieser Entfernung den Polizisten ansah. Die beiden Männer kletterten über den Zauntritt und kamen zu ihnen herüber.

»Ich habe die Polizei eingeschaltet. Das ist Sergeant Marcey. Ich habe keine Ahnung, was passiert sein könnte, es sei denn, der alte Kerl hat den Verstand verloren. Aber wenn das so wäre, dann wäre er jetzt im Krankenhaus oder in der Anstalt von Littlemore, denke ich. Ich bin vollkommen ratlos.«

»Wie unangenehm für Sie«, sagte Mrs. Bradley mit einem Lächeln, das eines Krokodils würdig gewesen wäre. Tombley warf ihr einen gereizten Blick zu.

»Jetzt sehen Sie genauso aus wie Nero«, sagte Carey. »Schnell, landen Sie einen Gegenschlag, solange das Eisen noch heiß ist, und Sie noch diese Wut im Bauch haben!«

Tombley entrang sich ein schiefes Lächeln.

»Ich mache mir wahnsinnige Sorgen«, sagte er. »Aber wie meinen Sie das mit Nero? Ich nehme an, Sie meinen den Eber?«

»Ja, den meine ich. Aber genauso gut könnten Sie auch für ein Porträt des römischen Kaisers Modell sitzen! Kopf hoch, mein Junge! Der alte Bursche kann unmöglich tot sein! *Das* wäre Ihnen sicher sehr schnell zu Ohren gekommen! Und außerdem, jetzt, da Sie den Fall der Polizei übergeben haben, werden die ihn schon finden, da brauchen Sie sich gar keine Sorgen zu machen.«

»Der kann nicht weit gekommen sein«, sagte der Sergeant. »Wie ich höre, sind Sie der Besitzer der Nachbarfarm? Vom Alten Hof?«, sagte er zu Carey. Er trat ein paar Schritte von Tombley fort, der von Mrs. Bradley in ein Gespräch verwickelt worden war, und sagte mit gesenkter Stimme: »Die Sache ist die, Sir, ich würde gern ein Wörtchen mit Ihnen allein wechseln. Der Polizeichef ist mit Sir Selby Villiers befreundet, und der ist, so scheint's, wiederum mit Ihrer Tante befreundet, der alten Dame dort. Wir sind mit Mrs. Bradleys Arbeit vertraut, wissen Sie, und Sir Selby hat dem Chef mehr oder weniger deutlich gemacht, wir sollen sie fragen, also Ihre Tante, was sie von der Angelegenheit hält. Wie es scheint, hat Mrs. Bradley Sir Selby geschrieben, wegen dieser Geschichte drüben in Iffley, an Heiligabend. Natürlich müssen wir im Augenblick die Finger davon lassen, weil der Arzt ja den Totenschein ausgestellt hat und sich auch niemand beschwert hat, könnte man sagen, aber um ehrlich zu sein ... wir interessieren uns durchaus für das Verschwinden des alten Mr. Simith. Dieser Mr. Tombley da, der erbt schließlich alles, und wenn er seinen Onkel für tot erklären kann, dann wird ihm das wohl nicht so schrecklich leidtun, wissen Sie. Wenn Sie da zwischen den Zeilen lesen können, bei dem, was ich gerade gesagt habe, meine ich, Sir ... Na ja, Sie verstehen schon, ich kann Ihnen nicht direkt sagen, was ich meine, jedenfalls nicht so, wie die Dinge gerade stehen, aber ein kleiner Hinweis von Ihrer Tante, das könnte schon ganz nützlich sein, falls sie sich irgendwelche Gedanken dazu gemacht hat. Wie gesagt, wir kennen ihre Erfolge, und auch wenn das nicht so wäre, kennt sie auf jeden Fall Sir Selby, nicht wahr, und das reicht ja schon, habe ich recht?«

»Ich weiß, was Sie meinen«, sagte Carey. »Ich würde Ihnen gern erzählen, was wir über Fossders Tod herausgefunden haben.«

Tombley, der etwa hundert Meter von ihnen entfernt stand, sah besorgt zu ihnen herüber, und selbst alle Fragen, die Mrs. Bradley sich zu den fahrbaren Unterständen einfallen ließ, konnten nicht verhindern, dass er den beiden Männern langsam, aber stetig immer näher rückte. Carey gelang es jedoch, seinen Bericht abzuschließen, bevor Tombley in Hörweite gekommen war, und als die Gruppe wieder beisammenstand, forderte der Sergeant Tombley dazu auf, ihn ins Haus zu führen.

»Es sieht so aus, als würden wir hier nicht mehr gebraucht«, sagte Carey zu Mrs. Bradley. Sie winkten Tombley zu und kehrten Roman Ending den Rücken.

»Kind«, sagte Mrs. Bradley plötzlich, als sie in Sichtweite von Stanton St John und dessen Kirchturm kamen. »Es scheint so, als würde ich von Ebern verfolgt.«

»Ebern? O, du meinst Hereward und Nero? Ja, das geht mir genauso. Das macht mich total nervös. Nero könnte Würmer haben. Das macht so ein Tier natürlich reizbar.«

»Ja«, sagte Mrs. Bradley. »Lass uns zum Shotover Hill gehen, Kind.«

»Shotover Hill? Also gut. Der Weg durch den Park von Shotover House wird sehr matschig sein, aber es ist bei Weitem die schönste Route. Aber warum muss es unbedingt der Shotover Hill sein?«

»Wegen der Eber«, antwortete Mrs. Bradley.

»Ach so? Geht es um die Legende des Queen's College? Die mit dem Studenten und dem Buch von Aristoteles? Was für eine tolle Idee! Zumal wir ja beide nur noch Eber im Kopf haben. Übrigens habe ich dem Sergeant unsere Version der Geschehnisse rund um den Geist von Sandford erzählt und ihm berichtet, was unsere Recherchen ergeben haben. Die Polizei darf sich aber nicht mit dem Fall befassen, meint er. Der Totenschein des Arztes sei durchaus in Ordnung.«

»Dieser Totenschein verhindert momentan alles. Aus Sicht der Polizei gibt es keinerlei verdächtige Umstände - abgesehen von der Wette. Und von der habe ich dem Inspektor berichtet.«

»Du meinst, das Geld war ein Ablenkungsmanöver?«

»O ja. Aber die interessantere Frage ist: Wusste der Tote, wer es geschickt hat?«

»Glaubst du das, Tante Adela?«

»Zu diesem Schluss könnte man gelangen, ja.«

»Ich verstehe. Der Kerl, der das Geld aufgebracht hat, war jemand, dem Fossder glaubte, vertrauen zu können. Er wusste - oder glaubte zu wissen -, dass der Kerl selbst dann bezahlen würde, wenn Tombley nicht auftaucht.«

»Genau das hatte der ›Kerl‹ ja bereits getan«, bemerkte Mrs. Bradley.

»Schon seltsam, dass Fossder einem Burschen, der vorhatte, ihn zu ermorden, so viel Vertrauen geschenkt hat«, sagte Carey, während sie die Straße verließen und in den Feldweg zum Haus einbogen. »Übrigens, warum interessierst du dich eigentlich so für diesen Geheimgang und das Priesterversteck und dieses ganze Zeug?«, fragte er und schob das Tor auf.

»Zur Tarnung«, antwortete Mrs. Bradley vage. Sie blieb vor Herewards leerem Koben stehen und schaute hinein. Dann öffnete sie das Gatter, trat ein, starrte auf den Boden, holte eine Taschenlampe aus der geräumigen Tasche ihres Rocks und untersuchte in ihrem Lichtschein den Schlafbereich.

»Haben Schweine einen ausgeprägten Geruchssinn?«, fragte sie, während sie wieder hinaustrat und das Gatter des Kobens hinter sich schloss.

»Schwer zu sagen.«

»Ich meine, nehmen wir einmal an, du würdest dich in deinen Sonntagskleidern unter Mr. Simiths Schweine mischen, nachdem du in Toms Koben warst – wie würde der Empfang der Schweine dann ausfallen? Wesentlich freundlicher oder wesentlich unfreundlicher?«

»O, das würde in der Tat einen Unterschied machen. Wobei ich natürlich nicht weiß, wie groß der wäre.«

»Aha«, sagte Mrs. Bradley und verfolgte das Thema nicht weiter.

Sie beschlossen, sehr früh zu Mittag zu essen und sofort danach zum Shotover Hill zu laufen. Der Schnee war inzwischen vollständig geschmolzen. Sogar in den tiefen Felsspalten, die vor der Sonne am meisten geschützt waren, war keine Spur mehr davon zu sehen. Der Boden war fürchterlich matschig, selbst auf dem Feldweg zu der Straße, die zum Stanton Great Wood führte. Ihre Schuhe waren bereits schwer und schlammverklebt, als sie das Hoftor erreichten. Sie wandten sich nach links, stiegen den Hügel hinauf, gingen am Postamt und der Kirche vorbei und hielten sich dann erneut links, um zur Hauptstraße zu gelangen, die durch das Dorf führte. Zu beiden Seiten der Straße lagen Felder, in ihrem Rücken lagen die dichtgedrängten Dächer von Stanton St John, und vor ihnen befand sich der kleine Ort Forest Hill. Hinter den Feldern zu ihrer Linken, von denen manche bereits gepflügt waren, breitete sich ein gewaltiger Wald aus, dessen Bäume jetzt, Ende Dezember, düster und blattlos dastanden. Der Wald hatte die Farbe von Holzrauch und hüllte sich in einen undurchsichtigen Schleier. Auf der anderen Seite der Straße, weit, weit hinter den Feldern und Hecken, zog sich eine Baumreihe entlang – verstreute, dürre, vom Wind gebeugte Stämme und winternackte Äste, die auf dem Kamm des Hügels aufragten wie zerfetzte Wolken nach einem Sturm. Ihre Silhouetten erschienen vor dem Hintergrund des grauen Himmels wie eine Brut von Vogelscheuchen, die allein schon durch ihre Unförmigkeit bedrohlich wirkten.

»Wie ist es um deine Schuhe bestellt, Tante Adela?«, fragte Carey, nachdem sie Forest Hill durchquert und die Headington-Wheatley-Landstraße erreicht hatten, mit ihren Bussen, Automobilen, Telegrafenmasten und der Telefonzelle des Automobilclubs an der Kreuzung.

»Sie sind genau das Richtige, wenn man durch einen Sumpf waten will«, antwortete Mrs. Bradley fröhlich.

»Gut. Dann ist der Weg durch den Park der kürzeste und auch der schönste. Der bringt uns bis zur Abzweigung, die nach Horsepath führt, oder jedenfalls in deren Nähe, und dann sind wir auch schon oben auf dem Shotover Hill.«

Sie stiegen über einen angenehm niedrigen Zauntritt, von dem aus der Pfad zu einer Pförtnerloge hinauf- und an einem kreisrunden Teich entlangführte. Zu ihrer Rechten versperrte ein dunkler Wald den Blick, in dem sich zahlreiche Eichhörnchen und Vögel tummelten. Er war von einem hohen Zaun umgeben und stand mit seinen dichten, dunklen Stämmen, die sich den Hügel hinaufzogen, in einem starken Kontrast zu der lieblichen Landschaft, die ihn umgab. Zu ihrer Linken sahen sie ein paar wohlgepflegte Bäume, einen Obelisken und – weiter hinten – das Herrenhaus.

Der Pfad, der genauso matschig war, wie Carey befürchtet hatte, traf am Ende des Hangs hinter einem weiteren Zauntritt auf einen Feldweg, dessen Böschung auf der gegenüberliegenden Seite steil zu einem Schafstall aus Flechtwerk und einem frisch gepflügten Acker abfiel. Zu beiden Seiten des Feldwegs standen hochgewachsene Bäume. Nach ein paar Metern umrundete er eine Hecke und mündete dahinter in eine schmale Straße, die von Brombeerbüschen gesäumt war.

Auf der Straße wandten sie sich nach rechts und befanden sich schon bald auf der Ebene von Shotover. Dort ignorierten sie einen Wegweiser, der sie nach Horsepath leiten wollte, gingen weiter und standen schließlich auf der Spitze von Shotover Hill, von wo aus sie nach Oxford hinüberschauten.

»Ah, da ist er ja!«, sagte Mrs. Bradley plötzlich und eilte den Hügel hinunter, dicht gefolgt von Carey. Was auch immer sie gerade gesehen hatte, war Careys Blick entgangen. Ein Vogel flog kreischend auf. Mrs. Bradley bückte sich und schob ein paar feuchte Farnkrautwedel auseinander, die auf einer von verkrüppelten Eichen umgebenen Lichtung wuchsen. Carey blieb abrupt stehen, stieß einen Schrei aus und packte Mrs. Bradley am Arm. Vor ihnen lag Mr. Simith. Er war tot. Mrs. Bradley kniete sich auf die Erde.

»Guter Gott!«, sagte Carey mit schwankender Stimme. »Er ist von einem Eber zerfleischt worden!«

Mrs. Bradley richtete sich auf und warf ihm einen scharfen Blick zu.

»Woher weißt du das?«, fragte sie.

»Ich hab so was schon mal gesehen. Damals war der Bursche zwar nicht tot, aber übel dran war er trotzdem. Er hat als Gehilfe für mich gearbeitet. Einmal hat er aus Versehen einen Eimer auf einen Eber fallen lassen. Sam war sein Name. Sam ist auf ihn losgegangen, hat ihn umgerissen und zerfleischt. Ich musste Sam töten, das war die einzige Möglichkeit, den Mann zu retten. Diese Tiere können fürchterlich gefährlich sein. Und Sam war so ähnlich wie Nero, ein dickköpfiges Tier, das alle Welt hasst. Der arme alte Simith! Was um Gottes willen sollen wir jetzt tun?«

»Etwas, das gegen alle Regeln verstößt, die in einem solchen Fall gelten«, antwortete Mrs. Bradley forsch und kniete sich wieder neben die Leiche. »Würdest du eine Weile Wache halten, Kind? Es darf niemand hierherkommen, bis die Polizei da ist. Aber für ein oder zwei Minuten kann ich auch die Polizei nicht gebrauchen.«

Zu Careys Erstaunen begann sie, den Leichnam mit flinken Fingern zu entkleiden. Sie ging sehr geschickt vor und legte jedes blutdurchtränkte Kleidungsstück sorgfältig beiseite, bis der Körper schließlich in seiner ganzen erbärmlichen Alt-Männer-Magerkeit splitternackt im Farnkraut lag. Sie untersuchte ihn fachkundig. Die Wunden, die sich hauptsächlich im Bereich des Unterbauchs befanden, waren grässlich, aber sie schienen die langen, gelben Finger und rasch hin und her huschenden schwarzen Augen weniger zu interessieren als ein paar violett verfärbte Quetschungen am unteren Rückgrat sowie die gebrochene Nase und das außergewöhnlich viele Blut auf der Kleidung und im welken Farnkraut.

Als sie mit ihrer Untersuchung fertig war, kleidete sie die Leiche wieder an, legte sie genau so hin, wie sie sie gefunden hatte, und nickte mehrere Male befriedigt wie ein chinesischer Mandarin.

»Das war Mord, Kind«, sagte sie.

»Einen Eber kann man nicht hängen«, sagte Carey. Seine Tante wischte sich etwa zwanzig Meter von der Leiche entfernt die Hände an ein paar Farnwedeln ab und trocknete sie mit einem Taschentuch.

»Wie meinst du das?«, fragte sie, während sie zu dem Pfad oben auf dem Hügel zurückgingen.

»Simith wurde von einem Eber getötet.«

»Aber ein Mensch hat diesen Tod geplant, Kind. Andernfalls – wo ist der Eber?«

In der abbröckelnden Erde der Böschung neben dem Pfad waren die Spuren eines Ebers zu erkennen, sowie Radabdrücke, möglicherweise von einem Auto, vielleicht aber auch von einem Karren. Sie waren grob, aber relativ effizient verwischt worden. Carey bückte sich und untersuchte sie.

»Es dürfte äußerst schwer zu beweisen sein, dass der Eber in ein Fahrzeug geschafft wurde«, sagte er. »Auch wenn es für mich, wie ich zugeben muss, genau danach aussieht.«

»Es scheint jedenfalls keine weiteren Eberspuren zu geben, und Anzeichen dafür, dass das Farnkraut niedergetrampelt wurde, gibt es auch keine«, sagte Mrs. Bradley. »Am besten laufen wir zurück zu der Telefonzelle des Automobilclubs und bitten den Mitarbeiter am anderen Ende, die Polizei zu rufen.«

»Bist du wirklich hierhergekommen, um die Leiche zu finden?«, fragte Carey.

»Nun, irgendjemand interessiert sich sehr für die Legenden der hiesigen Gegend, Kind«, lautete Mrs. Bradleys so seltsame wie unbefriedigende Antwort. Bei ihrer Untersuchung hatte sie die Hosentaschen des alten Mannes umgestülpt und in einer davon einen Umschlag gefunden, in dessen Innern ein raues, unliniertes Blatt Papier steckte, ähnlich dem, das aus Reading an Mr. Fossder geschickt worden war. Auch hierauf waren mit Bleistift zwei kleine Wappen gezeichnet worden. Das eine trug eine horizontale Linie mit Zinnenschnitt, das andere einen schlecht gezeichneten, aber deutlich erkennbaren Eberkopf. Auf der Rückseite des Blatts standen die Worte »B. H. T. Eastcheap«. Und auch dieser Brief war in Reading aufgegeben worden.

Sir Selby Villiers lehnte sich in seinem Stuhl zurück und grinste Mrs. Bradley an.

»Der Polizeichef ist ziemlich sauer auf Sie«, sagte er.

»Warum denn das?«, fragte Mrs. Bradley, während sie über den Ärmel ihres lila- und orangefarbenen Pullovers strich.

»Sie haben ihm in den Kopf gesetzt, dass es sich eventuell um einen Mord handeln könnte. Und es wäre ihm überhaupt nicht recht, wenn Simith ermordet worden ist. Anscheinend würde das die positive Statistik der Grafschaft verderben, oder so etwas in der Art.«

»Ich dachte, dafür sind schon die Oxforder Rugby-Mannschaften verantwortlich«, sagte Carey. »Außerdem besteht überhaupt kein Zweifel daran, dass es Mord war – oder jedenfalls sagt das Tante Adela, und ich würde sie jederzeit in ihrer Meinung unterstützen, ganz gleich, wem gegenüber. Würden Sie das nicht auch tun?«

»Ich verstehe ja – und der Polizeichef tut das auch –, dass Quetschungen am Rücken und eine gebrochene Nase für gewöhnlich keine Folgen eines Sturzes in das Farnkraut des

Shotover-Waldes sind. Darüber hinaus ist mir durchaus klar, dass es keine Anzeichen eines Kampfes mit dem Tier gibt und dass sich besagtes Tier auch nicht mehr auf dem Shotover Hill aufhält. Das ist alles beunruhigend – sehr beunruhigend für einen friedliebenden Mann, wissen Sie?«

Er machte ein nachdenkliches und auch ein wenig vorwurfsvolles Gesicht, und Mrs. Bradley lachte meckernd.

»Ich nehme an, man wird Geraint Tombley verhaften«, sagte Carey. »Er hat schließlich das stärkste Motiv, oder? Und wenn man den Tod des alten Fossder dazunimmt, scheint es nicht besonders große Zweifel an der Sache zu geben.«

»Die Polizei hat sich noch nicht entschieden«, sagte Mrs. Bradley.

»Also wirklich, woher wissen Sie denn das jetzt schon wieder?«, fragte Sir Selby. »Man hat Sie doch gewiss nicht ins Vertrauen gezogen?«

»O nein. Das leuchtet einfach nur ein«, sagte Mrs. Bradley. »Schließlich gibt es da ja auch noch Priest, der ebenfalls infrage käme. Er hat Linda Ditch geheiratet. Linda Ditch ist schwanger. Priest könnte selbst dafür verantwortlich sein, aber es ist auch möglich, dass Simith der Vater ist.«

»Oder Tombley«, bemerkte Carey.

»In welchem Fall Priests Motiv für den Mord an Simith hinfällig wäre«, bemerkte Sir Selby.

»Halten Sie Tombleys Motiv für den Mord für sehr stark?«, fragte Mrs. Bradley.

»Ich weiß nicht. Das wäre es, falls er es eilig hatte, sein Erbe anzutreten. Aber wir können nicht wissen, ob er wirklich in Eile war. Und dann haben die beiden sich natürlich auch gestritten, nicht wahr?«

»Und miteinander gekämpft«, sagte Carey. »Ich nehme an, dass Simiths gebrochene Nase von einem dieser Kämpfe herrührt.«

»Und die üblen Quetschungen am Rücken? Sollen die auch daher stammen?«, fragte Mrs. Bradley und nahm ihr Strickzeug zur Hand. »Die Quetschungen, die gebrochene Nase, eine partielle Strangulation und dann noch die Zerfleischung durch den Eber – das muss ein seltsamer Kampf gewesen sein. Aber was mir wirklich ein Rätsel ist«, fuhr sie fort, »ist die Frage, wie der Mörder es geschafft hat, den Eber von der Leiche wegzuziehen, ohne selbst verletzt zu werden. Priest, der Gehilfe, der so gut mit Schweinen umgehen kann – der hätte das vielleicht schaffen können, habe ich recht?«

»Roman Ending ist nicht der einzige Hof, auf dem es Eber gibt, weißt du?«, sagte Carey. »Ich selbst könnte ebenfalls in Verdacht geraten.«

»Das wirst du auch, früher oder später«, meinte Mrs. Bradley.

»Die ganze Geschichte ist sehr seltsam«, sagte Sir Selby langsam. Er runzelte die Stirn. Mrs. Bradley sah Carey an.

»Red weiter«, ermutigte sie ihn. Carey stieß einen Seufzer aus und blickte ihr ins Gesicht.

»Es ergibt keinen Sinn«, sagte er. »Ich meine, man führt einen Eber schließlich nicht an der Leine herum wie einen Hund. Selbst für die Zucht bringt man die Sau zum Eber und nicht den Eber zur Sau. Und falls man vorgehabt hätte, das Tier zu verkaufen ...«

»Ich weiß«, sagte Mrs. Bradley nachdenklich. »Aber der Tod ist in Roman Ending erfolgt, Kind. Der Schauplatz auf dem Shotover Hill ist einerseits der eigentümlichen Mentalität des Mörders geschuldet und andererseits der Notwendigkeit, einer ansonsten sehr dünnen und unwahrscheinlichen Geschichte eine gewisse Glaubwürdigkeit zu verleihen. Das Problem ist nur, dass die Wahl dieses Schauplatzes die Geschichte zwar weniger dünn, dafür aber sehr viel unglaubwürdiger macht.«

Sir Selby sah sie traurig an. »Sie sind ein wahrer Quälgeist, wissen Sie das? Sie hätten die Leiche nicht untersuchen sollen. Niemand sonst hätte sich wegen dieser Quetschungen Gedanken gemacht, und auch nicht wegen der gebrochenen Nase und der Würgemale, Adela.«

»Sind Sie da ganz sicher?«

»Ziemlich sicher. Und die gebrochene Nase könnte, wie Ihr Neffe bereits nahegelegt hat, überhaupt nichts mit dem Mord zu tun haben.«

»Ich weiß.« Sie sah Carey an. »Fahre fort, Kind«, sagte sie ermutigend.

»Wann, glaubt man, ist er gestorben?«, fragte Carey und sah dabei Sir Selby an.

»Das kann Ihnen Ihre Tante sagen. Sie hat das schon geschlussfolgert, als sie sich – wie es ein braver Bürger niemals getan hätte – dazu entschloss, die Leiche zu untersuchen. Der Polizeiarzt ist später zu demselben Ergebnis gekommen. Simith starb zwischen elf Uhr abends und zwei Uhr morgens. Anders gesagt: wahrscheinlich um Mitternacht.«

»Merkwürdig«, sagte Carey. »Wussten Sie, dass meine Schweine um ein Uhr morgens durch irgendetwas gestört wurden, und ich hinausgehen musste, um nach ihnen zu schauen? Das sind erstklassige Zuchttiere, und da will ich keine Risiken eingehen, wissen Sie? Ein oder zwei waren unruhig, aber der jüngere meiner beiden Eber gab kein Lebenszeichen von sich. Ich dachte zu diesem Zeitpunkt, er würde schlafen, aber seitdem hat er eine Erkältung oder etwas in der Art, und … na ja, ich habe den Eindruck, dass er sich, auch wegen der hervorragenden Beschaffenheit seines Kobens, diese Erkältung draußen eingefangen haben muss.«

»Sie wollen damit doch wohl nicht sagen, dass Ihr Eber ausgebrochen ist und Simith getötet hat?«, fragte Sir Selby.

»Ich weiß nicht, wie oder von wem, aber ich bin mir ziemlich sicher, dass mein Eber in jener Nacht aus seinem Koben geholt wurde und dass das die Rastlosigkeit der anderen Tiere erklärt und auch den Umstand, dass er nicht auf mich reagiert hat, als ich vor seinem Koben stehen blieb.«

»Das müssen Sie der Polizei melden«, sagte Sir Selby.

»Wenn ich das tue, belaste ich entweder mich selbst oder meinen Gehilfen.«

»Doch gewiss nicht sich selbst? Es gibt doch bestimmt jemanden, der für Sie bürgen kann.«

»Nein, für die Zeit nach etwa elf Uhr nicht mehr, denke ich. Ich weiß, dass es elf Uhr war, als ich zu Bett ging, und ich war der Letzte, der nach oben ging.«

»Aber es gibt doch außer Ihnen und Ihrem Gehilfen sicher noch andere Leute in der Gegend, die in der Lage wären, das Tier aus seinem Koben zu holen und es später wieder zurückzubringen?«

»Na ja, ich weiß nicht recht«, sagte Carey. »Wissen Sie, Eber sind sehr misstrauische Wesen. Hereward ist zwar noch jung und auch nicht wirklich wild, aber es liegt in der Natur eines Ebers, einen Riesenrabatz zu machen und sich auf die nächstbeste Person zu stürzen. Der Umgang mit diesen Viechern ist wirklich verdammt heikel, wenn man den Dreh nicht raus hat.«

»Aber das ist doch genau mein Argument! Das spricht doch dafür, dass es jemand war, der sich damit auskannte. Ich würde sogar sagen, jemand, der sich *nicht* damit auskannte, wäre dieses Risiko gar nicht erst eingegangen.« Sir Selby klemmte sich das Monokel ins Auge und setzte ein triumphierendes Gesicht auf.

»Ich würde es genau andersherum sehen. Gerade ein solcher Jemand hätte es eher riskiert«, widersprach Carey stur. »Eine Person, die die Risiken kannte, wäre sie nicht eingegangen. Hereward ist zwar äußerst ungewöhnlich und ähnelt eher einem Hund als einem Eber, aber das wissen nur sehr wenige Menschen. Daher würde ich sagen, der Bursche, der ihn aus seinem Koben geholt hat, hatte nicht die geringste Ahnung von Schweinen.«

Von diesem Standpunkt ließ Carey sich nicht mehr abbringen.

»Nun, das Ganze geht mich ja eigentlich gar nichts an. Sobald ich dem Polizeichef mein Mitgefühl ausgedrückt und ihm den Rat erteilt habe, Mrs. Bradley die Verantwortung für die Überführung des Mörders zu übertragen, als Buße dafür, dass sie Simiths *Unfall* zu einem Mord erklärt hat, muss ich wieder in die Stadt zurück«, sagte Sir Selby, während er den Drink entgegennahm, den Carey ihm soeben eingeschenkt hatte.

Mrs. Bradley winkte ihm mit einer ihrer klauenartigen Hände hinterher, als sein Auto den Alten Hof verließ. Carey ging zu ihr hinüber und stellte sich unmittelbar hinter ihren linken Ellbogen.

»Nun? Wirst du dafür sorgen, dass eins deiner geliebten Familienmitglieder im Knast landet?«, fragte er und legte den Arm um ihre Schulter. Sie lachte meckernd und stieß ihm ihren spitzen Ellbogen in die Rippen.

»Ich möchte mir Eber ansehen, Kind.«

»Welche Eber?«

»Alle Eber, die es hier in der Gegend gibt. Morgen werden du und ich eine Rundfahrt machen und jeden einzelnen unter die Lupe nehmen.«

»Unter dem Vorwand, dass ich mir einen kaufen möchte?«

»Außer auf Roman Ending. Dem scharfsinnigen und argwöhnischen Tombley brauchen wir mit einem solchen Vorwand gar nicht erst zu kommen. Wir werden klagen, dass es Hereward nicht besser zu gehen scheint, und uns dann liebevoll nach Nero erkundigen. Der arme Nero! Ich frage mich, wie sie es geschafft haben, ihn wieder sauber zu bekommen?«, fügte sie hinzu.

»Du denkst, es war Nero, der Simith zerfleischt hat?«

»Ja, das glaube ich, Kind. Du etwa nicht?«

»Es könnte also doch ein Unfall gewesen sein?«

»Bei dem man die Leiche auf dem Shotover Hill gefunden hat?«

»Warum nicht? Wäre doch möglich, dass Simith entsetzlich betrunken war und beschloss, mit dem Eber einen Spaziergang zu machen. Die Leute tun die seltsamsten Dinge, wenn sie blau sind, weißt du. Und wie du dich vielleicht erinnerst, hat Tombley uns erzählt, dass Simith einen kleinen Dachschaden hatte.«

»Nein, nein«, sagte Mrs. Bradley. »Ich glaube, der arme Simith wurde dem Eber zum Fraß vorgeworfen, so wie man die ersten Christen den Löwen zugeführt hat. Es geschah in böswilliger Absicht und dem Wissen, dass der Eber sein Opfer ganz ohne Zweifel töten würde.«

»Das ist ja alles schön und gut«, sagte Carey, während er sich mit einem anmutigen Schwung seiner Hand die Elfenlocke aus dem Gesicht strich. »Aber ich denke, du weißt nicht allzu viel über Eber, sonst wärst du nicht so sicher. Ich meine, zugegeben, es kann sein, dass der Bursche Nero auf Simith losgelassen hat, und zugegeben, Nero ist furchtbar aggressiv und störrisch – aber trotzdem, wie konnte dieser Bursche, also der Mörder, sicher sein, dass der Eber auch wirklich auf Simith losgehen und ihn zu Tode zerfleischen würde? Es sähe einem Eber genauso ähnlich, sich auf die Person zu stürzen, die ihn angestachelt hat, oder auch einfach loszuziehen, um irgendwo seinen Spaß zu haben, ohne sich überhaupt die Mühe zu machen, jemanden zu zerfleischen. Das ist genau das, was mir an der ganzen Geschichte so seltsam vorkommt, es sei denn, es wäre die falsche Person getötet worden.« Er sah seine Tante hoffnungsvoll an. »Ich vermute, dass du auch das in Betracht gezogen hast? Ich meine, man kann sich eben nicht besonders darauf verlassen, dass ein Eber sich so verhält, wie man das gerne hätte. Man könnte unmöglich Geld darauf verwetten, geschweige denn, einen Mord davon abhängig machen, verstehst du. Es wäre doch auch möglich, dass *Simith* einen Mord geplant hatte und stattdessen selbst zum Opfer wurde!«

»Aha«, sagte Mrs. Bradley. Sie klang nicht überzeugt.

»Und wenn du Nero für den Schuldigen hältst, warum hat der Mörder dann meinen Hereward in die Sache mit reingezogen?«

»Um die Spuren zu hinterlassen, die Nero nicht gemacht hat.«

»Soll das ein Rätsel sein?«

»Nein, das ist eine nüchterne Tatsache. Hereward war der Eber, der auf den Shotover Hill gebracht wurde. Das war nicht Nero, da bin ich mir sicher.«

»Ja, aber ... du denkst doch nicht etwa, Hereward wäre fähig, einen Menschen zu töten, Tante Adela?«

»Du meinst, *du* glaubst nicht, dass er dazu fähig wäre.«

»Aber verdammt noch mal, Nero ist Simiths eigener Eber, und trotz all der Dinge, die ich über das unberechenbare Verhalten dieser Tiere gesagt habe – ein Mann sollte doch in der Lage sein, mit seinem eigenen Eber klarzukommen, oder etwa nicht?«

»Tombley hat mir erzählt, dass niemand außer Priest mit Nero umgehen kann, Kind.«

»Wenn das stimmt, dann ist das eine Schande – und außerdem auch noch äußerst unangenehm für Priest. Und wenn es nicht stimmt ...« Er schaute auf und lachte. »Dann bringt uns das womöglich wieder zurück zu Tombley, nicht wahr? Und diese ganze Fossder-Sache wäre Teil desselben Plans. Ich habe ganz wie du das Gefühl, dass die beiden Tode miteinander in Verbindung stehen.«

»Ich weiß«, sagte Mrs. Bradley, doch sie wirkte geknickt. »Aber um noch einmal auf deine Bemerkung zurückzukommen, dass Simith in der Lage hätte sein sollen, mit Nero klarzukommen – ich denke, Simith war halb ohnmächtig, als Nero sich auf ihn stürzte.«

»Ah, die Würgemale. Ich verstehe!«

Am nächsten Tag nahmen sie um sieben Uhr ihr Frühstück ein. Das Licht der Lampe warf dunkle Schatten unter Mrs. Bradleys leuchtende schwarze Augen und ließ ihre gelbe Haut golden erscheinen, was ihr das Aussehen einer gütigen urzeitlichen Gottheit verlieh – runzlig, aber unsterblich. Sie aß recht wenig, aber das Wenige mit Appetit, während vor ihr ein Gedichtband aufgeschlagen an der Zuckerdose lehnte. Carey saß da, zerstreut, aber gut aussehend wie eh und je, mit der unverkennbaren Elfenlocke in der Stirn. Die trügerischen Schatten verwandelten seine Augen in zwei dunkle Teiche und verliehen seinem Mund einen romantischen Zug. In gleichmütiger, durch und durch männlicher Missachtung seiner Byronschen Erscheinung und des Wohlbefindens seines Verdauungstrakts stopfte er Speck, Blutwurst, Eier, gebratenes Brot und Schweineleber in sich hinein.

»Noch etwas Kaffee, Tante Adela?«

Mrs. Bradley reichte ihm ihre Tasse.

»Hör mal, Kind«, sagte sie. »In diesem Gedicht hier geht es um Schweine.« Sie schaute ins Buch und las es ihm mit ihrer tiefen, wohlklingenden Stimme vor:

»Umschmeichelt,
Als wäre es eine bedeutende Form,
Von der Natur kühn destilliert,
Als Trompe-l'Œil den gestrandeten Halbgöttern,
fette Schlachttierkadaver, habeo B. B. C.! –
Die Schlachtvieh-Börsenpreise, mit Oxford-Cambridge-Akzent verkündet.
(Stratford-atte-Bow, sprach Chaucer)
Pfui über diese Schmach!

Hoodoo oder Voodoo – ein Gleiches?
Schmach, hernach, entsprach der Schmach
Evas.
Bedeutende Form? Was sonst?
Sich winden ist von Belang? *All* ihre Zitzen?«

Carey legte den Kopf schief und grinste.

»Weißt du, das ist gar nicht mal so übel. Klingt, als hätte der Bursche tatsächlich einmal eine Sau zu Gesicht bekommen. Erinnert mich irgendwie an Robert Browning! Bist du fertig mit dem Frühstück? Dann lass uns fahren! Ich habe ein bisschen nachgedacht. Wenn wir zuerst ins Dorf fahren, werden die dort denken, ich hätte den Verstand verloren. Daher finde ich, wir sollten unser Netz ein wenig weiter auswerfen. Was hältst du davon, wenn wir erst nach Wheatley fahren und uns von dort aus durch die Gegend arbeiten? Wobei ich dir wohl vorher sagen sollte, dass diese Grafschaft die stolze Zahl von dreihundertneunundfünfzig Ebern vorweisen kann.«

»Als Erstes möchte ich nach Garsington fahren«, sagte Mrs. Bradley, zückte ihre Generalstabskarte und schnipste mit dem Finger dagegen.

»Garsington?«

»Garsington, Kind.«

»Um Eber anzuschauen?«

»Nun, nicht ganz. Ich habe mir die Sache durch den Kopf gehen lassen und bin zu dem Schluss gekommen, dass Tombley – falls er der Geist war – mit seinem Pferd durch Wheatley, Garsington, Toot Baldon und Nuneham Courtenay geritten ist.«

»O, zum Teufel mit Tombley und dem Geist! Du hast doch

gesagt, er sei nicht der Geist! Und du hast gesagt, wir würden uns Eber anschauen!«

»Das werden wir auch«, sagte Mrs. Bradley, während sie ihren Tweedmantel überzog und sich einen Hut auf den Kopf setzte. »Komm, Kind. Die Sonne wird schon sehr bald aufgehen.«

Sie gingen in das gespenstische Halbdunkel hinaus, und wenig später trat Carey mit Schwung auf den Auslöser des Motorrads, das mit lautem Gebrüll zum Leben erwachte. Mrs. Bradley hatte sich einen Schal unter dem Kinn zusammengebunden, damit ihr der Hut nicht vom Kopf flog, trug pelzgefütterte Handschuhe und saß geduldig im Beiwagen. Der Himmel hellte sich auf. Das Motorradgespann fuhr langsam auf das Tor zu, das der junge Walt ihnen zuvorkommend offen hielt.

»Garsington!«, schrie Mrs. Bradley, um den Lärm des Motors zu übertönen.

»Garsington, jawohl!«, brüllte Carey, während er um die Kurve fuhr und etwas mehr Gas gab. Bald schon kletterten sie den Hügel hinauf, am Postamt und an der Kirche vorbei, dann schaltete Carey in den höchsten Gang und raste Richtung Forest Hill. Jenseits des Dorfes gab er erneut Gas, verlangsamte die Fahrt erst wieder vor der Abzweigung auf die Hauptstraße, stahl sich leise durch das schlafende Wheatley, am uralten Gefängnis und dem stillen Gasthof vorbei, und raste dann am Coombe Wood vorüber, der die Straße etwa eine Viertelmeile lang säumte. Als sie den Hundezwinger von Garsington erreichten, ging er vom Gas.

»Aber«, sagte Carey, während er das Motorradgespann an der Kreuzung anhielt, »wenn ich diese Strecke hätte zurücklegen wollen, dann wäre ich, glaube ich, überhaupt nicht durch Garsington geritten, sondern hätte den Feldweg genommen, der an der Great Leys Farm und ein wenig weiter unten an Sandford Brake vorbeiführt. Das ist nicht weit, und man könnte das Pferd führen. Siehst du, was ich meine?«

Er war abgestiegen und hatte sich neben Mrs. Bradley gestellt, die die Karte auf ihren Knien ausgebreitet hatte.

»Er hätte dann wieder auf die Hauptstraße gelangen können, indem er die Abkürzung hinter der Ziegelfabrik nahm. Aber wenn er tatsächlich hier entlanggekommen ist, warum um alles in der Welt ist er dann zurück zur Folly Bridge geritten und hat Sandford von Iffley aus erreichen wollen?«

Mrs. Bradley nickte.

»Du setzt voraus, dass der Reiter nachts unterwegs war. Ich denke jedoch vielmehr, dass er den Weg bei Tag zurückgelegt und das Pferd entlang der Hauptstraße nach Oxford *geführt* hat. Diese Vorgehensweise hätte so gut wie keine Aufmerksamkeit erregt.«

»Ich verstehe, worauf du hinauswillst«, sagte Carey. »Nun gut, wie sieht unser nächster Schritt aus, meine Liebe?« Er half ihr, aus dem Beiwagen zu steigen.

»Ich möchte das Dorfkreuz von Garsington sehen«, sagte Mrs. Bradley. »Und ich möchte allein hingehen. Du bleibst hier. Und wenn ich in zwanzig Minuten oder so nicht zurück bin, dann kannst du mit dem Gespann losfahren und nach mir suchen.«

Sie ging mit forschen Schritten davon, die Karte in der Hand. Ein vorbeikommender Arbeiter, ein Mann mit Bartstoppeln und verstümmelten, braunen Zähnen, wünschte Carey fröhlich guten Morgen und fragte ihn, ob ihm das Benzin ausgegangen sei.

»Nein, das ist es nicht«, sagte Carey. »Ich versuche, ein paar Verwandte von mir zu finden, die irgendwo hier in der Gegend wohnen sollen und die ich noch nie getroffen habe. Sie heißen Season mit Nachnamen.«

»Season?«, fragte der Mann kopfschüttelnd. »So jemanden gibt es hier nicht, jedenfalls nicht, seit ich hier wohne. Aber fragen Sie doch Mrs. Tempson! Wenn jemand diese Leute kennt, dann sie. Erste Abzweigung, zweites Haus. Sie können sie gar nicht verfehlen. Sie hat Fuchsien im Fenster stehen. Mit ganz vielen Blüten. Kann wunderbar mit Blumen umgehen, die Frau. Ihnen noch einen schönen Tag! Season? Ich werde versuchen, mich daran zu erinnern, aber irgendwie glaube ich nicht, dass es jemanden mit diesem Namen in Garsington gibt. Jedenfalls nicht, seit ich hier lebe, und das tue ich seit fünfundfünfzig Jahren.«

Der Arbeiter ging weiter, mit einem Strohkorb auf dem Rücken und einer blauen Blechbüchse in der Hand. Carey folgte seiner Wegbeschreibung und traf die alte Mrs. Tempson dabei an, wie sie gerade ihren Kanarienvogel fütterte.

»Season?« Sie schüttelte den Kopf. »Nicht in Garsington. Da bin ich mir ganz sicher.«

»Das ist merkwürdig«, sagte Carey. »Ich hätte schwören können, dass sie Garsington gesagt haben, und Tom, der Heiligabend mit seinem Pferd hier durchgekommen ist, war sich da auch ganz sicher, das weiß ich genau.«

»Etwa das graue Pferd, das ein Hufeisen verloren hat?«

»Das mit dem Hufeisen wusste ich gar nicht, aber ja, es war ein graues Pferd, das stimmt.«

»Der hat sich mächtig geärgert, das merkte man, so wie der geredet hat«, sagte die alte Mrs. Tempson.

»Aber über so was würde Tom sich doch nicht ärgern. Der ist ein sehr sanftmütiger Mensch«, sagte Carey.

»Der war überhaupt nicht sanftmütig. Aber zusammengerissen hat er sich schon, könnte man sagen, zumindest hat er versucht, sich nicht anmerken zu lassen, was er grade dachte. ›Muss die Stute nach Stadhampton bringen und bin sowieso schon spät dran!‹, hat er zu Harry Brown, dem Schmied, gesagt und dabei ziemlich übellaunig geklungen. Hat das Hufeisen wohl drüben bei Blenheim verloren. Aber wir hier in Garsington, wir sind stolz darauf, dass es kaum was gibt, was wir nicht für die Leute tun können, wenn wir nur wollen, wissen Sie, und wir haben schon bald dafür gesorgt, dass er mit seinem Pferd weiterreiten konnte.«

Mrs. Bradley kehrte mit sehr ähnlichen Neuigkeiten zurück. Eine graue Stute habe ein Hufeisen verloren, und ihr Reiter habe ganz offenbar ein zorniges Temperament gehabt, das er nur sehr schwer im Zaum zu halten vermochte. Sie hatte jedoch noch mehr in Erfahrung gebracht – nämlich das ungefähre Alter des Reiters. »Nicht sehr viel jünger als sechzig, vielleicht auch älter«, hatte ihr Informant gesagt. »Ein kleiner, gereizter Bursche. Ich wette, der hat nichts Gutes im Schilde geführt.«

»Wir müssen Richtung Norden fahren, durch New Headington und an Headington Quarry vorbei«, sagte Carey. »Und was ist nun mit diesen Schweinen?«

»Ich will deine sehen.«

»Ja, ich weiß, aber wo?«

»Ich habe *deine* gesagt, nicht *Schweine*. Deine Eber!«

»Meine Eber? Na gut.«

»Und jetzt«, sagte Mrs. Bradley, als sie endlich wieder zurück auf dem Alten Hof waren und das Motorradgespann sicher im Schuppen verstaut hatten, »sei still und lass mich nachdenken.«

Schweigend begleitete er sie zu den Schweinen. Hereward war wieder in seinem Koben und gerade mit Fressen beschäftigt. Er schaute neugierig auf, als er sie kommen hörte, und fuhr dann mit seiner Mahlzeit fort. Er fraß mit der unverbrüchlichen Konzentration eines jungen Ebers, der zwar nicht gierig war, sein Futter aber dennoch genoss und darüber hinaus vollkommen vergessen hatte, dass ihm dieses früher einmal von elf Brüdern und Schwestern streitig gemacht worden war.

»Diese Hauer«, sagte Mrs. Bradley und betrachtete sie aus größtmöglicher Nähe - so nah, wie Hereward sie heranließ. Ab und zu hob er den Kopf, um sein Futter zu kauen, und bot sie dadurch großzügig ihrer aufmerksamen und interessierten Musterung dar. Als der Eber mit dem Fressen fertig war, gingen sie ins Haus und spielten in dem Raum, den Carey als Atelier benutzte, Tischtennis. Das war der einzige, nicht im Freien ausgeübte Zeitvertreib, bei dem er es schaffte, sie zu besiegen. Sie spielten, bis es dunkel wurde, und wechselten dann zur Teestunde ins Wohnzimmer.

»Unsere Linda wurde zur gerichtlichen Untersuchung zum Tod des alten Simith geladen«, sagte Mrs. Ditch, als sie das Tablett hereinbrachte. »Und ich nehme an, Sie beide werden auch hingehen, nicht wahr? Oje, oje! Was sind das nur für Zeiten, in denen wir leben!«

»Ja, wir gehen auch hin«, sagte Carey. »Und ich werde Ihnen dann alles berichten, Mrs. Ditch.«

»O ja, tun Sie das. Bei unserer Linda kann man sich nie

darauf verlassen, dass sie auch die Wahrheit erzählt. Jetzt, wo sie verheiratet ist, weniger denn je.«

»Tatsächlich? Ist das so?«, fragte Mrs. Bradley.

»Sie kann ja schlecht gegen ihren Ehemann aussagen, nicht wahr?«, sagte Mrs. Ditch.

»Also das ist es, was Sie denken? Dass es Priest war, der Simith umgebracht hat?«, fragte Carey und sah sie an, während sie Brotkrumen vom Tisch schnipste.

»Ich denke überhaupt nichts«, sagte Mrs. Ditch und sah ihm ruhig ins Gesicht. »Das ist eine schlechte Angewohnheit, zu der man niemanden ermutigen sollte. Wenn wir aufhören würden zu denken, dann würden wir uns auch nicht so ins Elend stürzen. Das sage ich jedenfalls immer zu meinem Mann.«

»Wo war Linda denn nun eigentlich in der Nacht des zweiten Weihnachtsfeiertags? Haben Sie das herausfinden können?«, fragte Carey. Mrs. Ditch zog ein finsteres Gesicht.

»Da fragen Sie was. Sie ist natürlich rüber nach Roman Ending gegangen, Schnee hin oder her, ohne Schuhe oder mit Schuhen, das weiß ich genau, da können Sie sagen, was Sie wollen. Ich bin mir ganz sicher.«

»Ohne Schuhe oder mit Schuhen«, sagte Mrs. Bradley nachdenklich. »Das wäre dann ja wohl geklärt.«

»Du meinst, sie ist barfuß rübergelaufen, und deshalb wiesen ihre Schuhe keine Schneespuren auf?«

»Ja, genau das meine ich, Kind.«

»Aber das Kleid? Wäre das nicht vollkommen nass und fürchterlich dreckig geworden?«

»Ich vermute, sie hat sich umgezogen, Kind.«

»Jetzt erkläre mir das mal in einfachen Worten! Bitte!«

»Linda Ditch ist so früh sie konnte zu Bett gegangen. Sie

hatte mit jemandem auf Roman Ending eine Verabredung. Sie ist zur Haustür hinausgeschlüpft, wobei weder wir hier im Wohnzimmer noch ihre Eltern im hinteren Teil des Hauses das hätten hören können, denn es herrschte ziemlich viel Krach, und darüber hinaus sind die Wände nahezu schalldicht. Zuvor hat sie noch rasch ein anderes Kleid angezogen, das sie in der Eingangshalle versteckt hatte. Sie ist kein besonders hohes Risiko eingegangen, indem sie sich dort umzog. Ihre Eltern würden dort nicht entlangkommen, es sei denn, einer von uns hätte sie gerufen, oder es hätte jemand an der Haustür geklingelt, und sie hätten deswegen die Küche verlassen müssen. Während der wenigen Augenblicke, die es sie kostete, vom einen Kleid in das andere zu schlüpfen, konnte sie sehr wohl hoffen, dass wir nicht in die Eingangshalle kommen würden. Gut möglich, dass sie dann barfuß durch den Schnee gelaufen ist. Ihre Schuhe für draußen befanden sich wahrscheinlich in der Küche, denn die Mitglieder der Familie Ditch nehmen ihre Schuhe für draußen nur selten mit in ihre Schlafzimmer. Die sind fast immer im Erdgeschoss, unter einer der Kommoden in der Küche oder wo auch immer. Wie dem auch sei, Linda hat ihre Verabredung eingehalten, ist zurückgekommen, hat es nicht gewagt, in das Schlafzimmer zurückzukehren, das sie sich mit ihren Eltern teilte, oder möglicherweise war sie auch zu aufgebracht dafür, und ist dann in das Priesterversteck gekrochen, durch einen anderen Eingang, den Denis und ich bisher nicht haben finden können.«

»Aber warum musste sie nach Roman Ending? Priest war nicht dort. Er schläft im Dorf.«

»Womöglich ist sie einer Aufforderung von Simith oder Tombley gefolgt. Könnte doch sein, dass jemand sie aus dem

Weg haben wollte, während man Hereward aus seinem Koben herausholte.«

»Und warum ist sie an jenem Morgen ohnmächtig geworden, als wir die Tür in der Vertäfelung geöffnet haben?«

»Ich glaube nicht, dass sie tatsächlich ohnmächtig wurde. Ich denke, sie schlief und fiel dann aus dem Versteck, und der Schock darüber löste ein Schwächegefühl aus. Das wäre gut möglich.«

»Ich verstehe. Und was meinst du, sollen wir jetzt ihretwegen unternehmen?«

»Nichts, Kind. Bei Gelegenheit werde ich noch einmal mit ihr reden und hören, was sie dazu zu sagen hat. In der Zwischenzeit gehe ich Tombley besuchen und jage ihm einen Schreck ein, falls mir das gelingt.«

»Das wirst du nicht schaffen. Der hat Schneid.«

»Noch ein Grund mehr, ihn nicht für einen Mörder zu halten.«

»Aber ich wette, er ist einer«, sagte Carey. »Und außerdem werde ich dich begleiten. Falls er Fossder und Simith ermordet hat, wäre es keineswegs förderlich für deine Gesundheit, wenn du da allein hingehst, um ihm Fragen zu stellen.«

»Ich halte ihn nicht für einen Mörder. Aber er weiß etwas über diese Todesfälle, das steht fest. Dir ist doch sicher klargeworden, dass der geheimnisvolle Reiter, dessen graue Stute ein Hufeisen verloren hat, niemand anderes war als Simith?«

»Das ist doch aber merkwürdig, findest du nicht? Wo um alles in der Welt wollte er hin?«

»Zur Folly Bridge und dann den Treidelpfad entlang. Er war der Reiter, den der Mann in dem kleinen Geschäft am Heiligen Abend vorbeikommen hörte.«

Achtes Kapitel

REIGEN IM HALBKREIS
AUF EINER SCHWEINEFARM

Tombley war allein im Haus und kam deshalb selbst, um die Tür zu öffnen.

»Ich dachte, es sei schon wieder die Polizei«, meinte er.

»Oje«, sagte Mrs. Bradley, während sie an ihm vorbei ins Haus ging. Carey folgte ihr, und Tombley schloss die Tür.

»Kommen Sie in die Küche«, sagte er. »Ich bin ziemlich durcheinander. Und ich muss furchtbar viele Briefe schreiben.«

»Ja, ich kann mir vorstellen, dass Sie sehr beschäftigt sind. Wir sind hier, weil wir uns erkundigen wollten, ob vielleicht jemand vom Alten Hof Ihnen behilflich sein kann«, sagte Mrs. Bradley.

»Das ist sehr nett von Ihnen.« Er schwieg einen Moment. Seine kleinen Schweinsäuglein betrachteten die beiden Besucher eingehend. »Sie haben das Ergebnis gehört, zu dem die gerichtliche Untersuchung gelangt ist, nehme ich an? Mord von einer oder mehreren unbekannten Personen. Man wird mich verhaften, da können Sie Gift drauf nehmen. Es ist schon sehr merkwürdig, dass Sie beide es waren, die Onkel Simiths Leiche gefunden haben, finden Sie nicht? Er muss betrunken gewesen sein, als er das Tier aus seinem Koben geholt hat, aber niemand will mir glauben, wenn ich das sage.«

»Also hat er den Eber tatsächlich selbst aus seinem Stall geholt?«, fragte Mrs. Bradley und setzte sich in den Sessel, den Tombley an den Kamin gezogen hatte.

»O ja, das muss so gewesen sein. Deshalb kommt einem die ganze Geschichte ja auch so furchtbar albern vor. Er war stockbesoffen, als er nach Hause kam. Und er muss noch viel besoffener gewesen sein, als er beschloss, mit dem armen Vieh auf dem Shotover Hill einen Spaziergang zu machen. Es war diese Radiosendung vom Queen's College, die er am Weihnachtsabend gehört hat. Die hat dem alten Burschen erst die Idee in den Kopf gesetzt, da wette ich drauf. Haben Sie die Sendung gehört? Die war sehr interessant. Für mich gibt es jedenfalls keinen Zweifel – der Eber muss plötzlich bösartig geworden sein und ihn getötet haben. Das war kein Mord, ganz gleich, was die Leute behaupten. Aber es sieht nicht gut für mich aus. Die Polizei hat mich schwer in Verdacht. Als hätte ich irgendeinen Groll gegen den armen alten Kerl gehegt!«

»Es tut mir schrecklich leid zu hören, dass die Polizei Ihnen auf den Pelz rückt. Aber ich nehme an, das gehört zu deren Aufgaben«, sagte Carey. Mrs. Bradley nickte. Sie ließ ihre scharfen schwarzen Augen durch den Raum gleiten, von einem Gegenstand zum nächsten, obwohl es eigentlich eher ein Huschen war als ein Gleiten. Sogar unter den Tisch warf sie einen Blick.

»Suchen Sie nach Blutspuren? Sie werden keine finden«, sagte Tombley. »Ich habe einen Anwalt kommen lassen. Dem gefiel das Ganze gar nicht, aber ich habe ihm gesagt, dass man mich, selbst wenn man mich verhaftet, unmöglich für schuldig befinden kann. Zunächst einmal deshalb, weil ich es gar nicht getan habe. Und dann auch noch, weil es nicht die geringsten Beweise gegen mich gibt.«

»Hat man Nero gefunden? Ist er in seinem Koben?«, fragte Mrs. Bradley und kam damit Carey zuvor, der gerade eine Bemerkung machen wollte.

»Natürlich ist er in seinem Koben. Ich habe nur ein einziges Tier verloren, und das war ein halb ausgewachsenes Schlachtschwein – auch ein Rätsel, aber immerhin kein besonders schwerwiegendes. Aber denken Sie, das würde diese Wichtigtuer zufriedenstellen? O nein! Sie wollen allen weismachen, ich hätte mir einfach einen neuen Eber gekauft. Sie scheinen zu glauben, ich hätte Nero erschossen, nachdem ich ihn dazu gebracht habe, Onkel Simith zu töten. Der Inspektor hat offenbar eine heftige Abneigung gegen mich entwickelt. Und dann reden die von Gerechtigkeit! Was für ein Schwachsinn!«

Er ging zur Tür und öffnete sie.

»Würde es Ihnen etwas ausmachen, nun zu gehen? Ich bin nicht gerade in Stimmung für Besucher. Ich weiß, das ist entsetzlich unhöflich, aber … könnten Sie bitte gehen? Wenn es später irgendetwas gibt, bei dem Sie mir helfen können, und es Ihnen nichts ausmacht, dann schicke ich Priest oder sonst irgendjemand zu Ihnen. Es tut mir schrecklich leid, wenn Ihnen das jetzt unhöflich vorkommt, aber … Sie verstehen mich doch, nicht wahr?«

»Also war es nicht Nero«, sagte Carey, während sie über die Felder in Richtung Wald gingen. Mrs. Bradley lachte meckernd.

»Und das halbwüchsige Schwein streift wahrscheinlich einsam durch die Ödnis des Shotover Hill, was? Tombley erbt die Farm, samt allem, was sich darin befindet. Das ist genau sein Problem, Kind. Das Ganze gibt ein so offenkundiges Motiv ab. Fossder ist tot – er kriegt das Mädchen. Simith ist tot – er kriegt die Farm und das Geld.«

»Er kriegt einfach alles«, sagte Carey. »Das Geld, die Farm, die Anteile an den Zuchtbetrieben, die ganze Palette. Das Motiv springt einem geradezu ins Auge, wie du schon sagtest.«

»Aber was für ein dummer Mord! Und Tombley ist ziemlich clever«, sagte Mrs. Bradley.

»Die cleveren Leute machen oft die dümmsten Sachen«, sagte Carey und half ihr, auf den Zauntritt zu klettern. Sie blieb oben sitzen, sah ihn an und schüttelte den Kopf.

»Es ist nie eine gute Idee, etwas zu verallgemeinern. Tombley macht zwar die ganze Zeit schon seltsame Dinge, aber ich kann ihn beim besten Willen nicht verdächtigen, diesen Mord begangen zu haben. Er ist einfach zu ritterlich«, sagte sie. »Der arme Tombley. Es sieht in der Tat sehr schwarz für ihn aus.«

Sie lehnte sich zurück und begann, vor sich hin zu murmeln. »Am zweiten Weihnachtsfeiertag, und es war sein eigener Eber. Ein Motiv, das einem ins Auge springt, und ein Steinfußboden im Wohnzimmer. Und dann noch diese ganze Herumlauferei an Heiligabend, um uns zu fragen, ob wir wüssten, wo sein Onkel ist …«

»Letzteres doch wohl nur, um sich ein Alibi zu verschaffen«, sagte Carey. »Um zu beweisen, dass er nicht der Geist war, falls später irgendetwas darüber rauskommen sollte.«

»Möglich«, sagte Mrs. Bradley und sah ihn liebevoll an. »Gut möglich, Kind. Trotzdem bin ich der Ansicht, dass dieser Mord einfach zu dumm war, um von einem Mann wie Tombley begangen worden zu sein. Ich stimme dir aber insofern zu, als dass er etwas zu verbergen versucht. Daran besteht nicht der geringste Zweifel. Dabei geht es allerdings nicht um Mord. Da bin ich mir sicher.«

Sie ergriff Careys ausgestreckte Hand und stieg vom Zauntritt herunter. Während sie die Straße entlangliefen, sagte Carey: »Ich habe übrigens ein paar Fakten überprüft ...«

Mrs. Bradley nickte eine ganze Weile lang, rhythmisch und langsam, als hätte sie vergessen, was sie da gerade tat. Die Straße wand sich sacht den Hügel hinauf, begleitet vom Murmeln des Baches, der neben ihr entlangfloss.

»Red weiter, Kind«, ermutigte sie ihn.

»Es gibt tausend Gründe, weswegen Tombley seinen Onkel ermorden wollen könnte, aber nicht besonders viele für irgendjemanden sonst. Es macht dir doch nichts aus, wenn ich mich so simpel wie möglich ausdrücke, oder? Ich bin ja im Gegensatz zu Tombley nicht mit einem brillanten Verstand gesegnet. Also, du sagst, Simith sei in Roman Ending ermordet worden, ich allerdings stimme mit Tombley darin überein, dass es so gut wie keine Beweise dafür gibt, dass Simith überhaupt ermordet wurde. Warum konntest du die Sache nicht einfach auf sich beruhen und die Leute glauben lassen, dass es sich um einen Unfalltod handelte? Das hätte uns eine Menge Ärger erspart!«

»Und dann?«

»Ich weiß nicht.« Er lachte und legte den Arm um ihre knochigen Schultern. »Ich weiß, dass du auf die gebrochene Nase hinweisen musstest und auch auf die Quetschungen am Rücken, als Beweise dafür, dass ein Mord stattgefunden hat.

Aber vielleicht sind das ja gar keine Beweise dafür. Tombley und Simith haben sich regelmäßig in die Haare gekriegt und miteinander gekämpft wie die Berserker. Für gewöhnlich war Simith an diesen Auseinandersetzungen schuld. Da ist es doch gut möglich, dass er diesmal den Kürzeren gezogen hat, bei einem so kräftigen Kerl wie Tombley ...«

»Das tut alles nicht das Geringste zur Sache, liebes Kind. Du hast behauptet, du hättest Fakten. Wie lauten sie?«

»Nun ja, da ist zum einen die Geschichte mit dem Geist. Ich habe von Anfang an geahnt, dass Tombley etwas damit zu tun hatte, und du hast das auch, denke ich. Aber ich glaube nicht, dass er irgendetwas anderes im Sinn hatte, als einen dummen ...«

»Streich«, sagte Mrs. Bradley. »Weißt du noch«, fügte sie dann hinzu, »als Tombley uns Heiligabend besucht hat, wie er da erwähnte, was für ein schwaches Herz sein Onkel hat?«

»Ja, das fand ich sehr interessant.« Er grinste. »Was, wenn er gar kein schwaches Herz hatte, willst du das damit sagen? Nun, zufällig *weiß* ich das. Und woher weiß ich das? Weil er nämlich zwei Tage, bevor du zu Besuch kamst, auf der anderen Seite des Dorfes hinter ein paar Spürhunden her durch die Gegend gerannt ist, auf der Jagd oder so. Erinnerst du dich an diese Felder da drüben, beim Wirtshaus? Er ist wahnsinnig weit gelaufen, und als er zurückkam, gab es nicht das geringste Anzeichen dafür, dass er erschöpft war. Er war ein sehr gesunder alter Kerl. Erstaunlich rüstig. Wenn er sich also nicht noch schnell ein schwaches Herz zugezogen hat, dann hat Tombley uns diesbezüglich angelogen. Was wiederum unter den gegebenen Umständen ein wenig verdächtig wirkt.«

»Interessant«, sagte Mrs. Bradley, als sie zum Alten Hof abbogen. Sie drehte den Eschenstock um, den sie bei sich trug, zielte mit dem Knauf auf einen rundlichen Stein und schoss diesen fachgerecht über die niedrige Steinmauer. »Red weiter, Kind.«

»Fossder andererseits«, fuhr Carey fort, »hatte tatsächlich ein schwaches Herz, und Tombley – falls er der Geist war – hat ihn gejagt. Das hat sein Herz angegriffen, so sehr, dass er gestorben ist.«

»Ich weiß. Ein Zufall. Möglicherweise nichts weiter als das. Darüber habe ich bereits ein wenig nachgedacht, und ich gebe zu, dass das nicht ganz unwichtig ist. Es bedeutet, dass Tombley an Fossder gedacht hat, warum auch immer.«

»Das glaube ich auch. Ich meine, wenn er nicht aus irgendeinem Grund an einen Menschen mit einem schwachen Herzen gedacht hat, warum hätte er dieses Phänomen sonst erwähnen sollen? Er hätte einfach nur sagen müssen, dass er sich wegen der Abwesenheit seines Onkels Sorgen machte.«

»Ja«, sagte Mrs. Bradley.

»Aber was ist denn jetzt mit dem Eber? Du glaubst, Nero habe Simith getötet und dass Hereward auf den Shotover Hill gebracht wurde, damit es so aussah, als sei Simith dort gestorben statt in Roman Ending.«

Mrs. Bradley nickte. »Einen solchen Fehler hätte Tombley niemals begangen«, sagte sie. »Findest du es nicht auch bedeutsam, dass diese ganze sorgfältig ausgeklügelte Inszenierung niemanden, aber auch wirklich niemanden getäuscht hat? Und jetzt werde ich Tombley sofort noch einmal einen Besuch abstatten.«

»Weil er uns jetzt nicht mehr erwartet, meinst du?«

»Weil er *mich* jetzt nicht mehr erwartet. Du, mein Kind, wirst draußen bleiben, dich mit Priest, falls er da ist, über Schweine unterhalten und dir genau merken, was er sagt. Ich habe nämlich den sehr deutlichen Eindruck gewonnen, dass der arme Tombley sich mir anvertrauen möchte, und das wird er gewiss nicht tun, wenn *du* dabei bist.«

»Dir *anvertrauen?*«

»Ja, in der Tat, Kind. Ich nehme an, er möchte wissen, ob ich ihn mit meinem Sohn in Kontakt bringen kann. Er wird einen fähigen Verteidiger brauchen, falls es zu einer Gerichtsverhandlung kommt.«

»Ferdinand?«

»Ja, Ferdinand, Kind. Ein sehr kluger Junge.« Sie grinste nostalgisch. »Ein *sehr* kluger Junge.«

»Aha. Tombley glaubt also tatsächlich, dass man ihn wegen Mordes verhaften wird?«

»Ja, Kind. Aber das werde ich verhindern. Wenn ich kann.«

»Ach ja?«

»Auf der Grundlage der gegenwärtigen Beweislage können sie ihn unmöglich verurteilen.«

»Ah, du meinst, es besteht die Gefahr, dass er sich selbst noch tiefer hineinreitet? Aber glaubst du denn, du kannst noch mehr Beweise finden? Ich hätte gedacht, dass in Verbindung mit Fossders Tod ...«

»Aber, Kind, nichts lässt sich mit Fossders Tod in Verbindung bringen. Das ist ja genau das Problem. Fossders Tod war – in den Augen der Polizei und auch in denen der Öffentlichkeit – ein bedauerlicher Unfall. Hugh hat keinerlei Aussage gegenüber der Polizei gemacht, was den Fund der

Leiche anbelangt. Dazu bestand in Anbetracht der ärztlichen Bescheinigung kein Anlass.«

»Du glaubst doch nicht etwa immer noch, dass Hugh ... dass da irgendetwas *faul* war an Hughs Verhalten in jener Nacht?«

»Zumindest denke ich, dass Hughs Verhalten höchst seltsam war und dass Jenny zu bedauern ist.«

»Weil sie dabei war, als die Leiche gefunden wurde, meinst du? Aber die beiden sind schließlich verliebt.«

»Hm!«, sagte Mrs. Bradley. »Und wie wir nur zu gut wissen: *Amor omnia vincit* – selbst den gesunden Menschenverstand.«

Ihr Tonfall war so ungewöhnlich ätzend, dass Carey sie überrascht und auch mit einer gewissen Unruhe ansah, bis er erleichtert ihr meckerndes Lachen hörte. Während sie durch den stillen, kleinen Wald mit seinen kahlen Ästen marschierten, brachte Mrs. Bradley das Gespräch wieder auf den Eber.

»Ich erzähle dir jetzt mal, was geschehen ist«, sagte sie. »Oder was ich glaube, was geschehen ist«, fügte sie hinzu. »Du kannst mich dann mit deinem fachmännischen Wissen korrigieren, falls ich etwas Dummes sagen sollte.«

»Dann schieß mal los.«

»Nero ist so gefährlich, dass sich ihm niemand außer Priest nähern kann.«

»Richtig. Ich bin jedenfalls ziemlich sicher, dass Tombley sich das nicht trauen würde.«

»Also hat Nero seinen Koben nicht verlassen – es sei denn, Priest wäre der Mörder.«

»Auch richtig.«

»Wenn Nero also seinen Koben nicht verlassen hat, wurde Simith zu ihm gebracht, um dort zu Tode zerfleischt zu wer-

den. Die einzige Frage ist somit: Wer hat ihn dort hinge-
bracht?«

»Und, wer war es?«

»Da haben wir eine recht große Auswahl, weil es vollkommen ungefährlich war, ihn hineinzubringen. Gefährlich
wurde es erst, als es darum ging, ihn wieder herauszuholen.«

»Das könnte nur Priest.«

»Gut, wir können also davon ausgehen, dass er es getan hat.
Sag mir, Kind, wie reagieren Eber auf kaltes Wasser?«

»Zum Trinken?«

»Nein. Nehmen wir einmal an, ich würde einen Eber angrei-
fen, indem ich ihn mit eiskaltem Wasser aus einem Schlauch
oder einem Eimer bespritze, was wäre das Ergebnis?«

»Du könntest ihn für eine gewisse Zeit einschüchtern. Das
Gleiche gilt übrigens für Löwen. Ah! Ich verstehe, worauf du
hinauswillst. Du denkst, es gab einen Komplizen!«

»O, ich bin mir sicher, dass es einen Komplizen gab!«

»Und ich dachte, ich käme der Sache näher ... Wer war es?
Linda Ditch? Sie hat nicht gerade viel für Priest übrig, obwohl sie ihn geheiratet hat, weißt du?«

Er lachte. Ein aufgeschreckter Vogel flog kreischend aus
einem der Bäume. Mrs. Bradley kicherte.

»Du scheinst Linda Ditch ein wenig im Visier zu haben«,
fuhr Carey fröhlich fort.

»Und aus gutem Grund«, sagte seine Tante mit einem Nicken.

Carey dachte darüber nach und zuckte dann mit den Schultern. Sie verließen den Wald und folgten einem fast gänzlich
zugewachsenen Pfad in Richtung des Stanton Great Wood.
Nach einer Weile mündete der Pfad in einen etwas breiteren

Weg, der nach Roman Ending führte. Wenig später sahen sie erneut das Farmhaus unter sich liegen, zusammen mit den über die Felder verstreuten Scheunen und fahrbaren Schweineställen.

»Komm, gehen wir«, sagte Mrs. Bradley. »Aber vergiss nicht, du musst draußen bleiben.«

Sie lief mit eiligen Schritten den langen, grünen Hang hinunter, wobei sie den kürzesten Weg quer über die Wiese nahm. Es gab eine Lücke in der Mauer, die man mit einem grobgezimmerten Zaun geflickt hatte, doch unmittelbar daneben türmten sich ein paar lose Steine, die eine Art Treppe bildeten. Mrs. Bradley sprang hinüber, wendig wie eine Bergziege, und ging in Richtung Wohnhaus. Priest war gerade damit beschäftigt, eine alte graue Stute vor einen der fahrbaren Schweineställe zu spannen, um diesen auf einen anderen Teil des Kartoffelfeldes zu ziehen, wo die Schweine gerade auf der Suche nach Futter im Boden wühlten. Carey blieb zurück, um sich mit dem Gehilfen zu unterhalten, und Mrs. Bradley ging weiter zum Haus. Die Hintertür stand offen, und sie trat kühn ein.

»Jemand zu Hause?«, rief sie. Tombley erschien mit einem Stift in der Hand im Türrahmen des Wohnzimmers. Ein finsterer Ausdruck lag auf seinem Gesicht. Als er jedoch Mrs. Bradley erblickte, setzte er ein Lächeln auf.

»Haben Sie Lestrange mitgebracht?«, fragte er. Mrs. Bradley nickte. Ihre intelligenten Augen waren auf sein Gesicht gerichtet und betrachteten ihn eingehend, während sie den Mund zu einem kleinen, vogelartigen Schnabel spitzte.

»Um sicherzustellen, dass ich nicht ermordet werde«, antwortete sie fröhlich.

»Kommen Sie ins Wohnzimmer«, sagte Tombley. »Nein,

warten Sie einen Moment, dann unterschreibe ich rasch den letzten dieser Briefe und komme dann mit Ihnen nach draußen. Lestrange wird mehr Vertrauen haben, wenn er uns tatsächlich auch sehen kann.« Er schrieb den Brief zu Ende und versiegelte den Umschlag. »Ich bin froh, dass Sie zurückgekommen sind«, sagte er. »Sie wussten also, dass ich mit Ihnen reden wollte ...« Er ging ihr voraus auf den Hof.

Mrs. Bradley starrte eine mit Brettern beschlagene Hürde an, die an der Wand lehnte. »Wofür ist denn das gut?«, fragte sie. Geraint Tombley blickte auf die Hürde, ohne viel Interesse daran zu zeigen. Der Schlafmangel hatte seinen wuchtigen Gesichtszügen eine schmutzig gelbe Farbe verliehen, auf seinen Wangen sprossen Bartstoppeln. Seine kleinen, intelligenten Augen betrachteten den Ärmel von Mrs. Bradleys Wintermantel, den sie gerade mit einer ihrer unbehandschuhten Klauen glatt strich.

»Wissen Sie«, sagte er. »Ich habe viel über Sie gehört, und ich weiß, dass Sie sehr klug sind. Das soll keine Schmeichelei sein. Ich könnte Ihnen natürlich Honig ums Maul schmieren, wenn Sie möchten, damit Sie auch jedes Wort davon glauben, aber ich will Ihnen nicht schmeicheln, Mrs. Bradley ...«

»O nein, Sie schmeicheln mir nicht, Sie unterschätzen mich«, sagte Mrs. Bradley seelenruhig.

Tombley sah sie an, schob den Kaugummi, den er gerade kaute, von einer Seite des Mundes auf die andere, kehrte ihr dann unvermittelt den Rücken zu und spuckte den Kaugummi zu ein paar Schweinen hinüber, die sich in der Nähe befanden. Ein junges Mastschwein schnappte ihn sich noch im Fallen. Tombley nickte zu den im Boden wühlenden Tieren hinüber.

»Jetzt, wo mein Onkel nicht mehr da ist, werde ich auf die skandinavische Methode umstellen, so wie Lestrange. Immer gesetzt den Fall, Sie sorgen dafür, dass ich nicht verurteilt werde. Ich werde Ihnen erzählen, was auch immer Sie wollen. Ich möchte, dass Sie auf meiner Seite sind. Es gibt alle möglichen heiklen Punkte, und ich brauche dringend Ihren Rat. Ansonsten werden die mich ins Gefängnis werfen.«

Mrs. Bradley lachte meckernd. Es war ein seltsames Geräusch. Geraint Tombley hatte es bereits mehrere Male gehört und konnte nicht gerade behaupten, dass es ihm gefiel. Es war gruselig. Das war das Wort, das es am besten beschrieb, dachte er. Dass er diese furchterregende kleine alte Frau in seine Angelegenheiten hineinzog, kam ihm ein wenig so vor, als würde er einen Hai bitten, ihn vor Kannibalen zu beschützen. Sicher, der Hai war in der Lage, die Kannibalen zu fressen, oder in seinem Fall diesen schrecklich neugierigen Polizeiinspektor, aber war es nicht auch denkbar, dass der Hai sich anschließend gegen ihn wandte und ihn ebenfalls verschlang, als kleines schmackhaftes Häppchen obendrauf? Ihn schauderte.

»Sehen Sie, ich bin der Alleinerbe des alten Mannes«, fuhr er fort. »Und falls er tatsächlich ermordet wurde und ich von seinem Tod profitiere, dann, nun, dann ist das natürlich ein klares Motiv. Korrigieren Sie mich, wenn ich mich irre.«

»Nein, nein, Sie haben recht. Ganz unbestreitbar«, sagte Mrs. Bradley grinsend.

»Zweitens habe ich kein Alibi.«

»Warum sollten Sie auch ein Alibi haben, mein Junge?«

»Nun, wenn ich eins hätte, dann würde mich das entlasten, nicht wahr?«

»Möglicherweise«, sagte Mrs. Bradley vorsichtig.

»Aber natürlich würde es das. Ein Mensch kann nicht an zwei Orten gleichzeitig sein!« Er bückte sich und gab einem Mastschwein, das sich gegen Mrs. Bradleys Bein drängte, einen sanften Klaps. »Nehmen wir an, ich wäre daheim gewesen ... nehmen wir an, ich wäre von zehn Uhr abends bis vier Uhr morgens in Gesellschaft einer Gruppe von Leuten gewesen. Würde mich das nicht vollends entlasten? Eine wichtige Frage, die bei der gerichtlichen Untersuchung nicht geklärt wurde, war der genaue Todeszeitpunkt meines Onkels. Es wurde gesagt, dass der dafür infrage kommende Zeitraum drei Stunden umfasst, und wenn ich zum Beispiel auf den Alten Hof eingeladen gewesen wäre ...«

»Ja«, sagte Mrs. Bradley und schaute ihn freundlich an.

»Nun, angenommen, Sie wären tatsächlich auf den Alten Hof eingeladen worden?«

»Na ja, dann hätten Sie für mich bürgen können ...«

»Nicht um Mitternacht, Kind. Ich bin in jener Nacht um elf Uhr ins Bett gegangen, für die Zeit danach kann ich für nichts und niemanden bürgen.«

»Dann eben Lestrange. Der wäre sicher noch wach gewesen.«

»Das bezweifle ich, Kind. Auf dem Alten Hof gehen wir zu sehr vernünftigen Zeiten ins Bett. Selbst Hugh, der hektische Londoner, ändert seine Gewohnheiten, wenn er sich auf dem Lande aufhält.« Sie schwieg einen Moment und musterte ihn. Tombley scharrte mit den Füßen. »Aber ein Alibi, das man für die dunklen Stunden der tiefsten Nacht braucht – das kann einem oft ein Bettgenosse verschaffen, falls man einen solchen hat.«

Tombley fuhr hoch.

»Wer zum Teufel ...?«, brüllte er. Sein breites Gesicht verfärbte sich violett, seine kleinen Augen glühten rot, und seine dicken Lippen zogen sich auseinander, sodass man seine gelben Zähne sah. Plötzlich stiegen ihm Tränen in die Augen. »Hab mich auf die Zunge gebissen«, sagte er.

»Das überrascht mich kaum«, sagte Mrs. Bradley gelassen. »Also hatten Sie tatsächlich eine Bettgenossin. War sie hier im Haus? Wer war es, Kind? Ich denke, das sollten Sie mir besser sagen.«

»Es war Linda Ditch«, knurrte Tombley. »Aber ich wage es nicht, sie darum zu bitten, mir ein Alibi zu geben. Es würde mir ohnehin nichts nützen. Sie hat hier in der Gegend einen schlechten Ruf. Die Polizei würde einfach sagen, dass sie lügt. Sie ...« Seine Stimme erstarb. Doch im nächsten Moment schimpfte er plötzlich los. »Sehen Sie mich nicht so an! Nennen Sie mich doch einfach freiheraus einen Lügner! Machen Sie schon! Aber das müssen Sie erst beweisen!«

»Ja, Kind, das muss ich. Dennoch erzählen Sie mir gerade Lügenmärchen, und wenn Sie das weiterhin tun, werde ich Ihnen nicht helfen.«

»Ah, ich verstehe, Mrs. Ditch hat Ihnen das mit Onkel Simith erzählt. Der alte Ziegenbock! Der alte Teufel!«, sagte Tombley und versuchte, sich mit einer Unverfrorenheit, die Mrs. Bradley bewunderte, aus seiner peinlichen Lage herauszubugsieren.

»War er das?«, fragte sie. »Und die arme Linda Ditch war sein Opfer? Ist das so? Oje, oje! Wie schade. Da ist wohl der Löwe über das Lamm hergefallen!« Sie grinste ihn mit beängstigender, geradezu teuflischer Belustigung an.

Tombley ließ sich zu einem Protest hinreißen. »Ich mochte sie. Linda ist vielleicht kein gutes Mädchen, aber sie passte zu mir. Und ich passte zu ihr. Und ich wünschte, ich hätte sie heiraten können, aber ich nehme an, es ist wohl besser für sie, dass sie Priest geheiratet hat. Wie auch immer, Sie brauchen gar nicht so hämisch auf sie herabzusehen!«

»Großartig«, sagte Mrs. Bradley ein wenig geistesabwesend. »Wie schön, wie schön, mein Junge! Aber Sie sind kein besonders begabter Lügner! Warum erzählen Sie mir nicht einfach die Wahrheit? Wie ist das jetzt mit Ihrem Alibi?«

»Na«, sagte Tombley, »wer würde ihr schon glauben? Man würde behaupten, sie wolle mir nur helfen, weil ich sie vor meinem Onkel gerettet habe. Und dann würden sie noch sagen, ich sei eifersüchtig auf ihn gewesen und hätte mich in das Mädchen verliebt, und dann würden sie sagen, dass ich ihn nicht nur des Geldes wegen umgebracht habe, sondern auch ihretwegen. Oder sie würden behaupten, ich hätte sie bestochen, damit sie sagt, sie habe mit mir geschlafen. Nein, nein! Ich werde Linda da nicht mit reinziehen, vielen herzlichen Dank auch!«

»Ich verstehe«, sagte Mrs. Bradley. Sie trat einen Schritt zurück, um ein paar Schweinen auszuweichen, und sah ihn an. Noch immer leuchteten ihre schwarzen Augen vor Belustigung.

Er starrte zurück, war aber offenbar nicht verärgert.

»Sie müssen mir helfen«, sagte er, nachdem er ihren Blick ein oder zwei Minuten lang erwidert hatte. »Ich glaube, Sie sind auf meiner Seite. Und es führt kein Weg daran vorbei: Der Mörder muss gefasst werden. Ansonsten geht es mir an den Kragen.«

»Ich wäre nicht überrascht, wenn Sie da recht behalten sollten. Also gut, Kind. Ich werde sehen, was ich herausfinden kann. Aber hören Sie gut zu! Ganz gleich, was ich herausfinde – Sie werden sich damit abfinden müssen. Ich werde mich nicht dazu hergeben ...«

»Irgendwelche Beweise unter den Teppich zu kehren?«, fragte Tombley mit einem Grinsen. Mrs. Bradley lachte meckernd. »Kommen Sie doch herein«, sagte er und ging ihr voraus zurück ins Haus.

»Ich werde mich beherrschen und Ihnen nicht noch einmal den Vorwurf machen, dass Sie mich belügen«, sagte sie. »Ich kenne Ihr Motiv dafür. Und irgendwann müssen Sie mir alles erzählen, was Sie über den Geist von Sandford wissen.« Sie setzte sich neben das Kaminfeuer in der Küche.

»Über den ...« Tombley starrte sie ehrlich erstaunt an.

»Einschließlich des Warum und Weswegen«, sagte Mrs. Bradley leise.

»Ich habe mir schon gedacht, dass ich dieses Geheimnis nicht ewig würde für mich behalten können«, sagte Tombley. »Ja, ich war der Geist. Ich habe es getan, um diesem alten Kerl einen Schrecken einzujagen. Glücklicherweise kann mir niemand ein Motiv unterstellen, warum ich ihn hätte umbringen sollen, sonst würde man wahrscheinlich behaupten, dass das *auch* Mord war.«

»Aber Sie hatten ein Motiv«, sagte Mrs. Bradley besänftigend. »Wie auch immer, Kind, es wäre sehr viel klüger, wenn Sie mir die Wahrheit über diese Sache erzählen würden. Sie haben diesmal doch gewiss nicht denselben Grund zur Geheimhaltung wie eben, oder?«

Sie hatte leise und freundlich gesprochen, aber Tombley

gab plötzlich ein lautes Knurren von sich, beugte sich vor, steckte seinen Finger zwischen die Stäbe des Feuerrosts und ließ ihn dort, während er laut bis fünf zählte.

»Sehen Sie das?«, fragte er und hielt ihr den verbrannten Finger hin.

»Klar und deutlich«, sagte Mrs. Bradley.

»Das habe ich mir angewöhnt, als ich zehn Jahre alt war. Ich wollte so werden wie die Indianer. Die spüren keinen Schmerz.«

»Aber das stimmt nicht, Indianer spüren Schmerz sehr wohl. Sie wissen einfach nur, wie man ihn aushält«, korrigierte ihn Mrs. Bradley. Sie lehnte sich vor und musterte ihn eingehend.

»Wie auch immer, ich spüre ihn jedenfalls nicht, sehen Sie? Aber Sie schon!«, sagte Tombley, ergriff ihre magere Klaue und zog sie dem Feuer entgegen. »Wenn ich Ihren Finger gegen diese Stäbe drücken würde, dann würden Sie verdammt laut schreien!«

»Sehr wahrscheinlich«, sagte Mrs. Bradley seelenruhig. Dann sprang sie abrupt nach vorne und stieß ihm ihre freie Hand ins Gesicht, wobei sie gleichzeitig ihre andere Hand seinem Griff entwand. Anschließend lehnte sie sich wieder zurück und starrte ihm unverwandt in das tränende, blutunterlaufene Auge.

»Ich wollte Ihnen doch nur ein wenig Angst einjagen«, sagte er. »Ich hätte Ihnen auf keinen Fall wehgetan.«

»Das weiß ich doch, Kind. Genau das habe ich Carey schon die ganze Zeit gesagt.«

Tombley drückte sich ein Taschentuch ans Auge und blickte sie verwirrt an.

»Ich vermute mal, wir reden von derselben Sache?«, fragte er unsicher.

»Ihrer Ritterlichkeit«, sagte Mrs. Bradley freundlich.

»Sie sind zu viel für mich«, sagte Tombley. »Verdammt noch mal, Sie wissen also Bescheid! Ich dachte zuerst, Sie bluffen nur. Was werden Sie jetzt tun?«

»Ich werde nicht zulassen, dass Sie gehängt werden«, sagte Mrs. Bradley. »Ich nehme an, es ist in Wahrheit Fay, die ein schwaches Herz hat«, fügte sie hinzu. »Und das ist der Grund dafür, warum Sie an Heiligabend ständig an schwache Herzen denken mussten.«

Neuntes Kapitel

RÜCKEN AN RÜCKEN
IN KENSINGTON

»Es wäre nett, wenn Sie dieser Substanz hier mal Ihre Aufmerksamkeit widmen könnten«, sagte Mrs. Bradley. Mr. Derwentwater betrachtete das Glas, das ursprünglich Fischpaste enthalten hatte und nun bis obenhin mit Erde gefüllt war.

»Ich soll das analysieren, meinen Sie?«, fragte er. Mrs. Bradley lachte meckernd und stieß ihn in die Rippen.

»Warum nicht, mein Kind?«, fragte sie.

»Und was glauben Sie, werde ich finden? Geht es hier um die Tat einer geistesgestörten Person oder um Mord?«

»Dieses Mal um Mord, Kind.«

»Ach ja? Der Shotover Hill-Fall? Ich habe gehört, dass Sie da mit reingezogen wurden. Ein alter Kerl, der von einem Eber zerfleischt wurde. Äußerst interessant.« Er musterte das Fischpasten-Glas. »Und das hier stammt vermutlich von dem Ort, an dem die Leiche gefunden wurde. Habe ich recht?«

»Das haben Sie, wie immer«, sagte Mrs. Bradley. »Und meine Adresse, falls Sie mir das Resultat Ihrer persönlichen und selbstverständlich vertraulichen Recherche zusenden wollen, lautet Little House, Horsepath, Oxfordshire.«

»Die Irrenanstalt?«

»Ja.«

»Aha!«

»Warum ›Aha‹, Kind?«

»Sie denken also, der Mörder war geistesgestört? Wie seltsam, das denke ich nämlich auch.«

Mrs. Bradley wirkte überrascht.

»Was hat Sie denn zu dieser Überzeugung gebracht?«, fragte sie.

»O, ich weiß auch nicht.« Er zog sich den Arbeitskittel aus. »Möchten Sie mit mir zu Mittag essen? Ich gehe um diese Zeit für gewöhnlich aus.«

»Nein. Ich habe ein Verabredung. Beantworten Sie meine Frage, Kind.«

»Nun, mir fiel auf, dass es einfachere Möglichkeiten gegeben hätte, den alten Burschen um die Ecke zu bringen, als ein wildes Tier auf ihn zu hetzen – wenn man denn den Drang verspürte, dies unbedingt tun zu müssen. Das ist alles.«

»Sie enttäuschen mich. Ich dachte, Sie würden mir eine Ihrer konstruktiven Theorien unterbreiten.«

»Ich konstruiere nicht, ich analysiere. So wie Sie. Ich nehme lediglich auseinander, was andere Leute konstruiert haben.«

»Dann hören Sie mir mal zu. Oder müssen Sie jetzt dringend zum Mittagessen?«

»Nein, nein. Bitte! Ich habe heute Nachmittag nichts Besonderes vor. Unser alter Freund, das Arsenik, ist übrigens mal wiederaufgetaucht, in dem Kerder-Fall.«

»Ich dachte mir schon, dass es das tun würde. Also gut. Dies sind die Fakten: Innerhalb der letzten zwei Wochen sind in Oxfordshire nicht etwa nur einer, sondern zwei Morde begangen worden. Der erste fand Heiligabend statt, oder vielmehr in den frühen Morgenstunden des ersten Weihnachtsfeiertags. Es gab keine gerichtliche Untersuchung, weil der Arzt ohne viel Aufhebens einen Totenschein ausgestellt und bezeugt hat, dass der Mann an Herzversagen starb.«

»Ist der Arzt ein Gauner?« Seine grauen Augen betrachteten sie forschend. Mrs. Bradley schüttelte den Kopf und spitzte ihre dünnen Lippen.

»Es gibt nicht den geringsten Grund, dies anzunehmen. Der Mann, der bereits seit einigen Jahren sein Patient war, ist tot umgefallen, auf dem Treidelpfad, der zwischen Iffley und Sandford die Themse säumt. Er war gerannt.«

»Aber das ist nicht die ganze Geschichte.«

»Nein, ist es nicht. Es steht fest, dass der Mann vor etwas weggerannt ist, das er für einen Geist hielt.«

»Das glaube ich nicht. Ich würde eher sagen, er muss gewusst haben, dass es sich bei dem Geist um einen Feind von ihm handelte.«

»Auch das ist möglich.«

»Aber was hatte der Kerl denn überhaupt um diese Uhrzeit auf dem Treidelpfad zu suchen? War er ein Landstreicher oder so etwas?«

»Nein. Er war ein respektabler Anwalt, der in Iffley wohnte und losgezogen war, um eine Verabredung einzuhalten.«

»Dann war er unterwegs, um den Mann zu treffen, der ihn ermordet hat, nehme ich an? Eine andere Erklärung sehe ich nicht.«

»Wunderbar!«, sagte Mrs. Bradley. »Aber nicht ganz richtig, wie ich glaube. Ich bin überzeugt davon, dass er den Mann, den zu treffen er das Haus verlassen hatte, in dieser Nacht nicht gesehen hat.«

»Der Bursche ist gar nicht aufgetaucht, meinen Sie? Aber

falls es tatsächlich Mord war, wie konnte es dann geschehen, dass der Arzt den Totenschein ausgestellt hat?«

»Weil das Opfer nicht angegriffen wurde, das sagte ich doch. Er rannte und fiel dann einfach tot um.«

»Aber ...«

»Und selbst *das* musste ich mir selbst zusammenreimen. Also, auf Wiedersehen, Kind, ich muss jetzt gehen.«

»Blut«, sagte der Analyst zwei Tage später. Er hatte sich, einer entsprechenden Verabredung folgend, mit Mrs. Bradley in dem Detektivclub getroffen, dessen Ehrenmitglied sie war. Dort saßen sie sich in dem größten der auf die Straße hinausgehenden Räume in zwei Sesseln gegenüber.

»Blut?«, wiederholte Mrs. Bradley.

»Ja, aber kein menschliches.«

»Gut. Das dachte ich mir schon. Nein, ich werde ganz offen zu Ihnen sein. Ich *wusste*, dass es das nicht sein würde.«

»Ja, die Erde ist mit dem Blut irgendeines Tieres getränkt.«

»Schweineblut, möglicherweise?«

»Höchstwahrscheinlich. Was so viel heißen soll wie: Es gibt nichts, das beweisen würde, dass es sich *nicht* um Schweineblut handelt, und falls die Indizien verstärkt darauf hinweisen sollten, dass es sich um Schweineblut handelt ...«

»Ich verstehe. Danke, Kind.«

»Hat Ihnen das in irgendeiner Weise weitergeholfen?«

»Es bestätigt eine Theorie, die ich hatte, und das ist immer erfreulich. Ich mag es, wenn ich recht habe.« Sie lachte meckernd und stand auf. »Ich möchte mich mit Sir Selby Villiers treffen, bevor ich zurück nach Oxfordshire fahre. Haben Sie einen detaillierten Bericht zu Ihrer Analyse geschrieben?«

»Das habe ich in der Tat. Ich habe ihn dabei. Was hat denn Sir Selby mit der Sache zu tun? Das ist doch gewiss kein Fall für Scotland Yard. Oder kommt die Polizei vor Ort nicht damit klar?«

»Doch, doch, sie kommen klar, Kind. Der Inspektor, der für den Fall verantwortlich ist, war Gast bei einer Vortragsreihe, die ich vor ein oder zwei Jahren im Christlichen Verein Junger Männer in Oxford gehalten habe. Wir haben uns damals hervorragend verstanden und sind seitdem in Kontakt geblieben. Ich bringe ihm die Kunst des Messerwerfens bei und erkläre ihm Lombrosos Theorien und auch die Gründe dafür, warum die meisten dieser Theorien heutzutage verpönt sind. Im Gegenzug bringt er mir bei, wie man Bäume beschneidet und Pflanzenschädlinge bekämpft. Darüber hinaus hat er mir noch beigebracht, in welchen Standardgrößen man Speckseiten aus Wiltshire zum Verkauf anbietet.«

Sie stiegen die alte, dunkle Treppe hinunter, durchquerten das Haus mit seinen Forschungsräumen, Salons und Rätselkabinetts, traten auf die Shaftesbury Avenue hinaus und gelangten schon bald zur Piccadilly-U-Bahn-Station, wo sie sich voneinander verabschiedeten. Sobald Mrs. Bradley allein war, suchte sie sich ein Telefon, rief Sir Selby an und wurde prompt zum Abendessen eingeladen.

Sir Selby lauschte entzückt ihren Ausführungen zu den beiden Morden und erklärte, seiner Ansicht nach sei entweder Tombley oder Pratt der Mörder.

»Ah!«, sagte Mrs. Bradley mit unverhohlener Befriedigung. »Also glauben Sie, dass es Pratt gewesen sein könnte?«

»Aber gewiss tue ich das. Allein schon, was das Motiv anbelangt, hat er genauso viel zu gewinnen wie Tombley.«

»Aber Tombley hat zugegeben, an Heiligabend den Geist gespielt zu haben«, sagte Mrs. Bradley. Dabei zog sie ein Gesicht wie ein huldvoller Alligator.

»Er hat also gestanden, ja?«

»Er hat zugegeben, einen Streich gespielt zu haben. Das ist alles.«

»Ah, ja, natürlich. Verständlich, dass er mehr nicht eingestehen will. Wusste er, dass Fossder ein schwaches Herz hatte?«

»Das hat er nicht gesagt. Aber es gibt einen guten Grund anzunehmen, dass er es gewusst hat. Er hat Heiligabend erwähnt, sein Onkel habe ein schwaches Herz, aber ich habe Beweise dafür, dass Mr. Simiths Herz vollkommen gesund war.«

»Ah, ja, ich verstehe Ihre Schlussfolgerung.«

»Nachdem er zugegeben hatte, der Geist gewesen zu sein, hat er einen Finger ins Feuer gehalten und dann versucht, das Gleiche mit einem meiner Finger zu tun«, fuhr Mrs. Bradley fort und lachte meckernd bei der Erinnerung an diese Szene. »Vor zwei Tagen bin ich zurückgekehrt und habe ihn zur Beobachtung in eine Nervenheilanstalt einliefern lassen.«

»Hat er darin eingewilligt?«

»O ja. Ich habe ihm gesagt, dass ihn das vor einer sofortigen Verhaftung bewahren würde.« Sie grinste. Sir Selby sah sie vorwurfsvoll an.

»Das war nicht recht von Ihnen«, sagte er traurig.

»Es war die reine Wahrheit«, sagte Mrs. Bradley. »Ich habe dem Inspektor ganz bewusst die Suppe versalzen, sozusagen.«

»Und was ist jetzt mit dieser Wette?«

»Ich weiß, Kind. Das ist sehr merkwürdig. Ich kann nicht

umhin zu denken, dass Fossder noch einen anderen Grund als diese Wette gehabt haben muss, um in jener Nacht über den Treidelpfad zu laufen.«

»Sie glauben also nicht, dass er unterwegs war, um Tombley zu treffen?«

»Ich glaube, Fossder hatte noch ein anderes Hühnchen zu rupfen, und das Gleiche gilt für Pratt. Er ist an jenem Abend zum Alten Hof gekommen, wissen Sie, um den Grund für Hughs Verspätung zu erfragen.«

»Was ist dieser Pratt für ein Bursche? Was ihn angeht, steht für mich momentan natürlich im Vordergrund, dass er durch Fossders Tod nur gewinnen konnte.«

»Ich habe mir über diesen Herren noch keine definitive Meinung gebildet. Dieses Vergnügen wartet noch auf mich. Wie Sie schon sagten, Pratt hat Fossders Anwaltspraxis geerbt. Anscheinend hat er während der letzten zwei Jahre ohnehin den Großteil der Geschäfte übernommen.«

»Wissen Sie, ich denke, Sie könnten den Inspektor durchaus einmal auf Pratt ansetzen. Und sei es auch nur, um herauszufinden, ob Fossder in jener Nacht außer dem Versuch, die Wette zu gewinnen, noch einen anderen Grund hatte auszugehen. Und noch eine Frage: Sie sagen, Fossder sei auf dem Treidelpfad zwischen Iffley und Sandford gerannt, als er stürzte und starb. Wie ist er auf diesen Pfad gelangt?«

»Er hat den Fluss an der Schleuse von Iffley überquert. Seit einmal jemand versucht hat durchzubrechen und dabei ertrunken ist, haben die Mauteintreiber den Durchgang nach elf Uhr abends freigegeben.«

»Es sieht definitiv so aus, als sei da etwas faul an der Sache«, sagte Sir Selby. »Und in unserem Beruf ist so etwas immer sehr aufschlussreich. Ich sollte dafür sorgen, dass der Inspektor sich Pratt einmal ordentlich vorknöpft und alles aus ihm herausquetscht, was er weiß. Aber im Augenblick würde ich sagen, dass sämtliche Indizien auf Tombley hinweisen.«

»Auf gewisse Weise, ja. Aber es gibt einige sehr interessante Gründe, seine Schuld anzuzweifeln. Erstens scheint festzustehen, sowohl aufgrund der medizinischen Beweise, als auch aufgrund meiner eigenen Beobachtungen beim Fund der Leiche, dass der brutale Angriff des Ebers nicht notwendigerweise der unmittelbare Grund für Simiths Tod war. Er ist mit großer Wucht auf den Rücken gefallen – vermutlich, weil ihm jemand den Stuhl weggezogen hat, als er sich hinsetzen wollte. Außerdem war seine Nase gebrochen. Ich glaube, er wurde in bewusstlosem oder zumindest halb bewusstlosem Zustand aus dem Haus geschleift und über das Gatter in den Koben gehievt. Der Eber war möglicherweise vorher gereizt worden, um die notwendige Wut in ihm zu entfachen. Daraufhin hat sich das Tier auf Simith gestürzt und ihn mit seinen Hauern zerfetzt.«

»Entsetzlich«, sagte Sir Selby. »Aber ich sehe nicht, wo da der Haken sein soll. Das sieht für mich von vorne bis hinten so aus, als sei es Tombleys Werk gewesen. Der Sturz hat höchstwahrscheinlich auf dem Steinboden der Küche seines Hauses stattgefunden, und auch der Eber gehörte ihm.«

»Aber jemand hat die Leiche wieder aus dem Koben geholt und auf den Shotover Hill gebracht.«

»Nun, es hätte durchaus in Tombleys Interesse gelegen, die Leiche so weit wie möglich von Roman Ending fortzuschaffen.«

»Das stimmt«, sagte Mrs. Bradley. »Allerdings haben Sie

vermutlich nicht allzu viel Erfahrung mit Ebern«, fügte sie nachdenklich hinzu. »Denn ich kann Ihnen versichern, dass es eine Sache ist, eine Person in den Koben eines angriffslustigen Ebers zu werfen, aber eine ganz andere, hineinzugehen und diese Person wieder herauszuziehen.«

»Ich verstehe, worauf Sie hinauswollen. Aber mit einem ordentlichen Schwall kaltem Wasser aus einem Schlauch kann man die meisten Tiere in Schach halten. Und übrigens auch die meisten Männer. Verlassen Sie sich drauf, genau so ist man vorgegangen. Was allerdings bedeutet, dass es einen Komplizen gegeben haben muss.«

»Exakt«, sagte Mrs. Bradley. »Wenn wir doch nur den Schlauch finden könnten. Oder eben den Komplizen«, fügte sie hinzu.

»Hat der Inspektor danach gesucht?«

»Nach einem Schlauch oder etwas in der Art? O ja. Das war eines der ersten Dinge, nach denen er gesucht hat, und zwar auf seine eigene Initiative hin. Das Problem ist nur, dass er noch nichts Derartiges gefunden hat, und er geht beim Suchen äußerst gründlich vor, das kann ich Ihnen versichern.«

»Das Ding ist vergraben worden.«

»Das glaube ich nicht. Ich denke, es wurde gefressen. Gesetzt den Fall, es hat jemals existiert.«

»Gefressen?«

»Man hat es klein gehackt und unter das Schweinefutter gemischt«, erklärte Mrs. Bradley. »Nach dem zu urteilen, was ich so während der letzten zwei Wochen gesehen habe, würde das den Schweinen überhaupt nicht auffallen.«

»Eine äußerst geniale Theorie«, musste Sir Selby zugeben.

Er runzelte die Stirn und drehte den Siegelring an seinem Finger. »Es ist nicht immer leicht, ein so wichtiges Indiz aus dem Weg zu räumen, aber ... von den Schweinen gefressen! Ja, das ist genial.«

»In der Tat, eine sehr effiziente Methode, um etwas verschwinden zu lassen«, sagte Mrs. Bradley. »Und jetzt lassen Sie uns über Priest sprechen.«

»Ich glaube nicht, dass ich schon von ihm gehört habe, oder doch?«

»Er war Simiths Gehilfe, und Tombley behauptet, auch wenn das nicht unbedingt der Wahrheit entsprechen muss, dass Priest der Einzige ist, der mit dem Eber Nero umgehen kann.«

»Simiths Eber? Der, der das Opfer zerfleischt hat?«

»Ja. Aber sehen Sie, es ist nicht auszuschließen, dass es gar nicht Nero war. Simith ist möglicherweise gar nicht in Roman Ending getötet worden.«

»Ich verstehe. Bitte fahren Sie fort.«

»Priest hegte einen Groll auf Simith, da dieser eine gewisse Linda Ditch verführt zu haben scheint, die mittlerweile Linda Priest heißt und früher als Dienstmagd auf Roman Ending tätig war.«

»Oho! Der Gehilfe hat also die misshandelte Linda geheiratet, wie? Das sieht nicht gut für ihn aus. Ich nehme an, als Nächstes werden Sie mir erzählen, dass die Heirat nach dem Mord stattgefunden hat?«

»Unmittelbar danach. Und wir behalten jede von Priests Bewegungen im Auge. Die schändliche Verführung seiner Angebeteten kann durchaus ein ausreichendes Motiv für den Mord gewesen sein, meinen Sie nicht?«

»Das meine ich in der Tat. Wie überaus interessant. Was für ein Mädchen ist diese Linda denn?«

»Ein Flittchen«, antwortete Mrs. Bradley mit Nachdruck. »Ich halte den jungen Mädchen von heute ja alles Mögliche zugute, wie Sie wissen, aber selbst wenn man jede nur denkbare Entschuldigung anbringt, bleibt es in Lindas Fall dennoch unumstritten, dass sie alles andere als tugendhaft ist. Aber ich mag sie trotzdem, wissen Sie«, fügte sie mit einem Kichern hinzu. Sir Selby nickte und lachte ebenfalls.

»Wie dem auch sei, da gibt es immer noch das Problem, dass eine Ehefrau nicht gezwungen werden kann, gegen ihren Gatten auszusagen«, meinte er und wurde wieder ernst.

»Das ist der springende Punkt«, sagte Mrs. Bradley. »Und dann dürfen wir auch nicht vergessen – ein Umstand, dem der Inspektor bisher keine große Beachtung geschenkt hat –, dass Linda in der Nacht von Simiths Ermordung das Haus verlassen hat und in den frühen Morgenstunden aus dem Priesterversteck ins Wohnzimmer gefallen ist.«

»Bitte fahren Sie fort«, sagte Sir Selby, als sie schwieg.

»Das kann ich leider nicht«, sagte Mrs. Bradley mit einem Ausdruck drolligen Bedauerns. »So sehen die bekannten Tatsachen aus, mehr weiß ich nicht.«

»Aber Sie vermuten doch sicher noch so einiges?«

»Ja, das stimmt. Mein erster Eindruck war, dass Linda das Haus verlassen hat, um entweder Tombley oder Priest ein Alibi für den Mord geben zu können.«

»Indem sie behauptete, mit einem von ihnen geschlafen zu haben?«

»Ja. Aber Tombley hat mir später erzählt, Linda würde ihm kein Alibi verschaffen, obwohl sie seine Bettgefährtin war.«

»Nun, da sie jetzt mit Priest verheiratet ist, kann man wohl davon ausgehen, dass er mit dieser Vermutung recht hatte!«

»Sie kennen Linda Ditch nicht. Ich für meinen Teil habe den Eindruck gewonnen, dass sie eben *nicht* mit Tombley geschlafen hat.«

»Ach ja?«

»Aber dass jemand anderes das durchaus getan hat, und dass Tombley eher das Risiko eingehen möchte, gehängt zu werden, als diese andere Frau zu kompromittieren.«

»Was bedeutet, dass er in sie verliebt ist.«

»Ganz genau.« Mrs. Bradley strahlte ihn an. »Das macht die Sache so kompliziert. Ich glaube nämlich nicht, dass dieses Schäferstündchen auf Roman Ending stattgefunden hat.«

»Aber wer ist dieses Mädchen? Sie sollte doch leicht zu finden sein.«

»Ich habe sie gefunden. Es ist Fossders Nichte.«

»Aber ich dachte ... Na, egal.«

»Sie dachten, dass Fossders Nichte mit Careys Freund Hugh verlobt ist.«

»Nun, ja, in der Tat.«

»Mr. Fossder hatte zwei Nichten«, sagte Mrs. Bradley. »Oder vielmehr, eine richtige Nichte und eine, die er aus Freundlichkeit als solche angenommen hat, um es mal taktvoll zu formulieren. Jenny ist mit Hugh verlobt; Fay ist mit Maurice Pratt verlobt; aber Tombley ist in Fay verliebt. Allerdings zog Fossder Pratts Bewerbung um ihre Hand derjenigen Tombleys vor, und Fay hat sich in der Sache anscheinend von ihrem Onkel leiten lassen.«

»Sie glauben aber, dass sie in Tombley verliebt ist?«

»Ich weiß es nicht, Kind. Was ich allerdings sehr wohl weiß, ist, dass Tombley, indem er vorgibt, die Nacht mit Linda verbracht zu haben, eine sehr törichte Methode gewählt hat, um Fays Namen aus dieser Mordgeschichte herauszuhalten.«

»Das sehe ich nicht unbedingt so.«

»Mein lieber Selby, haben Sie jemals versucht, die Nacht mit einer Frau zu verbringen, während Sie gleichzeitig glaubten, die Geschichte absolut geheim halten zu müssen?«

»Gott bewahre!«, sagte Sir Selby. Man konnte geradezu sehen, wie es ihn bei einer solchen Vorstellung schauderte.

»Nun, wenn Sie das hätten«, fuhr Mrs. Bradley unbeirrt fort, »dann würden Sie sehr bald feststellen, wie absurd es ist zu glauben, es sei nur eine Redewendung, dass Wände Ohren haben. Sie haben nämlich tatsächlich Ohren! Augen, Ohren, Zungen und einen logischen Verstand. Sie wissen ganz genau, was passiert ist und wann, warum und wie. Und am Ende müssen Sie feststellen, dass Sie Ihre Absichten genauso gut durch ein Inserat in der *Morning Post* hätten bekanntgeben können.«

»O! Das ist doch was für Privatdetektive!«

»Es sind Spekulationen, die von Ihren Freunden und flüchtigen Bekannten in die Welt gesetzt werden. Und wenn es noch dazu um ein abgelegenes Dorf geht ...«

»Ich verstehe, worauf Sie hinauswollen. Sie meinen, es dürfte ein Leichtes sein herauszufinden, ob Tombley die Nacht mit Fay oder mit Linda verbracht hat. Nun, ich sollte wohl den Inspektor darauf ansetzen. Das ist ein ziemlich interessanter Punkt und könnte Ihnen in alle möglichen Richtungen weiterhelfen.«

»Einschließlich in eine Sackgasse«, sagte Mrs. Bradley traurig. »Wissen Sie, Selby, Fossder war ein geiziger und ziemlich törichter alter Mann, und Simith widerlich und cholerisch. Warum sollten wir uns überhaupt den Kopf darüber zerbrechen, wer sie getötet hat?«

»Krankhafte Neugier, in Ihrem Fall, und bürgerliches Pflichtbewusstsein in meinem«, antwortete Sir Selby mit einem Grinsen. »Kommen Sie, spielen wir eine Runde Bridge. Das wird Ihnen guttun.«

»Was mir *wirklich* guttun würde«, sagte Mrs. Bradley, »wäre, wenn ich herausfinden könnte, ob die Tode von Fossder und Simith separate Ereignisse sind, die nichts miteinander zu tun haben, oder ob es sich dabei um Bestandteile ein und desselben Plans handelt. Falls Letzteres zutrifft, muss der Plan vervollständigt werden, und allein bei dem Gedanken daran wird mir ein wenig mulmig zumute.«

»Wie meinen Sie das?«

»Nun, falls sie zu ein und demselben Plan gehören, scheint es mir unumgänglich, dass zur Vollendung noch eine weitere Person sterben muss. Sehen Sie das nicht auch so?«

»Nein, das habe ich bisher nicht so gesehen. Aber ich verstehe, was Sie meinen. Vorbeugen ist besser als Heilen. Und Sie haben Tombley nicht in Ihrer kleinen Mausefalle verstaut, um ihn vor einer Verhaftung zu bewahren, sondern davor, Pratt zu ermorden oder von diesem ermordet zu werden.«

»Wundervoll!«, sagte Mrs. Bradley und stieß ihn in die Rippen. »Sie schauen mehr auf die abgelegenen Dinge, als irgendjemand sonst, den ich kenne«, fügte sie mit einem meckernden Lachen hinzu. Sir Selby zog seine Krawatte glatt und hoffte, dass es sich bei diesen Worten um ein Kompliment handelte.

»Natürlich ist da immer noch Priest, der Gehilfe«, sagte er.

Der Inspektor, der für den Fall Simith verantwortlich war, kehrte in sein hohes, schmales Haus am Fuß des Headington Hill zurück und setzte sich mit Notizbuch und Bleistift nieder, um die Einzelheiten der Tode von Fossder und Simith herauszuarbeiten. Als Erstes, so entschied er, galt es, die Identität der Person zu klären, mit der Fossder in der Frühe des ersten Weihnachtsfeiertags verabredet gewesen war. Mrs. Bradley war, wie er sich erinnerte, der Ansicht gewesen, dass es sich bei dieser Person wahrscheinlich um Simith handelte, aber er hielt ihre diesbezüglichen Anhaltspunkte für nicht besonders verlässlich. Sie basierten allein darauf, dass Simith der mysteriöse Reiter in Garsington gewesen sein könnte. Trotzdem war es natürlich möglich, dass Simith, falls er an jenem Abend tatsächlich nicht auf Roman Ending gewesen war, eine Verabredung mit Fossder gehabt hatte. Und wenn das zutraf, dann fragte der Inspektor sich, was Simith wohl unternommen haben mochte, als Fossder nicht auftauchte. Wahrscheinlich hatte der alte Mann Fossder verflucht und war wieder nach Roman Ending zurückgekehrt. Ein weiterer Punkt, den der Inspektor klären wollte, war die Frage des Treffpunkts. Wo genau hatten sie sich verabredet? Es konnte unmöglich in Sandford gewesen sein, dachte er, denn dann hätte die Gefahr bestanden, dass sie Tombley über den Weg liefen. Es sei denn, Onkel und Neffe hätten sich gegen Fossder verbündet. Es war durchaus möglich, dass die beiden unter einer Decke steckten. Im Grunde genommen hielt er es sogar für sehr wahrscheinlich, dass Onkel und Neffe, obwohl sie sich oft gestritten hatten, gegen Fossder gemeinsame Sache gemacht hatten – Simith wegen einer alten Feindschaft und Tombley, weil Fossder seiner Heirat mit Fay im Weg stand.

Also, wenn Simith und Tombley unter einer Decke steckten, dachte der Inspektor und starrte ins Kohlenfeuer, war Fossders Tod kein Unfall, sondern geplant. Außerdem, befand er, hatten sich Onkel und Neffe gegenseitig ein äußerst ausgefuchstes Alibi gegeben. Simith hätte wahrheitsgemäß behaupten können, dass er Fossder in jener Nacht nicht zu Gesicht bekommen hatte – wofür er höchstwahrscheinlich auch ein paar Zeugen hätte vorweisen können. Und Tombley könnte – falls man ihn als Nappers Geist entlarven würde – behaupten, dass Fossders Tod ein Unfall gewesen sei, das Resultat eines dummen Scherzes. Diese Behauptung zu widerlegen dürfte nach wie vor sehr schwerfallen, denn es gab noch immer keinen einzigen Beweis dafür, dass Tombley die Absicht gehabt hatte, Fossder zu ermorden. Darüber hinaus könnte Tombley behaupten, dass nicht er, sondern jemand anderes die weiße Gestalt gewesen war, die Fossder zu Tode erschreckt hatte. Der Inspektor könnte in einem solchen Fall unmöglich das Gegenteil beweisen. Und dann gab es da natürlich noch die Frage: Falls Tombley und Simith sich tatsächlich miteinander verbündet hatten, um Fossder zu ermorden, wer hatte dann Simith ermordet? Und hatte es überhaupt einen Geist gegeben?

Falls ein Bund zwischen Simith und Tombley dafür verantwortlich gewesen war, Fossder aus dem Haus zu locken, erklärte das nicht, wie Fossder mit beiden Männern Verabredungen für ungefähr den gleichen Zeitpunkt hatte schließen können. Im nächsten Moment begann eine zweite Theorie in den Gedanken des Inspektors Form anzunehmen, die in ihren Konsequenzen noch sehr viel verblüffender war als die, in der Simith und Tombley gemeinsam für den Mord an Fossder verantwortlich waren. Was wäre, so fragte er sich, wenn es genau umgekehrt war? Was, wenn *Fossder* vorgehabt hatte, *Simith* zu ermorden, und davon glücklicherweise durch Tombley abgehalten worden war, der die Wahrheit gesagt hatte, als er behauptete, der Geist sei nur als dummer Streich gedacht gewesen?

Doch keine dieser beiden Theorien erklärte den anschließenden Mord an Simith. Fossder hätte es zum zweiten Mal versuchen können – falls er zu diesem Zeitpunkt nicht bereits tot gewesen wäre! Tombley könnte vorgehabt haben, erst Fossder und dann seinen Onkel zu ermorden, doch diese Variante passte nicht zu Mrs. Bradleys Theorie, dass Fossder Heiligabend ausgegangen war, um eine ganz andere Person als Tombley zu treffen. Er fragte sich, ob er diese unbequeme Theorie nicht einfach verwerfen sollte. Eine dritte Variante bestand in der Prämisse, dass noch eine vierte Person involviert gewesen war und dass sich dieser hypothetische Jemand – »Maurice Pratt?«, schrieb er in sein Notizbuch – bereit erklärt hatte, Fossder beim Mord an Simith behilflich zu sein. Und als das ursprüngliche Vorhaben dann durch Fossders eigenen plötzlichen Tod gescheitert war, hatte diese Person den Mord an Simith eigenhändig ausgeführt. Doch man konnte diese vierte Person nicht einfach mit Pratt gleichsetzen, ohne ein Motiv vorzuweisen, aus dem Pratt die Beseitigung von Simith hätte wünschen sollen.

Pratt war Fossders designierter Nachfolger und sollte außerdem dessen Nichte heiraten. Das mochte Grund genug für den Mord an Fossder sein, aber Simith passte in dieses Bild einfach nicht hinein, soweit der Inspektor das erkennen konnte. Es sei denn, dachte er und schlug sich aufs Knie, man wollte eigentlich *Tombley* töten und hat den alten Simith mit ihm verwechselt!

Er ging zu Bett, lag jedoch noch eine ganze Weile wach und dachte über seine letzten beiden Theorien nach. Beide waren recht ansprechend. Beide hatten ein gewisses Maß an Plausibilität, das für sie sprach – sowohl in psychologischer Hinsicht, als auch, was die Indizienbeweise betraf.

Ich sollte mich mal mit diesem Maurice Pratt unterhalten, dachte er. Seltsamerweise dachte Mrs. Bradley in ihrem Bett in Horsepath, zu dem sie in der Zwischenzeit zurückgekehrt war, genau dasselbe. »Junge Männer sind sehr gut im Einschätzen anderer junger Männer«, sagte sie zu sich selbst. »Die einzige Schwierigkeit besteht darin, ihre Schlussfolgerungen auch aus ihnen herauszubekommen. Aber Carey wird mir schon sagen, was ich wissen will.«

Sie kicherte, drehte sich um und schlief beneidenswert schnell ein. Früh am nächsten Nachmittag traf Carey bei seiner Tante ein, drückte ihr einen Kuss auf die Wange und verkündete, er werde zum Tee bleiben.

»Und die Schweine sind alle wohlauf?«, fragte Mrs. Bradley.

»O ja, ich habe sie in Ditchs Obhut gelassen.«

»Ich habe dem Inspektor gesagt, dass Fossder an Heiligabend möglicherweise eine Verabredung mit jemandem in Sandford hatte, Kind. Ich dachte zunächst, es sei nur das Geld, das ihn angelockt hat, aber später habe ich mich dann gefragt, ob er vielleicht gar nicht in den Ort gegangen ist, um Tombley zu treffen – sondern jemand vollkommen anderes.«

»Ein Provinzanwalt wie Fossder würde die meisten seiner Mandanten in seinem eigenen Zuhause treffen, nicht wahr? Oder in *deren* Zuhause«, meinte Carey.

»Genau«, sagte Mrs. Bradley. »Und welche Schlüsse zieht dein geübter Geist daraus, mein liebes Kind?«

»Nun«, sagte Carey und schob den Teppich mit den Füßen zusammen, »in meinen Ohren klingt das so, als hätten sich da zwei alte Feinde verbündet. Oder was denkst du? Außer es war jemand, den Mrs. Fossder nicht mochte, weshalb er den Mandanten woanders treffen musste.«

Mrs. Bradley streckte eine ihrer gelben Klauen aus.

»Kind«, sagte sie feierlich. »Du beweist Intelligenz. Ich denke, wir wissen beide, dass ... Ach, schon gut. Bitte, fahr fort und nenne die Leute beim Namen, wo es nötig ist.«

»In Ordnung«, sagte Carey. »Soweit ich das nachvollziehen kann, haben Fossder und Simith schon seit Jahren Streit miteinander gehabt. Was nicht heißen soll, dass Fossder in irgendwelche zwielichtigen Geschäfte verwickelt war. Pratt mag zwar in einigen Dingen ein ziemlicher Idiot sein, aber er hat ein gutes Gespür fürs Geschäft und ist außerdem grundehrlich. Ich denke, Simith beschloss, Fossder zu seinem Testamentsvollstrecker zu ernennen, wollte aber nicht, dass Tombley davon erfährt. Und ich denke außerdem, dass Fossder den alten Simith ohne das Wissen von Mrs. Fossder in seine Geschäftsbücher eintragen wollte.«

»Warum sollte sie nichts davon wissen, Kind?«, fragte Mrs. Bradley, die in rasantem Tempo hieroglyphenhafte Eintragungen in ihrem Notizbuch machte.

»Nun, Mrs. Fossder hätte das als Handhabe benutzt, um Fossder dazu zu bringen, einer Verlobung zwischen Fay und Tombley zuzustimmen, denke ich. Mrs. Fossder stand in dieser Angelegenheit schon immer auf Tombleys Seite, und dem alten Fossder, der ein wenig Angst vor ihr hatte, ist es möglicherweise schwergefallen, dagegenzuhalten. Er wollte, dass Pratt Fay heiratet und die Praxis fortführt. Tatsächlich hat mir Jenny einmal erzählt, dass er eine Klausel in sein Testament eingefügt hat, die besagt, die Firma solle Fossder, Pratt und Pratt heißen, für den Fall, dass Pratt und Fay jemals einen Sohn haben sollten. Er wollte diese Hochzeit unbedingt. Hingegen war es ihm augenscheinlich vollkommen egal, wen Jenny heiratet. Sie sagt, es sei sogar möglich gewesen, dass er sie am Ende noch ganz und gar enterbt.«

»Hatte Mrs. Fossder irgendeinen besonderen Grund dafür, Tombley als Ehemann für Fay zu bevorzugen – abgesehen von dem Umstand, dass er Simiths gesamtes Vermögen erbt?«, fragte Mrs. Bradley. Carey starrte aus dem Fenster.

»Das kann ich nicht sagen«, antwortete er. »Sie fand, er sei irgendwie männlicher, wenn du verstehst, was ich meine.«

»Ich denke, ich sollte mich einmal mit Jenny treffen«, sagte Mrs. Bradley. »Es gibt eine Reihe kleinerer Fragen, die ich gern klären würde. Könntest du sie auf den Alten Hof einladen, damit ich mich dort mit ihr unterhalten kann, Kind? Ich möchte sie ungern bitten hierherzukommen.«

Carey nickte.

»Heute Abend? Also gut. Ich fahre sofort rüber und frage sie.«

»Aber zuerst erzähl mir noch etwas mehr über Pratt«, sagte Mrs. Bradley.

»Pratt?«, fragte Carey. »Ich weiß nicht viel über ihn. Er interessiert sich sehr für Volksglauben und vergleichende Religionswissenschaft. Du kennst die Sorte sicher. Solche Typen muss es in den Vororten doch zu Hauf geben, in Bloomsbury zum Beispiel. Nein, wenn ich recht darüber nachdenke, würde er überhaupt nicht nach Bloomsbury passen. Ach, was soll's, keine Ahnung. Er ist jedenfalls überhaupt nicht nach meinem Geschmack. Außerdem gelange ich allmählich zu der Überzeugung, dass er ziemlich verschlagen sein kann.«

»Du meinst, er ist nicht ganz so dumm, wie er aussieht?«, fragte Mrs. Bradley. »Damit könntest du recht haben, denke ich. Warten wir's ab.«

Zehntes Kapitel

FORMATIONSWECHSEL
IN STANTON ST JOHN

»Aber sicher! Wir können uns gerne unterhalten, während ich mein Bad nehme«, sagte Jenny. Sie schaute kurz zu Carey hinüber und lachte. Also begleitete Mrs. Bradley sie in ihr Schlafzimmer, wo Jenny sich so rasch wie möglich entkleidete. Sobald sie damit fertig war, steckte sie ihre nackten Arme in die Ärmel eines farbenfrohen Bademantels und ihre nackten Füße in ein Paar Hausschuhe, griff sich Waschbeutel und Handtuch und trippelte zum Badezimmer hinüber, dicht gefolgt von Mrs. Bradley, mit der sie währenddessen eine angeregte Unterhaltung führte.

Als Mrs. Bradley sie zu Maurice Pratt befragte, antwortete Jenny: »Ich denke, er führt die Leute gern in die Irre. Man kann leicht den Eindruck gewinnen, er sei feige und dumm, aber in Wahrheit ist er sehr zielstrebig und natürlich auch sehr clever. Mein Onkel hat sich hundertprozentig auf ihn verlassen. Meine Tante dagegen war nicht gerade begeistert davon, dass er Maurice zu seinem Partner machen wollte. Sie kann Maurice nicht leiden. Sie wollte, dass Fay Geraint Tombley heiratet, und das wird Fay jetzt wohl auch tun, nehme ich an.«

»Fay wird Tombley heiraten?«, fragte Mrs. Bradley. »Aber ist sie denn nicht mit Pratt verlobt?«

»O, Fay wird diese Verlobung lösen, da bin ich mir ziemlich sicher«, sagte Jenny. »Sie mochte Maurice nie so richtig, wissen Sie? Sie hatte nur Angst vor meinem Onkel, und jetzt, da er tot ist, hat sie Angst vor meiner Tante. Fay ist kein besonders tatkräftiger Mensch. Sie will immer, dass andere Leute ihre Entscheidungen für sie treffen, nur, um sich dann mit ihnen darüber zu streiten. Sie wissen bestimmt, was ich meine. Ich wette, Sie kennen auch so jemanden.«

Mrs. Bradley erklärte, dies sei in der Tat der Fall.

»Wie auch immer, erst hat sie Tombley den Vorzug gegeben, bis sie herausfand, dass er Simiths Neffe und Simith der Erzfeind von Onkel Fossder ist. Daraufhin hat sie Tombley den Laufpass gegeben, oder zumindest so getan als ob, und sich mit Maurice verlobt.«

»Eine Frage«, sagte Mrs. Bradley. »Was war eigentlich der Grund für die Feindschaft zwischen Ihrem Onkel und Simith?«

»Das ist alles passiert, als ich erst vier Jahre alt war. Ich weiß also nicht wirklich viel darüber, außer vom Hörensagen, beziehungsweise hauptsächlich von irgendwelchen Andeutungen, die meine Tante von Zeit zu Zeit gemacht hat. Mein Onkel und Mr. Simith stammen beide aus einer Gegend, die auf der anderen Seite von Oxford liegt – genauer gesagt aus Bampton. Das ist unmittelbar im Süden von Witney. Als Kinder haben sie sich wohl sehr gut verstanden. Dann hat mein Onkel ein Stipendium oder so etwas bekommen und konnte deshalb eine kleine Privatschule besuchen, und Simith ist nach Kanada gegangen. Bei seiner Rückkehr war er steinreich und wusste alles, was es über die Vermarktung von Schweinefleisch zu wissen gibt. Kaum war er wieder da, hat er meinen Onkel als Anwalt engagiert, und beinahe gleich darauf ist er in einen Rechtsstreit mit der Universität geraten, weil er eine Brücke über einen Bach gebaut hat, auf dessen anderer Seite ein Grundstück lag, das der Universität gehörte. Er hat versucht zu beweisen, dass dieses Land in einer Breite von etwa zehn Metern dem öffentlichen Wegerecht unterliegt – wobei mir die Einzelheiten schleierhaft sind. Jedenfalls konnte die Universität belegen, dass das nicht stimmte, und Simith musste seine Brücke wieder abreißen und fürchterlich hohe Gebühren und Bußgelder zahlen. Danach behauptete er standhaft, mein Onkel hätte ihm im Vorfeld gesagt, er könne die Brücke bedenkenlos bauen, aber mein Onkel schwor Stein und Bein, dass er alles nur Menschenmögliche getan hat, Simith zu warnen und ihn darauf hinzuweisen, dass das Gesetz in diesem Fall nicht auf seiner Seite war.

Jedenfalls hat Simith sich daraufhin einen anderen Anwalt gesucht und Roman Ending gekauft, und mein Onkel hat dadurch einen ziemlich hohen Verlust erlitten, glaube ich. Er war sehr verbittert darüber. Er hat Simith als Dummkopf bezeichnet und ihm auch noch alle möglichen anderen Schimpfnamen gegeben. Vor ungefähr acht Jahren dann ist Tombley von Cowley hierher zu seinem Onkel gezogen und hat all seine Geschäfte in Onkels Hände gegeben. Natürlich war das für meinen Onkel nicht wirklich einträglich, da Tombley nicht besonders wohlhabend war, aber Tombley hat meinem Onkel erzählt, dass er Simith irgendwann beerben würde, und ich weiß, dass mein Onkel ihm – mit diesem Erbe als Sicherheit – ein oder zweimal Geld geliehen hat.«

»Wurde das Geld jemals zurückgezahlt? Wissen Sie das?«, fragte Mrs. Bradley.

»O nein. Ich weiß, dass es nicht zurückgezahlt wurde. Meinem Onkel machte das nichts aus, auch wenn er Tombley nicht leiden konnte. Er sagte immer, es sei noch reichlich Zeit, das Geld zurückzuzahlen, sobald Simith tot war. Er sagte, er wisse, dass Tombley ein ehrlicher Mensch sei, auch wenn er es nicht duldete, dass er Fay den Hof machte. Er hatte Fay sehr lieb. Ich glaube, mich hatte er auch gern, aber ... nun ja. Er hat immer gesagt, dass er Maurice zu seinem Partner machen und ihm auch alles vererben würde, wenn Fay ihn heiratet. Außer natürlich dem Anteil, der meiner Tante zusteht. Und der sollte dann später Fay zufallen. *Mir* hat er nie etwas versprochen – das konnte ich auch gar nicht von ihm erwarten, ich bin ja nicht wirklich die Tochter seines Bruders –, aber am Ende hat er das Geld dann doch uns allen dreien vermacht. Ich hoffe, ich langweile Sie nicht mit diesem ganzen Kram.«

Sie schickte sich an, ins Bad zu steigen. Mrs. Bradley hängte Jennys Bademantel an die Tür und setzte sich auf einen Stuhl, der eine Sitzfläche aus Kork hatte.

»Natürlich nicht, mein Kind«, sagte sie. »Das ist alles äußerst aufschlussreich. Also gab es eine Zeit, in der Sie nicht damit rechneten, in dem Testament Ihres Onkels bedacht zu werden?«

»Na ja«, sagte Jenny mit einem kleinen entzückten Schauder, als das warme Wasser sich um ihren rosigen Körper schloss, »ganz so würde ich das auch wieder nicht sagen. Er hat seine Meinung sehr oft geändert. Einmal zum Beispiel, vor ein paar Monaten, da war er, glaube ich, tatsächlich entschlossen, alles Fay und Maurice zu hinterlassen und meiner Tante nur ein paar Möbel und ein bisschen Geld zu vererben, nicht aber das Haus. Allerdings weiß ich darüber nur wenig, so etwas hat er immer mit Maurice besprochen, aber kaum jemals mit Fay oder mit mir. Er war der Ansicht, Mädchen seien töricht. Ich glaube, mehr kann ich Ihnen nicht erzählen, abgesehen vielleicht von einer Sache, die ich nur ganz zufällig herausgefunden habe und eigentlich für mich behalten sollte.«

»Wenn ich Ihnen sagen würde, worum es sich dabei handelt, würden Sie mir dann verraten, ob ich damit richtigliege?«, fragte Mrs. Bradley versonnen.

»Ich wäre sogar froh, wenn ich es mir so leicht von der Seele reden könnte«, sagte Jenny eifrig. »Also los. Was glauben Sie, worum es sich handelt?«, fügte sie mit naiver Liebenswürdigkeit hinzu, während sie nach der Seife griff, die auf den Boden der Badewanne gerutscht war, und sich einen Schwamm von der Ablage nahm.

»Ihre Schwester trifft sich mit Mr. Tombley und verbringt die Nacht mit ihm, wann immer sich die Gelegenheit dazu bietet«, erklärte Mrs. Bradley kurz und bündig.

»Du lieber Gott!«, sagte Jenny beeindruckt. »Wie um alles in der Welt haben Sie denn das herausgefunden?«

»Das habe ich gar nicht. Ich habe es lediglich geschlussfolgert. Aber danke, dass Sie es mir bestätigen, das ist mir eine große Hilfe. Es bedeutet nämlich, dass sich all meine Schlussfolgerungen auf Anhieb als richtig herausstellen.«

Jenny sah sehr besorgt aus. »Sie werden Fay doch nicht verraten, Mrs. Bradley? Meine Tante würde wahrscheinlich sterben, und ich weiß nicht, was Maurice tun würde. Ich habe Fay schon oft gesagt, was für eine Närrin sie ist, aber im Augenblick ist sie ganz verrückt nach Tombley. Ich glaube, Maurice ahnt durchaus, dass sie nicht gerade begeistert von ihrer Verlobung ist, aber er kann nichts dagegen tun. Ich denke ohnehin, dass diese Verlobung schon bald aufgelöst wird, jetzt, da mein Onkel tot ist. Maurice tut mir leid, im Grunde ist er kein schlechter Kerl.«

Eine Weile herrschte Stille, abgesehen von dem behaglichen Geräusch des plätschernden Wassers. Dann sagte Mrs. Bradley: »Careys Freund Hugh, Ihr Verlobter, hat mir erzählt, Pratt interessiere sich für Volksglauben.«

»Ach ja?«, sagte Jenny gleichgültig. »Er ist ein abgrundtief schlechter Morris-Tänzer. Mehr weiß ich da nicht drüber.«

Jenny stieg aus dem Wasser wie eine jugendliche, garnelenfarbene Venus und begann, sich abzutrocknen. Als sie wieder angekleidet war und die beiden Frauen vor dem Kaminfeuer im Wohnzimmer saßen, in dem sich außer ihnen niemand befand, sagte Mrs. Bradley unvermittelt: »Ich muss Carey, Tombley und die Ditch-Familie irgendwann noch einmal dazu bringen, für mich zu tanzen.«

»Übrigens«, fragte Jenny ein wenig zaghaft, »wussten Sie, dass Geraint Tombley Roman Ending verlassen hat?«

»Ja, das wusste ich, Kind. Tatsächlich habe ich selbst ihm nahegelegt, das zu tun.«

»Aber es stimmt doch wohl nicht, dass er in einer Nervenheilanstalt ist, Mrs. Bradley, oder?«

»Doch, das ist korrekt.«

»Aber ...«

»Machen Sie sich deswegen keine Sorgen, es ist nur eine Vorsichtsmaßnahme.«

»Wollen Sie damit sagen, dass man ihn unter Beobachtung hält?«

»Nein, Kind. Diese Maßnahme soll lediglich verhindern, dass er verhaftet wird.«

»Verhaftet! Aber Sie glauben doch gewiss nicht, dass *er* seinen Onkel ermordet hat!«

»Glauben Sie es denn nicht, Kind?«

»Nein, natürlich nicht. Ich weiß, er ist ein Narr, wenn es um Fay geht, und natürlich kann er sehr egoistisch und auch ein wenig brutal sein. Und ich weiß auch, dass er keine Mühen scheuen und sich sogar in Gefahr begeben würde, um seinen Kopf durchzusetzen. Aber ich glaube nicht, dass er Mr. Simith ermordet hat. Warum sollte er?«

»Er erbt Mr. Simiths Vermögen.«

»Aber ... O, ich verstehe! Er will Fay heiraten und muss ihr etwas bieten können – weil sie beide ein Einkommen brauchen. Ja, das klingt einleuchtend.«

»Aber Sie behalten sich das Recht vor, Tombley für unschuldig zu halten«, sagte Mrs. Bradley. Jenny hielt ihre Hände näher an die Flammen.

»Na ja, ich möchte ungern glauben, dass er ein Mörder ist. Mir wäre es lieber, wenn Fay ihn heiraten würde statt Maurice, und das kann sie nicht, wenn er wegen Mordes verurteilt wird.«

»Oder für geistesgestört erklärt wird«, sagte Mrs. Bradley. Jenny warf ihr einen vorwurfsvollen Blick zu.

»Aber Sie haben doch gerade gesagt ...«

»Ich weiß, Kind, ich weiß.« Mrs. Bradley lachte meckernd. »Und warum wäre es Ihnen lieber, wenn Fay Tombley heiratet statt Pratt?«, fragte sie, als Jenny aufschaute.

»Ach, ich weiß auch nicht«, sagte Jenny. »Sehen Sie, es ist so ... Ach, ich weiß es nicht.«

»Sie denken, dass sie nicht gut für Pratt wäre und ihn unglücklich machen würde«, sagte Mrs. Bradley und ignorierte Jennys halbherzige Versuche, das abzustreiten.

»Also gut, dann schert euch mal fort«, sagte Mrs. Bradley nach dem Abendessen. Sie sah Carey auffordernd an. Dieser hatte zuvor den Plan geäußert, Jenny mit seinem Motorradgespann nach Iffley bringen zu wollen. Jenny beugte sich zu Mrs. Bradley herunter und drückte ihr einen Kuss auf die Wange. »Mach nicht zu viel Krach, wenn du zurückkommst«, sagte Mrs. Bradley zu Carey, bevor die beiden aufbrachen. »Zufällig weiß ich, dass Ditch mit einer Pistole unter dem Kopfkissen schläft und dass Mrs. Ditch sich einen Feuerhaken neben das Bett legt. Seid brave Kinder!« Sie schenkte den beiden ein freundliches Lächeln, das ihr eine gewisse Ähnlichkeit mit einer gesättigten Schlange verlieh.

Sie selbst ging schon bald zu Bett und hörte nicht, wie Carey gegen halb fünf Uhr morgens zurückkehrte. Als er um neun zum Frühstück kam, wirkte er frisch und ausgeruht. Danach begab er sich zu den Ställen und erschien erst wieder um zwölf zum Mittagessen.

»Jenny hat sich letzte Nacht bei mir ausgeweint«, sagte er. »Was ist los mit dem Mädel? Du hast sie doch wohl nicht des Mordes bezichtigt, oder? Und übrigens, ich wünschte, Tombley würde endlich das kleine Buch über Schweine zurückbringen, das er sich vor zwei Wochen ausgeliehen hat.«

»Nein, habe ich nicht. Dafür habe ich etwas recht Interessantes herausgefunden«, sagte Mrs. Bradley langsam. »Ich weiß, warum Tombley gestanden hat, der Geist gewesen zu sein.«

»Ach ja? Und warum ist das so interessant? Ich dachte, du hättest ohnehin gewusst, dass er es war, Geständnis hin oder her.«

»Weißt du«, sagte seine Tante, »ich habe immer gedacht, dass sein Geständnis entweder ein dummer Irrtum oder die reinste Lüge war. Denk doch mal nach, Carey! *Warum* sollte er zugeben, der Geist gewesen zu sein? Niemand hätte beweisen können, dass er es war!«

»Ja, aber warum sollte er es *nicht* zugeben? Niemand kann behaupten, dass Fossders Tod etwas anderes war als ein bedauernswerter Unfall.«

»Schon, aber was ist mit Fay, in die er verliebt ist? Sie würde doch ungern glauben müssen, dass Tombley für den Tod ihres Onkels verantwortlich ist.«

»Das können wir nicht wissen«, sagte Carey. »Es könnte doch auch sein, dass sie mächtig froh war, den Alten loszuwerden.«

»Ich bin ziemlich sicher, dass sie tatsächlich erleichtert war, und zwar vermutlich deshalb, weil Fossder gegen ihre Verlobung mit Tombley war, den sie anscheinend liebt, und sie stattdessen zu einer Verlobung mit Pratt gezwungen hat, der – sagen wir es mal so – nur den zweiten Platz in ihrem Herzen einnimmt.«

»Das ist ja alles schön und gut«, sagte Carey. »Aber wenn Tombley nicht der Geist war, wer war es dann? Und außerdem – woher willst du denn so genau wissen, dass er es nicht war?«

»Weil ich glaube, dass er Heiligabend mit Fay zusammen war.«

»Aber wenn Tombley nicht der Geist war ...«

»Könnte es Pratt gewesen sein«, sagte Mrs. Bradley und nickte. »Sehr richtig, Kind. Oder eben Hugh.«

»Aber das ergibt doch keinen Sinn.«

»Ich denke schon. Wer von den dreien hatte wohl am ehesten Kenntnis davon, dass Fossder ein schwaches Herz hatte?«

»Pratt natürlich. Aber das beweist noch gar nichts. Du könntest genauso gut behaupten, dass Mrs. Fossder oder eines der Mädchen der Geist war. Mrs. Fossder wusste auf jeden Fall, dass ihr Mann ein schwaches Herz hatte.«

Mrs. Bradley nickte.

»Sehr wahr, Kind. Sehr wahr.«

»Und noch was«, sagte Carey, wartete dann aber, bis Mrs. Ditch, die gerade den Tisch deckte, den Raum wieder verlassen hatte. »Wenn du mit dem, was du da sagst, recht hast und Fay tatsächlich Tombley liebt, dann hätte Pratt den beiden doch in die Hände gespielt, wenn er Fossder getötet hätte! Es war doch allseits bekannt, dass der Alte auf die Verlobung zwischen Fay und Pratt gedrängt hat und Tombley um keinen Preis haben wollte, wegen des ewigen Streits mit Simith. Wohingegen Mrs. Fossder, die nach wie vor quicklebendig ist und nun sozusagen die Zügel in der Hand hält, Tombley und seine Bewerbung um Fays Hand stark befürwortet.«

»Ich weiß«, sagte Mrs. Bradley. Ihre klugen schwarzen Augen glänzten. »Ich werde nach dem Mittagessen nach Oxford fahren, um noch einmal mit dem Inspektor zur sprechen«, fügte sie hinzu. »Siehst du denn nicht, dass Tombley sich nicht etwa Sorgen wegen eines Alibis für den Mord macht, sondern sich vielmehr ein Alibi für die Nacht verschaffen wollte, die er mit Fay verbracht hat?«

Carey lachte. In diesem Moment betrat Mrs. Ditch den

Raum, würdevoll und respektabel wie eh und je. Sie tischte den ersten Gang auf und rückte die Stühle vom Tisch ab, damit Carey und Mrs. Bradley Platz nehmen konnten.

»Unsere Linda hat die Stelle als Stubenmädchen beim Oberaufseher von Little House bekommen, Ma'am. Es wird Sie sicher freuen, das zu hören, denn das hat sie ja schließlich Ihrer Empfehlung zu verdanken«, sagte Mrs. Ditch.

»Das ist gut«, sagte Mrs. Bradley. »Dann kann sie Tombley ein wenig Gesellschaft leisten, nicht wahr?«

»Falls so jemand wie der überhaupt Gesellschaft will«, entgegnete Mrs. Ditch.

»Ihre letzte Bemerkung war ein wenig zweideutig, meinst du nicht?«, fragte Carey, nachdem Mrs. Ditch gegangen war, und schenkte das Bier aus. Mrs. Bradley nickte.

»Das fand ich auch, Kind. Übrigens, ich möchte noch einmal mit ihr reden. Aber dazu ist genug Zeit, wenn sie zurückkommt, um den Tisch abzuräumen.«

»Mrs. Ditch«, sagte Mrs. Bradley, als das Mittagessen vorüber war und Mrs. Ditch auf Careys Jodeln hin erneut den Raum betreten hatte. »Ich wäre dankbar, wenn Ihr Mann und Ihre Söhne noch einmal für mich tanzen würden, irgendwann.«

»Aber sie bekämen keine komplette Gruppe zusammen, Ma'am, es sei denn Master Carey wäre bereit mitzumachen.«

»Natürlich bin ich das, solange Ditch mir die Anweisungen zuruft«, sagte Carey.

»Er hat kürzlich noch zu mir gesagt, er hofft, dass Sie mit ihm und den anderen an Ostern üben, damit Sie Pfingsten mittanzen können, aber ich habe ihm gesagt, dass man das von einem Gentleman nicht erwarten kann und dass Sie bestimmt Besseres zu tun haben. Zwischen Ostern und Pfingsten üben die nämlich jede Woche und ...«

»Warum bitten Sie nicht Mr. Pratt, ob er von Iffley rüberkommt?«, fragte Mrs. Bradley plötzlich.

»Ich kenne keinen Mr. Pratt«, antwortete Mrs. Ditch.

»Ich glaube, er ist kein besonders guter Tänzer«, meinte Mrs. Bradley. »Aber ich gebe Ihnen gern seine Adresse, wenn Sie denken, Ihr Mann würde sich mit ihm in Verbindung setzen wollen.«

»Das ist sehr nett von Ihnen, aber ich denke, Ditch hat da zwei oder drei Burschen aus dem Dorf im Auge«, antwortete Mrs. Ditch und schüttelte den Kopf. »Man darf Fremde ja schließlich nicht in alle Geheimnisse einweihen, nicht wahr?« Mrs. Bradley nickte. »Wir fragen Billy Watts und John Greenaway«, fuhr Mrs. Ditch fort, als wollte sie sich für ihre Grobheit entschuldigen. »Ditch hält große Stücke auf die beiden, sagt er. Und sie kommen von hier, Ma'am, verstehen Sie?«

»Ja, ja, ich verstehe«, sagte Mrs. Bradley und winkte mit einer ihrer mageren Klauen. »Morgen werde ich Mr. Tombley besuchen, denke ich. Soll ich Linda eine Nachricht von Ihnen überbringen, falls ich sie sehe?«

»Da gibt es nichts, was sich mündlich überbringen ließe«, entgegnete Mrs. Ditch und runzelte finster die Stirn. »Aber danke«, rang sie sich einen Moment später ab.

»Ich kann mich des Eindrucks nicht erwehren, dass Mrs. Ditch nicht gerade vernarrt in dich ist«, sagte Carey. »Ich frage mich, woran das liegt.«

Mrs. Bradley lachte meckernd, stand auf und ging zum Fenster. Die Luft trug das entfernte vorwurfsvolle Quieken hungriger Schweine zu ihnen herüber, die hofften, bald gefüttert zu werden. Tatsächlich war Ditch bereits fast zehn Minuten zu spät dran.

»Der Inspektor war heute früh drüben in Roman Ending«, hörte sie plötzlich Mrs. Ditch sagen, die sich unmittelbar hinter sie gestellt hatte und ihr verschwörerisch ins Ohr flüsterte.

»Ach ja?«, sagte Mrs. Bradley, ohne sich umzudrehen.

»Er hat nichts gefunden. Er hat sogar den gesamten Küchenboden abgesucht, hat Priest heute Nachmittag meinem Mann erzählt. Ich dachte mir, Sie würden sich freuen, das zu hören.«

»Danke«, sagte Mrs. Bradley. »Das freut mich tatsächlich.«

»Es sieht schon sehr verdächtig aus, für Master Carey, ja, ja«, sagte Mrs. Ditch mit einem Seufzer. Dann räumte sie die Teller vom Tisch und verließ den Raum.

»Du liebe Güte!«, sagte Mrs. Bradley. »Sie glaubt, dass du Simith ermordet hast.«

»Es sind schon seltsamere Dinge geschehen«, meinte Carey grinsend. »Und? Was würdest du jetzt gern unternehmen?«

»Ich denke, ich werde mein Gespräch mit dem Inspektor auf morgen verschieben und mich stattdessen mit Priest unterhalten«, antwortete Mrs. Bradley. »Und irgendwann sollte ich mir mal Roman Ending genauer ansehen. Das Innere des Hauses, meine ich.«

»Aber wenn der Inspektor doch nichts gefunden hat.«

»Er wusste nicht, wonach er suchen musste«, sagte Mrs. Bradley.

»Und du schon?«

»Ja. Und das Schöne daran ist, dass es ganz gleich ist, ob ich es finde oder nicht. Ich weiß jetzt nämlich genug, um zumindest einen Teil der Wahrheit aus Tombley herauszubekommen. Außerdem denke ich, dass ich mich mit Fay treffen sollte. Ich frage mich, ob sie irgendetwas darüber weiß, was Pratt Heiligabend so getrieben hat. Wahrscheinlich weiß sie nichts, außer, dass er hier bei uns vorbeigekommen ist, aber vielleicht erreiche ich ja dennoch etwas. Glaubst du, Priest wird Nero auf mich hetzen?«

»Als Nächstes wirst du behaupten, Priest sei der Mörder, aber das kann ich mir im Leben nicht vorstellen«, sagte Carey. »Und willst du eigentlich wirklich, dass Ditch und seine Söhne für dich tanzen?«

»So bald wie möglich, ja.«

Priest war gerade damit beschäftigt, das Futter vorzubereiten. Er zog seine Mütze, als er Mrs. Bradley sah, und fuhr dann fort, Erntereste mit klein geschnittenen Kartoffeln zu vermischen, ganz so, als habe sie aufgehört zu existieren. Sie beschloss, ihn an ihre Gegenwart zu erinnern.

»Wie geht es Nero? Hat er sein Bad gut überstanden?«, fragte sie. Priest ließ die Kupferstange, die er zum Rühren benutzt hatte, aufrecht im Holzkübel stehen und musterte sie eingehend, als wollte er herausfinden, mit was für einer Art Person er es zu tun hatte. Mrs. Bradley, klein, dünn, schwarzäugig, in einen dunkelvioletten Mantel mit silbernem Fuchspelzbesatz gekleidet und mit einem senfgelben Filzhut ausgestattet, war eine beeindruckende Erscheinung. Sie starrte ihm ins Gesicht und verschränkte ihre in braunen Lederhandschuhen steckenden Finger auf dem Griff ihres großen, elegant zusammengerollten Regenschirms. Priest senkte den Blick und brummte etwas vor sich hin. Dann machte er sich daran, den grünlichen Schimmel vom Ziegelboden eines unbenutzten, baufälligen Kobens zu kratzen, der zudem ein kaputtes Gatter hatte.

»Ich habe keine Ahnung, was diese Frage soll, Ma'am«, sagte er ebenso schlicht wie feierlich.

»Jetzt hören Sie mir mal zu, guter Mann«, sagte Mrs. Bradley forsch. »Hat Mr. Tombley den Eber Nero am Morgen nach dem zweiten Weihnachtsfeiertag nun abgewaschen oder nicht? Sie *müssen* das wissen, und ich verlange, dass Sie es mir sagen.«

»Ich weiß nichts«, sagte Priest mürrisch. Wie die meisten Landmenschen hasste er es, von Stadtmenschen herumkommandiert zu werden, weil er Angst hatte, sein Verstand könnte nicht scharf genug sein, um es mit ihnen aufzunehmen. Er verachtete diese Leute und wollte sich von ihnen nicht zum Narren halten lassen. »Ich weiß nur, dass es dem Eber nicht gut ging. Der arme Bursche hatte sich eine Erkältung geholt.«

»Wo waren Sie in der Nacht des zweiten Weihnachtsfeiertages, als Simith ermordet wurde?«, fragte Mrs. Bradley.

Priest fing plötzlich an zu grinsen und antwortete: »Ma'am, das sage ich Ihnen gern, aber nur, wenn Sie es nicht der alten Mrs. Ditch weitererzählen. Ich war nämlich davon ausgegangen, am zweiten Weihnachtsfeiertag bereits verheiratet zu sein. Nur hat das nicht geklappt, weil der Pfarrer nicht wollte. Ich hab mich aber trotzdem wie ein verheirateter Mann verhalten. Das war mein gutes Recht!«

»Sie haben mit Linda Ditch geschlafen? Ich verstehe. Wo ist das geschehen? Nicht hier im Haus, nehme ich an?«

»Nun, Ma'am, was das angeht ...« Er zögerte.

»Es *ist* also hier geschehen. Erzählen Sie mehr.«

»Das kann ich nicht, Ma'am. Schließlich hatte ich vorher noch nie mit einer unschuldigen Maid im Bett gelegen und musste der Sache deshalb meine ganze Aufmerksamkeit widmen, sozusagen.«

Die Mischung aus Schelmerei und Ernsthaftigkeit, die sich auf seinem unsagbar hässlichen Gesicht abzeichnete, brachte Mrs. Bradley zum Lachen. »Aber Linda war keine unschuldige Maid.«

»Nein, das stimmt.«

»Also hören Sie mal, Priest«, sagte Mrs. Bradley ernst. »Ich möchte wissen, wer sich Mr. Lestranges Eber in der Nacht des zweiten Weihnachtsfeiertags ausgeliehen und ihn am nächsten Morgen wieder zurückgebracht hat.«

Sie beobachtete mit großer Genugtuung, wie Priests Gesicht plötzlich einen ängstlichen und verschlagenen Ausdruck bekam.

»Mr. Lestranges Eber, Ma'am?«

»Ja, genau, Mr. Lestranges Eber. Um die Spuren auf dem Shotover Hill zu hinterlassen.«

»Tja, Ma'am, das war ich.«

»Sie waren das? Haben Sie das auch der Polizei erzählt?«

»Nein, habe ich nicht, Ma'am. Und das werde ich auch nicht, auf gar keinen Fall. Die würden mich doch wegen Mordes einbuchten, und das wäre nicht fair, das wäre es ganz und gar nicht.«

»Ich verstehe«, sagte Mrs. Bradley.

»Wie haben Sie das überhaupt herausgefunden?«, fragte Priest, zog die Kupferstange aus dem Schweinefutter und wog sie in äußerst vielsagender Weise in der Hand. Mrs. Bradley grinste.

»Der Eber war erkältet«, antwortete sie.

»Aha. Das war Nero aber auch, und er hat in jener Nacht seinen Koben nicht verlassen.«

»Nein.« Mrs. Bradley seufzte. »Bei ihm war das kalte Wasser schuld. Das arme Viech.«

Priest kam einen Schritt näher und schwang die Stange durch die Luft. Im selben Moment machte Mrs. Bradley eine plötzliche Bewegung aus dem Handgelenk, und ein Dartpfeil flog aus ihrer Hand, als wäre er ein Vogel. Der Pfeil traf Priests Mütze und schlug sie ihm vom Kopf.

»Was sollte das denn?«, fragte er empört, während er die Mütze aufhob, den Pfeil herauszog und verblüfft von einem Gegenstand zum anderen schaute.

»Jaël und Sisera«, antwortete Mrs. Bradley und lachte schallend. »Vielen Dank, Kind.« Mit einer gewandten Bewegung nahm sie den Pfeil wieder an sich. »Legen Sie die Stange hin«, sagte sie. »Sie gewinnen nichts dabei, wenn Sie mir eins über den Schädel ziehen. Seien Sie vernünftig und erzählen Sie mir, was Sie wissen. Sie müssen sich keine Sorgen machen. Ich versichere Ihnen, dass ich Linda Ditch nicht im Verdacht habe, Simith ermordet zu haben.«

»Linda? Haben Sie nicht? Gut.« Er dachte nach, während Mrs. Bradley ihn beobachtete. »Was soll ich sagen? Ich hab halt so was vermutet, das ist alles. Linda kann mit Schweinen genauso gut umgehen wie ihr Vater oder ich selbst. Ich weiß, dass sie die Schnauze voll hatte, wegen Mr. Simith und so, und dass sie drauf und dran war, ihm was anzutun. Ich glaube, sie war es. Sie hat den Eber auf den Shotover Hill gebracht.«

»Das kann sie unmöglich getan haben«, sagte Mrs. Bradley. »Das ergibt doch gar keinen Sinn, Priest!«

»Das kann man so nicht sagen. Könnte doch sein, dass das Mädel dachte, ich wäre der Mörder. Und da wollte sie die Spuren verwischen. Ich glaube, Nero hat Simith getötet, und dann hat irgendjemand Wasser über ihn geschüttet, um das Blut abzuwaschen. Das sieht wirklich sehr schlecht aus, für die Person, die das getan hat. Ja, das sieht sehr, sehr schlecht aus.« Er schüttelte den Kopf und betrachtete Mrs. Bradley ernst.

»Und Sie wissen wirklich nicht, wer es getan hat? Nun kommen Sie schon, Priest!«

»Das kann ich Ihnen nicht sagen, da können Sie weiterfragen bis zum Sankt-Nimmerleins-Tag. Wir haben auf der anderen Seite des Hauses geschlafen, Linda und ich. Und wir haben nichts gehört oder gesehen. Da müssen Sie mir einfach glauben. Ich würde es Ihnen ja gern erzählen, wenn ich könnte, jetzt, wo ich weiß, dass Sie nicht glauben, dass es Linda war.«

»Linda war also nicht die ganze Nacht bei Ihnen?«, fragte Mrs. Bradley.

»Wie kommen Sie denn darauf?« Sein Blick war wieder misstrauisch geworden.

Mrs. Bradley zuckte mit den Schultern. »Sie haben mir doch eben noch gesagt, dass Sie dachten, es müsse Linda gewesen sein, die Mr. Lestranges Eber auf den Shotover Hill gebracht hat. Jetzt hören Sie mal, Priest, sagen Sie mir die Wahrheit. Haben Sie überhaupt mit Linda geschlafen?«

»O ja, das habe ich, bis Mitternacht oder so. Sie hatte sich vom Alten Hof fortgeschlichen, um zu mir zu kommen. Dann ist in der Küche das Licht angegangen, und da dachten wir, dass ich mich besser aus dem Staub machen sollte.«

»Was für ein Licht?«

»Was weiß ich, Kerzen oder so was. Es hat jedenfalls geflackert, das Licht. Und dann waren da noch so Schatten, die hinter dem Fenster hin und her gehuscht sind, und zwei Männer, die sich gestritten haben.«

»Um wie viel Uhr war das?«

»So gegen Mitternacht, denke ich. Ja, ungefähr um die Zeit. Kurz vorher haben wir noch gehört, wie die Küchenuhr geschlagen hat. Jetzt erinnere ich mich wieder.«

»Erzählen Sie weiter. Was ist dann passiert?«

»Es war vollkommen still, wissen Sie, als ich mich an dem Fenster vorbei durch den Schnee davongeschlichen habe. Das Licht flackerte noch, daher habe ich ordentlich Abstand gehalten, damit man mich nicht sieht.«

»Und wo sind Sie dann hingegangen?«

»Ich bin zu diesem neuen fahrbaren Stall gegangen, in dem wir noch keine Schweine untergebracht hatten, und hab mich ins Stroh gelegt.«

»Und dann?«

»Bin ich eingeschlafen, denke ich.«

»Und Linda?«

»Keine Ahnung. Ich hab angenommen, dass sie zurück zum Alten Hof gelaufen ist. Dann dachte ich noch, sie hätte vielleicht dem alten Simith den Garaus gemacht und ihn zu Nero hineingehievt. Aber das ist dann doch ziemlich unwahrscheinlich, wenn ich jetzt so drüber nachdenke.«

»Wie konnten Sie das denn überhaupt glauben? Wie hätte sie die Leiche denn hinausschaffen und danach zum Shotover Hill bringen sollen? Darüber hinaus noch zusammen mit Mr. Lestranges Eber?«

»Ach, ich weiß auch nicht. Sie hat immer und immer wieder zu mir gesagt, sie würde den alten Simith am liebsten umbringen ... Er hat sie andauernd belästigt und geplagt, der niederträchtige alte Bock!«

»Wissen Sie was? Sie sind ein Narr«, sagte Mrs. Bradley seelenruhig. Priest machte ein betretenes Gesicht und rührte ein oder zwei Mal halbherzig im Schweinefutter.

»Ich hoffe und bete, dass Sie recht haben, Ma'am. Ich mag zwar ein Narr sein, aber ich bin kein schlechter Mensch.«

»Ich habe ganz bestimmt recht. Und jetzt denken Sie noch mal ganz genau nach und erzählen Sie mir von diesem Streit. Haben Sie eine der Stimmen erkannt?«

»O ja, das habe ich! Eine von ihnen gehörte dem alten Simith, da bin ich mir sicher.«

»Ich verstehe. Und wem gehörte die andere?«

»Ich weiß nicht, ob ich Ihnen das sagen soll. Es wird Ihnen nicht gefallen.«

»Nun kommen Sie schon! Was soll denn das?«

»Ich dachte, es klang wie Mr. Lestrange. Aber er kann es nicht gewesen sein, oder?«

»Warum nicht?«, fragte Mrs. Bradley. Priest stand da und glotzte sie an, während sie langsam und rhythmisch mit dem Kopf zu nicken begann und ihr Echsenlächeln immer breiter wurde. »*Warum nicht?*«, wiederholte sie. Dann lachte sie dem Gehilfen meckernd ins Gesicht, drehte sich um und ging mit raschen Schritten davon. Priest blieb verdutzt zurück. Nach einer Weile schob er sich die Mütze in die Stirn, um sich besser am Hinterkopf kratzen zu können, sog hörbar die Luft durch seine zusammengebissenen Zähne und gab schließlich den Versuch auf zu begreifen, was sie damit hatte sagen wollen. Er wandte sich wieder dem Kübel mit dem Schweinefutter zu, rührte es um und pfiff dabei gereizt vor sich hin.

»Gerissenheit und Sturheit! In dieser Hinsicht geht doch nichts über einen Mann vom Lande!«, sagte Mrs. Bradley später zu Carey.

Elftes Kapitel

MUNTERER REIGEN VON HORSEPATH
ÜBER IFFLEY NACH STANTON ST JOHN

»Priest?«, sagte der Inspektor angewidert. »Aus dem bekomme ich kein vernünftiges Wort heraus. Tatsächlich ist das Einzige, was ich von ihm erfahren habe – und auch das nur mit den größten Schwierigkeiten –, dass er anscheinend vorgeschlagen hat, die Hochzeit bis zum Frühjahr aufzuschieben, aber dass Miss Ditch sehr dafür war, jetzt zu heiraten. Sie wollte eigentlich schon am zweiten Weihnachtsfeiertag heiraten, und Priest hat versucht, das mit dem Pfarrer zu klären, aber dann mussten sie doch bis zum nächsten Morgen warten.«

»Aha«, meinte Mrs. Bradley nachdenklich. »Nun, Inspektor, dann lässt sich ja leicht sagen, was wir daraus schließen können, oder nicht?«

»Ich denke, da könnten Sie recht haben, Ma'am. Priest dachte, Miss Ditch würde Ärger bekommen, und es scheint mir ganz so, als hätte sie dasselbe über ihn gedacht.« Er lachte herzlich. Mrs. Bradley schüttelte vorwurfsvoll den Kopf.

»Sie sind mit dem Datum durcheinandergeraten, Inspektor«, sagte sie. »Wenn die beiden eigentlich vorhatten, am zweiten Weihnachtsfeiertag zu heiraten, dann wollten sie heiraten, *bevor der Mord begangen wurde.*«

»Aber das meinte ich doch gerade, Ma'am. Sieht schwarz

aus für die beiden. Einer von ihnen könnte sehr wohl der Mörder sein. Und einer oder beide waren möglicherweise der Komplize. *Möglicherweise*, sage ich. Ich behaupte ja nicht, dass es so *war*.«

»Richtig«, sagte Mrs. Bradley. »Und ich stimme Ihnen insofern zu, als dass es beim Mord an Simith einen Komplizen gegeben haben muss.«

»Das bringt uns aber nicht weiter, was den Mörder angeht«, sagte der Inspektor. »Außer, dass es einer dieser zwei war.«

»Es gibt noch einen weiteren Punkt«, sagte Mrs. Bradley. »Und dabei handelt es sich um den wichtigsten Hinweis, den wir haben, denke ich – falls er der Wahrheit entspricht. Priest behauptet, er habe in der Nacht des zweiten Weihnachtsfeiertags mit Linda Ditch in Roman Ending geschlafen und sie kurz nach Mitternacht allein gelassen, weil er in der Küche einen Streit gehört hatte.«

»Wo waren die beiden zu diesem Zeitpunkt?«

»Wahrscheinlich im Holzschuppen. Jedenfalls kann ich mir keinen anderen Ort denken, an dem sie hätten sein können.«

»Was ist mit den Schweinekoben?«

»Priest sagt, er sei in einen davon gegangen, nachdem er und Linda sich getrennt hatten.«

»Aha! Also ist es vermutlich das Beste, ich gehe nach Roman Ending und rede noch einmal mit dem Burschen. Wirklich ein ziemlich merkwürdiger Fall, mit dem wir es da zu tun haben!«

»Und wir dürfen den Tod von Mr. Fossder nicht vergessen, der steht damit in Verbindung«, warf Mrs. Bradley ein und sah den Inspektor dabei an, um herauszufinden, wie er über diesen Punkt dachte. Er nickte.

»Ja, das würde mich nicht überraschen. Auch wenn ich gerade den Wald vor lauter Bäumen nicht sehe. Und dann ist da ja noch dieser Brief, den Mr. Tombley mir geschrieben hat. Seit ich den gelesen habe, bin ich der Ansicht, dass Sie ihn gehen lassen sollten, ganz gleich, wie gefährlich das sein mag. Irgendwas von wegen Habeas Corpus, jedenfalls könnte man es so interpretieren, wenn Sie wissen, was ich meine.«

Tombleys Brief war ein einziges, leidenschaftliches Flehen um Freiheit.

»Gehen wir doch zusammen ins Little House und reden noch einmal mit ihm«, sagte Mrs. Bradley. »Vielleicht erzählt er uns ja endlich, wo er die Nacht des zweiten Weihnachtsfeiertags verbracht hat. Das würde ich schon sehr gerne erfahren. Wobei ich mir ziemlich sicher bin, dass er nicht auf Roman Ending war.«

»Es wäre vielleicht besser, wenn wir zuerst mit Linda Ditch sprechen«, sagte der Inspektor. »Was meinen Sie, könnten *Sie* sie zum Reden bewegen, Ma'am?«

»Ich könnte ihr vielleicht Angst einjagen«, sagte Mrs. Bradley langsam. »Aber ich glaube nicht, dass das notwendig sein wird. Ich könnte mir vorstellen, dass sie sich die Sache mittlerweile durch den Kopf hat gehen lassen. Und falls sie sich doch als störrisch erweist, kann ich ihr jederzeit von meiner Unterhaltung mit Priest berichten.«

»Gut«, stimmte der Inspektor ihr zu und griff nach seiner Kappe. »Na, dann fahr ich jetzt mal los. Soll ich Sie vor dem Eingang von Little House treffen, Ma'am?«

»Lassen Sie uns doch zusammen fahren. Schließlich wissen sowohl Linda als auch Tombley darüber Bescheid, dass wir den Mörder gemeinsam jagen.«

Kaum hatte er sie erblickt, machte Tombley auch schon seiner Empörung Luft. »Da hätten Sie mich auch gleich verhaften können! Dieser abscheuliche Ort hier! Dieses widerliche Essen! Die dämlichen Regeln! Die absurden Uhrzeiten! Die Betten! Mein Gott! Dieser Ort würde jeden, aber auch wirklich *jeden* in den Wahnsinn treiben, das kann ich Ihnen sagen!«

»Und zu recht, Kind, da bin ich sicher«, sagte Mrs. Bradley beschwichtigend. Tombley schnaubte.

»Und dann schicken Sie auch noch Linda Ditch her, um mich auszuspionieren! Was bezwecken Sie damit? Sie wird hier nicht das Geringste herausfinden, da brauchen Sie sich gar keine Hoffnungen zu machen! Man lässt mich keine fünf Minuten allein! Die haben hier sogar so einen idiotischen Barbier, der sich andauernd anbiedert und mich jeden Morgen rasieren soll! Mit so einem dämlichen Rasierhobel! Sie müssen mich hier rauslassen! Ich bleibe keine Sekunde länger hier! Ich werde mich an meinen Anwalt wenden!«

»Pratt?«, fragte der Inspektor. Tombley starrte ihn wütend an und knirschte mit den Zähnen.

»Ja, Pratt! Oder wollen Sie den etwa auch verhaften?«

»Irgendwann vielleicht, ja«, sagte der Inspektor. »Das ist ein sehr schönes Haus, wissen Sie? Sie könnten es durchaus schlimmer treffen, Sir, als hier noch ein paar Tage auszuharren.« Er schaute sich anerkennend im Besucherzimmer um. »In der Tat, ein sehr schöner Ort. Ich verstehe gar nicht, warum Sie so schimpfen, also wirklich! Aber trotzdem – wenn Sie unbedingt nach Roman Ending zurückwollen, dann hat Mrs. Bradley nichts dagegen, hat sie mir gesagt, gesetzt den Fall, Sie benehmen sich anständig. Und auch ich habe nichts dagegen einzuwenden.« Er zwinkerte Mrs. Bradley zu.

»Sie werden es allein sich selbst zuzuschreiben haben, wenn Ihnen etwas zustößt, Kind«, sagte Mrs. Bradley traurig. Sie betrachtete ihn ebenso nachdenklich wie wohlwollend. »Ich hatte gehofft, Sie würden vielleicht noch ein kleines bisschen länger hierbleiben, bis der Fall abgeschlossen ist. Aber ich verstehe Ihre Ungeduld. Das Schlimme ist jedoch – es ist mir bisher nicht gelungen, den Inspektor davon zu überzeugen, dass Sie unschuldig sind. Ich muss erst noch Fay dazu bringen, Ihr Alibi zu bestätigen.«

Tombley sprang von seinem Sessel auf. Der Inspektor lehnte sich vor, streckte seine gewaltige Pranke aus und drückte Tombley wieder zurück.

»Na, na, immer mit der Ruhe«, sagte er freundlich. Tombley starrte Mrs. Bradley, die mit Unschuldsmiene am Verschluss ihrer Handtasche herumspielte, wutentbrannt an.

»Lassen Sie Fay aus dem Spiel! Wagen Sie es bloß nicht, ihr irgendwelche Fragen zu stellen!«, knurrte er. »Ich verstehe nicht, warum Sie sie da mit reinziehen wollen! Das hat nichts mit ihr zu tun!«

»Wo waren Sie beide an Heiligabend und in der Nacht des zweiten Weihnachtsfeiertages? Waren Sie zusammen?«, fragte Mrs. Bradley sanft.

»Nein, natürlich nicht! Warum sollten wir?«, rief Tombley aufgebracht. »Ich habe Ihnen doch schon erzählt, was ich am Weihnachtsabend gemacht habe! Ich war der Geist! Ich habe den alten Fossder zu Tode erschreckt. Dafür sollten Sie mich besser in den Knast werfen!«

»Seien Sie still, Kind! Der Krach, den Sie veranstalten, bringt mich sonst noch aus dem Konzept«, sagte Mrs. Bradley seelenruhig. »Wenn Sie der Geist waren, warum war Mrs.

Ditch dann so beunruhigt? Wenn Sie der Geist waren, warum haben Sie dann Mr. Fossder eine Nachricht zukommen lassen, dass Sie Ihre Verabredung mit ihm nicht einhalten können? Wenn Sie der Geist waren, warum hat dann jemand mein Auto fahruntüchtig gemacht? Wenn Sie der Geist waren, warum wollten Sie dann unbedingt herausfinden, ob Ihr Onkel in jener Nacht auf dem Alten Hof war?«

Sie schwieg und strahlte ihn an. Tombley röchelte bei jedem Atemzug, als erleide er gerade einen Schlaganfall, und starrte sie mit seinen kleinen runden Murmelaugen voll entsetztem Erstaunen an. Dann gab er ein verzweifeltes Glucksen von sich und hob in einer kläglichen Geste abwehrend die Hände.

Mrs. Bradley lehnte sich vor und sagte unvermittelt: »Ich habe vor, recht bald einmal nach Bampton zu fahren und dort einen Tag zu verbringen, sobald das Wetter ein wenig besser geworden ist. Erzählen Sie mir etwas über diesen Ort. Was sollte man dort besichtigen? Was könnte man unternehmen? Zu welcher Tageszeit schaut man sich am besten die Kirche an? In welchem Gasthof sollte man einkehren? Wo verlaufen die schönsten Spazierwege? Wo gibt es die großartigsten Ausblicke? Wie lauten die Adressen alteingesessener Dorfbewohner? Tun Sie mir den Gefallen?«

»Bampton?«, fragte Tombley. Er fuhr sich mit der Zunge über die Unterlippe und versuchte, die Fassung zurückzugewinnen. »Meinen Sie das ernst?«

»Natürlich, Kind. Ich möchte auf jeden Fall einmal Bampton besuchen, und ich dachte, Sie als ehemaliger Bewohner des Ortes ...«

Tombley starrte sie an.

»Soll das eine Falle sein? Sie versuchen schon wieder, mich hereinzulegen«, sagte er. Mrs. Bradley schwieg und beobachtete ihn. »Ich war in meinem ganzen Leben noch nie in Bampton!«, brach es schließlich aus ihm heraus. »Ich wurde in Cowley geboren und bin auch dort aufgewachsen. Sie wissen doch sonst so viel! Da wundert es mich sehr, dass Sie das nicht wussten! Onkel Simith hat in Bampton gewohnt, nicht ich!«

»Cowley?«, fragte Mrs. Bradley. Sie nickte, als sei sie sehr zufrieden über diese Antwort. »Also gut, Kind, ich glaube Ihnen.«

»Das kann man leicht überprüfen, wissen Sie«, sagte Tombley, dessen Blick nun wieder verärgert funkelte. »Der alte Fossder stammte auch aus Bampton«, fügte er hinzu. »Und auch Jenny wurde dort geboren. Sie glauben doch immer, Sie wüssten alles! Finden Sie lieber mal heraus, wer Jennys Vater war!«

Mrs. Bradley stand auf.

»Ich spreche mit der Oberschwester und sorge dafür, dass Sie entlassen werden, Geraint, wenn Sie das wirklich wollen«, sagte sie. Tombley kniff die Augen zusammen, als er hörte, wie sie seinen Vornamen benutzte. »Aber ich warne Sie, es wäre besser für Sie, wenn Sie hierblieben«, fuhr Mrs. Bradley fort und betrachtete ihn mit der mütterlichen Besorgnis einer Boa Constrictor, die ihrer Brut dabei zusieht, wie diese unbeholfen versucht, ihren ersten Esel zu verschlingen.

»Ich nehme an, Sie meinen es gut«, sagte Tombley. Sie wartete. Er schluckte. Plötzlich klopfte es an der Tür.

»Verdammt!«, fluchte der Inspektor leise. Die Unterbrechung hatte, da war er sich sicher, ein Geständnis im Keim erstickt. Nicht notwendigerweise das Geständnis, einen Mord begangen zu haben, dachte er, aber auf jeden Fall das Geständnis von irgendetwas. Er knurrte und erhob sich umständlich, als die Oberschwester in Begleitung eines Arztes den Raum betrat.

»Was glauben Sie, wollte er uns sagen, Ma'am?«, fragte der Inspektor, während sie durch Headington fuhren. Mrs. Bradley lachte meckernd.

»Wissen Sie«, sagte sie. »Ich habe ihn irgendwie ins Herz geschlossen. Ich werde nie vergessen, wie ritterlich er sich mit dem Eimer verteidigt hat, als sein verstorbener Onkel ihn an jenem Nachmittag mit dem Stock attackierte.«

»Was für ein Nachmittag war das, Ma'am? War das vor Kurzem?«

»Es wird wohl ein paar Tage vor Weihnachten gewesen sein«, antwortete Mrs. Bradley. Der Inspektor machte ein nachdenkliches Gesicht.

»Der alte Mr. Simith hat ihn angegriffen, ja? Sie meinen, Tombley könnte praktischerweise auf Notwehr plädieren? Ist es das, worauf Sie hinauswollen, Ma'am? Es gab bei der gerichtlichen Untersuchung weiß Gott mehr als genug Hinweise darauf, dass die beiden häufig gekämpft haben.«

Mrs. Bradley zuckte mit den Schultern.

»Mein Chauffeur und ich würden jedenfalls zwei sehr respektable und glaubwürdige Zeugen abgeben«, bemerkte sie. Der Inspektor sah immer noch nachdenklich aus.

»Wir sollten mal mit der jungen Dame reden, Ma'am. Mit Miss Fay, ganz gleich was Mr. Tombley sagt. Ich denke, das sollten wir tun.«

»Ja, das denke ich auch. Wenn wir hier abbiegen und durch Cowley fahren, treffen wir dort ein, bevor es Geraint gelingen kann, jemanden zu finden, der ihn mitnimmt. Ich gehe davon aus, dass er direkt nach Iffley fahren wird, um sich mit dem Mädchen zu treffen.«

Fay war zu Hause. Auf die Frage, ob sie Tombley ein Alibi für die Nacht nach Heiligabend und die des zweiten Weihnachtsfeiertags geben könne, nickte sie stumm. Sie war hübsch, auf eine gewisse, blutarme Art – ein zierliches, bleiches, blondes Wesen, das andauernd die Hände verschränkte und den Kopf schief legte. Als sie sich bereit erklärte, ihre Aussage zu wiederholen, blieb der Inspektor weiterhin respektvoll, auf seine phlegmatische, nüchterne Weise, doch Mrs. Bradley starrte das Mädchen durchdringend an und sagte brüsk: »Dann tun Sie das auch Kind, damit der Inspektor es schriftlich festhalten und Sie es unterschreiben können.«

»Aber ich will das nicht unterschreiben! Ich unterschreibe nie etwas!«, blökte Fay. »Und Geraint wird furchtbar wütend sein! Und Maurice wird nie wieder mit mir reden.«

»Also gut, Miss«, sagte der Inspektor und steckte sein Notizbuch wieder ein. »Dann weiß ich, wie ich mit Ihnen zu verfahren habe.«

»Aber Sie werden mich doch nicht verhaften!«, rief Fay. »Ich ... Er hat ... Wir haben ... Also gut, wir haben es getan! Aber bitte sagen Sie es nicht Maurice oder meiner Tante! Ich werde es unterschreiben, wenn Sie wollen, aber es wird doch wohl nicht vor Gericht verlesen, oder etwa doch? Vielleicht sollte ich Ihnen dann auch gleich noch sagen, dass ich Jenny gebeten habe, das Licht in meinem Zimmer einzuschalten, damit es so aussah, als wäre ich in dieser Nacht zu Hause gewesen!«

»Ich kann Ihnen nichts versprechen«, sagte der Inspektor. »Wo haben Sie die fragliche Nacht verbracht, Miss?«

»Auf dem Alten Hof in Stanton St John.«

»Aha«, sagte der Inspektor. Mrs. Bradley nickte. Keiner von beiden zeigte sich auch nur im Geringsten überrascht darüber, welchen Treffpunkt sich das Liebespaar ausgesucht hatte.

»Haben Sie Ihre Verlobung schon gelöst, Kind?«, fragte Mrs. Bradley. Fay riss ihre blauen Augen auf.

»Woher wissen Sie, dass ich das vorhabe?«

»Die Welt um uns her ist reich an Zeichen und Omen«, raunte Mrs. Bradley genüsslich und mit tiefer Stimme. »Und eins dieser Zeichen prophezeite die Auflösung einer Verlobung! Aber tun Sie das noch nicht! Es könnte Ihnen später sehr leidtun.«

Fay kniff ihr kleines Näschen zusammen. Das grelle Briefkastenrot, mit dem sie ihre Lippen geschminkt hatte, wirkte unangebracht und künstlich – als habe sie sich ein Clownsgesicht malen wollen.

»Wie meinen Sie das? Was wollen Sie damit sagen? Geraint … Sie können nicht beweisen, dass er seinen Onkel ermordet hat. Und ich *weiß*, dass er nicht der Geist war, der Onkel Fossder umgebracht hat. Sie wissen gar nichts! Sie können nichts beweisen!«

»Kann ich nicht?«, fragte Mrs. Bradley sanft. »Hören Sie gut zu, Kind. Es wäre besser für Sie, wenn Sie mir die Wahrheit sagen. Hat Geraint Tombley Sie Heiligabend auch nur einen Moment allein gelassen?«

»Nein.«

»Hat er Sie in der Nacht des zweiten Weihnachtsfeiertags allein gelassen?« Mrs. Bradley sah, wie sich das dünne, nichtssagende, kleine Gesicht gequält verzog.

»Ja«, sagte Fay, sehr leise, nachdem sie eine Weile versucht hatte, Mrs. Bradleys Blick zu deuten.

»Aha«, sagte diese, und ihre schwarzen Augen durchbohrten ihr Gegenüber noch ein wenig schärfer. »Wann war das?«

Fay sog den Atem ein und stieß ihn mit einem leisen Seufzer wieder aus.

»Als die Schweine so einen Krach gemacht haben. Aber er ist später wieder zurückgekommen.«

Mrs. Bradley nickte.

»Wie lange war er fort?«

»Ich weiß es nicht«, sagte Fay. Sie wurde rot und fing plötzlich an zu kichern. »Ich bin eingeschlafen. Ich war müde. Es war so gegen ein Uhr morgens, und ich hatte bis dahin noch kein Auge zugetan. Er war jedenfalls da, als ich wieder aufwachte. Aber das war erst so gegen fünf. Ich habe auf die Uhr geschaut.«

»Er hat Sie nicht geweckt?«

»Nein, erst um fünf. Da hat er mich geweckt und gesagt, wir sollten uns jetzt besser hinunter in die Küche schleichen, dort würde uns Mrs. Ditch ein kleines Frühstück zubereiten, und dann sollten wir schnell das Haus verlassen. Wir sind dann aber trotzdem noch eine knappe halbe Stunde liegen geblieben.« Sie schwieg einen Moment, bevor sie mit Nachdruck sagte: »Mehr weiß ich nicht. Und wenn Geraint jetzt meinetwegen in irgendwelche Schwierigkeiten gerät, dann bringe ich mich um. Wann lassen Sie ihn denn endlich aus dieser abscheulichen Anstalt? Er ist nicht krank!«

»Nein. Aber er könnte gefährlich sein«, antwortete Mrs. Bradley. Fay sah sie ungläubig an.

»Sie kennen Geraint nicht. Er sieht zwar furchtbar aus – genau wie Heinrich VIII. –, aber er würde keiner Fliege etwas zuleide tun. Und ich glaube, das wissen Sie auch!«

Mrs. Bradley berührte mit einem ihrer dünnen, gelben Finger sanft das schmale, weiße Gesicht. Es war eine freundliche, beruhigende Geste. »Sie sind ein gutes Kind«, sagte sie und lachte plötzlich meckernd.

»Also, Mrs. Ditch«, sagte Mrs. Bradley forsch. »Jetzt erinnern Sie sich mal genau daran, was an Heiligabend und in der Nacht des zweiten Weihnachtsfeiertags passiert ist.«

»Gerne, Ma'am«, sagte Mrs. Ditch würdevoll. Mrs. Bradley kicherte.

»Sie und Ihre Linda!«, rief sie. Mrs. Ditch starrte grimmig vor sich hin.

»Irgendjemand musste der wahren Liebe schließlich auf die Sprünge helfen«, bemerkte sie.

»Ja, genau das versuche ich ja auch gerade, Mrs. Ditch«, sagte Mrs. Bradley süffisant. »Gesetzt den Fall, wir zwei erinnern uns überhaupt noch daran, wie wahre Liebe aussieht«, fügte sie hinzu und kniff lachend ihre schwarzen Augen zusammen. Mrs. Ditch gab als Antwort nur ein tiefes, heiseres, amüsiertes Krächzen von sich und schüttelte scherzhaft mahnend den Kopf.

»Wo denken Sie hin!«, sagte sie. »Also, Ma'am, jetzt setzen Sie sich erst einmal«, sie klopfte den Staub von einem der

Windsor-Stühle, die vor dem flackernden Kaminfeuer standen, »und dann erzähle ich Ihnen alles, was ich weiß, ich verspreche es Ihnen! Walt, mein Junge, geh du mal nach draußen und füttere die Schweine. Sie quieken schon.« Sie wartete, bis er die Tür hinter seiner hageren, hochgewachsenen Gestalt geschlossen und pfeifend den Hof überquert hatte. Dann setzte sie sich Mrs. Bradley gegenüber, legte ihre erstaunlich gut beschuhten Füße auf das eiserne Kamingitter, schob ihrem Besuch eine Tüte mit Pfefferminzbonbons zu und bemerkte ohne ersichtliches Bedauern: »Unsere Linda ist ein Flittchen.«

Mrs. Bradley nickte.

»Das kommt in großen Familien häufig vor, wenn sich ein einziges Mädchen gegen lauter Jungs durchsetzen muss«, bemerkte sie.

»Ah, diese Entschuldigung höre ich nicht zum ersten Mal«, sagte Mrs. Ditch. »Aber am Ende muss man trotzdem sagen, Ma'am, dass sie sich absolut furchtbar aufführt. Der alte Simith, der war der Letzte, mit dem sie rumgeflirtet hat. Und dieser Tombley, na ja, ich weiß nicht. Irgendwie glaube ich nicht daran, da kann unser Bob sagen, was er will. Dieser Tombley ist viel zu sehr in seine eigene junge Dame vernarrt. Und die ist ja auch wirklich ein hübsches, süßes Ding.«

»Ich für meinen Teil würde Linda jederzeit den Vorzug geben«, sagte Mrs. Bradley, nahm sich ein Pfefferminzbonbon und steckte es in den Mund. Dann sagte sie: »Also hatten Sie die beiden hier im Haus. Weiß mein Neffe Bescheid?«

»Ach was! Dieses unschuldige Lämmchen?«, sagte Mrs. Ditch mit einem nachsichtigen Lächeln. »Der hätte da bestimmt nichts dagegen gehabt, aber ich wollte ihn nicht damit behelligen. Was ich nicht weiß, macht mich nicht heiß«, fügte sie mit einem leicht hämischen Kichern hinzu. »Die zwei sind insgesamt so sechs oder sieben Mal hier gewesen. Ich habe diesem Tombley den ein oder anderen Rat gegeben und auch der jungen Dame, ich wollte ja nicht, dass irgendjemand Schaden nimmt. Aber wissen Sie, Ma'am, die wahre Liebe, die hat noch niemandem geschadet, das hab ich noch nie erlebt, also habe ich den beiden ein Bett bereitet, in dem Zimmer neben Ihrem, und frühmorgens hab ich sie dann geweckt, damit sie rechtzeitig wieder heimkommen. Mehr gibt's dazu nicht zu sagen!«

Sie lehnte sich zurück, lutschte ihr Pfefferminzbonbon und betrachtete in Gedanken ihre kleine Welt, vor deren grotesker, geradezu Rabelaisscher Schräglage sie nachsichtig die Augen verschloss. Mrs. Bradley wartete geduldig. Es war hell und gemütlich in der Küche. Auf dem Kamin stand eine Bettpfanne, die so sauber poliert war, dass sie glänzte und glitzerte, das Kamingitter schimmerte im Feuerschein, der eben erst ausgeklopfte Flickenteppich leuchtete in fröhlichen Farben, und in dem Glas eines Bilderrahmens, der eine Darstellung des Propheten Samuel als Kleinkind enthielt, spiegelte sich die tiefrote, behagliche Glut des Feuers.

»Am Weihnachtsabend war ich wahnsinnig aufgeregt«, setzte Mrs. Ditch ihre Erzählung fort. »Unsere Linda hatte gerade erst ihre Stelle bei Simith aufgegeben, von jetzt auf gleich, und dann ging in letzter Sekunde auch noch etwas mit dem Auto schief. Ich hatte eine Heidenangst – damals kannte ich Sie ja noch nicht so gut –, weil ich dachte, Sie würden das mit Tombley herausfinden und ein Riesentheater machen. Mein Mann hatte von alledem keine Ahnung, der ist ja so unschuldig wie am Tag seiner Geburt, und ich wollte es ihm auch nicht sagen und auf *gar keinen Fall* wollte ich, dass er es von sich aus herausfindet. Und dann war da noch der alte Simith, der sich Gott weiß wo rumtrieb und der am Ende womöglich hier aufgetaucht wäre, um nach seinem Neffen zu fragen! Verstehen Sie jetzt, warum ich so gereizt und durcheinander war?«

Mrs. Bradley nickte und zerkaute mit einem lauten Knirschen den Rest ihres Bonbons.

»Hier, greifen Sie zu! Pfefferminze ist gut für den Magen!«, sagte Mrs. Ditch und schob ihr erneut die Tüte mit den Bonbons zu. Mrs. Bradley nahm sich noch eins. »Natürlich gab es dann am Ende gar keinen Ärger, an Heiligabend, meine ich, aber ich dachte, wir würden es nie schaffen, Master Hugh mit dem Auto loszuschicken, und wer weiß, was das dann für ein dickes Ende gegeben hätte! Ich war jedenfalls schrecklich angespannt, ich dachte, er würde sich vielleicht nach Miss Fay erkundigen, wo die doch schon hier im Bett lag, mit Mr. Tombley! Aber es ist alles gut gegangen, beziehungsweise natürlich nur, wenn man davon absieht, dass Mr. Fossder zu Tode gekommen ist. Aber die Nacht vom zweiten Weihnachtsfeiertag! Oje, oje! Erst dieser ganze Ärger mit unserer Linda – Gott sei Dank ist die jetzt verheiratet und nicht mehr mein Problem –, die sich in der Gegend herumtreibt wie das letzte Flittchen, um in irgendwelchen Schweineställen oder Holzschuppen oder Gott weiß wo zu schlafen. Und dann machen auch noch die Schweine Krach, und Mr. Tombley geht und schaut nach, was los ist, und Master Carey tut das Gleiche, und mir stand die ganze Zeit das Herz still, aus Angst, die zwei könnten sich begegnen! Oje, oje, oje!«

Sie hielt inne, um Luft zu holen.

»Was ich wirklich von Ihnen wissen will«, sagte Mrs. Bradley, »ist der Name der Person, sei es nun ein Mann oder eine Frau, die Hereward in jener Nacht auf den Shotover Hill gebracht hat.«

»Das kann ich Ihnen nicht sagen. Ich weiß, dass Mr. Tombley die Treppe hinuntergeschlichen kam, kurz nach Master Carey, denn ich habe ihn gehört, und da bin ich rasch zur Haustür gelaufen, nachdem Master Carey zurückgekehrt war, und habe den Riegel wieder zurückgeschoben, damit dieser närrische Bursche zurück ins Haus konnte.« Sie nahm sich ebenfalls ein zweites Pfefferminzbonbon, und die zwei Frauen saßen da und starrten ins Feuer. »Aber *wann* er nun zurückgekommen ist, das weiß nur der Teufel, denn ich weiß es nicht, das kann ich Ihnen sagen.«

»Sie stellen sich hier doch wohl nicht etwa gerade schützend vor Tombley, oder?«, fragte Mrs. Bradley.

»Wer weiß, vielleicht schütze ich ihn ja, ohne es zu wollen«, sagte Mrs. Ditch mit unverkennbarer Aufrichtigkeit. »Ich bin eben einfach schlafen gegangen und habe ihn nicht zurückkommen hören, aber das kann vielleicht auch daran gelegen haben, dass er sich erst noch eine Weile versteckt hat, bevor er die Treppe hochgestiegen ist. Außerdem hat er geschworen, dass er alle Schuld auf sich nehmen würde, falls jemals herauskäme, dass er hier in diesem Haus mit Miss Fay geschlafen hat. Deshalb habe ich auch weiter nicht darüber nachgedacht, bis ich dann hörte, dass der alte Simith ermordet worden war. Das waren furchtbare Neuigkeiten, wirklich furchtbar. Und Tombley konnte nichts zu seiner Verteidigung vorbringen, nicht das kleinste Sterbenswörtchen!«

Mrs. Bradley nickte, und Mrs. Ditch seufzte.

»Furchtbar«, wiederholte sie und schüttelte den Kopf. »Das war ein bösartiger Wicht, der alte Simith, keine Frage, aber es ist eine schreckliche Vorstellung, wie er da so plötzlich aus dem Leben gerissen wurde.« Sie seufzte noch einmal und nahm sich ein drittes Pfefferminzbonbon.

»Nun, Kind, wir machen Fortschritte«, sagte Mrs. Bradley. Carey stand im Türrahmen des Wohnzimmers und lächelte sie an.

»Erstens«, sagte sie, »wird Geraint Tombley – auch wenn er das noch nicht weiß – für sechs Wochen nach Dänemark fahren und sich dort dänische Schweine ansehen.«

»Der Glückspilz!«, sagte Carey. »Wer organisiert das? Du?«

»In Zusammenarbeit mit ein paar Freunden«, antwortete Mrs. Bradley. »Du denkst doch nicht, dass er die Einladung ablehnen wird?«

»Du liebe Güte, nein! Er will auf Roman Ending ja ein anderes System einführen, jetzt, da Simith tot ist.«

»Knapp zwei Wochen lang werden wir nichts weiter unternehmen. Außer dass ich nach Tombleys Abreise Roman Ending einmal genauestens unter die Lupe nehmen möchte – wenn wir es schaffen, Priest für ein paar Stunden loszuwerden. Ich weiß, die Polizei hat das Haus bereits durchsucht und nichts gefunden, aber ich kann mich damit nicht so recht zufriedengeben. Das Problem an diesem Fall ist, dass alles darauf hinzuweisen scheint, dass Tombley der Schuldige ist. Er hatte die Mittel und Wege dazu und auch das Motiv, und doch war er es nicht. Aber es fällt mir enorm schwer, den Inspektor hinzuhalten.«

»Du glaubst immer noch nicht, dass Tombley es getan hat?«

»Ich *kann* es nicht glauben. Dieser Mord ist viel zu närrisch und theatralisch, als dass er dafür verantwortlich sein könnte. Er gehört nicht zu der Art von Narr, die eine solche Tat begehen würde.«

»Aber die Indizien – die wenigen, die es gibt – deuten doch alle darauf hin, dass er es war. Ich bin immer noch der Ansicht, dass er bei Weitem das stärkste Motiv hat.«

»Da bin ich mir gar nicht so sicher. Er wäre doch wohl kaum aus dem Bett gestiegen, das er sich mit Fay teilte, um hinauszugehen, seinen Onkel zu töten, die Leiche zum Shotover Hill zu bringen, zurückzukehren und wieder zu Fay ins Bett zu klettern. Das ist schlicht unglaubwürdig. Und außerdem *weiß* ich, dass die Tode von Fossder und Simith in einem Zusammenhang stehen.«

»Wegen dieser Wappen?«

»Und auch wegen der Legenden, die in dieser Gegend kursieren. Der eine Mann wird vom Geist von Sandford getötet, der andere vom Eber von Shotover – da wäre es doch ein verdammt großer Zufall, wenn die beiden Tode überhaupt nichts miteinander zu tun hätten. Und dann ist da ja noch der Pfeil in der Kirche von Horsepath ...«

»Ich weiß, worauf du hinauswillst. Du denkst, Maurice Pratt hat die Morde begangen, nicht wahr, Tante Adela?«

»Ich habe nicht das Gefühl, Maurice Pratt zu kennen. Das sollte ich wohl besser nachholen. Aber im Augenblick gibt es nichts, was ihn mit den Morden in Verbindung brächte, außer einem ähnlichen Motiv wie Tombley – nämlich dem Wunsch, sich eine Stellung zu sichern, die ihn in die Lage versetzt, zu heiraten und für den Lebensunterhalt der armen kleinen unglückseligen Fay aufzukommen.«

»Hm. Ja«, sagte Carey. »Aber in Pratts Fall ist das Motiv um einiges schwächer, meinst du nicht? Fossders Zustimmung zu seiner Verlobung war doch schon ein großer Schritt in die richtige Richtung. Da kann ich mir nicht vorstellen, warum er ihn zu Tode hetzen sollte, wo er doch zu hundert Prozent auf seiner Seite stand. Es war Tombley, der Fossders Tod wollte. Ich bleibe dabei. Dadurch bekam er die Chance, Fays Tante noch mehr auf seine Seite zu ziehen. Und Simith hat er getötet, weil er an dessen Besitz ranwollte. Und dann ...«

»Tötet er Maurice Pratt, um Fay zu kriegen, und lebt schließlich glücklich bis ans Ende seines Lebens – falls der Henker ihn nicht noch am Schlafittchen packt«, vollendete Mrs. Bradley den Satz, lachte johlend und stupste ihren Neffen in die Rippen.

»Es ist mir ganz gleich, was du sagst, meine Liebe. Das passt einfach alles viel zu gut zusammen«, sagte Carey mit Nachdruck. Mrs. Bradley nickte.

»Das weiß ich, Kind. Und ich weiß auch, dass der Inspektor genau dasselbe denkt. Nur kann er es im Augenblick Gott sei Dank nicht beweisen. Er ist ein sehr gewissenhafter Mensch und hat Roman Ending. den Shotover Hill und jeden einzelnen Zentimeter dazwischen genauestens untersucht. Aber bisher hat er keinen einzigen brauchbaren Beweis gefunden, abgesehen von dem Schweineblut. Und da sich auf Roman Ending niemand dazu entschlossen hat zu melden, dass in der Herde ein Tier fehlt ...«

»Mein Eber sollte doch als Hinweis dienen können. Hör mal, Tante Adela, nehmen wir mal an, du hättest Simiths Leiche nicht untersucht und hättest die Polizei nicht auf die Quetschungen und die gebrochene Nase hingewiesen, was denkst du, hätte man dann bei der gerichtlichen Untersuchung das Urteil ›Tod durch Unfall‹ gefällt?«

»Mit einer Zusatzklausel seitens der Geschworenen, die den Schweinefarmern nahelegt, ihre Eber gefälligst besser unter Kontrolle zu halten?«, fragte Mrs. Bradley ironisch.

»Nein, Kind. Das ist genau das, was ich meine, wenn ich sage, dass Tombley unmöglich der Mörder gewesen sein kann.«

»Das verstehe ich nicht.«

»Nun, gehen wir mal der Einfachheit halber davon aus, dass Simith auf Roman Ending getötet wurde.«

»Ich dachte, das stünde bereits fest.«

»Nein, Kind, das ist nur eine Vermutung. Wenn es bewiesen wäre, hätte der Inspektor längst einen Haftbefehl gegen Geraint Tombley vorgelegt.«

»Aber Fay würde einen Eid zu seinen Gunsten ablegen, hast du gesagt. Ich dachte, das wäre der Grund gewesen, warum du Fay dazu gebracht hast zuzugeben, dass sie die Nacht mit Tombley verbracht hat – um ihm ein Alibi zu verschaffen.«

»Dieses Alibi hätte vor Gericht einen äußerst schweren Stand. Man würde es wahrscheinlich als einen Meineid seitens des Mädchens ansehen. Man würde ihr unterstellen, dass sie dieses Alibi nur vorbringt, um ihren Geliebten zu retten. Ich wollte damit nur eine Theorie bestätigen. Aber es würde mir nicht im Traum einfallen, Tombley zu raten, mit diesem Alibi vor Gericht zu treten, mein Lieber, selbst wenn er sich dazu entschließen sollte, das zu tun – was ich sehr bezweifeln möchte.«

»O!«, sagte Carey verdutzt. »Aber Mrs. Ditch könnte es doch bestätigen, nicht wahr?«

»Das Alibi für Heiligabend vielleicht, aber weder sie noch

Fay könnten ihm ein Alibi für die Nacht des zweiten Weihnachtsfeiertags geben, für die Zeit, nachdem deine Schweine sich so bitterlich beschwert hatten. Du erinnerst dich?«

»O ja, natürlich erinnere ich mich. Es hat geschneit. Und war scheußlich kalt. Also hat Tombley Fay allein gelassen, um nach den Schweinen zu sehen?«

»So scheint es. Was hältst du von einem solchen Verhalten, du als Schweinezüchter? Ist das einleuchtend?«

»O ja, das ist es. Vollkommen normal. Es ist wie mit Lehrern und Schülern, weißt du? Ich habe mal eine Weile in einer Vorschule für Jungen gearbeitet, und noch Tage danach konnte ich nicht tatenlos zusehen, wenn ein Kind irgendeinen Unsinn angestellt hat. Da erfasste mich immer sofort dieser unselige Drang einzugreifen. So was geschieht unweigerlich, wenn man erst einmal Teil dieses Systems ist. Und bei Schweinen ist es genau dasselbe. Wenn ich höre, dass die Schweine irgendwelche Probleme haben, dann renne ich zu ihnen, ohne auch nur eine Sekunde nachzudenken. Das ist schon beinahe pathologisch. Im Grunde genommen ist es nichts anderes als ein Mutterinstinkt.«

»Da bin ich ja erleichtert. Gehen wir also davon aus, dass Tombley einem tief sitzenden Züchterinstinkt gefolgt und den Schweinen zu Hilfe geeilt ist. Was denkst du, ist als Nächstes passiert?«

»Er hat mich gehört, und da ist ihm eingefallen, dass es gar nicht seine eigenen Schweine waren, und er ist wieder ins Bett gegangen, wie es jeder vernünftige Mensch getan hätte«, antwortete Carey.

»Ah«, sagte Mrs. Bradley. Sie wedelte ihm mit einem ihrer gelben Zeigefinger vor der Nase herum und fuhr mit diebischer Begeisterung fort: »Aber genau das hat er eben *nicht* getan, Kind. Zumindest hat es nicht den Anschein, als hätte er es getan.«

»Nicht?«

»Nein. Mrs. Ditch hat gesagt, sie hätte nicht gehört, wie er zurück ins Haus kam, also fällt sie als Zeugin aus. Und was noch seltsamer ist – Fay hat gesagt, sie sei eingeschlafen, bevor Tombley zurück ins Bett kam, und das Einzige, woran sie sich dann erinnern könne, sei, dass er sie am nächsten Morgen um fünf Uhr geweckt habe.«

»Und war er da bekleidet?«

»Du liebe Güte. Das habe ich sie nicht gefragt.«

»Warum nicht, um alles in der Welt?«

»Weil ich es nicht für wichtig hielt.«

»Aber falls er eben erst zurückgekehrt war – zum Beispiel vom Shotover Hill –, dann wäre er bekleidet gewesen.«

»Falls er der Mörder seines Onkels war, dann hätte er höchstwahrscheinlich genügend Voraussicht besessen, sich auszuziehen und dem Mädchen auf diese Weise den Eindruck zu vermitteln, als wäre er schon sehr viel länger wieder zurück, als es tatsächlich der Fall war. Würdest du das nicht auch so sehen?«

»Ja, ich denke schon«, sagte Carey. »Also hat er für den entscheidenden Zeitraum kein Alibi?«

»Nicht einmal das kleinste Fitzelchen eines Alibis«, sagte Mrs. Bradley. »Dennoch ist es nicht gerade unwichtig, dass er für Heiligabend sehr wohl eines hat.«

»Fossders Tod kann ja ohnehin nicht mehr offiziell als Mord deklariert werden.«

»Das stimmt. Aber ...«

»Ich weiß. Wie du schon sagtest, die beiden Tode stehen in einem Zusammenhang. Ich verstehe. Nun, was fangen wir als Nächstes an?«

»Der Umstand, dass Tombley in der Nacht des zweiten Weihnachtsfeiertags hierhergekommen ist, um mit Fay zu schlafen, hilft ihm immerhin insofern, als dass es beweist, dass Simith während einiger Stunden der Dunkelheit vollkommen allein im Haus war und daher auch andere Personen als Tombley zu ihm gelangen und ihn hätten töten können. Außerdem wurde, so behauptet es zumindest Priest, in der Küche von Roman Ending gestritten, und zwar so laut, dass er dachte, es wäre besser, sich aus dem Staub zu machen und Linda Ditch nach Hause zu schicken.«

»Linda? Ach ja, das Priesterversteck. Das hat also tatsächlich einen Ausgang in Roman Ending?«

»Schwer zu sagen. Sie hat es auf jeden Fall irgendwie geschafft, auf dem Weg hierher ihre Schuhe nicht zu durchnässen. Wobei sie wahrscheinlich barfuß gelaufen ist. Außerdem gehe ich mal nicht davon aus, dass sie mit Priest in einem Holzschuppen gelegen hat, während sie ihr bestes Festtagskleid trug, weißt du. Es ist wirklich ärgerlich, dass sie eine so notorische Lügnerin ist. Der Gang in deinem Keller geht nur bis zur Scheune. Er führt gewiss nicht bis Roman Ending. Sie hat versucht, mir einzureden, dass er es tut.«

»Die ist ja mal ein rechtes Schätzchen!« Carey lachte. »Also manche Leute verstehen es wirklich, Weihnachten zu feiern«, sagte er. »Ich sollte Mrs. Ditch wahrscheinlich feuern, dafür, dass sie Tombley und Fay mein Haus zur Verfügung gestellt hat. Übrigens, wo haben die beiden eigentlich geschlafen?«

»In dem Zimmer neben meinem«, sagte Mrs. Bradley mit einem Kichern. »Aber ich habe sie nicht gehört. Außerdem hätte ich bestimmt nie gedacht, dass es sich um Fay handeln könnte. Ich wäre wahrscheinlich von Tombley und Linda ausgegangen. Du kannst übrigens froh sein, dass du aufgestanden bist und nach den Schweinen gesehen hast.«

»Ach ja?«

»Ja. Als ich Priest drängte, mir zu sagen, was das für Stimmen waren, die er da in der Küche von Roman Ending streiten hörte, da meinte er, eine sei die von Simith und die andere sei deine gewesen!«

»Hm«, sagte Carey und sah sie erwartungsvoll an. »Hast du Maurice Pratt jemals reden hören? Ja, natürlich hast du das! Nun, würdest du mir nicht zustimmen, wenn ich sage, dass ein Bursche wie Priest, der nie aus Oxfordshire herausgekommen ist, uns leicht verwechseln könnte? Wir sprechen zwar nicht exakt gleich, aber ...«

»Dieser Gedanke war mir auch schon gekommen«, sagte Mrs. Bradley. »Natürlich hat das wenig bis gar nichts zu bedeuten. Es muss Hunderte von Leuten geben, die mehr oder weniger gebildet sind und ähnlich reden.« Sie stieß ihn in die Rippen. »Trotzdem bin ich froh, dass dein Aufenthaltsort eine erwiesene Sache ist«, fügte sie hinzu.

»Ich hätte ohnehin keinen Grund gehabt, den alten Simith zu ermorden«, sagte Carey.

»Man weiß ja nie«, sagte Mrs. Bradley seelenruhig. »Mit Mordmotiven ist das so eine Sache. Die sind meistens recht außergewöhnlich. Was ist Cowley für ein Ort, Kind? Könnten wir dort einmal hinfahren und einen kleinen Spaziergang machen?«

»Einen Augenblick«, sagte Carey. »Cowley? O ja, sicher, wann immer du willst. Weil Tombley den Großteil seiner Jugend dort verbracht hat?«

»Ja, das könnte durchaus von Belang sein«, sagte Mrs. Bradley. »Weil es mit ziemlicher Sicherheit bedeutet, dass er nichts mit dem Streit zwischen Fossder und Simith zu tun hatte, der hat nämlich in Bampton stattgefunden. Aber was wolltest du mir gerade sagen, mein Lieber?«

»Ich wollte mich an eine Rekonstruktion des Verbrechens wagen. Also: Simith wurde auf Roman Ending getötet. Jemand hat ihm den Stuhl weggezogen, als er sich gerade setzen wollte, hat sich auf ihn gestürzt, möglicherweise seinen Kopf auf den Boden geschmettert, um ihn bewusstlos zu machen, hat den Körper zum Koben des alten Nero geschleift, ihn dort hineingehievt, zugesehen, wie der Eber ihn zerfleischt, und dann ...«

»Hat er Nero mit dem Wasserstrahl eines Schlauchs abgewehrt und damit gleichzeitig das Blut von ihm abgespritzt und den Koben gereinigt. Dann hat er Simiths Leiche herausgezerrt, sie hierhergeschleppt, Hereward gestohlen, Hereward und die Leiche auf den Shotover Hill gebracht, den Körper dort platziert, den Eber losgelassen, damit er sichtbare Spuren hinterlässt, hat ihn wieder zurückgebracht und ist dann heim ins Bett.«

»Donnerwetter«, sagte er. »Ist das die Version des Inspektors oder deine eigene?«

»Die von uns beiden«, antwortete Mrs. Bradley treuherzig. »Ich habe sie mir ausgedacht, der Inspektor hat sie überprüft, und wir könnten beide schwören, dass es sich so und nicht anders zugetragen hat. Falls dir eine bessere einfällt, nur zu.«

»Aber dann muss der Bursche, der das getan hat, verrückt gewesen sein!«

»Warum?«

»Denk doch nur, was er für ein Risiko eingegangen ist!«

»Ein sehr geringes.«

»Wie dem auch sei, für mich klingt das immer noch nach Tombley.«

»Nein, nein, Tombley hätte Hereward nicht zurückgebracht. Er hätte ihn nach Horsepath laufen lassen, mitten ins Dorf hinein und dann noch bis zur Eisenbahnstrecke – damit man den Eber auf jeden Fall bemerken würde. Er hätte ihn sogar mit Blut vollgeschmiert, am besten noch mit menschlichem Blut ...«

»Für ein wenig Lokalkolorit?«, fragte Carey. »Aber du irrst dich, was Tombley angeht. Derselbe psychologische Faktor, der ihn dazu veranlasst hat, Fay allein zu lassen, sich nach unten zu schleichen und nach meinen Schweinen zu sehen, derselbe Faktor hätte ihn auch dazu veranlasst, den Eber wieder zurück nach Hause in seinen warmen Stall und zu seinem Futter zu bringen. Du musst dich schon entscheiden – entweder so oder so.«

»Oje«, sagte Mrs. Bradley.

»Darüber hinaus«, sagte Carey ernst, während seine Augen gleichzeitig amüsiert funkelten, »kannst du nicht beweisen, dass die Schweine gequiekt haben, bevor er heruntergekommen ist. Mrs. Ditch könnte lügen, was das Zeug hält. Er könnte durchaus die Person gewesen sein, die Hereward aus seinem Koben geholt und die anderen Tiere aufgeschreckt hat. Wie auch immer, meine Liebe, du weißt mittlerweile genug über Eber, um dir darüber im Klaren zu sein, dass, wenn irgendjemand mit Nero und Hereward klargekommen ist, dies sehr viel wahrscheinlicher Tombley war als Pratt. Tombley, der Schweinefarmer, oder Pratt, der Anwalt – wem von beiden würde es wohl eher gelingen, in einer einzigen Nacht mit gleich zwei Ebern fertig zu werden, ohne sich dabei auch nur im Geringsten zu verletzen?«

»Oje, oje«, sagte Mrs. Bradley erneut.

»Nun?«, fragte Carey triumphierend.

»Du machst mich ganz fassungslos, Kind.« Sie grinste. »Ich frage mich, wo Tombley wohl in diesem Augenblick sein mag?«

»Lass uns rüber nach Roman Ending spazieren und nachsehen!«

»Nein, Kind. Ich werde warten, bis Tombley nach Dänemark gereist ist. Erst wenn die Luft rein ist, werde ich den Hof gründlich auf den Kopf stellen. Irgendwo müssen ja schließlich Indizien zu finden sein.«

»Warum weigerst du dich nur dermaßen zu glauben, dass es Tombley war?«

»Ich weigere mich nicht, ich *kann* es nicht glauben. Zumindest im Moment.«

»Du bist mir ja eine«, sagte Carey und drückte ihr einen flüchtigen Kuss auf die Wange. »Was soll's. Lass uns was essen.« Er jodelte fröhlich, und Mrs. Ditch kam herbeigeeilt.

»Weißt du«, sagte Mrs. Bradley, als das Essen auf dem Tisch stand und Mrs. Ditch wieder gegangen war, »der Fehler in deiner Argumentation ist folgender: Falls Tombley die Schweine quieken hörte, weil sie aufgeschreckt wurden, kann er nicht die Person sein, die sie aufgeschreckt hat. Daraus könnten wir dann schließen, dass er nicht der Mörder ist. Falls er aber der

Mörder *ist*, hat er selbst die Schweine aufgeschreckt und sie zum Quieken gebracht. Damit aber wird dein Argument hinsichtlich seiner fürsorglichen Gefühle den Schweinen gegenüber null und nichtig.«

Carey, der im Begriff gewesen war, sich ein Glas an den Mund zu heben, stellte dieses wieder auf den Tisch und sah sie kopfschüttelnd an.

»Mit dir wird es mal ein sehr schlimmes Ende nehmen«, sagte er. »Außerdem wiegen deine fadenscheinigen Argumente den von mir genannten, erheblich wichtigeren Punkt nicht auf, dass *Tombley* in der Lage gewesen wäre, mit den Ebern fertig zu werden, *Pratt* mit an Sicherheit grenzender Wahrscheinlichkeit jedoch nicht.«

»Mit an Sicherheit grenzender Wahrscheinlichkeit‹, das ist gut«, sagte Mrs. Bradley. »Aber nehmen wir mal an, ich könnte beweisen, dass es *Priest* war, der mit den Ebern fertig geworden ist – würdest du dann an Tombleys Unschuld glauben?«

Carey sah sie von der Seite an. »In dem Fall würdest du feststellen, dass ich keinen Trumpf mehr im Ärmel habe«, sagte er mit einem Zwinkern und kicherte.

Zwölftes Kapitel

SPRUNG UND HIEB AUF
ROMAN ENDING

»Du musst Priest von Roman Ending weglocken, Kind«, sagte Mrs. Bradley kaum zwei Wochen später. »Damit ich mich in Ruhe umsehen kann. Kannst du ihn für zwei Stunden beschäftigen? Was meinst du?«

»Ich kann es versuchen«, sagte Carey. Er dachte nach. »Es müsste gehen. Ich werde ihm sagen, dass ich nach Garsington fahre. Ich weiß, dass dort jemand wohnt, den er gerne besuchen würde. Ich biete ihm an, ihn in meinem Beiwagen mitzunehmen.«

»Wird er keinen Verdacht schöpfen?«

»Das denke ich nicht. Außerdem habe ich ohnehin so meine Zweifel, dass du nach all der Zeit noch irgendwelche lohnenden Indizien finden wirst.«

»Ich muss es trotzdem versuchen«, sagte Mrs. Bradley mit einem Grinsen. »Ich gebe dir zwanzig Minuten Vorsprung. Das müsste reichen. Auf welchem Weg wirst du nach Garsington fahren?«

»O, ich werde direkt zur Straße und dann über Wheatley fahren. Wenn du den Pfad durch den Wald nimmst, dürfte keine Gefahr bestehen, dass wir dir unterwegs begegnen.«

Mrs. Bradley stellte sich in die Eingangstür des Alten Hofs

und sah zu, wie er den Feldweg hinauffuhr. Dann ging sie ins Haus zurück, setzte sich auf einen Stuhl und schaute erst auf ihre Uhr, dann in ihr Notizbuch und schließlich wieder auf ihre Uhr. Schließlich nahm sie ihren Hut und ihren Mantel, holte sich den robusten Stock aus Eschenholz aus dem Schirmständer und machte sich auf den Weg.

Es war ein recht kühler und wolkenverhangener Nachmittag. Ein hartnäckiger schwacher Wind blies in nordöstlicher Richtung, und der Himmel verhieß baldigen Schneefall. Im Wald, wo die Bäume den Wind abhielten, war es still und auch ein wenig wärmer. Der Pfad mäanderte zwischen den Stämmen hindurch. Plötzlich hüpfte ein Rotkehlchen mitten auf den Weg. Es war so zahm, dass Mrs. Bradley es schon fast erreicht hatte, bevor es fortflog. Jenseits des Waldes breiteten sich die trostlosen Felder aus. Ein Falke schwebte in der Luft, hoch oben über der sanft abfallenden Landschaft. In einer Entfernung von etwa einer Viertelmeile ragte der dunkelblau schimmernde Stanton Great Wood auf, ein starres winterliches Meer aus mächtigen, kahlen Ästen.

Mrs. Bradley kniff ihre Augen zusammen und sah zu dem Wohnhaus von Roman Ending hinüber, um das sich ein paar Scheunen und mehrere kleine Heuhaufen scharten. Das Anwesen aus dem frühen neunzehnten Jahrhundert bot den neugierigen Blicken der Welt eine Fassade nichtssagender Ehrbarkeit dar, sehr zur Enttäuschung der sensationshungrigen Leute, die nach Stanton St John kamen, weil sie unbedingt das Haus des ermordeten Mannes sehen wollten. Als Mrs. Bradley den Hof erreichte, lag alles vollkommen verlassen da, abgesehen von den Schweinen. Sie sah sich erst ein wenig um und machte sich dann daran, die unmittelbare Umgebung des Hauses zu durchsuchen. Eine der Scheunen diente als Lager für die verschiedenen Futtersorten, aus denen die speziell auf die Tiere abgestimmte Nahrung zusammengemischt wurde. Im Holzschuppen fand Mrs. Bradley Anzeichen dafür, dass Priest und Linda tatsächlich dort geschlafen haben könnten. Auf dem Boden lag eine raue Bettstatt aus Sackleinen, die mit Kopfkissen und Decken ausgestattet war. Daneben stand ein sehr alter Tisch, der nur noch auf drei Beinen ruhte und so aussah, als könne er jeden Moment umkippen. Darauf befanden sich eine Kerze mit Unterteller, ein Werkzeuggürtel, ein paar nicht gerade blütenreine Taschentücher und ein rudimentäres Kochgeschirr. In einer Ecke des Schuppens entdeckte Mrs. Bradley auf dem Boden eine Steinplatte, in die ein Ring eingelassen war. Sie untersuchte die Platte und stellte fest, dass sie offenbar vor nicht allzu langer Zeit angehoben worden war. Doch ihre Kraft reichte nicht aus, um sie auch nur einen Zentimeter zu bewegen. Daraufhin lief sie im Raum umher, stampfte mit den Füßen und klopfte mit dem Stock, um zu eruieren, an welchen Stellen es hohl klang, und auf diese Weise die Größe des darunterliegenden Kellers zu bestimmen. Wie es schien, war er nicht ganz so groß wie der Schuppen. In der nördlichen und nordwestlichen Hälfte des Raumes klang es nicht mehr hohl.

Es könnte ein Gang sein, dachte sie. Und der könnte sogar zu der Geheimkammer führen, die Denis in Careys Haus gefunden hat. Interessant. Linda könnte also am zweiten Weihnachtsfeiertag auf diesem Weg vom Alten Hof hierhergekommen sein. Sie verließ den Holzschuppen und ging zum Wohnhaus hinüber. Bei einem ersten flüchtigen Rundgang konnte sie keine Möglichkeit entdecken, wie sie hätte hineingelangen können, doch bei genauerer Prüfung stellte sich heraus, dass das Fenster der Vorratskammer einen Spaltbreit offen stand. Merkwürdig, warum hat Priest das Haus abgeschlossen?, fragte sie sich. O, natürlich, das wird er wegen der makabren Neugier all dieser Leute getan haben, dachte sie dann, während sie durch das Fenster kletterte.

Die Tür der Vorratskammer war verschlossen. Mrs. Bradley zückte eine schmale Zange, die sie sich eigens zu diesem Zweck hatte anfertigen lassen, und drehte den Schlüssel von innen im Schloss herum. Sie öffnete die Tür, trat in den steinernen Flur hinaus und fand sich unmittelbar gegenüber der Küche wieder. Die Küche war der einzige Raum im Haus, den sie jemals hatte betreten dürfen, und auch der erste, den sie nun einer gründlichen Inspektion unterzog.

Sie war mit den üblichen zwei Türen versehen, von denen eine in den Flur und die andere in eine Art Waschküche oder Nebengebäude auf der Rückseite des Hauses führte. Sie beschloss, ihre Aufmerksamkeit zunächst der Waschküche zu widmen. Dabei handelte es sich um einen langen schmalen Raum, in dem sich eine Pumpe, ein Kupferkamin und ein uraltes Pferdegeschirr befanden, das mit einer dünnen Schimmelschicht überzogen und offenbar schon lange nicht mehr in Gebrauch gewesen war. Unter der Pumpe stand eine große Zinkbadewanne. Der Kamin war säuberlich ausgefegt und augenscheinlich seit Monaten nicht mehr benutzt worden. Wo auch immer die Wäsche des Haushalts gewaschen wurde – es geschah ganz offensichtlich nicht auf Roman Ending selbst. Auf dem Boden neben der Pumpe lag eine Matte, und unmittelbar hinter dem Eingang standen ein paar Eimer für den Transport von Schweinefutter.

Mrs. Bradley untersuchte die Eimer, stellte sie jedoch gleich wieder beiseite, begutachtete sämtliche Nischen und Ecken des Kupferkamins, betätigte kurz die Pumpe, fuhr mit ihrem Zeigefinger über das vermoderte Pferdegeschirr, seufzte und kehrte in die Küche zurück.

Dort nahm sie die Windsor-Stühle und den Fußboden unter die Lupe. Doch ihre geduldige Suche wurde nicht belohnt, nicht einmal in Form eines verdächtigen Kratzers auf dem Boden oder an einem der Stühle. Nachdem sie den spärlich möblierten Raum etwa eine Viertelstunde lang ausgiebig inspiziert hatte, schloss sie die Tür zur Vorratskammer wieder ab und verließ das Haus durch die Waschküche, deren Tür sie sorgfältig hinter sich zuzog. Nun wunderte es sie nicht mehr, dass der Inspektor keinerlei Hinweise gefunden hatte. Sie beschloss, erst mal einen Blick auf den Eber zu werfen, bevor sie sich an den Rest des Hauses machte.

Nero, dieses bösartige alte Ungeheuer mit seinen gewaltigen, gebogenen gelben Hauern und den kleinen, brutalen roten Augen, wirkte rastlos und verdrießlich.

»Ich frage mich, ob ... Hm ...«, sagte Mrs. Bradley nachdenklich, ging zurück in die Waschküche und pumpte einen der leeren Futtereimer mit Wasser voll. Anschließend trug sie ihn zu dem primitiven Koben, in dem Nero untergebracht war, und hievte ihn auf den Zaun. Dann neigte sie ihn leicht nach vorn, sodass ein Teil des Wassers unmittelbar neben dem Eber auf die Erde spritze.

Sobald die kleinen kalten Tropfen herabfielen, schaute der Eber argwöhnisch nach oben und wich hastig zurück.

»Ich frage mich ...«, sagte Mrs. Bradley erneut. Vorsichtig nahm sie den Eimer wieder herunter und goss den Rest des

Wassers in dem übel riechenden Innenhof aus. »Nero, du armer Kerl, dein Fluchtmanöver ist nicht gerade ein hinreichender Beweis dafür, dass man Wasser über dich geschüttet hat, um Simiths Blut abzuwaschen. Aber ...« Sie stellte den Eimer wieder in die Waschküche und ging ins Haus zurück. In nur zweien der Schlafzimmer stand ein Bett, und kein einziger Raum war mit Schloss oder Riegel ausgestattet. Sie wusste, dass Priest zur Untermiete bei einer alten Frau im Dorf wohnte, und fragte sich, ob Linda Ditch wohl jeden Abend wieder heim zum Alten Hof gegangen war, als sie noch hier arbeitete. In Anbetracht dessen, was sie über Mutter und Tochter wusste, kam ihr das sehr unwahrscheinlich vor. Warum hätte es auch sonst ein solches Aufhebens gegeben, als Linda an Heiligabend so unerwartet aufgetaucht war? Mrs. Bradley war einigermaßen verwirrt, was sie jedoch nur noch mehr anstachelte.

»Das ist tatsächlich recht merkwürdig«, sagte sie zu sich selbst. Doch dann fiel ihr plötzlich noch eine andere Lösung ein. »Vielleicht war der Mörder ja gezwungen, Simiths Bett verschwinden zu lassen. Kompliziert. Ich muss diese Idee mal dem Inspektor vortragen. Es ist nicht gerade leicht, ein Bett zu verbrennen. Vielleicht hat er es ja vergraben. Aber wann? Und wo? O weh, es sieht mehr und mehr danach aus, als wäre der arme Geraint der Schuldige, und doch kann ich das nicht glauben. Ich werde mal Priests Vermieterin besuchen. George wird mir bestimmt sagen können, wo sie wohnt. Sie kann bestätigen, ob Priest in der Nacht des zweiten Weihnachtsfeiertages in ihrem Cottage geschlafen hat oder nicht. Das dürfte dieses Durcheinander ein wenig aufklären.«

Sie verließ das Haus und war im Begriff, auf demselben Weg zurückzukehren, auf dem sie hergekommen war, als sie

Carey über den Zauntritt klettern sah, der von der Straße her zum Haus führte.

»Aber Kind! Wo ist denn Priest?«, fragte sie.

»Er übernachtet bei seinen Freunden, weil er sich um eine ihrer Säue kümmern will, die heute Nacht ferkeln soll. Das ist natürlich vollkommener Unsinn. Säue brauchen dabei keine Hilfe, wenn man sich vorher immer ordentlich um sie gekümmert hat. Wenn ich die Schweine von solchen Kleinbauern sehe, macht mich das ganz krank! Wie auch immer, hier bin ich! Ich wollte sichergehen, dass dir kein Unheil geschieht. Es gefällt mir gar nicht, wenn du hier so mutterseelenallein herumschnüffelst.«

»Also haben wir den Hof ganz für uns. Dann komm mal mit in den Holzschuppen, Kind«, sagte Mrs. Bradley. Dort wies sie auf den Ring im Fußboden.

»Ach wie schön war doch die Jugend!«, sang Carey leise. Er bückte sich und versuchte, die Steinplatte anzuheben.

»Wir brauchen einen Hebel«, sagte er. »Also, was haben die hier so, was diesen Zweck erfüllen könnte?«

Er ging nach draußen und kehrte mit einer langen gebogenen Eisenstange zurück.

»Die muss ich unbedingt wieder zurückbringen, wenn wir fertig sind. Die verschließt nämlich das Tor zur Remise. Früher hatten die hier einen Stier, und manchmal mussten sie ihn einsperren, daher die Stange. Also los, Tante Adela. Yo-ho-ho, beim Klabautermann, lichten wir die Anker!«

Gemeinsam schafften sie es, die Steinplatte aus dem Weg zu räumen, und eine kurze Holzleiter kam zum Vorschein. Carey machte sich schon bereit hinabzusteigen, als Mrs. Bradley ihn aufhielt.

»Warte einen Moment. Nimm die Kerze mit«, sagte sie, zündete sie an und reichte sie ihm. »Falls sie ausgehen sollte, Kind, dann komm sofort wieder zurück. Ich glaube, der Gang führt zum Alten Hof hinüber«, fügte sie hinzu. »Und falls er das tut, dann ... Ach, was soll's, ich komm einfach mit.« Ihr war eingefallen, dass Carey als kleiner Junge sowohl enge Gänge als auch die Dunkelheit gehasst hatte.

»Besser nicht. Es könnte ja sein, dass jemand kommt und den Einstieg verschließt. Da würden wir uns hübsch zum Narren machen, wenn wir zwei uns dann tot in den Armen liegen. Bleib, wo du bist, liebste Tante! Auf Wiedersehen!«, sagte Carey und verschwand unter dem Fußboden.

Eine Weile blieb Mrs. Bradley stehen und lauschte. Dann ging sie zur Tür des Schuppens hinüber und sah nach draußen. Sie hatte etwa zwanzig Minuten gewartet und begann zu frieren und sich auch ein wenig einsam zu fühlen, als sie plötzlich ein Auto den Weg zum Haus hinauffahren sah. Ihr erster Gedanke war: Also führt der Gang tatsächlich zum Alten Hof, und Carey kommt mich abholen oder er hat George geschickt. Doch als sie das Auto deutlicher erkennen konnte, war ihr zweiter Gedanke: Nein, das ist nicht mein Automobil! Also wer um alles in der Welt kommt um diese Uhrzeit hierher? Noch mehr Schaulustige?

Die Dunkelheit brach bereits herein, und der Wald war nur noch ein verschwommener Schatten. Die Ackerfurchen des halb gepflügten Feldes, das sie auf dem Weg hierher überquert hatte, waren in der Dämmerung schon nicht mehr zu erkennen. Ein blasser Streifen am westlichen Himmel war alles, was vom Tag noch übrig war. Der Ruf einer Eule erklang, die aufflog, als sie das Geräusch des Autos hörte.

Mrs. Bradley beschloss, sich zu verstecken. Ihre Anwesenheit war nicht leicht zu erklären, daher war es besser, sich gar nicht erst entdecken zu lassen. Sie ging in den Holzschuppen zurück und schloss die Tür. Durch ein winziges, von Spinnweben überzogenes Fenster, unter dem eine mit grünem Schleim bedeckte Regenwassertonne stand, sah sie die nördliche Hälfte des Hofs. Mit dem Zeigefinger strich sie ein paar der Spinnweben zur Seite und lugte vorsichtig hinaus, um die Fremden zu beobachten, bei denen es sich, wie sich nun herausstellte, um zwei junge Frauen handelte.

Du liebe Güte! Fay und Jenny, dachte Mrs. Bradley. Was um alles in der Welt wollen die denn hier?

Die beiden versuchten, die Tür zur Waschküche zu öffnen, und wirkten überrascht, als sie diese unverschlossen fanden. Nachdem sie sich einen Moment flüsternd besprochen hatten, betraten sie das Haus. Kaum fünf Minuten später kamen sie wieder heraus, schlossen die Tür hinter sich, sahen sich hastig um und rannten dann so schnell sie konnten davon. Eine nach der anderen sprangen sie in forschem Tempo über den Zauntritt, wobei sie der Schlamm, der schwer an ihren Schuhen klebte, kaum zu behindern schien.

Mrs. Bradley wartete, bis das Auto abgefahren war, verließ den Schuppen und ging zum Haus hinüber. Die Mädchen waren aus einem ganz bestimmten Grund gekommen, das war deutlich zu sehen gewesen. Aber wären sie gekommen, um das Haus zu durchsuchen, wären sie wesentlich länger geblieben, dachte sie. Also, schlussfolgerte sie, sind sie gekommen, um etwas mitzunehmen. Und sie müssen von vornherein gewusst haben, wo sich dieses Etwas befand. Sie fragte sich, worum es sich dabei wohl handeln mochte.

In der Zwischenzeit war es dunkel geworden, doch sie hatte eine Taschenlampe dabei. Eigentlich wollte sie diese lieber nicht benutzen, aus Angst, Aufmerksamkeit zu erregen, aber sie hatte keine andere Wahl. Sie hatte ein ausgezeichnetes Gedächtnis – es gab kaum jemand, der ihr beim Kim-Spiel das Wasser reichen konnte – und war daher überzeugt, sich gut genug an das Inventar des Hauses erinnern zu können, um irgendwelche Veränderungen zu erkennen. Also nahm sie ihre zweite Inspektion von Roman Ending vor, wobei sie erneut mit der Küche begann. In dem Schlafzimmer, das über dem Wohnzimmer lag, war eine Schublade, die zuvor ein Stück weit geöffnet gewesen war, nun vollständig geschlossen. Das fiel ihr sofort auf. Sie öffnete die Schublade. Sie war leer, abgesehen von einem Bulletin der Landwirtschaftsbehörde, in dem es um Schweinezucht ging.

»Seltsam«, sagte Mrs. Bradley. »Ich frage mich, was sie mitgenommen haben. Ein paar Briefe vermutlich.«

Das dünne, gelbe Büchlein war durchaus nicht uninteressant. Ein ähnliches Exemplar war in der Nähe von Simiths Leiche gefunden und von der Polizei beschlagnahmt worden. Sie zog das Bulletin aus der Schublade und nahm es mit nach unten. Doch als sie an der Küchentür anlangte, hörte sie plötzlich Stimmen. Schnell wie der Wind zog sie den Schlüssel aus der Tür zur Vorratskammer, huschte hinein und schloss hinter sich ab. Dabei hielt sie sich so weit wie möglich vom Fenster fern, das sie vorhin geschlossen hatte.

»Aber da war sonst nichts mehr«, hörte sie Jennys Stimme.

»War da nicht noch so ein kleines Büchlein? Vielleicht meint er ja das«, sagte Fay.

»Jetzt, wo du's sagst, ja, ich glaube, da war so was. Wir sollten wohl besser hochgehen und nachschauen.«

»Es ist furchtbar dunkel. Ich hasse die Vorstellung, da noch mal hochgehen zu müssen. Bestimmt wurde Mr. Simith hier ermordet.«

»Das denkt die Polizei auch. Aber jetzt komm schon. Stell dich nicht so an. Da oben ist nichts, vor dem wir Angst haben müssten! Und du hast es versprochen!«

»Ja, ich weiß, aber … Na gut, dann komm, gehen wir.«

Mrs. Bradley konnte hören, wie sie die Treppe hinauf und durch den Flur im ersten Stock gingen. Das Geräusch ihrer Schritte verstummte, als die Mädchen das Schlafzimmer betraten.

»Das Buch ist nicht hier, und ich … ich dachte, ich hätte die Schublade geschlossen!«, sagte Fay vollkommen verängstigt. In der Stille des alten Steinhauses konnte Mrs. Bradley jedes Wort deutlich hören. Im nächsten Moment erklang ein Poltern, und dann das Geräusch hastiger Schritte auf der Treppe.

»Ich habe schreckliche Angst!«, rief Fay, während die beiden an der Tür zur Vorratskammer vorbeirannten. Mrs. Bradley blieb im Dunkeln stehen und zählte bis hundert, bevor sie ebenfalls das Haus verließ. Bald schon sah sie die Scheinwerfer des Autos aufblitzen, und ein wenig später hörte sie, wie es sich entfernte. Sie ging zurück in den Holzschuppen, starrte in das schwarze Loch, durch das Carey verschwunden war, und leuchtete mit der Taschenlampe auf das Zifferblatt ihrer Uhr. Er war nun schon seit fünfundvierzig Minuten fort. Allmählich machte sie sich Sorgen. Sie richtete die Taschenlampe auf das Loch und rief seinen Namen. Doch sie bekam keine Antwort. Also ging sie in den Hof hinaus. Beim Klang ihrer Schritte quiekten die Schweine ein lautes Willkommen, kamen zum Gatter gelaufen, das an den Hof grenzte, und steckten ihre Rüssel durch die Stäbe.

Sie ließ ihren Blick über die dunkle Landschaft schweifen, auf der Suche nach irgendeinem Anzeichen dafür, dass George mit dem Auto hierher unterwegs war. Als sie nichts dergleichen erkennen konnte, ging sie zurück in den Holzschuppen, spitzte ihre Lippen und stieß einen leisen Pfiff aus. Denn als sie dieses Mal mit der Taschenlampe auf den Boden leuchtete, musste sie feststellen, dass sich die Steinplatte wieder an ihrem angestammten Platz befand. Während sie noch dort stand, hörte sie von unterhalb des Fußbodens ein dumpfes Klopfen. Mrs. Bradley rief Careys Namen. Dann ergriff sie hastig die Eisenstange und steckte sie durch den Ring. Doch sie mühte sich vergeblich.

Carey war fröhlich die Leiter zu dem unterirdischen Gang hinuntergestiegen, wobei er die Kerze sorgfältig aufrecht in der Hand gehalten hatte. Im Kerzenhalter lagen ein paar Streichhölzer, doch zum Glück hatte er auch noch eine eigene Schachtel dabei.

Eine Weile kam er stetig, wenn auch langsam voran, musste sich jedoch häufig bücken, weil der Gang sehr niedrig war. Bald schon war er gezwungen, die Kerze auszublasen, weil sie die Haare versengte, die ihm in die Stirn fielen. Es war stockdunkel, feucht und kalt dort unter der Erde, und Carey, der noch immer unter einer leichten Klaustrophobie litt, empfand allmählich ein beträchtliches Maß an seelischem und körperlichem Unbehagen. Und es wurde noch viel entsetzlicher, als der Gang immer niedriger und niedriger wurde. Es blieb ihm nichts anderes übrig, als die Kerze aus ihrem Halter zu lösen, diesen liegen zu lassen, sich die Kerze in die Hosentasche zu stecken und auf Händen und Knien weiterzukriechen. Er begann sich zu fragen, ob er jemals wieder lebendig aus diesem Tunnel herauskommen würde, und nur der Umstand, dass es völlig unmöglich war, sich in der Enge dieses Gangs umzudrehen, hielt ihn davon ab, seine Entdeckungsreise zu beenden und zu seiner Tante zurückzukehren, um bei ihr Trost zu suchen. Dieser Freudsche Impuls, dachte er zerknirscht, hätte ihr sicher ein begeistertes, meckerndes Gelächter entlockt. Ein wenig tröstete er sich mit dem Gedanken, dass dieser Gang sicherlich von Menschenhand geschaffen worden war und daher die Wahrscheinlichkeit groß war, dass er irgendwohin führte und einen zweiten Ausgang hatte.

Während er sich weiterkämpfte, brach ihm der Schweiß aus, und er fing an zu keuchen. Der Untergrund war rau. Der Stoff seiner Hose war an den Knien durchgewetzt, und er ging stark davon aus, dass seine Handflächen bluteten. Der Gang schien immer wieder in längeren S-Kurven zu verlaufen, und er fing an, sie zu zählen. Bald schon jedoch befand er sich in einem zu bemitleidenswerten Zustand, um sich noch Gedanken um die Anzahl der durchkrochenen Kurven zu machen. Ab und zu bildete er sich ein, der Luftvorrat ginge zur Neige. Das Ganze war eine durch und durch entsetzliche Erfahrung, und er wünschte sich, niemals hier herabgestiegen zu sein. Falls Linda diesen Weg gewählt hatte, um zu Priests Schlafstatt zu gelangen, hatte sie sich jegliches Vergnügen, das die Nacht ihr womöglich zu bieten gehabt hatte, redlich verdient, dachte Carey grimmig. Mehr und mehr verlor er den Mut, wurde immer panischer und verzweifelter und wäre am liebsten in Tränen ausgebrochen. Er hatte nicht die geringste Ahnung, wie lange er sich schon in diesem Tunnel befand. Es kam ihm wie Stunden vor. Doch es waren genau fünfundfünfzig Minuten vergangen – die schlimmsten seines Lebens –, als der Gang breiter wurde und er endlich wieder nahezu aufrecht stehen konnte. Er legte eine kurze Pause ein und atmete tief durch, bevor er die Kerze aus der Hosentasche fischte und sie wieder entzündete. Dann sah er sich um und erblickte eine kurze, nahezu senkrechte Leiter … die ihm irgendwie bekannt vorkam.

»Guter Gott!«, rief Carey laut. »All dieser Schweiß, all diese Mühe, nur um wieder am Anfang zu sein! Dieser abscheuliche Tunnel verläuft im Kreis!«

Doch er war zu erleichtert, um sich wirklich zu ärgern. Stattdessen begann er, die Leiter hochzusteigen, wobei er sich die Kerze über den Kopf hielt, nur um im nächsten Moment einen heftigen Schock zu erleiden. Die Öffnung war verschwunden. Die Steinplatte befand sich wieder an ihrem Platz. Er zog seine Tabaksdose aus der Tasche und hämmerte damit an die Unterseite der Platte. Mrs. Bradley, die gerade in den Schuppen zurückgekehrt war, sank auf die Knie, legte ihren Mund bis fast auf den Boden und rief laut: »Carey! Carey!«

»Ja, hier! Hier!«, brüllte Carey als Antwort auf die schwachen Rufe, die ihn durch den dicken Stein erreichten. Er hörte ihre Schritte über sich und wusste, dass sie sich verzweifelt bemühte, ihn da rauszuholen.

»Lass es! Lass es! Du bringst dich noch um!«, rief er. Mrs. Bradley begriff, dass ihre Kräfte nicht ausreichten, den schweren Stein zu heben. Sie gab ihre unbesonnenen Anstrengungen auf, kniete sich keuchend hin und brüllte nach unten: »Halte durch! Ich hole Hilfe!«

Dann zog sie sich ihren schweren Mantel, ihren Hut und ihren Rock aus, stopfte sich das seidene Unterkleid in den Schlüpfer und rannte in dieser skandalösen Aufmachung so schnell sie konnte übers Feld und durch den Wald zum Alten Hof hinüber. Als sie dort anlangte, stürzte sie sich in der Küche auf Mrs. Ditch und japste vor Erleichterung, als sie feststellte, dass sich George und Mr. Ditch ebenfalls dort befanden.

Sie gab den beiden Männern ihre Anweisungen und schob sie aus dem Haus. Dann ging sie in ihr Zimmer hinauf. Mrs. Ditch erschien im Türrahmen, mit einem Becher Wein in der Hand.

»Du liebe Güte, Ma'am, Sie sind doch wohl nicht den ganzen Weg von Roman Ending bis hierher gerannt? Also so was, das ist ja unfassbar!«

Mrs. Bradley lag auf dem Bett, vollkommen erledigt, aber unbezwingbar und lachte meckernd.

Später beim Abendessen erzählten sie und Carey sich gegenseitig ihre Erlebnisse. Carey berichtete als Erster.

»Stell dir das mal vor! Dieser verdammte Gang verläuft im Kreis! Wer zum Teufel lässt sich so einen Scherz einfallen? Ich meine, ganz abgesehen davon, wie sinnlos das ist, muss es verdammt harte Arbeit gewesen sein, einen so langen Gang zu graben!«

»Ich nehme an, er ist Teil der Grundmauern einer uralten Anlage. Ich werde mir das mal selbst ansehen«, sagte Mrs. Bradley.

»O nein, tu das nicht! Es ist ziemlich scheußlich da unten!«, sagte Carey. »Ich war mächtig froh, da wieder rauszukommen, das kann ich dir sagen!«

»Und das bringt uns zu dem zweiten Geheimnis des Tages«, bemerkte Mrs. Bradley.

»Und das wäre?«

»Wer hat die Platte wieder an ihren Platz gelegt, Kind? Fay und Jenny waren es nicht, da bin ich ganz sicher.«

»Fay und Jenny? Was haben die denn damit zu tun?«, fragte Carey. Mrs. Bradley erklärte es ihm.

»*Fay und Jenny?*« Carey wirkte baff.

»Das, was sie dort gesucht haben, befindet sich in meinem Besitz, glaube ich«, fuhr Mrs. Bradley fort und zog unter einem der Sofakissen das schmale gelbe Bändchen hervor.

»Aber was nützt uns das? Das ist doch nur ein Bulletin zur Schweinezucht, das die landwirtschaftliche Behörde herausgegeben hat«, sagte Carey. Er nahm das Buch und begann, darin zu blättern. »Einiges ist unterstrichen, aber es gibt genug Leute, die Anmerkungen in ihre Bücher machen, insbesondere, wenn es sich um praktisches Zeug handelt ...«

»Oder um Gedichte«, meinte Mrs. Bradley traurig.

»O, na so was! Sieh mal hier! Das ist etwas ganz anderes, würde ich meinen! Und verdammt noch mal, das ist ja mein eigenes Exemplar!«

Ungefähr auf halber Höhe der einundsechzigsten Seite befand sich ein Verkaufseintrag, der auf den 30. November 1930 datiert war. Unter der Überschrift standen folgende Worte:

»Posten 60 – jungfräuliches weibliches Schwein, Nr. 4, geboren am 19. Januar 1930; Erzeuger – Edmonton King David der 74., 64783, aus Bourne King David der 145., 52353.«

In der nächsten Zeile stand:

»Muttertier – Westacre Surprise die 104., Vol. 47, aus Histon King David der 17., 61115.«

In der dritten:

»Westacre Surprise die 31., 173612, aus Bourne Baron der 137., 47429, etc.«

Und in der vierten:

»Gedeckt am 13. September 1930 von Westacre King David dem 96., Vol. 47.«

Mrs. Bradley nahm das Buch, ließ sich auf dem Sofa nieder und klopfte einladend auf den Platz neben sich. Carey durchquerte den Raum und setzte sich.

»Aha«, sagte Mrs. Bradley. Jemand hatte einen Teil der ursprünglichen Eintragungen durchgestrichen und Änderungen eingefügt. Die erste Zeile lautete nun:

»Posten 60 – Gold erst im Januar 193?; Gatte – Bampton, hoch das Bein, spätestens 166.«

In der zweiten Zeile stand:

»Mutter Erde – ganz gleich, wohin, West Surprise Heston würde genügen.«

In der dritten:

»D. däml. MP überrascht 31., 1863, von dem mies. Baron Tafelrund.«

Die vierte Zeile war fast gänzlich durchgestrichen und bestand nur noch aus dem ersten Wort: »Gedeckt.«

»Das ergibt keinen Sinn«, sagte Carey, der sich das Ganze sechsmal durchgelesen hatte.

»Ich fürchte, das muss es«, sagte Mrs. Bradley seelenruhig. »Denn irgendjemand wollte dieses Büchlein unbedingt haben.«

»Und nun vermutest du, dass es Tombley war? Warum? Wegen Fay?«

»Ja, Kind, und auch wegen der Beschreibung in der dritten Zeile.«

»Ich kann in der dritten Zeile keine Beschreibung entdecken.«

»Es könnte natürlich auch eine Unterschrift sein«, sagte Mrs. Bradley, spitzte ihre Lippen und zeigte mit dem Finger auf das Ende der Zeile. Carey schüttelte den Kopf.

»Ich denke, ich sollte mir Fay noch einmal zur Brust nehmen«, sagte Mrs. Bradley forsch. »In der Zwischenzeit möchte ich dringend wissen, wer dieses Loch im Fußboden wieder geschlossen hat und wo der unterirdische Gang in Wahrheit hinführt, falls er tatsächlich irgendwo abzweigt. Außerdem möchte ich mit Priests Vermieterin reden. Aber all das muss bis morgen warten.« Sie seufzte vor Vergnügen bei dieser Aussicht.

»Du glaubst doch nicht immer noch allen Ernstes, dass der Gang hierherführt, in das Priesterversteck, das Denis gefunden hat?«

»Wir werden sehen. Aber das nächste Mal hältst du Wache, und ich werde George als meinen Gefolgsmann mitnehmen. Und das Buch sollten wir gut verstecken. Fällt dir ein Platz dafür ein?«

»Ich habe einen Safe, dort können wir es hineinlegen.«

»Die Wahrscheinlichkeit, dass Fay und Jenny in der Lage sind, einen Safe zu knacken, ist so gering, dass ich mich veranlasst sehe, dein Angebot anzunehmen, Kind. Also nimm das Buch und bewahre es gut für mich auf.«

Dritte Figur

NARRENTANZ

Der Seitenschritt ist vielleicht der graziöseste von allen,
doch ist er auch von allen Schritten im Morris-Tanz
zweifellos der schwierigste. Die Schwierigkeit besteht darin,
den Schritt dem Charakter des Tanzes oder der Musik
hinreichend anzugleichen.

Cecil J. Sharp/Herbert C. Macilwaine,
The Morris Book

Dreizehntes Kapitel

STOCKKLOPFEN AUF DEM ALTEN HOF

»Sie glauben, Simiths Bett wurde vergraben oder verbrannt, ja?«, fragte der Inspektor, während er Mrs. Bradley interessiert betrachtete. »Also schön. Ich werde sofort ein paar Leute auf die Sache ansetzen. Möglich, dass uns das weiterhilft. Möglich, dass es uns nicht weiterhilft. Da steckt man nicht drin, wie man so sagt. Bin Ihnen trotzdem verbunden. Das hätte mir selbst auffallen müssen.«

»Und jetzt kümmern wir uns um diesen scheußlichen unterirdischen Gang«, sagte Carey, als der Inspektor gegangen war. »Wo willst du anfangen – hier oder in Roman Ending?«

»In Roman Ending«, antwortete Mrs. Bradley nachdenklich. »Ich frage mich, woher dieser Name kommt. Stand dort einmal eine römische Villa oder so etwas? Weißt du das zufällig?«

»Nein, ich weiß nur, dass die Landstraße zum Teil genau dort verläuft, wo sich früher eine alte Römerstraße befand. Sie beginnt an der Gabelung bei Headington Quarry, die im Westen des Dorfes liegt und etwa zwei Meilen von hier entfernt ist. Von dort verläuft sie zunächst als Fußpfad in südlicher Richtung, umgeht den Shotover Hill und den Brasenose

Wood und trifft südlich vom Bullingdon Green auf die Landstraße, die von Horsepath nach Temple Cowley führt.«

»Ah ja«, sagte Mrs. Bradley. »Also, Kind, ich möchte dich
nicht enttäuschen, aber bevor wir die Möglichkeit prüfen, ob
der Alte Hof und Roman Ending durch einen unterirdischen
Gang miteinander verbunden sind – eine Frage, die in diesem
Fall eher von nachgeordneter Bedeutung ist, würde ich vermuten –, möchte ich diese Witwe besuchen, bei der Priest
früher zur Untermiete wohnte.«

»Er wohnt immer noch dort, Madam«, kam es plötzlich von
George, der in der Tür stand. Man hatte ihn gerufen, damit
er Mrs. Bradley den Weg zum Cottage zeigte. »Mrs. Priest
wohnt ebenfalls dort und teilt das Bett und die Mahlzeiten
mit ihm, wann immer die Anforderungen ihrer Stellung ihr
das erlauben.«

»Das haben Sie sehr schön und angemessen ausgedrückt,
George«, sagte Mrs. Bradley und gab im nächsten Moment
ein fröhliches und gleichzeitig ziemlich gespenstisches Kreischen von sich. Das Geräusch schreckte eine Schar Spatzen
auf, die draußen vor der Tür eifrig damit beschäftigt gewesen
waren, die Körner aufzupicken, die Ditch beim Hinaustragen
des Schweinefutters hatte fallen lassen. »Dann mal los, zeigen
Sie mir den Weg! Wie heißt die Witwe? Ist sie eine respektable Person?«

»Ihr Name ist Mrs. Templeton, und sie ist absolut respektabel, Madam, wenn auch ein wenig schwerhörig«, antwortete
George.

»Ich werde mal eine Runde durch die Schweineställe machen, während ihr fort seid. Ich würde gerne sehen, wie meine
Tamworths sich so eingewöhnen«, rief Carey seiner Tante

hinterher. Mrs. Bradley winkte mit ihrer dürren Klaue und durchschritt das Tor, das George für sie aufhielt. Dann liefen sie über den Feldweg zur Straße hinüber, stiegen Seite an Seite den Hügel hinauf und gingen an den Feldern, dem murmelnden Bach, den Cottages und dem Postamt vorbei, bis sie schließlich die Kirche erreichten.

»Unser Ziel befindet sich zu unserer Linken, Madam. Ja, dieses hier, mit dem strohgedeckten Dach.«

Mrs. Templeton war zu Hause. Sie beäugte ihre Besucher argwöhnisch.

»Ich hoffe, Sie haben mir jetzt nicht die Polizei auf den Hals gehetzt, Sie junger Hüpfer Sie!«, sagte sie und starrte George vorwurfsvoll an. George wies mit der Hand auf seine Arbeitgeberin.

»Madam und ich sind als Privatpersonen hier, Mrs. Templeton«, antwortete er entwaffnend.

»O, ah«, sagte die Frau. Der graue Wollschal, den sie sich um die Schultern gelegt hatte, ließ sie älter aussehen, als sie tatsächlich war. Sie sprach mit einer affektierten, gereizten und ziemlich schrillen Stimme, was den Eindruck erweckte, als würde sie unentwegt jammern. Ob sie tatsächlich schwerhörig war, ließ sich nicht eindeutig erkennen, Georges Worte schien sie jedenfalls sehr wohl verstanden zu haben. »Na, dann kommen Sie halt rein, wenn's unbedingt sein muss. Der Pastor war eben erst hier.«

»Ach, tatsächlich?«, fragte Mrs. Bradley und wandte sich dann an George. »Sie können heimgehen. Ich finde schon allein zurück.« George hob grüßend die Hand und ging davon. »Und, hatten Sie Spaß an dieser Geschichte? An der Sache mit dem Mord?«, fragte Mrs. Bradley, während Mrs. Templeton, anscheinend höchst widerwillig, einen Stuhl für sie abstaubte.

»Das ist eine wahre Schande«, sagte sie, zupfte den Schoner auf einem roten Plüschsessel gerade und rückte ein eingerahmtes Bild zurecht, das auf der Etagere stand. »Unser Land geht vor die Hunde, das sage ich Ihnen! Was treibt dieser Völkerbund eigentlich? Warum kümmert der sich nicht? Das möchte ich wirklich mal gerne wissen!«

»Sehr richtig«, sagte Mrs. Bradley. »Also fanden Sie das alles sehr merkwürdig?«

»Na, das ist es doch wohl auch! Sehr merkwürdig! Da hat dieser Mann jahrelang geachtet und unbescholten auf seinem Hof gelebt, ein Mann, der sogar noch aus Oxfordshire stammt, wenn auch vielleicht nicht genau hier aus der Gegend, und dann findet man den auf dem Shotover Hill, genau wie den armen jungen Burschen aus dieser komischen Legende.«

»Aber ich dachte, der hätte die Sache überlebt? Hat er nicht dem Eber ein Buch von Aristoteles in den Rachen gestopft und es auf diese Weise geschafft, zu entfliehen und wohlbehalten zum Queen's College zurückzukehren?«, fragte Mrs. Bradley.

»Das mag glauben, wer will«, sagte Mrs. Templeton düster. »Sind Sie jemals von einem Eber gejagt worden? Bestimmt nicht! Sonst würden Sie nicht so vorlaut daherreden.«

»Nun, da haben Sie recht, das ist mir noch nie passiert«, sagte Mrs. Bradley. »Aber ich muss schon sagen, ich finde es recht merkwürdig, dass Priest, Ihr Untermieter, in der Nacht des zweiten Weihnachtsfeiertags nicht hier übernachtet hat.«

»Merkwürdig? Undankbar nenne ich das! Und jetzt hat er auch noch diese Linda Ditch geheiratet, die nichts taugt, wie jeder weiß, ganz gleich, wie angesehen ihre Mutter ist. Das ist ein Treiben! Ich sag noch zu Jim Priest, sag ich noch, ganz früh am nächsten Morgen: ›Dass Sie sich zu einem Mädel ins Bett legen, statt brav heimzukommen, zum Abendessen‹, sage ich ihm geradeheraus, ›das ist doch menschenunwürdig!‹ Erst das Essen, dann die Mädels! So läuft es nun mal in der Welt! Aber der, der hat nur gelacht! Was soll man mit so jemandem anfangen, das frage ich Sie! Aber da ist einer so schlecht wie der andere. Die brauchen nur mit dem kleinen Finger zu winken, und schon hängt ihnen eine ganze Schar von Mädels am Hals. Und die Mädels, die müssten es doch eigentlich besser wissen! Aber nein! Ganz egal, was die Mutter ihnen beibringt oder der Pfarrer predigt – das ist denen alles ganz egal! Das geht bei denen zum einen Ohr rein und zum anderen direkt wieder raus. Und wie die den Jungen hinterherpfeifen! So was hätten wir uns nie getraut! Zu meiner Zeit hätte das nur ein Flittchen getan! Aber die! Die sind rotzfrech! Und diese Linda, die ist die frechste von allen!«

»Also war er tatsächlich die ganze Nacht unterwegs und ist erst zum Frühstück in seine Unterkunft zurückgekehrt«, sagte Carey, als Mrs. Bradley ihm während des Mittagessens von der Unterhaltung erzählte. Mrs. Bradley nickte.

»Aber sonst konnte ich nichts herausfinden. Das ist alles, was die Frau weiß, da bin ich mir sicher. Also schauen wir uns nachher mal diesen Gang an, Kind, und dann möchte ich mit Maurice Pratt reden, falls dir ein Vorwand einfällt, wie man das bewerkstelligen könnte.«

»Nichts leichter als das. Fahr rüber nach Iffley, um mit Fay und Jenny zu reden. Erzähl ihnen, dass du sie gestern in Roman Ending gesehen hast. Konfrontiere sie damit, dass du über dieses Bulletin zur Schweinezucht Bescheid weißt, und nötige sie zu einem allumfassenden Geständnis.«

»Hm!«, sagte Mrs. Bradley. »Schauen wir uns doch erst einmal den Gang an.« Sie betraten das Priesterversteck und unterzogen es einer erneuten, sorgfältigen Inspektion. Doch die kleine Kammer wirkte so leer und unschuldig wie zuvor.

»Du verdammtes Ding!«, sagte Carey. »Komm schon, Tante Adela. Verschwenden wir nicht noch mehr Zeit. Auf nach Iffley! Wir werden den Mädchen einen ordentlichen Schock versetzen.«

»Ich glaube nicht, dass ich das möchte«, sagte Mrs. Bradley, die ausnahmsweise einmal eine Spur unentschlossen klang. »Ich denke, es würde nicht viel nützen. Und wir dürfen auch Maurice Pratt nicht vergessen ...«

Sie schwiegen beide einen Moment lang und dachten über Pratt nach. Dann sagte Carey: »Um noch einmal auf Priest zurückzukommen ...«

»Das habe ich getan, Kind. Unzählige Male. Aber bei ihm trifft derselbe Einwand zu wie bei Tombley, und in seinem Fall ist dieser Einwand sogar noch schwerwiegender.«

»Du meinst den folkloristischen Aspekt an dieser ganzen Geschichte?«

»Haargenau. Also. Maurice Pratt interessiert sich für Folklore. Ich wünschte, ich könnte irgendwie herausfinden, wie groß sein Interesse wirklich ist. Und auch, für was er sich besonders interessiert.«

»Er ist wahrscheinlich nichts weiter als ein Dilettant, weißt du. Ich finde, wir sollten in die Küche gehen und uns Mrs. Ditch noch einmal vorknöpfen.«

Doch als sie in die Küche kamen, trafen sie dort Pratt höchstpersönlich an. Seine langen, wirren Haare hatten eine ähnliche Farbe wie halbreifer Mais – genauer gesagt wie schmutziger halbreifer Mais –, und seine Hände waren groß und elegant. Tatsächlich bewies im Grunde erst die Größe seiner Hände, was ansonsten nur eine theoretische Vermutung hätte bleiben müssen – nämlich den Umstand, dass ihr Besitzer männlichen Geschlechts war. Als Carey und Mrs. Bradley den Raum betraten, führte er gerade – übertrieben ungeschickt, wie Carey fand – unter den leicht sardonischen Blicken des jüngsten Ditch-Sohnes einige Morris-Tanzschritte aus.

»Sie müssen die Füße nach vorn setzen, nicht hochziehen«, sagte Bob mit Nachdruck und zum wiederholten Male. »Und Sie dürfen auch nicht so auf den Zehenspitzen tanzen. Legen Sie das Gewicht auf die ganze Schuhsohle. Und schwingen Sie das Bein aus dem Hüftgelenk. Halten Sie das Knie gerade, nein, nicht so steif, und jetzt noch den Kopf nicht so hängen lassen!«

»Du lieber Gott!«, sagte sein Schüler mit hoher, kehliger Stimme. »Man hatte eigentlich vor, während der Sommerferien an dem Morris-Tanzkurs im Cecil Sharp House teilzunehmen!«

»Das werden Sie auch, jaja, und dann werden Sie denen allen zeigen, wie's geht!«, sagte Mrs. Ditch ermutigend, während sie mit in die Seiten gestemmten Armen dastand und zusah, wie er sich auf ganz und gar unmännliche Weise tänzelnd durch den Raum drehte. »Sie können ja schließlich nicht erwarten, diese ganzen Schritte von einer Minute auf die andere zu lernen, nicht wahr? Lass Mr. Pratt doch ein Momentchen ausruhen, Bob, und zeig ihm dann mal etwas ganz anderes, damit er nicht vollkommen den Mut verliert, ja?«

In diesem Augenblick fiel ihr auf, dass Mrs. Bradley und Carey den Raum betreten hatten.

»Ich hoffe, Sie haben nichts dagegen, Master Carey, es ist für den Pfingsttanz, auf speziellen Wunsch. Sie kennen Mr. Pratt ja. Unser Bob bringt ihm gerade bei, wie man den *Trunkles* tanzt, aber bis jetzt kommt nicht so besonders viel dabei heraus, scheint mir.«

Pratt verbeugte sich, und Mrs. Bradley strahlte ihn an.

»Man hat das Bedürfnis, den Morris-Tanz zu erlernen, Mrs. Bradley, insbesondere, seit der Arzt einem den Rat erteilt hat, den Lumbalbereich mit Hüpfen, Laufen, Springen und Ähnlichem neu zu justieren. Und da man sich an dem Ort befindet, wo sozusagen die Wiege dieses Tanzes stand ...«

»Sie meinen Headington?«, fragte Mrs. Bradley fröhlich.

»Man ist beeindruckt, wahrhaft beeindruckt«, säuselte Pratt mit gesenkter Stimme und schaute Mrs. Bradley währenddessen seelenvoll in die Augen, »von den einzigartigen, ästhetischen Möglichkeiten, die sich einem hier bieten.«

»Das glaube ich gern«, sagte Mrs. Bradley forsch, als wäre sie nun zur Genüge schlau aus ihm geworden. »Ruhen Sie sich einen Augenblick aus, mein Kind. Und dann ziehen Sie sich einen Mantel an und kommen mit mir. Ach, und übrigens: Wissen Sie zufällig, ob Sie unter Klaustrophobie leiden?«

Pratt blökte leise wie ein freundliches Schaf. Dann zog er sich eine schwarze Samtjacke an und band sich ein kirschrotes Seidentuch um den Hals.

»Man hat Anlass zu der Annahme, dass man vollkommen normal ist«, säuselte er. Im nächsten Moment betrachtete er skeptisch seine schwarzen Wildlederschuhe und fügte ebenso abrupt wie nervös hinzu: »Man geht doch wohl nicht nach draußen, um sich die Schweine anzusehen?«

»Natürlich nicht«, antwortete Mrs. Bradley und schob ihn vor sich her den Flur entlang. »Da man nicht unter Klaustrophobie leidet, wird man ein Priesterversteck hinter einer Vertäfelung untersuchen.« Sie grinste ironisch.

»Wird man das? In der Tat? Prächtig, prächtig!«, sagte Pratt höflich und sogar mit einer Spur Enthusiasmus. Mrs. Bradley dirigierte ihn ins Wohnzimmer und ließ ihn zunächst neben dem Eingang stehen, während sie sämtliche Kerzen im Raum anzündete. Dann öffnete sie die Tür in der Holzvertäfelung und winkte ihn herbei.

»Man lässt selbstverständlich die Tür offen stehen?«, fragte Pratt, der ihr wie unter Hypnose entgegenging. Mrs. Bradley reichte ihm eine Kerze und eine Schachtel Streichhölzer.

»Nun, eigentlich nicht, nein«, sagte sie und drängte ihn vorwärts. »Siebzehntes Jahrhundert. Wirklich äußerst interessant.« Sie legte ihm ihre gelbe Hand auf die Schulter, schob ihn in die Kammer, schloss die Tür hinter ihm zu und lauschte. Das Holz war sehr dick. Obwohl Pratt auf der anderen Seite mit beiden Fäusten gegen die Tür schlug und ein schrilles Jammergeschrei ausstieß, konnte man im Wohnzimmer so gut wie nichts davon hören.

»Es geht doch nichts darüber, ein Kaninchen in einen Bau zu stecken, wenn man herausfinden will, wo der Ausgang ist«, sagte Carey fröhlich und trat hinter sie. »Was sollen wir jetzt tun?«

»Ich möchte, dass George und Ditch und seine Söhne rüber nach Roman Ending gehen. Sie sollen Priest fortschaffen – auf legalem oder illegalem Wege – und anschließend das dortige Ende des Ganges durchsuchen. Du und ich, Kind, werden das Priesterversteck beobachten und schauen, ob das Kaninchen einen Ausweg findet!«

»Aber was geschieht mit ihm, wenn das Versteck keinen zweiten Ausgang hat?«

»In einer Viertelstunde«, sagte Mrs. Bradley seelenruhig, »werden wir die Tür öffnen und ihn herauslassen.«

Sie warteten schweigend. Als die Viertelstunde verstrichen war, hielt Carey sich bereit, während Mrs. Bradley die Tür öffnete. Das Priesterversteck war leer. Pratt war verschwunden.

»So weit, so gut«, sagte Mrs. Bradley fröhlich.

Die Wohnzimmertür öffnete sich und Pratt kam hereinspaziert.

»Darf man stören?«, fragte er und trat ins Kerzenlicht.

»Du liebe Güte, Pratt!«, rief Carey. »Sie sind doch wohl nicht von Roman Ending hierhergelaufen, oder?«

»Roman End?«, fragte Pratt. »Was für ein zauberhafter Name. Man hat das Gefühl, ihn schon einmal gehört zu haben. Ein Dorf, nimmt man an. Man wusste, dass die Römerstraße, die jetzt Akeman Street heißt, diesseits von Marsh Baldon nach Wallingford führt, aber man hatte bisher noch nie von einer Ortschaft namens Roman End gehört.«

»Ending«, berichtigte ihn Carey. »Und es ist kein Dorf, sondern eine Farm. Simiths Farm. Davon müssen Sie doch gehört haben.«

»Simith? O ja. Sehr traurig. Das war wirklich äußerst seltsam, fand man. Erst Mr. Fossder, der verstorbene Partner, den man sehr wertschätzte, und dann Mr. Simith, der früher einmal dessen bester Freund gewesen war. Man hatte fast das Gefühl, dass es da irgendeinen Zusammenhang geben musste. Unmöglich, nimmt man an, aber das Gefühl blieb hartnäckig bestehen, und zwar für eine ganze Woche.«

»Und jetzt ist es verschwunden?«, fragte Mrs. Bradley und schenkte ihm einen Blick, in den sie ein reichliches Maß an unterwürfiger weiblicher Bewunderung mischte. Carey nahm ein Buch und begab sich zu seinem Lieblingssessel, um zu lesen. Mrs. Bradley klopfte einladend neben sich auf das Sofa, und Pratt setzte sich. »Was halten Sie von der Geschichte mit Nappers Geist?«, fragte sie ihn im Flüsterton. Pratt zog ein gequältes Gesicht.

»Man hält es für eine nicht allzu kluge Vertuschung der tatsächlichen Geschehnisse«, antwortete er.

»Und was ist tatsächlich geschehen?«, fragte Mrs. Bradley in süßlichem Tonfall.

»Man rekonstruiert die Ereignisse wie folgt: Die Dame, die man in Zukunft Schwägerin nennen wird, besitzt eine wilde, überschäumende Natur. Was wäre da einleuchtender, als dass sie beschloss, ihrem Onkel und Vormund einen Streich zu spielen? Das Resultat hat sie freilich nicht vorhergesehen. Das überstrapazierte Herz kommt zum Stillstand, der Onkel fällt tot um. Man ist – aus dem Blickwinkel des Mädchens betrachtet – natürlich zutiefst aufgewühlt. Was soll man tun? Ah, aber glücklicherweise wird man vom eigenen Geliebten begleitet, Hugh, Careys tüchtigem jungen Freund.« Er neigte seinen Kopf ehrerbietig in Careys Richtung. »Der Geliebte erinnert sich an die Geschichte, in der es um den Geist von Sandford geht. Voilà! Niemand sonst war zugegen, und die Geschichte hält allen Überprüfungen und Nachfragen stand. Nichts kann den Onkel mehr retten. Man hatte seinen Tod nicht beabsichtigt. Und man kann sich darauf verlassen, dass der Geliebte nichts preisgibt, auch dann nicht, wenn er dem Alkohol zugesprochen hat.«

Hier legte er eine theatralische Pause ein. Mrs. Bradley klatschte in die Hände. Die Ringe, die sie an ihren gelben Fingern trug, funkelten im Lichtschein des Feuers.

»Oder es war der junge Hugh selbst, der Mr. Fossder getötet hat«, sagte sie. Pratt tat diese Idee sofort ab.

»Unwahrscheinlich. Diese ganze Geschichte macht auf den geschulten Geist den Eindruck eines Lügenmärchens, das ganz offenbar erfunden wurde, um die Gewissensbisse eines verängstigten, hysterischen Mädchens zu lindern. Man ist solchen Mädchen durchaus schon häufiger begegnet. Man hat mit diesem das Haus geteilt. Die heutige Zeit ist zu schnelllebig für solche Personen. Sie kommen einfach nicht damit zurecht. Würde es Sie interessieren zu erfahren«, sagte er und hielt dabei seinen Mund dicht an Mrs. Bradleys Ohr, »dass sie ihre Verlobung bereits bereut? Die kleine Kammer«, fügte er nun in normalem Tonfall hinzu, »hat übrigens einen Ausgang, der in einen anderen Teil des Hauses führte. In einen der Aborte, um genau zu sein. Sehr raffiniert. Man sprang nach oben, um zu versuchen, den Belüftungsschacht zu erreichen, und als man dabei gegen die Wand stieß, öffnete sich ein Paneel, und man kroch hinein. Ein kurzer Gang führte zu einer Treppe, und an ihrem Ende entdeckte man eine Falltür. Man konnte sie aufdrücken, ohne dass einem besonders viel Widerstand entgegengebracht wurde. Das Wenige, das man spürte, wurde von einem kleinen, rechteckigen Vorleger verursacht, der auf der Falltür lag und sämtliche Hinweise auf ihre Existenz wirkungsvoll kaschierte.«

»Was Sie nicht sagen!«, rief Mrs. Bradley. »Wie überaus unterhaltsam! Interessieren Sie sich für die Architektur alter Häuser, Mr. Pratt?«

»Man hegt eine gewisse Zuneigung zu solchen Gebäuden. Man kann jedoch nicht behaupten, etwas darüber zu wissen. Man erkennt natürlich die hervorstechenden Eigenschaften. Um ehrlich zu sein, muss man eine Vorliebe für sakrale Bauten eingestehen. Häusliche Architektur ist einem dagegen nicht unpersönlich genug.«

»Nun, seit ich in Oxfordshire wohne, habe ich mehr Kirchen besucht als in meinem ganzen restlichen Leben zusammen«, sagte Mrs. Bradley, was allerdings von vorne bis hinten gelogen war. »Die Kirche in Horsepath, zum Beispiel, hat mir ausnehmend gut gefallen. Und auch die Kirche hier in Stanton St John ist bezaubernd. Architektonische Übergangszeit. Englische Frühgotik zum dekorierten Stil. Zur Regierungszeit von Edward I. Der Altarraum ist besonders exquisit. Das Gewölbe dort stammt aus der normannischen Übergangszeit. Sehr charakteristisch ist die Ornamentik an den Abschlusspfosten der Kirchenbänke, bei der es sich um Schnitzereien seltsamer menschlicher Köpfe handelt. Sagen Sie nicht, Sie hätten sich das noch nicht angesehen! Und dann gibt es natürlich noch die Kirche in Bampton. Kennen Sie Bampton?«

»Ja, man verbrachte einige Jahre seiner frühen Kindheit in Bampton. Man befürchtet«, hier kicherte er schrill, »dass man die Kirche dort vergessen hat. Man hatte damals wahrscheinlich nichts für die Litanei übrig.«

»Dann«, fuhr Mrs. Bradley fort, »war ich auch in Forest Hill. Der hohe, breite Glockengiebel mit den ihn stützenden Strebepfeilern ist meines Erachtens einzigartig. Natürlich

könnte man gewisse Giebelbauten mit einem großen, zugebauten Ostfenster, seitlichen Strebepfeilern und einem spät-
gotischen, lotrecht aufragenden Eingangsportal ...«

»Jetzt beziehen Sie sich aber nicht auf Forest Hill, sondern
natürlich auf Sandford. Man glaubt, dass es dort einmal eine
Kapelle gab, die den Tempelrittern gewidmet war«, sagte
Pratt. »Heute ist sie Teil eines Bauernhofs.« Er erhob sich und
lächelte matt. »Man fragt sich, ob Sie einen für sehr unhöflich
halten würden, wenn man jetzt ginge? Man empfindet nämlich den starken Wunsch zu lernen, wie man die Kapriolen
korrekt ausführt.«

»Selbstverständlich, Kind, tun Sie das! Aber überanstren-
gen Sie sich nicht. Diese Morris-Tänze sind sehr ermüdend«,
bemerkte Mrs. Bradley.

»Gott sei Dank, er ist weg«, sagte Carey mit einem Gähnen.
»Jetzt, wo du ihn in seiner ganzen Pracht gesehen hast, für
wie hoch hältst du die Wahrscheinlichkeit, dass er ein Mörder ist?«

Mrs. Bradley zuckte mit den Schultern und verfiel unvermittelt in ein meckerndes Gelächter.

»Kannst du dir wirklich vorstellen«, beharrte Carey und
legte sein Buch beiseite, »dass so einer dem alten Simith einen
Stuhl unter dem Hintern wegzieht, ihn halb tot zur Tür hin-
ausschleift und in Neros Koben wirft? Kannst du dir wirklich
vorstellen, dass er den Mut haben könnte, die Leiche aus dem
Koben zu ziehen, nachdem Nero damit fertig war? Ich sage
dir, meine Liebe, das ist ganz und gar unmöglich!«

Mrs. Bradley seufzte.

»Wenn du es so formulierst, Kind, auf deine unnachahm-
liche Weise ...«

»Formuliere es, wie du willst! Du hast den albernen Wicht doch gesehen und dich mit ihm unterhalten! Was ist los mit dir? Ich sage dir, immer und immer wieder, dass Tombley der Mörder ist!«

»Pratt mag zwar nicht fähig sein, mit dem Eber fertig zu werden, aber Tombley hätte sich unmöglich all diese Anspielungen auf örtliche Legenden und das ganze andere ausgefallene Zeug ausdenken können. In solchen Fällen muss man Folgendes bedenken, Kind: Eine körperliche Beeinträchtigung ist möglicherweise kein großes Hindernis, eine psychologische hingegen ist unüberwindlich. Aber nehmen wir einmal an, wir lassen deinen einigermaßen berechtigten Einwand zu. Pratt konnte nicht, sagst du. Tombley würde nicht, sage ich. Wie sieht also die Erklärung aus?«

»Es war ein anderer«, sagte Carey.

»Du liebe Güte, Kind!«, sagte Mrs. Bradley und schenkte ihm einen ironisch bewundernden Blick. »Wo um alles in der Welt soll ich den denn hernehmen?«

»Wie wäre es mit Priest?«, fragte Carey, während er das Buch aufschlug, um seine Lektüre fortzusetzen. »Ach, dasselbe Problem wie bei Tombley, natürlich. O verdammt, ich weiß es doch auch nicht!«

Priest war gerade mit der Reinigung des Nebengebäudes beschäftigt und stimmte bereitwillig zu, als Ditch vorschlug, mit ihm zusammen auf ein Glas Bier und ein bisschen Klatsch und Tratsch ins Wirtshaus zu gehen.

»Sie haben bestimmt einen guten Grund, mich von hier fortzulocken«, sagte Priest mit einem Augenzwinkern. Ditch lachte, und sie machten sich auf den Weg. George, Walt und

Bob, die sich hinter einem Heuhaufen versteckten, warteten, bis die beiden Männer den Zauntritt überquert hatten, und gingen dann in den Holzschuppen. George und Walt hatten sich mit Taschenlampen bewaffnet und übernahmen die Aufgabe, den Gang zu untersuchen, während Bob zurückblieb, um Wache zu schieben. Er sollte ihnen anderthalb Stunden Zeit geben und dann zum Alten Hof zurückkehren, falls sie bis dahin noch nicht wieder aufgetaucht waren.

Sie stiegen hinunter, nahmen denselben Weg wie Carey und kamen zu exakt demselben Ergebnis. Aber sie bewegten sich ein wenig langsamer vorwärts, als er es getan hatte, um unterwegs die Wände in Augenschein zu nehmen.

»Das sind bestimmt uralte Grundmauern, durch die wir da gerade laufen«, sagte Walt, der vorangegangen war. George hielt dies ebenfalls für wahrscheinlich. Kurz bevor die anderthalb Stunden verstrichen waren, stiegen sie die Leiter wieder hoch und trafen auf den wartenden Bob.

Mrs. Bradley runzelte nachdenklich die Stirn, als sie ihren Bericht hörte. Es schien ganz so, als sei ihre erste Theorie zu Linda Ditch die richtige gewesen – sie hatte Schuhe und Kleid gewechselt, war zur Haustür hinaus und durch den Schnee nach Roman Ending gelaufen. Außer als Zeugin der verdächtigen Ereignisse in der Nacht des zweiten Weihnachtstags – wie es schien, hatte sie sich eine ganze Weile vor Simiths Tod im Holzschuppen von Roman Ending aufgehalten – war das Mädchen unwichtig, es sei denn, Priest wäre selbst der Mörder, statt nur der Komplize. Mrs. Bradley schüttelte leicht den Kopf, aber der Verdacht ließ sich nicht gänzlich von der Hand weisen.

»Ich muss mir Linda unbedingt noch einmal vorknöpfen«,

sagte sie zu sich selbst. Der Inspektor hatte Linda bereits zweimal verhört, hatte sie jedoch nicht von ihrer Geschichte abbringen können – wenn man das Wenige, was sie ihm mitgeteilt hatte, überhaupt als Geschichte bezeichnen konnte. Nichtsdestotrotz – die plötzliche Heirat mit Priest war mehr als verdächtig, und Linda wusste möglicherweise sehr viel mehr, als sie preisgegeben hatte, dachte Mrs. Bradley.

Am nächsten Tag ließ sie sich noch einmal die Sache mit der Steinplatte durch den Kopf gehen. Man konnte unmöglich sagen, ob sie nun in böswilliger oder vollkommen harmloser Absicht wieder an ihren Platz gelegt worden war. Genauso wenig konnte man wissen, ob die Person, die das Loch zugedeckt hatte, von Mrs. Bradleys Anwesenheit gewusst hatte oder nicht. Sie schüttelte den Kopf. Sich weitere Gedanken zu Linda Ditch zu machen, mochte ja vielleicht sinnvoll sein, aber die Identität und Absicht der Person, die an jenem Abend auf dem Grundstück herumgeschlichen war, musste zumindest für den Moment ein ungelöstes Rätsel bleiben. Mrs. Bradley fragte sich, ob ein weiteres Gespräch mit Mrs. Fossder von Vorteil sein könnte.

»Also willst du versuchen, noch etwas aus Fay und Jenny herauszubekommen?«, fragte Carey, als er hörte, wie sie ihr Auto herbeibeorderte.

»Vielleicht, Kind. Vielleicht aber auch nicht«, antwortete Mrs. Bradley und lehnte dann sein Angebot ab, sie nach Iffley zu begleiten. Bei ihrem Eintreffen dort musste sie jedoch feststellen, dass Mrs. Fossder nach Oxford gefahren war, und Jenny sich, abgesehen von der Dienerschaft, allein im Haus befand.

»Fay ist nach Dänemark gefahren, um Geraint Tombley zu besuchen, und hat sich dafür von mir ein wenig Geld geliehen. Maurice Pratt weiß nicht Bescheid. Er glaubt, sie sei Freunde in Devonshire besuchen gegangen, um ihre strapazierten Nerven zu beruhigen. Sie hat ihm verboten, ihr zu schreiben. Sie ist schon eine durchtriebene kleine Göre«, sagte Jenny nüchtern, aber mit unverhohlener Kritik an Fays Verhalten.

»Ach so?«, sagte Mrs. Bradley und fragte sich, wann Fay wohl abgereist war.

»Und wie läuft es so mit der Detektivarbeit?«, fragte Jenny, als Mrs. Bradley es sich am Kaminfeuer gemütlich gemacht hatte.

»Ich bin in eine Sackgasse geraten«, sagte Mrs. Bradley. »Wie spät ist es? Fast sechs Uhr? Wann erwarten Sie Ihre Tante zurück?«

»Nicht vor acht Uhr.«

»Dann möchte ich, dass Sie mir jetzt genau zuhören. Ich werde ganz offen zu Ihnen sein. An den Punkten, an denen ich Ihre Familie in Verdacht habe, werde ich das freiheraus sagen. Sie haben doch nichts dagegen, oder?«

»Das bedeutet, dass Sie wenigstens mich nicht verdächtigen«, sagte Jenny.

»Maurice Pratt hat den Verdacht geäußert, dass Sie Ihren Onkel ermordet haben und dass Hugh die Geschichte mit dem Geist ausgeheckt hat«, sagte Mrs. Bradley und lachte meckernd.

»Das ist gar nicht mal so schlecht«, sagte Jenny, die diese Behauptung offenbar allein auf ihren logischen Gehalt hin betrachtete. »Hugh ist durchaus ritterlich veranlagt und würde mich auch nie verraten. Aber Tatsache ist, dass ich in der Zeit unmittelbar vor dem Tod meines Onkels das Haus keine Sekunde lang verlassen habe.«

»Dennoch«, sagte Mrs. Bradley. »Ich denke, ich würde wahrscheinlich ordentlich falschliegen, wenn ich behaupten wollte, Sie hätten keinerlei Groll gegen Ihren Onkel gehegt.«

»Natürlich habe ich das!«, sagte Jenny. Sie lachte ein wenig verlegen. »Schließlich gibt es da diesen ganzen alten Kram mit meiner dubiosen Herkunft. Ich bin ein uneheliches Kind, wie Sie ja wissen. Keine echte Nichte von Onkel Fossder. Manchmal überkam ihn das ganz plötzlich, und dann hat er mich von jetzt auf gleich aus seinem Testament gestrichen. Ich glaube, das habe ich Ihnen schon einmal erzählt. Kurz vor seinem Tod hat es noch einmal so einen Moment gegeben, aber anscheinend hat er diesmal diesen Impuls nicht in die Tat umgesetzt. Ich bin recht froh darüber, muss ich ehrlich sagen, jetzt, wo es so aussieht, als hätten sich die Aktien, die er gekauft hat, überaus vorteilhaft entwickelt!«

»Ja«, sagte Mrs. Bradley, die plötzlich ein wenig deprimiert wirkte. Sie sah dem Mädchen direkt ins Gesicht. »Glauben Sie, es wäre dieses Mal endgültig gewesen, wenn Ihr Onkel Sie noch einmal enterbt hätte?«

»Ich habe keine Ahnung«, antwortete Jenny. »Um ehrlich zu sein, weiß ich nicht besonders viel über die anderen Gelegenheiten, bei denen er mich enterbt hat. Die sind alle passiert, als ich noch klein war, und das letzte Testament hatte schon seit vielen Jahren Bestand, glaube ich. Es muss wohl ein ganz plötzlicher Impuls gewesen sein, dass er mich wieder enterben wollte.«

»Ja, aber Kind, begreifen Sie denn nicht, dass Sie, falls Sie von diesem Gedanken wussten ...«

»Guter Gott!«, rief Jenny. »Das stimmt! Also stehe ich definitiv unter Tatverdacht! Fahren Sie fort! Das ist alles schrecklich aufregend!«

»Also gut. Betrachten wir den Tod Ihres Onkels ganz für sich allein, ohne ihn mit Simiths Tod in Zusammenhang zu bringen ...«

»Sie sind aber hartnäckig!«, sagte Jenny.

»Hören Sie, Kind. Ich würde gern mehr über Ihre Tante erfahren. Sie rechnete damit, nach dem Tod Ihres Onkels Geld zu erben ...«

»O nein, damit rechnete sie eben nicht!«, sagte Jenny. »Sobald das Testament vollstreckt wird und Maurice Pratt und Fay und ich unseren Anteil erhalten, oder vielmehr, wenn unsere *Ehemänner* ihren Anteil erhalten, dann ist meine Tante finanziell sehr viel schlechter dran, als sie das zu Lebzeiten meines Onkels war. Das muss sie gewusst haben.«

»Sehr interessant«, sagte Mrs. Bradley und machte sich eine Notiz in ihrem Büchlein. »Können Sie mir helfen, sonst noch irgendjemand auszuschließen, Kind? Im Augenblick habe ich Sie und Mrs. Fossder aus dem Rennen genommen. Wie sieht es mit Maurice Pratt aus?«

»Ich weiß, dass er recht früh schlafen gegangen ist, weil er noch vor mir den Salon verlassen hat. Ich habe auf Hugh gewartet, und der traf unglaublich spät ein, wie Sie ja wissen, weil das Auto kaputt war. Ich wusste, dass Fay fort war, um Geraint zu treffen. Maurice ist um zehn Uhr ins Bett gegangen. Das tut er häufig. Er hasst es, lange aufzubleiben. Ich habe noch nie erlebt, dass er das freiwillig getan hätte.«

»Ist er ungewöhnlich kälteempfindlich?«

»Nein, ich glaube nicht. Er trägt all diese Pullover und

Schals und solche Sachen, die Männer immer anziehen, aber er beschwert sich nie, wenn es kalt ist. Er hat auch nie Frostbeulen.«

»Trinkt er Alkohol?«

»O ja, er trinkt Bier. Und er trinkt das Zeug aus Balladen und alten Liedern, Sie wissen schon, ›blutroten Wein‹ oder ›goldenen Rheinwein‹ und all so was. Er ist wirklich ein ziemlicher Armleuchter! Es wundert mich überhaupt nicht, dass Fay ihn nicht ausstehen kann. Es sah ihr ähnlich, dass sie sich vor lauter Angst zu dieser Verlobung zwingen ließ.«

»Welches ist sein Zimmer?«

»Es geht nach vorne raus.«

»Hm!«, sagte Mrs. Bradley. »Wenn Maurice Pratt zu Bett geht, liest er dann noch ein wenig? Oder schreibt er Tagebuch oder so etwas? Wissen Sie das?«

»Garantiert nicht. Er brüstet sich immer damit, dass er in der Sekunde, in der er ins Bett steigt, sofort einschläft. Und dann plappert er diesen Mist vor sich hin, von wegen ›mens sana‹ – Sie kennen diese schreckliche Redewendung bestimmt.«

»Ich nehme an«, sagte Mrs. Bradley und warf ihrem Gegenüber dabei einen scharfen Blick zu, »Sie haben selbst keinen konkreten Verdacht?«

»Ich? Einen Verdacht?« Jenny wirkte verlegen. »Wie kommen Sie darauf?«

»Neugier«, antwortete Mrs. Bradley. »Entschuldigen Sie. Ich hätte sagen sollen: Ich nehme an, Sie wissen nur zu gut, wer Ihren Onkel ermordet hat? Das ist es, was ich eigentlich meinte.«

Jenny stand auf.

»Ich … Sie müssen nicht denken, dass das irgendetwas mit dem Mord zu tun hat, aber ich weiß, dass Maurice nicht zu Bett gegangen ist. Ich weiß, dass er das Haus verlassen hat. Er hat gesagt, er wolle herausfinden, ob Hugh uns nun mit dem Auto holen kommt oder nicht.«

»Tatsächlich!«, sagte Mrs. Bradley, ohne sich etwas anmerken zu lassen.

»Aber sagen Sie niemandem, dass ich Ihnen das erzählt habe. Ich will Maurice nicht in Schwierigkeiten bringen. Und schließlich habe ich ihm ja selbst versprochen, das Licht in seinem Schlafzimmer einzuschalten, damit es so aussieht, als wäre er zu Hause. In Fays Zimmer habe ich genau das Gleiche getan.«

»Lassen wir das mal für den Moment außer Acht«, sagte Mrs. Bradley mit einem nachsichtigen Lächeln. »Gibt es denn überhaupt jemanden, den wir ausschließen können?«

Jenny schüttelte den Kopf.

»Dann zu etwas anderem«, sagte Mrs. Bradley forsch. »Wie sieht es mit dem Mord an Simith aus? Wen können wir dafür in Betracht ziehen?« Sie begann, aus ihrem Notizbuch vorzulesen.

»*Linda Ditch*. Anscheinend hat Simith sie verführt. *Priest*. Sein Motiv wäre Rache für das, was Linda – die mittlerweile seine Frau ist – angetan wurde. Die beiden geben sich gegenseitig ein Alibi, bis etwa ein Uhr morgens – also ungefähr bis zu der Zeit, in der der Mord begangen wurde –, aber nicht für die Zeit danach. Und das sieht nicht gut für sie aus. *Geraint Tombley*. Er ging davon aus, dass er den gesamten Besitz erben würde. Was er ja auch tut. Er und sein Onkel waren bekannt dafür, sich oft und heftig zu streiten. Fay gibt Tombley ein Alibi, aber nur bis etwa ein Uhr morgens. Der Grund, aus dem Tombley Fay angeblich allein gelassen hat, passt jedoch so gut zu seinem Charakter, dass ich geneigt bin, ihn zu akzeptieren. Er ist nämlich aufgestanden, um nachzusehen, was mit Careys Schweinen los war. *Fay*. Sie ging davon aus, dass Tombley nach dem Tod seines Onkels dessen Besitz erben würde. Das hätte das zweite Hindernis aus dem Weg geräumt, das ihrer Heirat mit ihm entgegenstand. Das erste – Mr. Fossder – war ja bereits beseitigt worden.«

»Das klingt entsetzlich und gleichzeitig sehr logisch, so wie Sie es formulieren«, sagte Jenny schaudernd.

»Reine Wissenschaft«, sagte Mrs. Bradley. »Fahren wir fort: *Mrs. Fossder*. Rache für den Tod ihres Ehemanns. Da ich jedoch davon überzeugt bin, dass die beiden Tode ...«

»Aber das würde sie doch miteinander in Verbindung setzen«, sagte Jenny. »Nicht, dass ich meine arme Tante bezichtigen möchte«, fügte sie hastig hinzu. »Um ehrlich zu sein, kann ich mir auch nicht so recht vorstellen, wie um alles in der Welt sie auf eine derartige Mordmethode gekommen sein soll!«

»Das stimmt«, sagte Mrs. Bradley. »Man hat bei beiden Morden eher den Eindruck, dass sie von einem Mann begangen wurden.«

Jenny sah erleichtert aus.

»Ich bin froh, dass Sie das so sehen«, sagte sie. »Und was ist mit Maurice?«

»Er steht auch auf meiner Liste«, sagte Mrs. Bradley skeptisch. »Aber es ist fraglich, was er für ein Motiv dafür gehabt haben könnte. Warum sollte er Simith ermorden wollen?«

»Natürlich ist Linda ein Apfel, der nicht weit vom Stamm gefallen ist«, sagte Carey ein wenig später.

»Und was willst du damit genau sagen, Kind? Übrigens, Jenny lässt dich herzlich grüßen und hat die Morde nicht begangen.«

»Schön. Ditch ist für meine Schweine zuständig, stimmt's? Also ist davon auszugehen, dass Linda sehr wohl weiß, wie man mit einem Eber umgeht.«

»Und Priest und Linda geben sich gegenseitig ein Alibi bis zum Zeitpunkt des Mordes«, sagte Mrs. Bradley. »Das sind wir doch alles schon einmal durchgegangen.«

Carey begann, eine Melodie aus der Oper *Mikado* zu summen.

»Nun sag endlich klar und deutlich, was du meinst, Kind. Dir ist doch ganz offenbar eine Idee gekommen«, sagte Mrs. Bradley. Carey hörte auf zu summen und grinste. Dann sang er leise, während er gleichzeitig mit den Augen rollte:

»Die Blumen, im Frühling sie blüh'n, tra la,
Haben nichts mit dem Fall zu tun.«

»Das haben sie sehr wohl«, widersprach Mrs. Bradley und seufzte. »Das ist ja gerade das, was mich die ganze Zeit so deprimiert. All dieser Firlefanz – Wappen, verunstaltete Kirchen, Zweihundert-Pfund-Wetten und lokale Legenden. Und dann auch noch genau die beiden Legenden, die nicht nur mündlich überliefert, sondern sogar in irgendwelchen Büchern vermerkt sind. Priest und Linda können sich all das unmöglich ausgedacht haben.«

Vierzehntes Kapitel

ECKENFORMATION UND KAPRIOLEN
IN STANTON ST JOHN

»Also fassen wir zusammen, Ma'am«, sagte der Inspektor behäbig. Er stand in dem kleineren von Careys Ställen und betrachtete eine Schar junger Tamworth-Schweine. Die rotbraunen Ferkel beachteten ihn nicht. Manche schnüffelten zufrieden mit ihren langen Rüsseln in der Luft, andere lagen auf der Erde und schliefen, wieder andere durchsuchten den leeren Futtertrog oder rieben ihre Flanken aneinander. »Ich selbst habe ja mehr für Berkshire-Schweine übrig«, fügte der Inspektor hinzu, beugte sich über die Absperrung und gab einem der Tiere einen Klaps auf die Seite. »Aber das hier sind auch sehr gute Schlachtschweine, Ma'am. Also, was den Mord an Mr. Simith angeht, gibt es Ihrer Aussage zufolge mehr als eine Person, die dafür infrage käme und froh gewesen wäre, ihn los zu sein. Den Tod von Mr. Fossder werde ich nicht untersuchen.« Sein ruhiger Blick begegnete ihren scharfen schwarzen Augen. Er löste die Hand von dem Schwein, das er gerade streichelte, und winkte Fossders Tod mit einer grandiosen Geste beiseite, die eines Jupiters würdig gewesen wäre. »Der betrifft mich nicht. Er wurde auf natürliche Ursachen zurückgeführt. Was den Tod von Simith angeht, gibt es also verschiedene Möglichkeiten. Als Erstes hätten wir da den Neffen und seine junge Dame. Bemerkenswert lockerer Lebenswandel, bei den beiden. Sie sind miteinander ins Bett gestiegen.«

Er sah Mrs. Bradley fragend an, und sie nickte.

»Es gibt Leute, die würden sagen, dass ein solches Verhalten von Mord noch weit entfernt ist, aber ich bin sehr religiös aufgewachsen, und eins führt immer zum anderen. Das sagt mir jedenfalls meine Erfahrung.«

Mrs. Bradley nickte erneut.

»Sie denken, Fay und Tombley haben Simith umgebracht, damit Tombley sein Erbe antreten konnte?«

Der Inspektor lehnte sich ein weiteres Mal über die Absperrung und kraulte eines der Schweine am Kopf.

»Tja, Ma'am, das wäre gut möglich, so etwas ist schon oft passiert, und es wird auch weiterhin passieren, steht zu befürchten. Außerdem: Diese Verbindung zwischen den beiden Todesfällen, die Sie so gerne herstellen wollen, die würde sich doch ergeben, wenn Tombley und die junge Dame die Schuldigen wären, nicht wahr? Mr. Fossder stand zwischen ihnen und ihren Heiratsplänen, weil er den anderen Burschen bevorzugte, und Mr. Simith stand zwischen ihnen und ihrem Einkommen.«

»Ich weiß«, sagte Mrs. Bradley verdrießlich. »Aber wissen Sie, das ist alles falsch, Inspektor.«

»Tja, Ma'am, Sie müssen zugeben, dass ich Ihnen in diesem Fall mehrere Wochen Zeit gegeben habe. Aber jetzt kann ich das nicht mehr vertreten, das muss ich Ihnen leider so deutlich sagen. Sobald Mr. Tombley aus Dänemark zurückkehrt, werde ich ihn wegen Mordes an seinem Onkel verhaften und die junge Dame gleich mit, als seine Komplizin. Ich kann das unmöglich noch länger hinauszögern. Es tut mir leid, wenn das Ihre Gefühle verletzt, aber ich glaube, dieses Mal irren Sie sich.«

Er räusperte sich entschuldigend.

»Aber, Inspektor, denken Sie auch an die anderen Personen, die in diesen Fall verwickelt sind!«

»Das habe ich. Ad infinitum, Ma'am, wie die jungen Burschen auf der Universität sagen würden. Und ich kann da nichts finden. Pratt überzeugt mich nicht. Ich habe mit ihm geredet. Scheint ein recht affiger Kerl zu sein, soweit ich das beurteilen kann. Und dann dieser komische Papierpfeil, den man in der Kirche in Horsepath gefunden hat, und diese Wappen ... Alles, was Sie erwähnt haben, habe ich sorgfältig überprüft, und trotzdem lande ich immer wieder bei Tombley. Es ist doch nicht natürlich, dass eine wohlerzogene junge Dame einfach mit so einem Burschen ins Bett steigt, da muss schon noch etwas anderes dahinterstecken! Ich weiß, wie es in der Welt zugeht, Ma'am. Das soll jetzt nicht respektlos klingen. Kann gut sein, dass junge Damen sich schlecht benehmen *wollen*. Dagegen will ich gar nichts sagen. Aber Tatsache ist doch, dass sie es normalerweise nicht *tun*.«

Er ging in Richtung Ausgang. Mrs. Bradley blieb an Ort und Stelle stehen und starrte zu den Tamworth-Schweinen hinunter. Einen Moment später hörte sie, wie sich die Tür schloss. Sie fuhr sich mit der Zunge über die Lippen – und plötzlich breitete sich ein Lächeln auf ihrem Gesicht aus. Sie eilte dem Inspektor hinterher und holte ihn bei Toms Koben ein.

»Vergessen Sie nicht zu fragen, wer am Vormittag des ersten Weihnachtsfeiertags ein Schwein geschlachtet hat, mein Lieber«, sagte sie.

Der Inspektor sah ihr nach, während sie mit forschen Schritten zum Haus hinüberlief. Dann nahm er seine Kappe ab, kratzte sich am Kopf, zog den Haftbefehl für Tombley aus der Tasche und las ihn durch.

»Also ich weiß nicht«, sagte er zu sich selbst und steckte den Haftbefehl wieder ein. »Wer würde denn so was tun? Am Weihnachtstag ein Schwein schlachten? Das würde ich tatsächlich sehr gern wissen«, sagte er und drückte seinen breiten Rücken durch. »Und ich werde es auch herausfinden.«

»Also schön, Linda«, sagte Mrs. Bradley, die zu Besuch in der Nervenheilanstalt war – vorgeblich aus rein professionellen Gründen. Sie hatte ihre Runde gemacht, war von der Oberschwester zum Tee eingeladen worden und hatte danach Linda zu sich kommen lassen, um sich mit ihr zu unterhalten. Diese stand nun steif und trotzig vor ihr. »Wer hat Ihnen die Bampton-Variante des Liedtextes vom *Constant Billy* beigebracht?«, wollte Mrs. Bradley wissen.

»Mr. Simith«, antwortete Linda und schniefte. Doch ihre Haltung wirkte nun ein wenig entspannter, wie Mrs. Bradley bemerkte.

»Nicht vielleicht ein junger Mann namens Maurice Pratt?«, schlug sie vor.

»Den kenne ich nicht«, sagte Linda und wich Mrs. Bradleys Blick aus.

»Er ist mit der jungen Frau verlobt, die Tombley gern heiraten würde«, sagte Mrs. Bradley.

»Ach ja?«, sagte Linda und gab sich dabei große Mühe, desinteressiert zu wirken. »Das hat nichts mit mir zu tun. Ich bin jetzt eine achtbare Ehefrau.«

»Linda, wie sind Sie in der Nacht des zweiten Weihnachtsfeiertags in das Priesterversteck gelangt?«

»Vom Badezimmer im oberen Stock aus.«

»Woher kannten Sie diesen Gang?«

»Ich habe die Falltür beim Saubermachen entdeckt. Ich habe sie geöffnet, um nachzuschauen, wo sie hinführt. Das ist alles.«

»Und warum haben Sie den Gang in jener Nacht benutzt? Was hatten Sie zu verbergen?«

»Ich bin mit Jim Priest im Holzschuppen auf Roman Ending gewesen.«

»Wessen Idee war das?«

»Weiß nicht. Haben wir uns einfach so ausgedacht. Ich konnte ihn nicht auf den Alten Hof einladen, wegen meiner Mutter. Die hätte mir das Fell über die Ohren gezogen, wenn sie mich mit Jim erwischt hätte.«

»Aber Sie hatten doch sicher Ihr eigenes Bett auf Roman Ending. Warum haben Sie denn das nicht benutzt, Kind?«

»Ich hatte dort kein Bett. Hab immer im Holzschuppen geschlafen, weil man da die Tür verriegeln kann. Im Haus selbst gibt es kein einziges Schlafzimmer, das man abschließen kann. Schon schade, dass Sie das nicht herausgefunden haben, als Sie dort rumgeschnüffelt haben.«

Mrs. Bradley nickte, ohne sich aus der Ruhe bringen zu lassen.

»Sie sind durch den Schnee zurückgelaufen, nehme ich an?«, fragte sie.

»Ja. Mein Festtagskleid und die Schuhe hatte ich in der Geheimkammer zurückgelassen, da bin ich dann wieder hineingekrochen, nachdem ich zurück war.«

»Und Sie sind von Roman Ending weg, weil Sie einen Streit hörten, richtig?«

»Ja, Jim ist zum Schweinestall und ich, ich bin heimgelaufen, aus Angst.«

»Angst wovor?«

»Weiß nicht. War ja mitten in der Nacht. Das kann einen schon nervös machen.«

»Ich verstehe. Aber Linda, warum haben Sie denn dann Ihr Kleid wieder angezogen, als Sie zurück auf dem Alten Hof waren?«

»Ich hatte gar kein Kleid an, als ich nach Roman Ending rüber bin. Und auch keine Schuhe. Was wollen Sie sonst noch wissen? Ich muss wieder an die Arbeit.«

»Ich nehme an, es war nicht zufällig Ihr Gatte, der Mr. Simith ermordet hat, Linda?«

»Was? Jim?« Linda kreischte vor Lachen. »Dieser klobige Karrengaul? Das hätte mir gefallen, o ja, das hätte ich richtig genossen, wenn der den alten Simith meinetwegen um die Ecke gebracht hätte!« Ihre Belustigung hatte eindeutig etwas Hysterisches.

»Selbst wenn wir davon ausgehen, dass Sie sich tatsächlich gefürchtet haben und heimgelaufen sind, kann ich mir kaum vorstellen, dass Priest bei dem Geräusch zweier sich streitender Leute ebenfalls Angst bekommen haben soll«, sagte Mrs. Bradley.

»Das war wegen des Schweins, das er geschlachtet hat«, sagte Linda.

»Welches Schwein, Kind?«

»Er hat am Weihnachtstag ein Schwein getötet und das Blut in einen Eimer laufen lassen. Und später haben die

Leute in der Küche genau darüber geredet, dass da ein Eimer voller Blut war. Deshalb. Jim hat gesagt: ›Ich bin erledigt, wenn Simith rauskriegt, dass ich das war!‹ Und dann ist er abgehauen, und ich hab mich bald darauf auch aus dem Staub gemacht. Seitdem war der die ganze Zeit ein einziges Nervenbündel, der arme Depp, weil ja Mr. Simith voller Schweineblut war, als man ihn gefunden hat. Seit er in der Zeitung von dieser Erde gelesen hat, die Sie zum Analysieren nach London gebracht haben, bricht ihm andauernd der Angstschweiß aus. Ich hab diese Stelle hier nur angenommen, weil ich sein Gejammer nicht mehr ertragen konnte.«

»Ich bin nicht Ihre Feindin, Linda«, sagte Mrs. Bradley mit einem plötzlichen, überraschenden Lächeln. Linda starrte sie an.

»Müssen Sie ja auch gar nicht sein. Ich wär Ihnen sowieso nicht gewachsen.« Sie nickte in einer Weise, die signalisieren sollte, dass sie sich geschlagen gab. »Aber etwas Größeres als ein Schwein zu töten – das bringt Jim auf keinen Fall fertig!«

»Und jetzt, guter Mann«, sagte Mrs. Bradley in der Waschküche von Roman Ending zu Priest, »möchte ich keinen weiteren Unsinn mehr von Ihnen aufgetischt bekommen! Was genau haben Sie gehört, bei dem Streit, der in der Nacht des zweiten Weihnachtsfeiertags hier in der Küche stattgefunden hat?«

Priest schüttete gereizt einen Eimer Kartoffeln in den Kupferkamin.

»Was hat Linda Ihnen erzählt, Ma'am?!«

»Die Wahrheit, glaube ich.«

»Tja, dann werde ich das wohl auch mal tun. Wahrscheinlich wissen Sie schon, dass ich am Weihnachtstag ein Schwein für jemanden geschlachtet habe ...«

»Ja, die Frage ist nur: Für wen?«

»Ah, da verlangen Sie zu viel von mir. Das kann ich Ihnen nicht sagen. Jemand hat ein Schwein gebracht und mich gebeten, es zu schlachten.«

»Das ist doch gewiss eine etwas merkwürdige Vorgehensweise, oder nicht?«

»Ja, das ist es. Aber ich hab nicht groß drüber nachgedacht. Er hat angeboten, mir jeden Preis zu zahlen, ganz gleich, was ich dafür verlange, und ich hab gesagt, ich will zwei Pfund dafür. Das Schwein war noch ziemlich jung, eigentlich noch ein Ferkel, und das hab ich ihm auch gesagt, aber er meinte, das könne er auch nicht ändern. Es müsste sein, hat er gesagt. Also hab ich das Schwein geschlachtet und das Blut in einen Eimer laufen lassen, so wie er es mir aufgetragen hat. Und dann hat er den Eimer in den alten Koben gestellt, den wir nicht mehr benutzen, das baufällige Ding, das jeden Moment zusammenfallen könnte, und hat den Kadaver in seinem Auto mitgenommen.«

»Hat er irgendeinen Grund für dieses Vorgehen angegeben? Das Ganze muss Ihnen doch höchst seltsam vorgekommen sein«, sagte Mrs. Bradley.

»Tja, er hat gesagt, man hätte ihn um seine Weihnachtsente betrogen. Er hat mir die zwei Pfund bezahlt und dann noch einen Zehn-Pfund-Schein in die Hand gedrückt. Und dann hat er mir frohe Weihnachten gewünscht und ist weggefahren. Ich kannte ihn nicht. Noch nie gesehen. Aber als ich dann dieses Geschrei gehört habe, von wegen Eimer voller Blut und so, da hab ich Angst bekommen und bin abgehauen, und Linda, die ist nach Hause gelaufen.«

»Sie haben Linda recht plötzlich allein gelassen, Priest, nicht wahr?«

»Ja, das habe ich, das muss ich leider zugeben. Die haben mir eben einfach einen Schrecken eingejagt, und da bin ich durch den Schnee gerannt, zu diesem alten Stall dort drüben, und hab mich ins Stroh gelegt. Hab wie irre geschwitzt vor Angst.«

»Ich verstehe«, sagte Mrs. Bradley. »Wo waren denn Tombley und Mr. Simith, als Sie das Schwein für diesen netten Fremden geschlachtet haben?« Priest starrte sie argwöhnisch an.

»Sie waren in der Kirche«, verkündete er widerwillig.

»Aha«, sagte Mrs. Bradley, die vergeblich versuchte, sich Tombley und Simith in einem Gottesdienst vorzustellen. »Natürlich. Am Weihnachtsmorgen. Das würden sie selbstverständlich tun. Übrigens, wie oft haben Sie an diesem Tag die Schweine gefüttert?«

»Dreimal, Ma'am. So wie immer.«

»Ah ja. Natürlich. Dreimal. Ich hätte eigentlich nicht gedacht«, fügte sie nachdenklich hinzu, »dass eins dieser drei Male genau in die Zeit der kirchlichen Andacht fallen würde, aber natürlich habe ich keine Ahnung. Ich bin ja keine Expertin, was Schweine angeht.«

»Nein, das sind Sie nicht«, sagte Priest. Er machte keinen besonders glücklichen Eindruck.

»Wann kommt denn Linda wieder zurück, um mit Ihnen zusammenzuwohnen?«, fragte Mrs. Bradley plötzlich.

»Keine Ahnung«, antwortete Priest und spuckte in eine alte

Zinkschüssel, die zur Hälfte mit fauligem Regenwasser gefüllt war.

»Das tut mir leid«, sagte Mrs. Bradley. Sie verabschiedete sich und überquerte den Hof, wobei sie über zwei kleine Häufchen Schweinemist und ein paar leere Dosen steigen musste. Priest schaute ihr nach und runzelte verwirrt die Stirn. Er konnte nicht verstehen, warum ihr das leidtat.

»Ich habe den Schweinemörder gefunden«, sagte Mrs. Bradley zum Inspektor. »Ich bezweifle jedoch stark, dass es Ihnen gelingen wird, besonders viel zu dieser Geschichte aus ihm herauszubekommen. Aber wenn ich Ihnen versichere, dass er sich dadurch der Beihilfe schuldig gemacht hat, würden Sie dann immer noch bei Ihrem Entschluss bleiben, Geraint Tombley zu verhaften?«

»Ma'am«, sagte der Inspektor und sah ihr direkt in die Augen. »Was würden Sie denn an meiner Stelle tun?«

»Dasselbe wie Sie. Aber ich würde mir wünschen, dass Sie es sich auf die Fahnen schreiben können, den Fall erfolgreich gelöst zu haben, wissen Sie?«, sagte Mrs. Bradley.

»Ja, ich weiß«, sagte der Inspektor und machte ein besorgtes Gesicht, als er fortging.

»Und jetzt«, sagte Mrs. Bradley zu Carey, »ist es höchste Zeit, dass ich zu meiner Arbeit zurückkehre. Halt die Ohren offen, Kind, nach irgendwelchen Gerüchten und dergleichen, ja? Und lass es mich wissen, wenn Tombley heimkehrt. Er kann es wahrscheinlich kaum erwarten, endlich zurückzukommen. Ich könnte mir vorstellen, dass er Fay sofort heiratet, sobald sie das Aufgebot bestellt haben. Auf Wiedersehen, mein liebes Kind, und danke, dass du mich so lange ertragen hast.«

»Komm doch zu Ostern!«, sagte Carey. »Hugh und Denis kommen auch. Und wir laden auch Jenny ein, Hugh zu Gefallen. Vielleicht haben wir ja mehr Glück als an Weihnachten!«

Die Wochen vergingen, und bald schon nahte die Osterzeit. Die Primeln und Veilchen, die im Schatten der Bäume blühten, die Schlüsselblumen auf den Feldern und die Schachblumen in den Flussauen von Iffley hätten allein schon ausgereicht, um Mrs. Bradley nach Oxfordshire zu locken und Stanton St John einen weiteren Besuch abzustatten – von dem spannenden Mordfall ganz zu schweigen. Tombley war zurück in Roman Ending und hatte ein halbes Dutzend Handwerker eingestellt, die neue Ställe bauen sollten, und zwar ganz im Sinne der skandinavischen Zuchtmethode. Er war mit zahlreichen Ideen aus Dänemark zurückgekehrt, doch eine Heirat mit Fay schien nicht dazuzugehören. Am Tag nach seiner Ankunft hatte er nämlich einen Brief von Mrs. Bradley erhalten.

»Lassen Sie bitte Fays Verlobung mit Pratt offiziell noch bestehen. Von dieser Entscheidung könnten Menschenleben abhängen. Seien Sie ein braver Junge! Es wird Ihnen nicht wehtun, noch ein oder zwei Monate zu warten.« Tombley hatte verärgert geschnauft, den unerquicklichen Rat jedoch befolgt. »Und halten Sie mich über alle Entwicklungen auf dem Laufenden, insbesondere, falls noch irgendwelche Zeichnungen von Wappen auftauchen«, hatte es in dem Brief im Befehlston weiterhin geheißen.

Mrs. Bradley kehrte am Gründonnerstag auf den Alten Hof zurück. Der Tag ihrer Ankunft verging rasch, genau wie der darauffolgende Karfreitag. Am Karsamstag machte Mrs.

Bradley zusammen mit Denis einen Spaziergang nach Roman Ending. Überall blühte der Löwenzahn, den die Dorfbewohner sammelten, um daraus Wein zu machen. An den Ulmen sprossen winzige Blätter, und sogar die Eichen schienen in der Frühlingssonne allmählich aus ihrem Winterschlaf zu erwachen. Ein paar der Birnbäume auf Roman Ending standen in weißer Blüte, und ein knorriger Apfelbaum trieb Knospen.

Tombley lehnte an einem bereits fertiggestellten Schweinestall. Weitere vier befanden sich noch im Bau. Eine zutrauliche Schar junger Ferkel, die noch nach dem Freiluftsystem aufgezogen wurden, kam auf Denis zugelaufen und rannte ihn fast über den Haufen. Mrs. Bradley gesellte sich zu Tombley.

»Haben Sie Ihren Viehbestand überprüft, Kind, seit Sie aus Dänemark zurückgekehrt sind?«

»Ich hatte eine ganz scheußliche Überfahrt«, sagte Tombley. Er wirkte nicht gerade erfreut, sie zu sehen. »Ja. Mir fehlt dasselbe Middle-White-Schwein, das ich schon am ersten Weihnachtsfeiertag vermisst habe. Ich wette, das war Priest.«

»Richtig und falsch«, sagte Mrs. Bradley. »Priest hat das Tier zwar getötet, aber jemand anderes hat ihn dazu angestiftet. Erinnern Sie sich an das Schweineblut, das jemand über und neben die Leiche Ihres Onkels gegossen hatte?«

Tombley warf ihr nur einen finsteren Blick zu. Mrs. Bradley ging um den neuen Schweinestall herum, verlieh ihrer Bewunderung Ausdruck und schaute den Männern bei der Arbeit zu.

»Diese faulen Schufte haben sich den ganzen gestrigen Tag freigenommen. Und Sonntag und Montag nehmen sie sich auch frei!«, meckerte Tombley, der ihr gefolgt war. Er trug eine uralte Reithose, die er sich am Hosenboden offenbar an einer Dornenhecke zerfetzt hatte und die fast bis zur Hüfte mit Schweinemist besudelt war. Seine Gamaschen waren über und über mit Schlamm verkrustet, und auch sein Hemd starrte vor Schmutz.

»Es ist dringend an der Zeit, dass Linda Ditch wieder herkommt und sich um Ihren Haushalt kümmert«, sagte Mrs. Bradley. Tombley lachte laut und verächtlich.

»Dieses Flittchen, das mit Priest unter einer Decke steckt? Die würde ich gar nicht erst ins Haus lassen! Ich komme schon klar, bis ich verheiratet bin. Und wann das der Fall sein wird, das weiß anscheinend niemand außer Ihnen, Sie wichtigtuerische alte Besserwisserin. Warum können Sie mich nicht einfach in Ruhe lassen?«

Mrs. Bradley sah ihn an und schüttelte den Kopf.

»Ich könnte Sie auch Ihrem Schicksal überlassen und zusehen, wie Sie gehängt werden, Sie undankbares Kind!«, meinte sie vorwurfsvoll.

»Ich will Fay«, sagte Tombley mit belegter Stimme.

»Kind, Sie müssen warten. Sie *müssen*. Ich rede nicht einfach so daher. Sie wollen doch nicht, dass noch jemand ermordet wird, oder?«

»Das ist doch alles großer Mist«, sagte Tombley düster.

»Das war der Tod Ihres Onkels auch. Und der von Mr. Fossder. Seien Sie nicht töricht, Kind«, sagte Mrs. Bradley. »Was haben Sie am Weihnachtsmorgen gemacht, als die anderen Leute alle in der Kirche waren?«

»Ich war ebenfalls in der Kirche. Das habe ich Ihnen doch schon gesagt. Der Pastor hatte mich eigens aufgefordert.«

»Ist Ihr Onkel mitgegangen?«

»Nein, der hat tief und fest geschlafen. Er hatte ja in der Nacht davor kaum ein Auge zugetan. Ich weiß auch nicht, warum ich gegangen bin. Stellte sich als großer Fehler heraus. Hat mir wohl jemand einen Streich gespielt oder so was. Na ja, so schlimm war es auch wieder nicht. Früher, als ich noch jünger war, bin ich regelmäßig in die Kirche gegangen. Aber nicht hier. Das war noch in Cowley.«

»Temple Cowley? Da gibt es irgendeine Verbindung mit Sandford, habe ich recht?«

»Ich habe nicht die geringste Ahnung. Pratt würde das sicher wissen.«

»Ah ja,«, sagte Mrs. Bradley. »Natürlich würde er das.« Tombley sah sie an, und plötzlich war seine üble Laune wie weggeblasen.

»Sie denken ernsthaft, dieses zarte Butterblümchen hat Onkel Simith auf dem Gewissen?«

»Und auch Mr. Fossder. Und Sie, wenn Sie nicht aufpassen«, entgegnete Mrs. Bradley. Tombley lachte.

»Das glaube ich nicht.«

»Ich bin mir gar nicht mal so sicher, ob ich es selbst glaube«, sagte Mrs. Bradley. »Aber vergessen Sie nicht: Sie haben ihm Fay gestohlen! Mittlerweile wird er wohl darüber Bescheid wissen.«

Als sie wieder auf dem Alten Hof war, nahm sie die Wappenzeichnungen aus ihrem Notizbuch und legte sie in mehreren Reihen auf den Tisch. Sie zog sich einen Stuhl heran und starrte die Zettel an, als wollte sie eine Patience legen. Carey, der ins Wohnzimmer gekommen war, stellte sich hinter sie und schaute ihr über die Schulter.

»Würdest du mir den Gefallen tun und diese Dinger für

mich abzeichnen? Und zwar viel größer«, sagte sie, ohne zu ihrem Neffen aufzublicken. »In Rot würden sie bestimmt sehr hübsch aussehen, denke ich.«

»Damit du meine bescheidenen Versuche mit denen des ursprünglichen Künstlers vergleichen kannst?«, fragte Carey grinsend. »Also schön, meine Liebe. Dann lass mal sehen.« Er beugte sich herab, um die Wappen näher zu betrachten.

»Die müssen doch irgendetwas zu bedeuten haben, oder?«, fragte er.

»Ich weiß, was sie bedeuten«, antwortete Mrs. Bradley leichthin. »Ich habe sie in der richtigen Reihenfolge sortiert. Das obere Paar stellt auf der einen Seite ein heraldisches Symbol dar, das man als Knotenkreuz bezeichnet, und auf der anderen Seite ein Tatzenkreuz. Das mittlere Paar ist zum einen ein Wappen mit Zinnenschnitt und zum anderen eines mit einem abgerissenen Eberkopf. Das dritte Paar zeigt links ein Wappen mit Zickzackschnitt und rechts ein Wappen mit Bastardfaden. Und zu guter Letzt haben wir da noch ein Signatur-Symbol – die offene Linkhand.«

Carey runzelte die Stirn.

»Der Eberkopf könnte eine Verbindung zu dem Mord an Simith haben«, sagte er. »Aber warum dann das Zinnensymbol? Und die anderen scheinen überhaupt nicht miteinander in Verbindung zu stehen.«

»Im Gegenteil«, sagte Mrs. Bradley. »Der dritte Wappensatz sollte uns dabei helfen, einen weiteren Mord zu verhindern. Und das Thema, das diesen Satz miteinander verbindet, ist der Morris-Tanz. Das verrät uns die Warnung. Der Bastardfaden hat doch große Ähnlichkeit mit einem Morris-Stock, meinst du nicht?«

»Schon möglich«, sagte Carey. »Aber was genau meinst du mit ›Warnung‹?«

»Die erste Warnung, das Knotenkreuz, zeigt an, dass Fossders Mörder die Geduld verloren hat. Das Tatzenkreuz hat mich eine Weile vor ein Rätsel gestellt, bis ich am ersten Weihnachtstag mit dem Auto durch die Gegend gefahren bin und mir Sandford angesehen habe. Dort hätte sich Tombley, wie du dich erinnerst, mit Fossder treffen sollen, um die Bedingungen der Wette zu erfüllen. Es gibt dort einen Giebelbau mit einem großen, mittlerweile zugebauten Ostfenster. Der Bau dient heute als Scheune, aber ich habe herausgefunden, dass es sich dabei früher einmal um eine Kapelle handelte. Auf einem Torbogen, der auf das Jahr 1614 datiert ist, kann man immer noch einige in Stein gehauene Ornamente erkennen, und darunter befindet sich auch ein Wappen mit Tatzenkreuz. Dieser Umstand fügt sich auf das Erfreulichste mit dem Rest der Geschichte zusammen, zumindest soweit diese mir bekannt ist. Während ich mich in London aufhielt, habe ich ein paar Informationen zur Wappenkunde eingeholt, und dabei habe ich entdeckt, dass dieses Kreuz das Zeichen der Tempelritter ist und daher auch als Templerkreuz bezeichnet wird. Und nachdem man die Ritter aus Temple Cowley vertrieben hatte, verlegten sie ihr Hauptquartier nach Sandford, und zwar genau dorthin, wo heute die Temple Farm steht.«

»Und weiter?«, fragte Carey. »Was hat der Zinnenschnitt zu bedeuten? Dass das Blut des Mörders in Wallung geraten ist oder etwas in der Art?«

»Genau so habe ich es gedeutet, Kind. Der Eberkopf steht, wie du schon sagtest, in einer ganz offensichtlichen Verbindung zu dem Mord.«

»Und die offene Linkhand ist das Markenzeichen des Kerls? Das wirkt irgendwie ein wenig unausgereift.«

»Ja, Kind, ich weiß.« Sie lachte meckernd.

»Aber du weigerst dich immer noch, mir zuzustimmen, wenn ich sage, dass das genau die Art von unausgegorenem Plan ist, die Tombley aushecken würde?«

Mrs. Bradley spitzte die Lippen, sammelte sorgfältig die Blätter zusammen und drückte sie ihm in die Hand.

»Ein schönes, leuchtendes Rot, Kind, wenn du so nett wärst«, sagte sie.

»Wenn du so sicher bist, dass es Pratt war«, fragte Carey daraufhin, »warum lässt du ihn dann nicht verhaften?«

»Aus einem sehr gewichtigen Grund. Ich bin nach wie vor davon überzeugt, dass die beiden Tode Teil ein und desselben Plans sind. Aber wie du dich erinnerst, war ausgemacht worden, dass Hugh am Weihnachtsabend Pratt, Fay und Jenny abholen und sie hierherbringen sollte. Wäre Pratt davon ausgegangen, dass man ihn abholen würde, hätte er den Zeitpunkt des Mordes an Fossder nicht in jene Nacht gelegt. Beziehungsweise er hätte beschlossen, den Versuch aufzugeben, als er erfuhr, dass Hugh ihn und die Mädchen abholen würde. Was ich damit sagen will, ist, dass er den Mord dann gar nicht erst auf diese Weise *geplant* hätte ...«

»Doch, hätte er«, widersprach ihr Carey. »Ich bin erst am Sonntag rübergefahren, um die Einladung zu überbringen. Das war der 20. Dezember. Fossder erhielt die Warnung aber schon am Samstag, den 19. Dezember.«

Mrs. Bradley nickte.

»In diesem Fall hätte Pratt die Einladung aber doch abgelehnt oder den Plan aufgegeben«, sagte sie.

»Ich wette«, sagte Carey nachdenklich, »dass dieser kleine Schafskopf von Jenny gar nichts davon erwähnt hat, bis es zu spät war!«

»Jenny?«

»Ich habe damals nur Jenny angetroffen. Sie war die Einzige, die nicht in die Kirche gegangen war.«

»Du denkst also, Pratt hatte seine Pläne geschmiedet, bevor er wusste, dass Hugh sie an Heiligabend abholen würde. Und als er schließlich davon erfuhr, wurde ihm klar, dass es zu spät war, um noch irgendetwas daran zu ändern. Er musste sich in sein Schicksal ergeben und auf Hugh warten, und Mr. Fossder würde zu seiner Verabredung nach Sandford gehen und wohlbehalten wieder zurückkehren.«

»Und dann, als Hugh nicht zur vereinbarten Zeit eintraf ...«

»Dachte er, dass er das Risiko doch eingehen könne. Er hat Jenny gebeten, das Licht in seinem Schlafzimmer einzuschalten, um etwaigen Passanten den Eindruck zu vermitteln, dass er zur Tatzeit zu Hause war, und hat sich auf den Weg gemacht. Er wusste, dass er Fossder nur dazu veranlassen musste zu rennen. Das genügte schon, um ihn zur Strecke zu bringen. Letztendlich waren beide Morde sehr simpel. Die heraldischen Warnsymbole und die anderen Kunstgriffe – das passt alles sehr gut zu dem, was wir über Pratt wissen.«

»Du meinst seine Eitelkeit?«, fragte Carey.

»Ja, Kind. Der Mörder ist stolz auf seine Kenntnis der örtlichen Legenden und Gebräuche. Er hält sich für klug und gebildet. Er möchte die Welt wissen lassen, dass er sich für Heraldik interessiert, und er ...«

»Da kommt mir ein Gedanke«, unterbrach sie Carey. »Der dritte Wappensatz – der Bastardfaden und der Zickzackschnitt –, wo hast du die her? Es wurde doch gar keine dritte Warnung ausgesprochen!«

»Noch nicht«, sagte Mrs. Bradley mit einem gruseligen Unterton. »Aber wenn der Mörder tatsächlich so veranlagt ist, wie ich vermute, wird er dieser Botschaft und den damit verbundenen Implikationen nicht widerstehen können. Sie eignen sich perfekt für seine Zwecke, weit besser noch als die ersten beiden Wappensätze. Scotland Yard ist in diesem Moment damit beschäftigt, die öffentlichen Bibliotheken in London und Umgebung zu überprüfen. Sobald sie einen Lesesaal gefunden haben, dessen Personal Pratt anhand seiner Beschreibung wiedererkennt, und wenn dann noch seine Unterschrift im dortigen Register steht, werden wir mehr wissen. Glücklicherweise muss man in solchen Lesesälen Name und Adresse angeben, bevor man die Bücher benutzen darf.«

»Scotland Yard ist also involviert?«, fragte Carey.

»Nur, um den Londoner Teil der Geschichte zu überprüfen, Kind.«

»Aber woher wusstest du, dass es überhaupt einen Londoner Teil gibt?«

»Das habe ich geraten. Zunächst aufgrund der Briefe mit dem Poststempel von Reading. Man muss zwar nicht umsteigen, wenn man mit dem Zug von Oxford nach London fährt, aber die meisten Züge halten in Reading, es wäre also ein Leichtes, dort einen Brief einzuwerfen. Und außerdem gab es da diesen Verweis auf die Boar's Head Tavern. Der einzige Gasthof dieses Namens, der für unseren mörderischen Amateur-Literaten von Interesse sein könnte, ist die Boar's Head Tavern, die früher einmal in Eastcheap stand und durch

Shakespeare Berühmtheit erlangte. Mistress Quickly war die Wirtin, und Falstaff hat seinen Sherry bei ihr getrunken.«

»Sherry? Boar's Head Tavern?«

»Das Zitat mit dem Ingwer und der Speckseite, Kind. Und die Initialen B. H. T.«

Carey grinste.

»Du bist wohl selbst eine kleine Amateur-Literatin, meine Liebe, was?«

»Die Verbindung zum Mord ist natürlich der Name – Boar's Head«, sagte Mrs. Bradley und ignorierte seine Stichelei.

»Und ausgerechnet du bringst uns zu Weihnachten einen mit«, sagte Carey, als ihm das schwere Paket wieder einfiel, das sie in die Küche geschleppt hatten. Mrs. Bradley nickte. »Dann ist Pratt ja so gut wie überführt.«

»Nicht unbedingt. Es ist gut möglich, dass er seine Informationen nicht aus dem Lesesaal einer öffentlichen Bibliothek bezogen hat. Aber das zu klären, können wir dankenswerterweise getrost der Polizei überlassen.«

»Aber du hast doch gesagt, dass du ihn verhaften lassen könntest, falls es dir gelänge, den Mord an Fossder irgendwie in das Gesamtbild einzufügen.«

»Nun ja, das könnte ich, aber der Inspektor verdächtigt immer noch den armen Geraint Tombley. Außerdem würde ich ihn nur sehr ungern verhaften lassen. Schließlich hat er nicht besonders viel Unheil angerichtet.«

»Menschenleben sind dir nicht gerade heilig, was?«

»Nun, nicht heiliger als die anderer Wesen«, sagte Mrs. Bradley. »Warum auch? Ohnehin wäre es gegenwärtig äußerst schwierig, ihm seine Schuld auch nachzuweisen. Geschworene halten sich gern an etwas Greifbares. Theoretisches Geschwätz über den Ödipuskomplex gefällt ihnen ganz und gar nicht.«

»Was hat denn Ödipus damit zu tun?«, fragte Carey.

»Ich denke, wenn wir nur tief genug graben, finden wir da bestimmt was«, sagte Mrs. Bradley und schenkte ihm ein spöttisches Echsengrinsen.

»Jetzt mal im Ernst! Wann hast du vor, den Inspektor zu einer Verhaftung aufzufordern?«

»Nach dem Mordversuch an seinem dritten Opfer, vermutlich.«

»Aber was, wenn ... Ich meine, das ist doch eine furchtbare Verantwortung, die du dir da aufbürdest.«

»Nein. Gefahr erkannt, Gefahr gebannt. Das Einzige, was mir Sorgen bereitet, ist die Möglichkeit, dass das Opfer sich der Bedrohung bewusst werden und den Spieß umdrehen könnte.«

»Und den Mörder ermordet?«

»Ja. Andererseits wäre das natürlich durchaus eine elegante Lösung.«

»Ziemlich makaber.«

»Nicht wirklich, Kind.«

Fünfzehntes Kapitel

ECKENFORMATION UND GLEICHSCHRITT IN GARSINGTON

»Also«, sagte Carey am Morgen des Ostersonntags. »Wir haben endlich unsere Morris-Truppe beisammen und fangen morgen ernsthaft an zu proben. Ditch, Walt, Bob, Pratt, falls er genügend Fortschritte macht, Priest und ich. Wir treffen uns jeden Montagabend, und Pratt bekommt zusätzliche Übungsstunden. O, und Fay hat übrigens ihre Verlobung gelöst.«

»Hat sie das? Tatsächlich?«, sagte Hugh. »Also wird jetzt wohl Tombley mein Schwager, und nicht Pratt, nehme ich an.«

»Es sei denn, er wird noch vor seinem Hochzeitstag gehängt«, warf Mrs. Bradley ungewohnt pessimistisch ein.

Hugh sah sie verstört an.

»Du lieber Gott! Die Polizei verfolgt doch etwa nicht noch immer diese uralte Spur? Warum um alles in der Welt legen sie die Sache nicht endlich zu den Akten? Sie werden doch nach all dieser Zeit wohl kaum noch etwas Neues finden.«

»Ja, es hat nicht gerade den Anschein, als würde ihnen das gelingen«, sagte Carey. »Aber Tombley haben sie nun mal immer noch schwer in Verdacht. Schließlich hat er sich zu einem sehr reichen Mann gemausert, weißt du? Das Vermögen des alten Simith hat sich als noch sehr viel umfangreicher herausgestellt, als das irgendjemand vermutet hatte, und Tombley hat nun ein sehr komfortables Auskommen, auch wenn er keineswegs ein Millionär ist. Gerade erst hat er eine Middle-White-Zuchtsau gekauft, für die ich alles geben würde. Mein Gott, ist die eine Schönheit! Ein Gesicht wie ein Mops, das liebreizendste Wesen, das man sich nur vorstellen kann. Und dann schafft sie auch noch durchschnittlich 11,9 Ferkel pro Wurf, die in einem Alter von drei Wochen im Schnitt 135,4 Pfund wiegen!«

»Großartig!«, sagte Mrs. Bradley, die nach der sorgfältigen Lektüre des staatlichen Bulletins zur Schweinezucht, das sie aus Roman Ending hatte mitgehen lassen, sehr wohl begriff, was diese Zahlen zu bedeuten hatten.

»Sie kommt aus einem Wurf von dreizehn Ferkeln, von denen ganze zwölf großgezogen wurden. Der Erzeuger ihres Erzeugers war der berühmte Kesteven Hamilcar III., das Vatertier ihrer Muttersau Kerriston Blueboar VII., die Muttersau ihres Vatertiers Compton Old Rose IV. und das Muttertier ihrer Muttersau Bericastle Bathsheba X. Einen schöneren Stammbaum für ein Zuchttier findet man in zwölf Grafschaften nicht. Ein fantastisches Tier! Letztes Jahr hat es den ersten Preis in Tring gewonnen, den zweiten in Peterborough und wurde sogar zur Schau der Royal Agricultural Society eingeladen.«

Hugh sah Mrs. Bradley an und zog die Augenbrauen hoch. Denis sagte: »Also ich hätte ja viel lieber einen anständigen Schäferhundwelpen. Walt kennt einen Mann in Garsington, der einen zum Verkauf anbietet, aber ich weiß nicht, wie viel er dafür haben will. Walt hat gesagt, er würde mich nächste Woche mal mit rübernehmen.«

»Ich komme mit«, sagte Mrs. Bradley. »Um dafür zu sorgen,

dass auch alles mit rechten Dingen zugeht. Aber Denis, wird deine Mutter es dir denn erlauben, einen Hund mit nach Hause zu bringen?«

»Wir dürfen die jetzt sogar in der Schule halten. Ich würde ihn einfach dorthin mitnehmen. Wenn man einen Hund hat, muss man nicht diesem blöden Käfer-Verein beitreten, das zählt dann nämlich als Naturkunde. Man muss sogar eine Prüfung in Tierhaltung bestehen. Wir haben einen Tierarzt im Lehrerkollegium und auch eine offizielle Erlaubnis des Tierschutzvereins. Einen Tag nach den Sportwettkämpfen werden wir eine Tierschau veranstalten. Nichts ist verboten, außer Affen. Spewdie hat sogar ein Leopardenjunges, aber das muss in den Zoo, sobald es sechs Monate alt ist. Die kleine Bestie beißt jetzt schon ziemlich heftig zu, sagt Spewdie. Der ist andauernd damit beschäftigt, sich mit Jod und so was zu bepinseln, aus Angst vor Tetanus.«

»Du liebe Güte!«, sagte Mrs. Bradley zutiefst beeindruckt.

»Was ist nur heutzutage aus den Schulen geworden!«, sagte Hugh.

»Ach, ich weiß nicht«, sagte Carey. »Diese obligatorischen Sportwettkämpfe sind doch im Grunde ziemlich unfair, finde ich. Wenn man ein wenig älter ist, geht's ja noch, aber ich weiß noch genau, wie ich erst auf dem Feld auf das Übelste zugerichtet und dann noch ins Büro des Direktors geschleift wurde. Und dort habe ich dann ein paar um die Ohren bekommen, weil ich angeblich gebummelt habe.«

»Das geschah dir nur recht«, sagte Hugh. »Du *hast* gebummelt, daran erinnere ich mich genau!«

»Wenigstens habe ich nie so getan, als wäre ich krank, um mich vor dem Spiel gegen die Lehrer zu drücken«, sagte Carey.

»Du lieber Gott! Das hat Hugh gemacht?«, fragte Denis missbilligend. Hugh warf ein Buch nach ihm und ein zweites nach Carey und wandte sich dann wieder der Angel zu, die er gerade auseinandernahm.

Die anderen drei gingen in die Kirche und setzten sich in eine der hinteren Reihen, wobei Denis unmittelbar neben dem grotesk geschnitzten Kopf Platz nahm, der den Abschlusspfosten der Kirchenbank zierte. In Stanton St John lebten etwa vierhundert Menschen, und in die Kirche passten zweihundertfünfzig. An jenem Ostersonntagmorgen war sie bis auf den letzten Platz gefüllt. Die Dorfmädchen in ihren Festtagsgewändern saßen in einer eigenen Reihe, und auf der gegenüberliegenden Seite saßen die jungen Ehefrauen mit ihren frischen Gesichtern und unbequemen Halskragen. Mrs. Bradley, die zwischen Carey und Denis saß, betrachtete die Spitzbögen im Kirchenschiff, und wenn es der Verlauf des Gottesdienstes verlangte, kniete sie sich automatisch hin und stand ebenso automatisch wieder auf. Ab und zu schaute sie zum Ostfenster hinüber, und manchmal ließ sie ihren Blick über die Deckenwölbung des Altarraums gleiten oder über die geschnitzten dunkelbraunen Köpfe an den Enden der Kirchenbänke vor ihr. Sie war mit ihren Gedanken nicht bei der Sache. Sie musste eine Entscheidung treffen und tat das schließlich auch, kurz vor Ende der Predigt. Sie schwieg, während sie zusammen die Stufen zur Straße hinunterstiegen und den Weg zum Alten Hof einschlugen. Die Weißdornbüsche hatten sich in ein zartes Hellgrün gehüllt, ihre jungen Blätter sprossen wie flackernde grüne Flammen an den schwärzlichen Ästen und den winzigen, dornigen Zweigen. Die Haselkätzchen hingen schwer herab vor lauter gelber Pollen. Sie waren spät dran, denn es war ein endlos scheinender, harter Winter gewesen. Die sich eben erst entfaltenden Blätter der Eichen schimmerten rötlich, und die gewaltigen Äste hatten noch ihre kahlen, winterlichen Konturen. Wie Riesen ragten vereinzelt Ulmen in den Feldern auf. Eine Gruppe junger Leute kam vorbei, die sich gegenseitig in dem breiten, so angenehm heimelig klingenden Oxfordshire-Dialekt aufzogen. Als Nächstes begegneten sie einem Mann mit einem Pferd. Der Mann trug seine beste Sonntagskleidung, und das Pferd glänzte wie eine eben erst aus ihrer Schale geschlüpfte Kastanie. Sein Besitzer hatte ihm die Mähne geflochten und Strohhalme und kleine rote Schleifen hineingesteckt.

»Guten Morgen«, sagte der Mann. »Ein schöner Morgen!«

»Ja, es sieht gut aus für den morgigen Feiertag«, antwortete Mrs. Bradley höflich.

»Ich mag es, wie die Leute unterwegs immer mit uns reden«, sagte Denis.

»Ja«, stimmte sie ihm zu. »Wann wolltest du noch mal nach Garsington fahren?«

»Am Dienstag. Morgen werde ich für die Morris-Tänzer spielen, und danach möchte ich mit Mrs. Ditch auf dem Dampfboot von Oxford nach Henley fahren. Die Dorffrauen kommen alle mit, und Linda hatte einen Platz reserviert, aber jetzt will sie nicht mehr, und da hat Mrs. Ditch gesagt, sie würde mich gern mitnehmen. Der Fuhrmann bringt sie in seinem Lieferwagen bis zur Folly Bridge. Aber wir sind zu elft, und in den Lieferwagen passen nicht mehr als fünf, also habe ich keine Ahnung, wie wir uns da alle hineinquetschen sollen. Was meinst du?« Er hielt inne und wurde rot. »Ich muss doch wohl nicht auf Mrs. Ditchs Schoß sitzen, oder?«

»George kann die Überzähligen in meinem Auto mitnehmen«, sagte Mrs. Bradley.

Das Ostersonntagsessen bestand aus Brathuhn, gekochtem Schinken, Gemüse und Kartoffelpüree. Auf ihre Einladung hin gesellte sich Tombley zu ihnen und nahm auch noch die Teemahlzeit mit ihnen ein. Seit dem Tod seines Onkels war er sehr viel fröhlicher und geselliger geworden. Nach dem Mittagessen ging er mit Denis nach draußen, um sich die Zeit bis zum Tee mit Luftgewehrschießen zu vertreiben. Nach dem Tee übte er dann mit Carey und Ditch die Morris-Tanz-Sprünge.

»Wir sollten eine richtig gute Truppe zusammenbekommen«, sagte Carey. »Natürlich müssen wir uns noch einen anderen Narren suchen, denn wenn Ditch das Musizieren übernimmt, wird Priest tanzen müssen. Was schade ist, denn Priest gibt einen sehr guten Narren ab, obwohl er so ein Hohlkopf ist, und Ditch ist unser bester Tänzer. Aber da kann man wohl nichts machen.«

»Könntet ihr denn nicht ohne Narren auskommen?«, fragte Hugh.

»Na ja, die Headington-Leute haben immer einen – oder *hatten* ihn jedenfalls«, antwortete Carey. »Und in Bampton, natürlich ...«

»Ein seltsamer Kopfschmuck, bemaltes Gesicht,
Als wär es ein Kobold, der übelste Wicht«,

zitierte Hugh treffend. Er sah Mrs. Bradley an.

»Sie lesen doch so gern zeitgenössische Gedichte, trotzdem wette ich, Sie wissen nicht, woher das stammt«, bemerkte er.

»Die Herausforderung nehme ich an. Wie viel Zeit gewähren Sie mir?«, fragte sie.

»Wie viel Zeit möchten Sie denn haben?«

»Bis Dienstag um Mitternacht, würde ich sagen.«

Hugh lachte und willigte ein, und Tombley ging heim, um die Schweine zu füttern.

»Wäre schon seltsam gewesen, wenn Fay und Mrs. Fossder das ganze Geld geerbt hätten und Jenny leer ausgegangen wäre«, sagte Carey später. »Besonders deshalb, weil Fossders Spekulationen sich so großartig entwickelt haben.«

Denis war George besuchen gegangen, um mit ihm über die morgige Autofahrt zu reden, und auch Hugh hatte sich verabschiedet und ließ sich von Priest in einem kleinen Ponykarren nach Iffley kutschieren, um Jenny zu besuchen.

»Er hätte sich doch mein Motorrad ausleihen können«, bemerkte Carey, als er von Hughs Plänen hörte.

»Ich glaube, er möchte das Wochenende im Isis Anglerhotel verbringen«, sagte Mrs. Bradley. »Aber Kind, die Mädchen sind in Fossders Testament mit keinem einzigen Pfennig bedacht worden. Es sind ihre Ehemänner, wie du dich vielleicht erinnerst, die das ganze Geld bekommen sollen.«

»Wie auch immer, ich bin jedenfalls sehr froh, dass Jenny für ihre eigene Mitgift aufkommen kann.«

»Ja, natürlich, das bin ich auch.« Sie nahm ihr Strickzeug zur Hand und ging zum Fenster hinüber. Der Kirschbaum und der Birnbaum standen in prächtiger Blüte, und in dem schmalen Blumenbeet unterhalb des Fensters verströmten die dunklen Blüten des Schöterichs ihren schweren Duft. Carey durchquerte den Raum und stellte sich neben seine Tante.

»Meine Liebe, mir scheint, du grübelst finster vor dich hin«, sagte er.

»Ja, Kind, das tue ich. Was hältst du von Priest?«

»Was ich von ihm halte? Na ja, er ist hässlich wie die Nacht und auch ziemlich dumm, würde ich sagen, aber er ist natürlich ein sehr guter Gehilfe.«

»Glaubst du, es wäre gerechtfertigt, wenn man zuließe, dass er getötet wird?«

Carey stieß einen Pfiff aus.

»So also läuft der Hase, wie? Na ja, er hat den alten Simith leidenschaftlich gehasst, würde ich meinen. Dennoch kann ich nur schwer glauben, dass er ihn ermordet hat. Außerdem, ich dachte, du hättest dich auf Pratt eingeschossen?«

»Und der Inspektor hat Tombley im Visier. Das alles ist äußerst deprimierend«, sagte Mrs. Bradley unvermittelt. »Wär ich nur frei und hütete die Schafe««, zitierte sie düster.

»Kopf hoch, liebes Tantchen! Morgen ist ein Feiertag!«

Um neun Uhr früh fuhr George mit Mrs. Bradleys Auto zu dreien der Cottages im Ort und traf anschließend mit seiner Fracht aus Dorfbewohnerinnen auf dem Alten Hof ein. Dort gesellten sich Mrs. Bradley und Denis zu den anderen Passagieren, und George fuhr sie zum Treffpunkt. Unterwegs verabschiedete sich Mrs. Bradley am Carfax Tower in Oxford von ihren Mitreisenden, winkte mit ihrer mageren Klaue, als das Auto auf die St Aldate's Street in Richtung Folly Bridge abbog, und eilte dann mit raschen Schritten zum Bahnhof. Um zwölf Uhr saß sie bereits in einem Londoner Taxi und ließ sich zu ihrem Haus in Kensington fahren. Ihre Diener Henri und Celestine hatten frei, und so durchstöberte sie

357

höchstpersönlich die Küche nach etwas Essbarem, bereitete sich ein Mittagessen zu und trank eine Tasse Tee. Danach rief sie Sir Selby Villiers an.

»Schwierig«, sagte Sir Selby. »Ich gehe mal nicht davon aus, dass wir ihn heute noch ausfindig machen können.«

»Aber es hat doch sicher noch jemand anderes einen Schlüssel?«

»O ja, die Putzfrau. Aber Sie müssten erst die Erlaubnis dafür einholen.«

»Die hole ich ja gerade ein. Bei Ihnen. Es ist von äußerster Wichtigkeit, dass ich das Gebäude ganz für mich allein habe, und heute bietet sich eine ideale Gelegenheit dazu. Die nächste wäre erst am kommenden Sonntag, und da könnte es bereits zu spät sein.«

»Also gut. Ich schicke Ihnen einen Polizisten. Aber morgen weiß das ganze Viertel davon, das ist Ihnen doch wohl klar.«

»Das ist schon in Ordnung so. Tausend Dank!«

»Aber dann vertrauen Sie mir endlich die Wahrheit an, wenn wir uns sehen, ja?«

»Natürlich werde ich das. Auf Wiederhören!«

Denis genoss den Tag in vollen Zügen. Es war das erste Mal in seinem Leben, dass er die einzige männliche Person in einer größeren Gruppe war. Die unermüdliche Fürsorge, die er den Frauen aus dem Dorf zuteil werden ließ, sein unbedingter Wunsch, sie mögen es so bequem wie möglich haben, und seine Freude darüber, dass man ihn die Barkasse fast fünfzig Meter weit ganz allein navigieren ließ, hätte seiner Großtante, wäre sie dabei gewesen, vor lauter begeisterter Anteilnahme ihr typisches meckerndes Gelächter entlockt.

Die Dorffrauen genossen den Ausflug ebenfalls. Das Wetter blieb unverändert schön, auch wenn es kein strahlender Sonnentag war. George und der andere Fahrer verbrachten den Tag in Reading, wo sie auf einem Straßenfest zwei Mädchen kennenlernten und mit ihnen ins Kino gingen. Dennoch trafen sie rechtzeitig in Henley ein, um die Ausflugsgesellschaft und seltsamerweise auch Mrs. Bradley aufzulesen, die genau in dem Moment, als George am Straßenrand hielt, aus dem Gasthof Mitre trat.

»Gut gemacht, George«, sagte sie.

»Danke, Madam«, antwortete George, während er die Tür für sie aufhielt.

»Und was hast du so gemacht, Tante Bradley?«, wollte Denis wissen.

»Ich war in London, Kind, und dann in Tanners Walk.«

»Weshalb denn das?«

»Um eine Maus zu fangen«, antwortete Mrs. Bradley. Sie zog eine nicht besonders fröhliche Grimasse und rezitierte dann, halb zu sich selbst:

»Mietzekatze, Mietzekatze, wo gingst du hin?
Ich war in London, bei der Königin.
Mietzekatze, Mietzekatze, was tatst du dort?
Ich fing eine Maus am selbigen Ort.«

Denis kicherte.

»Und hattest du einen schönen Tag, Kind?«, fragte sie.

»Es war wunderbar. Ich bin in den Fluss gefallen, durfte die Barkasse lenken, wir sind kurz mal auf Grund gelaufen, und dann habe ich auf der Kirmes zwei Kokosnüsse gewonnen. Mrs. Barton ist die Böschung runtergerollt, und wir haben alle geschrien, und Mrs. Peel ist gepaddelt, und dann ist sie ausgerutscht und saß plötzlich im Wasser, und da haben wir noch mal alle geschrien, und ich habe sieben Flaschen Ingwerbier getrunken und dreizehn Eishörnchen gegessen. Glaubst du, das ist schlimm, weil es eine Unglückszahl ist?«

»Eis, bei diesem Wetter, Kind?«

»Aber warum denn nicht, Tante Bradley. Eis ist schließlich ein Nahrungsmittel, und sie waren alle so schrecklich nett zu mir und haben eins nach dem anderen für mich gekauft, und da wollte ich doch nicht nein sagen. O, und dann haben wir uns alle noch fotografieren lassen, auf der Kirmes.«

Am Abend spielte er eine Stunde für die Tänzer und ging dann zu Bett.

»Ich hoffe, er wird nicht krank!«, sagte Mrs. Bradley. Aber das wurde er nicht.

»Hör mal«, sagte er am nächsten Morgen. »Wegen dieser Wette, die du mit Hugh abgeschlossen hast ...«

»Was für eine Wette meinst du, Kind?«, fragte Mrs. Bradley. Denis nahm sich eine Portion Bratkartoffeln, und Mrs. Ditch legte noch eine Scheibe Blutwurst auf seinen Teller.

»Du weißt schon, wegen dieses Zitats, von dem du meintest, dass du es finden kannst. Hast du da schon eine Idee?«

»O ja«, sagte Mrs. Bradley, klang dabei aber niedergeschlagen. »Ich habe eine Menge Ideen. Beängstigend viele, genauer gesagt. Sehr bedauerlich. Aber es war doch eigentlich gar keine Wette, Kind. Wann wollen wir denn nun nach Garsington fahren, um deinen kleinen Hund zu holen?«

Denis zögerte.

»Er hat gestern sein ganzes Geld ausgegeben«, erklärte

Carey. »Er hat nämlich sämtliche Damen des Dorfes eingeladen, der Arme. Da siehst du, wo es hinführt, wenn man sich wie ein wahrer Gentleman verhält!«

»Na ja, sie haben mir ja auch andauernd was gekauft. Das war echt ziemlich schrecklich«, sagte Denis über den Rand seiner Kaffeetasse hinweg.

»Das macht doch nichts«, sagte seine Großtante fröhlich. »Du hast doch bestimmt bald Geburtstag, Kind, oder nicht? Ich könnte dir ja ausnahmsweise mal vorab ein Geschenk machen.«

»Du bist famos!«, sagte Denis. »Wirklich und wahrhaftig famos! Das ist ganz schrecklich nett von dir, Tante Bradley! Können wir jetzt direkt losfahren?«

»Warum nicht?«, sagte Mrs. Bradley. »Dann komm mal mit.«

Sie fuhren mit dem Auto durch Forest Hill und Wheatley, dann am Coombe Wood entlang, ließen die Abzweigung nach Horsepath hinter sich und waren schon bald in Garsington eingetroffen.

»Wir wollen zu Mr. Wests Haus«, sagte Denis. »Aber ich weiß nicht, wo das ist. Wir werden jemanden fragen müssen.« Sie ließen das Auto an der alten Ziegelei stehen und liefen durch das Dorf mit seinen weit verstreuten Häusern. Es lag am Fuß eines Hügels, inmitten von Bäumen und Gärtnereien – ein stilles, kleines Provinznest, abseits der zahlreichen Hauptstraßen, die nach Oxford führten. Die Häuser waren teils mit Stroh, teils mit Ziegeln gedeckt, es gab alte und neue Häuser und sandige Straßen, deren Bürgersteige lediglich aus grünen Grasstreifen bestanden. Das eine Ende des Dorfes lag an einer Straßengabelung, sodass es ganz gleich war, welcher Richtung sie sich vom Dorfkreuz aus zuwandten, denn am Ende würden sie wieder auf derselben Straße herauskommen.

Kurz blieben sie vor einem alten Denkmal stehen, das auf einem Sockel aus Stufen ruhte, wichen einem Pferdekarren aus und überquerten dann die Straße, um im Gasthof nach Mr. West zu fragen.

»Ah, da müssen Sie nach Blenheim«, erklärte der Gastwirt und gab ihnen seinen Sohn zur Begleitung mit, damit er ihnen den Weg zeigte. Mr. West war, wie sich herausstellte, ein Kleinbauer, der Gemüse und Blumen für seinen Marktstand in Oxford anbaute. Er hatte vier Welpen zum Verkauf. Denis brauchte zwanzig Minuten, um sich zu entscheiden, aber schließlich wurden sie handelseinig und kehrten mit dem lebhaften, hübschen Hündchen zum Auto zurück.

»Wann willst du denn deine Wette mit Hugh endlich gewinnen? Ich nehme an, er muss heute wieder zur Arbeit«, sagte Denis. Sie waren in Roman Ending ausgestiegen, damit Mrs. Bradley sich kurz mit Tombley unterhalten konnte.

»Es war doch eigentlich gar keine Wette«, wiederholte Mrs. Bradley. Sie seufzte. Dann holte sie ihr Notizbuch hervor, trug mit ihrem Füllfederhalter das Datum und ein paar Zeilen ein, wedelte das Buch in der Luft hin und her, damit die Tinte trocknen konnte, und riss dann die Seite heraus.

»Nimm das und bewahre es sicher auf. Das ist die Antwort auf Hughs Frage«, sagte sie.

»Darf ich es lesen, Tante Bradley?«

»Wenn du meine Schrift entziffern kannst, gern.« Was Denis mit Leichtigkeit gelang, denn die Buchstaben waren zwar winzig, aber überaus ordentlich geschrieben.

»Das Zitat stammt aus einer Ballade mit dem Titel *Der*

Morris-Narr, von dem in Bampton-in-the-Bush in Oxford-shire geborenen Dichter William Wells. Sie erschien in der Zeitschrift *EFDS News* vom April 1936«, las er laut vor. Er sah seine Großtante verwirrt an.

»Aber das ist doch die Ausgabe von diesem Monat! Wo hast du die denn aufgetrieben, Tante Bradley? Du hast doch nicht etwa ein Exemplar dabei, oder?«

»Nein, Kind, ich habe die Zeitschrift in einer Bibliothek gefunden.«

»Ja, aber die Bibliotheken sind doch gerade alle geschlossen! Und Hugh hat dir das Zitat erst gestern genannt.«

Mrs. Bradley kicherte.

»Ich habe so meine Methoden«, sagte sie und stupste ihn in die Rippen. »Da ist Geraint Tombley, Kind. Lauf und fang ihn ab, bevor er einen seiner neuen Schweineställe erreicht hat, denn sonst bekommen wir kein vernünftiges Wort mehr aus ihm heraus.«

Denis rannte Tombley hinterher, der sich daraufhin umdrehte und winkte. Gemeinsam warteten die beiden, bis Mrs. Bradley sie eingeholt hatte.

»Was ist denn jetzt schon wieder passiert?«, fragte Tombley.

»Ich müsste mal kurz in Ihren Holzschuppen.«

»Na schön. Ich halte Sie nicht auf. Aber was wollen Sie denn da drin?«

»Einen vergrabenen Schatz suchen«, erklärte Mrs. Bradley feierlich.

»Der gehört mir, wenn er sich auf meinem Grund und Boden befindet, das wissen Sie doch sicher.«

»Ziehen Sie nicht so ein Gesicht. Sie werden ihn nicht haben wollen. Wahrscheinlich wären Sie sogar froh, wenn ich ihn direkt wieder vergraben würde«, sagte Mrs. Bradley geheimnisvoll. »Denis, geh und füttere zusammen mit Geraint die Schweine.«

Denis und Tombley schlenderten in Richtung Ställe.

»Dieser Inspektor aus Headington hat hier schon wieder rumgeschnüffelt«, sagte Tombley zu dem Jungen. »Der besaß doch glatt die Dreistigkeit, mir zu sagen, dass ich, wenn Mrs. Bradley nicht wäre, längst im Gefängnis gelandet wäre!«

»Na ja, das wären Sie ja auch, nicht wahr?«, sagte Denis. Tombley runzelte die Stirn. Dann lachte er.

»Tja, nun, ich nehme an, das wäre ich tatsächlich«, gab er reumütig zu. »Aber es geht mir nun mal auf die Nerven! Ich wünschte, sie würden endlich herausfinden, wer der Täter ist!«

»Ich nehme an, Tante Bradley weiß es.«

»Maurice Pratt«, sagte Tombley.

»Nein, ich glaube, es war Hugh.«

»*Hugh?* Ich klammere mich ja gern an alles und jeden, der zwischen mich und den Galgen tritt, aber ich denke doch, es müsste jemand sein, der sich in dieser Gegend hier auskennt«, sagte Tombley. »Außerdem ist da ja auch noch die Frage des Motivs, nicht wahr?«

»O ja, natürlich, das stimmt. Also gut, wer hat Ihren Onkel denn gehasst?«

»Nun, *ich* habe mich sehr oft mit ihm gestritten. Und der alte Fossder in Iffley, natürlich. Aber Fossder war schon tot, als mein Onkel gestorben ist, also kann es mit ihm nichts zu tun haben, stimmt's? Der Inspektor verdächtigt natürlich mich, gerade weil es weithin bekannt ist, dass mein Onkel und ich uns andauernd in die Haare gekriegt haben. Außerdem habe ich ja auch noch sein ganzes Geld geerbt.«

»Aber ich nehme doch an, Sie haben es *nicht* getan?«, fragte Denis höflich. »Nicht, dass Sie es mir gegenüber zugeben würden, natürlich!«

Sie erreichten den ersten der neuen Ställe. Tombley ging hinein, ohne die Frage zu beantworten, und Denis folgte ihm.

Derweil betrat Mrs. Bradley den Holzschuppen und betrachtete den Boden. Um die Steinplatte herum lag eine dicke Staubschicht. Es war nicht zu übersehen, dass mehrere Wochen vergangen waren, seit sie das letzte Mal bewegt worden war. Mrs. Bradley baute sich über dem unterirdischen Gang auf und begann, mit einschmeichelnder Stimme auf ihn einzureden.

»Du musst doch für irgendetwas benutzt worden sein, habe ich recht?«, sagte sie. »Falls du nicht zum Alten Hof führst – und es ist offensichtlich, dass du das *nicht* tust –, welchem Zweck dienst du dann, frage ich mich?«

»Dem Schmuggel, denke ich«, sagte eine raue männliche Stimme vom Eingang her.

»Ah, kommen Sie doch herein, Priest«, sagte Mrs. Bradley freundlich. »Sie sind genau der Mann, den ich brauche. Holen Sie doch bitte mal eine Stange oder so etwas und helfen Sie mir, diese Platte hier hochzustemmen.«

Priest schlurfte davon und kehrte mit genau derselben Eisenstange zurück, die auch Carey benutzt hatte. Es dauerte nur wenige Augenblicke, und die Steinplatte lag neben dem Loch. Mrs. Bradley und Priest starrten in die Tiefe.

»Alte Grundmauern, die man ausgehöhlt hat«, sagte Priest erklärend, stützte die Hände auf die Knie und lehnte sich noch ein Stück weiter vor.

»Priest«, sagte Mrs. Bradley, »lohnt sich Erpressung eigentlich?«

Der Gehilfe starrte sie an, während sie sich aufrichtete.

»Was war das, Ma'am? Was haben Sie gesagt?«

»Lohnt sich Erpressung?«

»Tja, keine Ahnung. Hängt wohl davon ab, wer daran beteiligt ist.« Er warf ihr einen argwöhnischen Blick zu und verließ den Schuppen. Mrs. Bradley trat an die Tür und sah ihm nach, bis er den nächstgelegenen Stall erreicht hatte, der mehr als zweihundert Meter entfernt war. Dann ging sie zu dem Loch zurück, holte ihre Taschenlampe hervor und kletterte die Leiter hinunter. Sie folgte dem Verlauf des kreisförmigen Gangs, so wie Carey es getan hatte, und musterte alles sehr sorgfältig, ohne jedoch zu finden, was sie suchte.

Als sie sich nach etwa einer Dreiviertelstunde den Staub vom Rock klopfte und wieder hochstieg, stand Priest neben dem Loch.

»Ah, Sie haben mich nicht eingeschlossen, wie ich sehe«, sagte sie mit einem teuflischen Grinsen. Priest streckte ihr die Hand entgegen, um ihr herauszuhelfen, doch Mrs. Bradley ergriff sie nicht.

»Die ist dreckig, Priest«, sagte sie. Er starrte kritisch auf seine gewaltige Pranke.

»Das kann schon sein. Aber es ist sauberer Dreck«, sagte er.

»Unsinn, Mann! Das ist die Blutschuld, weil Sie jemanden erpresst haben«, sagte Mrs. Bradley und starrte ihm ins Gesicht.

»Nicht doch, Ma'am, ich habe niemanden erpresst. So was machen nur Leute aus der Stadt! Ich kenne niemanden, den ich erpressen wollen würde.«

»Ich bin sehr froh, das zu hören«, sagte Mrs. Bradley seelenruhig, grinste dem Gehilfen vielsagend ins Gesicht und verließ den Schuppen.

Sie kam gerade rechtzeitig nach draußen, um Tombley und Denis zu begegnen.

»Übrigens, Kind, was haben Sie damit gemacht?«, fragte sie.

»Was habe ich womit gemacht?«, fragte Tombley.

»Mit der Verkleidung.«

»Mit der ... du liebe Güte! Sie haben die Spur doch wohl nicht bis hierher zurückverfolgt?«

»Die Spur? Nun ...« Sie hielt inne, während ihre klugen schwarzen Augen sein verschwitztes Gesicht betrachteten.

»Ich meine, wie kommen Sie darauf ... Ich meine, weiß der Inspektor davon?«

Mrs. Bradley lachte, und Denis rief: »Sie dummer Esel, Tombley! Sie verraten sich doch gerade!«

»Ja ... äh, nein«, sagte Tombley.

»Jetzt kommen Sie schon, Geraint. Erzählen Sie keinen Unsinn«, sagte Mrs. Bradley.

»Aber wofür brauchen Sie denn die Verkleidung?«, fragte Tombley.

»Ich brauche sie nicht, Kind. Aber sie war in dem Loch unter dem Boden des Holzschuppens versteckt, nicht wahr?«

»Nun ja, dort hat Onkel Simith sie hingetan.«

»Warum?«

»Er wollte sie behalten, glaube ich. Und als man ihn dann tot auf dem Shotover Hill gefunden hat, da sah es ziemlich übel für mich aus, also dachte ich, dass ich das Zeug besser woanders verstecken sollte.«

»Das war überaus töricht von Ihnen, Kind.«

»Da bin ich mir nicht so sicher. Schließlich hätte sie diesen verdammten Inspektor doch endgültig von meiner Schuld überzeugt.«

»Wo hatte Ihr Onkel die Verkleidung denn überhaupt her?«

»Das weiß ich nicht.«

»Unsinn!«, sagte Mrs. Bradley. Sie starrten sich gegenseitig an. Dann zuckte er resigniert mit den Schultern.

»Also gut. Ich gebe sie Ihnen und erzähle Ihnen alles, was ich weiß.«

»Braver Junge!« Sie ging neben ihm her zum Haus hinüber.

»Ich habe die Verkleidung aus dem Holzschuppen geholt, sobald mir klar war, dass die Polizei mich im Visier hatte, und habe sie unter dem Ziegelboden in Neros Koben versteckt.«

»Also können Sie *doch* Neros Koben betreten?«

»Tja, ja, ich denke schon. Ja. Es ist natürlich riskant, aber wenn es unbedingt nötig ist ...«

»Aber ich dachte«, sagte Mrs. Bradley mit Nachdruck, »dass sich außer Priest niemand traut, in Neros Koben zu gehen.«

»Tja, man empfand das als nicht gerade angenehm ... O Gott, jetzt klinge ich schon wie Pratt!«

»Aber man konnte sich, wenn es erforderlich war, dazu überwinden«, sagte Mrs. Bradley streng.

»Nun, ich denke schon, ja.«

»Geraint«, sagte Mrs. Bradley kummervoll. »Sie sind sehr töricht gewesen.«

»Aber ...«

»Gehen Sie und holen Sie die Verkleidung, sofort! Der Koben ist ja jetzt leer. Ach, und noch etwas! Wer hat Ihnen geholfen, Nero in den Schweinestall umzusiedeln?«

»Wie? O, Priest, natürlich.«

»Natürlich«, sagte Mrs. Bradley. Sie blieb stehen und sah ihn an. »Hören Sie auf, mich anzulügen.«

»Also schön, meinetwegen«, sagte Tombley. Er räusperte sich. »Die Sache ist die: Ich habe den alten Nero getötet. Der Eber im Schweinestall ist nicht Nero. Es ist ein neuer großer Weißer namens Potiphar – Hamptonwick Potiphar VII., um genau zu sein.«

»Warum haben Sie denn den alten Nero geschlachtet?«, fragte Denis.

»Der Grund dafür liegt doch auf der Hand, Denis. Denk mal scharf nach«, sagte Mrs. Bradley leise. »Hat Priest gesehen, wie Sie ihn getötet haben?«

»Nein. Ich habe es eines Nachts mit einem Gewehr getan, als Priest nach Hause gegangen war. Der Inspektor hat sich Potiphar genau angesehen, als er das letzte Mal hier war, aber er hat nichts gesagt.«

Er ließ Mrs. Bradley und Denis in der Küche zurück. Eine Frau aus dem Dorf kam jeden Tag, um zu kochen und zu putzen, deshalb war alles sehr ordentlich, und der Raum machte einen wesentlich heimeligeren Eindruck, als er das zu Simiths Lebzeiten getan hatte. Dort saßen sie, zusammen mit dem Welpen, und warteten. George hatte zunächst im Auto auf den Hund aufgepasst, aber Denis war ihn in der Zwischenzeit holen gegangen, um ihn Tombley zu zeigen, während Mrs. Bradley im Holzschuppen beschäftigt gewesen war. Nach einer Weile kehrte Tombley mit einem verschmutzten, zusammengeknüllten Kleidungsstück und einem stockfleckigen, in braunes Papier eingeschlagenen Paket zurück.

»Da ist das Zeug«, sagte Tombley. Er wirkte verlegen und auch ein wenig trotzig. Denis öffnete das Paket.

»Donnerwetter!«, sagte er. »Der Geist!«

»O ja! Das ist zweifellos das Geisterkostüm.«

Mrs. Bradley breitete den Stoff aus, der große Ähnlichkeit mit einem Frauennachthemd hatte.

»Mein Onkel hat gesehen, wie der Geist das Bündel verstaut hat, nachdem Fossder tot umgefallen ist«, erläuterte Tombley. »Ich habe keine Ahnung, was er damit vorhatte, und ich weiß auch nicht, warum er es hierhergebracht hat. Soweit ich das beurteilen kann, könnte genauso gut auch er selbst der Geist gewesen sein! Jedenfalls würde mich das nicht überraschen. Schließlich war er die ganze Nacht nicht zu Hause.«

»Ja«, sagte Mrs. Bradley. »Und eine weitere Person, die in jener Nacht unterwegs war, ist Maurice Pratt«, fügte sie hinzu, als spräche sie zu sich selbst.

»Und ich«, sagte Tombley seufzend. »Aber trotzdem, ich war es nicht, ich war nicht der Geist!«

»Sie fahren jetzt sofort mit mir nach Iffley«, sagte Mrs. Bradley. »Ich möchte, dass Sie mir den Ort zeigen, wo Ihr Onkel gesagt hat, dass er das Zeug gefunden hat.«

Also stiegen sie alle zusammen in das Auto und fuhren zunächst zum Alten Hof, wo sie Denis und den Welpen abluden.

»Nach Iffley, George«, sagte Mrs. Bradley dann, und zwanzig Minuten später hielten sie vor der Kirche in Iffley.

»Wir werden nicht lange brauchen, George«, sagte Mrs. Bradley.

»Sehr wohl, Madam.«

»Kommen Sie, Geraint.« Tombley holte einen Pfennig für die Maut aus seiner Tasche, und sie überquerten den Fluss.

Sechzehntes Kapitel

MUNTERER REIGEN AUF
ROMAN ENDING

»Also gut, Kind. Dann zeigen Sie mir mal die Stelle«, sagte Mrs. Bradley. Die hohen Pappeln, die hinter der Mühle von Iffley standen – oder vielmehr dort, wo sich die Mühle befunden hatte, bevor sie niederbrannte –, trugen junge Blätter und leuchteten in einem goldenen Grün. Das vorüberströmende Wasser kräuselte sich im Wind und funkelte blau, grau und silbern im Sonnenlicht, außer am Ufer, wo es sich verstohlen einen Weg unter der Böschung entlangbahnte. Mehrere Reihen von Kopfweiden mäanderten über die weiten Felder, die den Treidelpfad säumten, sie zeichneten den Verlauf kleiner Bäche nach, die in den Fluss mündeten. Am Horizont waren niedrige Hügel zu erkennen, denen die daraus emporwachsenden Baumgruppen ein pilzartiges Aussehen verliehen.

»Noch ein kleines Stück«, sagte Tombley. Sie folgten der Flussbiegung und blieben vor zwei Kopfweiden stehen, deren Stämme sich fast berührten.

»Er hat gesagt, jemand habe das Zeug zwischen diese beiden Bäume gestopft«, sagte Tombley. Doch Mrs. Bradley beachtete die Bäume gar nicht. Vielmehr kehrte sie ihnen den Rücken zu und schaute in die Richtung, aus der sie gekommen waren. Dann sah sie auf die Uhr.

»Hören Sie, Kind«, sagte sie. »Ich würde gerne Ihre Armbanduhr mit meiner abgleichen. Und wenn ich es Ihnen sage, möchte ich, dass Sie losrennen. Rennen Sie so schnell Sie können und halten Sie auch an der Mautstation nicht an. Werfen Sie den Leuten Ihren halben Pfennig einfach zu und rennen Sie weiter, bis Sie etwa sechzig Meter von der Abzweigung zu Fossders Haus entfernt sind. Dort hören Sie auf zu rennen und verfallen stattdessen in ein rasches, aber nicht zu eiliges Schritttempo. Gehen Sie nicht bis zu Fossders Tor, sondern nur bis zur Hecke, und dann schauen Sie auf die Uhr. Merken Sie sich die Zeit auf die Sekunde. Anschließend kommen Sie wieder zurück. Wir sehen uns ...«

»Bei Philippi?«, fragte Tombley, halb ernsthaft, halb ironisch. Sie schüttelte den Kopf.

»O nein, Kind. Nicht bei Philippi. Ihr Shakespeare-Zitat ist ganz und gar unpassend. Ich glaube nicht, dass Sie Mr. Fossder ermordet haben, und ich *weiß*, dass Sie nicht der Geist waren.«

»Wie können Sie da so sicher sein?«

»Sie hätten die Verkleidung vermutlich verbrannt.«

»Aber warum wurde sie denn nicht verbrannt?«

»Sie war nicht mehr da, als der Mörder sie holen wollte. Ihr Onkel hatte sie bereits an sich genommen.«

»Aber was, wenn Onkel Simith selbst der Mörder war?«

Mrs. Bradley nahm ihre Uhr in die Hand und stellte sie auf exakt dieselbe Zeit ein, die Tombleys Uhr anzeigte. Sie antwortete nicht auf seine Bemerkung.

»Fertig? Los!«, sagte sie und sah mit großer Genugtuung, wie er so schnell davonstürmte, dass die weiche Erde in kleinen, feuchten, schwärzlichen Klumpen von seinen Stiefelabsätzen geschleudert wurde, während seine Ellbogen auf energische, wenn auch eher unorthodoxe Weise die Luft durchschnitten. Sie seufzte vor Freude und schritt ihm forsch hinterher. Sie trafen sich bei der großen alten Ulme, die vor dem Gasthof stand. Tombley schwitzte, schien jedoch nicht im Geringsten außer Atem zu sein.

»Waren Sie sehr außer Puste, als Sie dort eintrafen?«

»Nein, überhaupt nicht. Dank der sechzig Meter, die ich im Schritttempo zurückgelegt habe, war ich gut ausgeruht. Ich war natürlich etwas erhitzt, aber das war auch alles.«

»Ah, aber das würde um Mitternacht kaum auffallen«, sagte Mrs. Bradley zufrieden. »Wie lange haben Sie gebraucht?«

»Drei Minuten und sechsunddreißig Sekunden. Genauer konnte ich das ohne Stoppuhr nicht bestimmen.«

»Aha«, sagte Mrs. Bradley. »Dann können wir heimfahren, Kind. Und jetzt sagen Sie mir noch: Was wollte Ihr Onkel hier, am Heiligen Abend um Mitternacht?«

»Er wollte mich ausspionieren, glaube ich. Ich hatte ausgeplaudert, dass ich eine Verabredung mit Mr. Fossder hatte, und er hasste den alten Fossder ja. Ich vermute mal, das hat ihn neugierig gemacht, und er wollte herausfinden, was um alles in der Welt Fossder und ich im Schilde führten.«

»Was für eine Art Mann war Fossder?«

»So ehrlich, wie man nur sein kann. Es war Onkel Simith, der den Zwist so lange aufrechterhalten hat, wissen Sie. Fossder hätte sich längst mit ihm versöhnt. Genauer gesagt hat er das ja auch, zumindest insofern, als er meinen Onkel zum Zeugen für sein Testament eingesetzt hat.«

»Ehrlich war er also? Das hatte ich auch schon gehört. Ein offenherziger, ehrenhafter Mensch – und ich glaube, dass er genau wegen dieser beiden Eigenschaften ermordet wurde, Kind.«

»Also wissen Sie, wer der Mörder ist!«, sagte Tombley, der plötzlich begriff. Er schwieg, bis das Auto den Bayswater Brook überquerte.

»Aber wie haben Sie es herausgefunden, Mrs. Bradley?«, fragte er.

»Zunächst habe ich das ja gar nicht. Obwohl, nein, das stimmt nicht ganz. Ich habe es sofort gewusst, aber ich konnte es nicht glauben. Ich habe dann in alle möglichen anderen Richtungen ermittelt, und es gab einen Zeitpunkt, da hatte ich mich fast davon überzeugt, dass meine erste Vermutung falsch gewesen war. Aber es gab immer sehr konkrete Hinweise, insbesondere, was das Temperament des Mörders anbetraf. Später, als das Testament bekannt wurde, kam dann auch das Motiv hinzu. Das konnte ich unmöglich ignorieren. Aber Kind, warum haben Sie mir denn nicht erzählt, dass Ihr Onkel den Geist entdeckt hatte, oder vielmehr das Kostüm?«

»Ich hielt es nicht für wichtig. Außerdem wusste ich ja, dass Sie es dem Inspektor weitererzählen würden. Und der hätte mich dann sofort als Fossders Mörder verhaftet.«

Mrs. Bradley kicherte.

»Der Inspektor glaubt im Grunde genommen gar nicht, dass Fossder ermordet wurde«, sagte sie.

Das Auto hielt neben dem Wirtshaus Star.

»Nicht hier, George. Fahren Sie nach Roman Ending!«, sagte Mrs. Bradley hastig.

»Warum wollen Sie mit zu mir fahren?«, fragte Tombley. »Ich habe keine Zeit. Ich muss die Schweine füttern.«

»Ja, Kind, ich weiß. Aber wenn wir bei Ihnen zu Hause

sind, möchte ich, dass Sie die Verkleidung anziehen und mir zeigen, wie Sie darin aussehen.«

»Ich?«

»Sie.«

»Aber warum?«

»Zu Vergleichszwecken. Ich würde gerne sehen, wie groß Sie im Vergleich zu Mr. Fossders Mörder sind.«

»Aber dieses Nachthemd reichte ihm wahrscheinlich gar nicht mal bis zu den Füßen hinunter.«

»Ich weiß, Kind.«

»Sie werden mich aber nicht den ganzen Kram anziehen lassen und dann den Inspektor aus irgendeiner Ecke hervorzaubern, damit er mich einlocht? Keine bösen Spielchen, ja?«

»Kein einziges böses Spielchen, Kind. Seien Sie nicht so nervös und argwöhnisch.«

»Ich *bin* argwöhnisch. Ich traue Ihnen nicht.«

»Dann sind Sie aber sehr undankbar. Ich habe Ihnen doch gesagt, dass ich Sie nicht verdächtige.«

»Niemand außer Fay kann mir ein Alibi geben, und ich werde nicht zulassen, dass sie mir eines gibt.«

»Ja, aber für den nächsten Mord werden Ihnen sehr viel mehr Leute als nur Fay ein Alibi geben können, Kind.«

»Den nächsten Mord? Wann soll der denn stattfinden?«

»Das weiß ich nicht genau. An Pfingsten, vermute ich. Es könnte jedoch sein, dass der Mörder nicht so lange wartet. Ich weiß nicht, wie sehr er sich im Augenblick unter Druck gesetzt fühlt.«

»Und wen wird er ermorden? Sie meinen doch nicht etwa, dass er *mich* ermorden wird?«

»Ich weiß es nicht, Kind. Ich bin mir allerdings ziemlich

sicher, dass es sich bei einer der Personen, hinter denen er her ist, um Ihren Gehilfen Priest handelt. Ob es ihm nun in den Sinn kommt, noch jemand anderes zu ermorden, kann ich im Moment wahrhaftig nicht sagen. Es wird interessant sein, das zu beobachten. Es gibt auch die Möglichkeit, dass Carey das Opfer sein wird, obwohl der Mörder etwas nicht weiß, was *ich* weiß.«

»Mag sein, aber es wird ganz sicher nicht interessant sein, wenn man selbst ermordet wird! Ich finde, Sie hätten diesem Burschen einen Hinweis geben sollen.«

»Welchem Burschen?«

»Dem Mörder, natürlich.«

»O, dem Mörder? Nun, er weiß, dass ich ihn verdächtige, aber er weiß nicht, wie viel ich beweisen kann.«

»Heißt das nicht, dass Sie selbst auch in Gefahr sind?«

»O doch«, sagte Mrs. Bradley. »Aber so schrecklich groß ist die nicht.« Sie lachte scharf und meckernd. »Er weiß, dass ich den Inspektor noch nicht davon überzeugt habe, dass er derjenige ist, der verhaftet werden sollte.«

»Haben Sie das denn überhaupt schon versucht?«

»Nein, noch nicht.«

Das Auto hielt auf dem Feldweg, der nach Roman Ending führte. Mrs. Bradley und Tombley stiegen aus und kletterten über den Zauntritt.

»Es gibt da eine kleine Sache, die mich, wie ich zugeben muss, ein wenig neugierig gemacht hat«, sagte Mrs. Bradley. »Ich war eines Abends einmal zusammen mit Carey hier, während Sie in Dänemark waren, und jemand hat die Steinplatte über das Loch im Boden des Holzschuppens geschoben. Carey war gerade dabei, den unterirdischen, ringförmigen Gang zu erkunden, und ich war im Haus. Fay und Jenny kamen ebenfalls ins Haus, aber keine von beiden hat das Loch verschlossen.«

»Eine von ihnen hat mir eine Broschüre zur Schweinezucht geklaut«, sagte Tombley.

»Das war ich. Aber ich glaube, die Mädchen sind gekommen, um genau dieses Buch zu holen.«

»Aber wer hat sie dazu angestiftet? Das ist schon ein wenig seltsam, finden Sie nicht?«

»Ich werde Ihnen jetzt eine direkte Frage stellen«, sagte Mrs. Bradley. »Antworten Sie nur, wenn Sie mir auch die Wahrheit sagen wollen. Wissen Sie, wer Ihren Onkel getötet hat, Kind?«

»Nein, das weiß ich nicht. Im Grunde möchte ich es auch gar nicht wissen – auch wenn mich das wahrscheinlich den Hals kosten würde, wenn mich der Inspektor jetzt hören könnte. Mein Onkel hat irgendjemandem die Daumenschrauben angelegt – das ist alles, was ich weiß. Und ich möchte nicht in den Schuhen dieser Person stecken. Er konnte ein ziemlich übler Teufel sein, wenn er nur wollte, wissen Sie? Wobei ich sagen würde, dass er das eher als bösen Scherz gemeint hat. Jemanden ernsthaft erpressen würde er nie.«

»Aber wer könnte es dann gewesen sein, der das Loch verschlossen hat?«, fragte Mrs. Bradley und sah ihn scharf an.

»Priest«, schlug Tombley vor.

»Priest war drüben in Garsington, um bei einer ferkelnden Sau zu helfen.«

»Das ist doch kompletter Unsinn«, sagte Tombley. »Säue brauchen keine Hilfe beim Ferkeln. Die sind nicht wie Pferde oder Kühe.«

»Merkwürdig«, sagte sie. Ihr fiel ein, dass Carey genau dasselbe gesagt hatte. »Er könnte Carey natürlich von Garsington aus hierher gefolgt sein. Aber ich habe ihn nicht gesehen – was nichts beweist.«

»Linda Ditch – Linda Priest, meine ich – könnte es nicht gewesen sein?«

»Wohl kaum. Abgesehen davon, dass ich nicht beweisen könnte, dass sie sich zu diesem Zeitpunkt auch nur in der Nähe der Farm aufgehalten hat, glaube ich nicht, dass eine Frau in der Lage wäre, diese Platte ganz allein hochzuhieven.«

»Ich kann es jedenfalls nicht gewesen sein.«

»Nein, Kind, Sie können es nicht gewesen sein. Sie waren schließlich gerade in Dänemark, nicht wahr?« Ihre schwarzen Augen leuchteten ironisch.

»War Pratt irgendwo in der Nähe?«

»Ich habe ihn nicht gesehen. Gut möglich, dass er zusammen mit Fay und Jenny im Auto hergekommen ist, aber ich glaube eher nicht, dass er das getan hat. Ich glaube im Gegenteil, dass er den beiden zur Zeit eher aus dem Weg geht.«

»Außerdem«, sagte Tombley, »wenn Linda nicht in der Lage wäre, die Platte anzuheben, um sie wieder auf das Loch zu schieben, dann wäre Pratt wohl ebenso wenig dazu fähig. Der Bursche scheint mir ein ziemlicher Schwächling zu sein.«

»Er wirkt so, das stimmt. Aber auf den äußeren Anschein kann man sich nicht immer verlassen. Besonders bei jungen Männern nicht.«

»Ich nehme an, es war nicht Careys Freund Hugh, der ihm einen Streich spielen wollte?«

»Ich fürchte nein. Hugh war in London. Er arbeitet in einer

Bibliothek, wissen Sie. Dort geben sie ihm nicht besonders oft frei, dem armen Jungen.«

»Dann muss es wohl Priest gewesen sein. Das könnte doch sein. Er ist schließlich alles andere als entlastet, was den Mord an meinem Onkel angeht. Zwischen den beiden gab es ziemlich viel böses Blut wegen Linda, wissen Sie?«

»Ja, das weiß ich«, sagte Mrs. Bradley.

»Diese Geschichte mit der Steinplatte – steht die in irgendeiner Verbindung zu dem Mord? Was meinen Sie?«

»Ich habe nicht die geringste Ahnung. Falls ja, dann hat sie ihren Zweck nicht erfüllt.«

»Dann geschah es vielleicht aus Ärger? Weil irgendjemand einen Groll gegen Carey hegt? Oder um Sie abzulenken, während die Person sich irgendwo anders zu schaffen machte?«

»Letzteres könnte sich durchaus als wertvolle Idee herausstellen. Ich werde es auf jeden Fall im Gedächtnis behalten.« Sie sah ihn immer noch scharf an.

»Die ganze Geschichte ist mehr als merkwürdig«, sagte Tombley und runzelte die Stirn. »Es ist doch so: Falls die Person, die die Steinplatte wieder an ihren Platz gelegt hat, wusste, dass sich Carey darunter befand, muss sie ebenfalls gewusst haben, dass Sie zur Stelle waren, um ihn wieder freizulassen.«

»Aber genau das habe ich ja eben nicht geschafft«, bemerkte Mrs. Bradley und grinste, als sie sich daran erinnerte, wie sie in wilder Hast in ihrer Unterwäsche durch die Gegend gejagt war, um Hilfe zu holen. »Es muss Priest gewesen sein«, sagte sie laut. »Oder nicht, Kind?«

»Das würde ich auch meinen, ja«, stimmte Tombley ihr zu. Sie hatten den äußersten der neuen Schweineställe erreicht, die Tombley hatte bauen lassen. Insgesamt gab es fünf davon. Er nickte zu den Ställen hinüber. »Sieht doch besser aus als das alte Zeug, nicht wahr?«, sagte er stolz. »Im August wird alles fertig sein, und dann wird geheiratet. Ich kann es kaum erwarten, Fay endlich aus den Klauen von Mrs. Fossder zu befreien. Es wird ihr besser gehen, und sie wird glücklicher sein, wenn sie nicht mehr dort ist.«

»Und Jenny vielleicht auch«, sagte Mrs. Bradley. »Ist Ihnen jemals der Gedanke gekommen, dass sich – wenn Hugh nicht mehr im Rennen wäre – Jenny und Carey zusammentun könnten?«

»Du liebe Güte, nein! Carey ist der ewige Junggeselle!«, sagte Tombley amüsiert. Sie gingen an den restlichen vier Schweineställen vorbei und betraten das Haus. Dort hüllte sich Tombley – nachdem er sich noch einmal beschwert hatte, dass die Fütterung der Schweine längst überfällig sei – erst in den dicksten Mantel, den er besaß, und zog sich dann das Geisternachthemd über. Es reichte ihm bis zu den Knien. Den Teil des Kostüms mit dem Kopf unter dem Arm hatten sie vorher bereits an dem Nachthemd festgezurrt, und so stand er nun vor ihr – ein grausiges, furchterregendes Spektakel. Sah man von der Befestigung des Kopfes ab, hatte die ganze Aktion weniger als zwei Minuten gedauert.

»Und das Kostüm war auf jeden Fall in einem Stück, als Onkel Simith es mit nach Hause gebracht hat«, sagte Tombley, nachdem Mrs. Bradley ihm die Erlaubnis erteilt hatte, es wieder auszuziehen. »Ich selbst habe es auseinandergenommen und die Teile separat versteckt.«

»Ziehen Sie es noch einmal an, Kind, und laufen Sie dann ein bisschen umher. Ich möchte sehen, wie das wirkt.«

Tombley stolzierte gehorsam auf und ab, in der Gestalt eines sehr großen, kopflosen Mannes mit einem grässlich grinsenden Kopf unter dem Arm. Mrs. Bradley hatte so etwas schon einmal gesehen, bei einer Kostümparty an Bord eines Schiffes. Nachdem sie Tombley erlaubt hatte, die Verkleidung wieder auszuziehen, sagte sie: »Sie geben einen sehr guten Geist ab, Kind. Übrigens, wo hatte Ihr Onkel eigentlich das graue Pferd her, auf dem er geritten ist?«

»O, das war wahrscheinlich die alte Neddy, unser Ackergaul. Warum wollen Sie das wissen?«

»Jemand ist in der Nacht von Mr. Fossders Tod über die Folly Bridge geritten. Und am selben Tag ist auch jemand auf einem grauen Pferd durch Garsington geritten.«

»Wollen Sie damit sagen Onkel Simith war der Geist?«

»Die Person, die ich meine, ist auf jeden Fall über den Treidelpfad in Richtung Iffley geritten. Ich kann nicht sagen, wie weit sie gekommen ist. Zumindest ...« Sie zögerte.

»Reden Sie weiter«, sagte Tombley. »Sie können sich nicht vorstellen, wie interessant ich das finde, was Sie da sagen!«

»Erzählen Sie mir mehr über Ihren Onkel und das Pferd.«

»Was soll ich sagen? Das Einzige wäre vielleicht, dass mein Onkel, wenn er die Wahl zwischen einem Pferd und einem Auto hatte, sich immer fürs Reiten entschieden hat. Und dann noch, dass es durchaus möglich ist, dass er über Garsington nach Oxford geritten ist, weil er niemandem begegnen wollte, den er kannte. Aber wie können Sie sich so sicher sein, dass er es war?«

»Das Pferd hat ein Hufeisen verloren.«

»Ach ja? Schön. Macht es Ihnen etwas aus, wenn ich jetzt mal meine Schweine füttern gehe?«

»Ich dachte, Sie wollten mehr über Ihren Onkel erfahren.«

Tombley zögerte. »Nun ja, schon, aber die Schweine haben Vorrang.«

»Also gut, Kind. Aber ich möchte, dass Sie mir den Geist geben.«

»Und was ist mit dem Inspektor?«

»Überlassen Sie den nur mir. Dann einstweilen auf Wiedersehen. Ach, könnten Sie Priest noch eine Nachricht von mir überbringen?«

»Wenn Sie möchten.«

»Tragen Sie ihm Folgendes auf«, sagte Mrs. Bradley mit großem Ernst. »Er soll sich aus dem Staub machen. Sagen Sie ihm, ich würde jede Verantwortung für sein Wohlergehen ablehnen, wenn er noch länger in der Gegend bleibt.«

»Und Sie wollen, dass *ich* ihm das sage?«

»Nun, ja, Kind, wenn es Ihnen nichts ausmacht.«

»Sie wollen wirklich, dass ich dem besten Schweinegehilfen in Europa – wenn nicht gar der ganzen Welt – sage, er soll verschwinden? Weil Sie nicht für die Konsequenzen verantwortlich sein wollen, wenn er hier bleibt? Ist Priest der Mörder? Warum lassen Sie ihn dann nicht einfach verhaften?«

Sie antwortete nicht auf seine Fragen.

»Ich möchte, dass Sie ihm ausrichten, was ich Ihnen gerade gesagt habe«, wiederholte sie stattdessen.

»Aber was, wenn der Mörder nie verhaftet wird? Was dann?«, verlangte Tombley zu wissen. Mrs. Bradley sah ihn an und wendete dann seufzend den Blick ab.

»Sagen Sie mir, Kind«, fragte sie beiläufig, »warum haben Sie das Loch verschlossen, als Carey unten war?« Sie faltete das Geisterkostüm zusammen. Tombley stöhnte auf.

»Also wussten Sie die ganze Zeit, dass ich es war! Gibt es überhaupt irgendetwas, was Sie *nicht* wissen?«

Sie ließ sich ein Stück braunes Packpapier und eine Schnur geben, trug das Paket zu ihrem Auto und reichte es George.

»Was sind Suggestivfragen doch für hässliche Sachen«, sagte sie. »Erinnert dieses Paket Sie an irgendetwas, George?«

George holte das Paket noch einmal hervor und wog es in den Händen. Sein Blick traf den seiner Arbeitgeberin.

»Ja, Madam. Ich fürchte, das tut es«, sagte er.

»Ah«, sagte Mrs. Bradley. »Aber wir könnten es nicht beweisen, George. Verstauen Sie es wieder, Kind, und fahren Sie mich zurück zum Alten Hof.«

Tombley war ihr nach draußen gefolgt.

»Woher wussten Sie, dass ich es war? Ich brauche Ihnen natürlich kaum zu versichern, dass ich erst später erfuhr, dass Carey da unten war.«

»Das weiß ich doch, Kind. Und ich weiß auch, dass Fay nicht nach Dänemark gereist ist, mit dem Geld, das sie sich von Jenny geliehen hat.«

»Nein. Ich bin nur für zwei Wochen nach Dänemark gefahren. Nach meiner Rückkehr haben wir zusammen in einem möblierten Apartment nicht weit von Hove gewohnt.«

Mrs. Bradley schauderte es.

»Das war schon in Ordnung. Ich habe es genossen«, protestierte Tombley. »Im Vergleich zu diesem Loch hier kam es mir wie ein Palast vor. Wie auch immer, ich hielt es für eine gute Idee, ab und zu heimlich nach meinen Schweinen zu sehen. Ich konnte mir nie wirklich erklären, was aus dem wurde, das wir über Weihnachten verloren haben. Ich will nicht glauben, dass Priest es an sich genommen hat.«

»Als ich Fay an jenem Abend sah, kam mir der Verdacht, dass Sie selbst auch nicht weit entfernt waren.«

»Sie müssen eine Hellseherin sein, anders kann ich mir das nicht erklären. Also schön. Als ich sah, dass die Steinplatte nicht auf dem Loch lag, habe ich keinen Moment nachgedacht. Ich hatte einfach nur Angst, dass ich einen Teil des Kostüms da unten vergessen hatte, denn dann würde es mir rasch an den Kragen gehen.«

»Auch das habe ich bereits geschlussfolgert«, sagte Mrs. Bradley. »Tatsächlich war es dieser Umstand, der mich zu der unumstößlichen Überzeugung gelangen ließ, dass sich die Verkleidung hier auf Roman Ending befand. Da ich die Identität des Geistes kannte und wusste, dass es weder Sie noch Ihr Onkel waren, konnte ich ziemlich sicher sein, den Grund für zumindest einige der seltsamen Vorkommnisse zu kennen, die sich seit Heiligabend in dieser Gegend zugetragen haben.«

»Los geht's«, sagte Ditch. Er stand links, an seinem angestammten Platz in der Morris-Tanzgruppe. Ihm gegenüber stand der junge Walt. Bob stand neben seinem Vater, und neben Walt stand Pratt. Das letzte Paar bildeten Carey und Tombley. Priest stand daneben und sah zu.

Sie tanzten zu *Blue-Eyed Stranger*. Anschließend ließen sie ihre Taschentücher sinken, und Pratt wischte sich das Gesicht mit dem Hemdsärmel ab. Ditch löste sich aus der Gruppe, legte seine Taschentücher beiseite und griff zur Ziehharmonika.

»Also, Mr. Priest«, sagte er. »Dann nehmen Sie doch bitte mal meinen Platz ein« Bisher hatten sie während des Tanzens lediglich die dazugehörige Melodie gesummt. Jetzt begann Ditch, auf seinem Instrument zu spielen. Dabei starrte er in die nordöstliche Ecke der Zimmerdecke hinauf.

»Das ist ja, als würde man für eine Regatta trainieren«, sagte Carey zu Tombley. »Was gäbe ich nicht für einen Drink!«

»Nehmt eure Stöcke, und dann tanzen wir *Rigs o' Marlow*«, kommandierte Ditch und griff sich seinen eigenen Stock vom Tisch. Er nahm wieder seinen Platz am Kopfende der Gruppe ein, während Priest aus einer großen, versteckten Tasche in seinem Mantel ein langes Rohrblattinstrument herauszog, dessen Mundstück er an seinem Ärmel abwischte.

»Soll ich euch mal mit dem Schätzchen hier aufspielen?«

»Ja, nur zu, Mr. Priest, spielen Sie das Stück noch mal, damit wir sehen können, ob wir's auch richtig machen, und lassen Sie die ganzen komplizierten Fingersätze einfach weg, es muss nur zum Tanzen reichen.«

»Alles klar. Aber ich wette, ich schaffe auch die komplizierten Sachen. Diese kleine Pfeife hier und ich, wir sind wie ein Liebespaar. Ich hab sie schon in Kirtlington beim Lamb Ale Festival gespielt. Ist lang her. Das war noch vor Walts Geburt.«

»Oha! Wer's glaubt, wird selig!«, grinste der junge Walt. Priest lächelte, setzte sich die Oboe an die Lippen, hob die Augen wie ein Mann, der gerade ein köstliches Bier genießt, und begann, die Melodie zu spielen. Eine lebhafte Musik erklang, die das Blut in Wallung brachte. Die Tänzer zuckten unwillkürlich mit den Füßen und klopften zum Refrain leise mit den Stöcken.

»Also los!«, sagte Ditch, und die Tänzer formierten sich zu einer Linie. Ditch kreuzte seinen Stock mit Walts. Er stand mit geraden Beinen da, nur auf den Fußballen, und hielt seinen muskulösen Körper mit Leichtigkeit im Gleichgewicht, bereit, jeden Moment mit dem Tanz zu beginnen. Wie er so vor sich hin schaute, mit freundlichem, aber unbeirrbarem Blick, erschien er wahrhaftig wie der würdige Bewahrer einer allseits verehrten und ehrenvollen Tradition – der Hüter von Mysterien, die Jahrhunderte überdauert hatten. Ab und zu unterbrach er den Tanz, um den anderen Vorhaltungen zu machen.

»Sie machen zu große Schritte. Und schreiten Sie etwas energischer aus! Sie sehen ja aus wie ein Grashüpfer, wenn Sie da so rumflattern, Mr. Pratt. Und Walt, pass auf, wenn du dich aus der Rücken-an-Rücken-Formation löst. Du bist gegen Mr. Pratts Schulter gestoßen, als du eben an ihm vorbeigetanzt bist.«

»Alles klar, Vater«, sagte Walt. Er war ein sehr guter Tänzer – wie es sich für einen Ditch gehörte –, aber man hatte sich darauf geeinigt, Pratt nicht für jeden Fehler zur Rechenschaft zu ziehen.

»Das wäre zu entmutigend für den armen Kerl«, hatte Mrs. Ditch gesagt, als die Familie nach der dritten oder vierten Probe unter sich war. Und Mrs. Ditchs Wille war Gesetz.

»Jetzt könnt ihr euch alle mal ein bisschen ausruhen«, sagte der Übungsleiter und ließ sich auf einen Stuhl sinken. »Danach tanzen wir den *Hey*. Und denkt dran, der zweite Mann folgt dem ersten in die Runde. Bloß keine komplizierten Sachen. Einfach nur folgen, Mr. Pratt, dann kann gar nichts schiefgehen. Und pass auf deine Ellbogen auf, Walt, du wedelst mit deinen Taschentüchern etwas zu wild herum, für meinen Geschmack.«

»Alles klar, Vater«, sagte Walt besänftigend, legte die rituellen Taschentücher beiseite und suchte sich etwas, um sich den Schweiß von der Stirn zu wischen.

»Also gut. Dann machen wir noch fünf Minuten Pause, und dann möchte ich, dass ihr euch eure Schellen umschnallt«, sagte Ditch. »Ohne die Schellen machen diese Tänze ja überhaupt nichts her.«

Sie holten die Ledermanschetten mit den daran angebrachten Schellen hervor. Jeder der Männer nahm sich ein Paar aus dem Tuch, in das sie eingewickelt gewesen waren, wischte das Schmierfett von den Glöckchen, schüttelte die Schellen kurz, band sich die Manschette zwischen Fußknöchel und Knie ans Schienbein und zog die Hose ein wenig hoch, damit die Kniegelenke genug Bewegungsfreiheit hatten.

»Also los, Jungs«, sagte Ditch. »Mr. Priest, stellen Sie sich dazu, diesmal tanzen Sie, und ich werde aufspielen. Fangt mit der Rücken-an-Rücken-Formation an und macht von da aus weiter. Die ersten beiden Figuren brauchen wir nicht noch mal zu tanzen, solange Mr. Pratt sich daran erinnert, erst die rechte Schulter nach vorn zu nehmen.«

»O ja, tut mir leid«, sagte Pratt.

»Wenn Sie sich nicht an die richtigen Schritte erinnern können, müssen Sie aufs Tanzen verzichten«, sagte Ditch mit ungewohnter Strenge. »Es geht nicht, dass Sie alles durcheinanderbringen. Das ist nicht zumutbar, ganz ehrlich, da kann meine Frau sagen, was sie will. Dann müssen Sie aufs Mitmachen verzichten und für Master Careys Freund aus London Platz machen. Der tanzt gar nicht so schlecht und erinnert sich außerdem an das, was ich ihm sage. Ich denke, dass er zu Pfingsten wieder hier sein wird.«

Carey grinste und bestätigte diese Vermutung. Pratt senkte demütig den Kopf und schaffte es anschließend, den Tanz recht ordentlich über die Bühne zu bringen.

»Das reicht für heute«, sagte Ditch. »Wenn wir uns das nächste Mal treffen, proben wir *Trunkles* und *Bean-Setting* und vielleicht auch noch *Country Gardens*. Und Sie, Mr. Priest, Sie wissen ja: Falls der kleine Master Denis mit seiner Fiedel auftaucht, dann können Sie der Morris-Narr sein. Aber wenn er am Pfingstsonntag *nicht* auftaucht, dann tanzen Sie an dem Platz, den Sie gerade eingenommen haben, und ich werde die Ziehharmonika spielen. Außer bei *Bean-Setting* und *Rigs o' Marlow*, wo wir die Stöcke haben und damit Ihre kleine Pfeife unterstützen können, in die Sie so verliebt sind.«

»Verstanden«, sagte Priest. »Und ich wäre gern der Narr. Ich bin schließlich nicht gerade eine Schönheit!«

»Na ja, ich würde natürlich auch lieber tanzen«, bemerkte Ditch. »Ich bin noch lange nicht zu alt dafür, würde ich mal sagen!«

»Wer möchte noch einen Drink?«, fragte Carey gastfreundlich. Er jodelte laut, und Mrs. Ditch, die man für die Tanzprobe aus ihrer Küche verbannt hatte, betrat den Raum und brachte mehrere Flaschen Bier mit.

»Und, wie machen Sie sich mittlerweile so, Mr. Pratt?«, fragte sie, während sie mit einer Mischung aus mütterlichem Interesse und spartanischer Gelassenheit seine schweißüberströmte Stirn betrachtete.

»Man wird es richtig machen, und wenn es einen *umbringt*! Es bleibt noch genügend Zeit, um es so gut zu lernen, dass man es beherrscht!«, antwortete Pratt voller Enthusiasmus.

»Natürlich können Sie sich noch nicht als Headington-Tänzer bezeichnen, und ich würde mal sagen, die Bampton-Leute würden Sie sowieso nicht mitmachen lassen«, sagte Ditch mit Nachdruck, aber in freundlicher Absicht. »Sie geben sich Mühe, Mr. Pratt, das wissen wir. Mehr Gutes können wir im Augenblick noch nicht dazu sagen. Aber Sie sind sehr hartnäckig und ausdauernd, das muss ich Ihnen lassen!«

»Man hatte gehofft, man habe sich verbessert«, wagte Pratt zu sagen.

»O ja, Sie sind schon besser geworden, sicher!«, gestand Ditch ihm großmütig zu. »Das will ich gar nicht bestreiten. Und zu Pfingsten sind Sie dann genauso gut wie wir anderen, da habe ich keine Zweifel!«

»Na, sehen Sie!«, sagte Mrs. Ditch. »Sie dürfen nicht den Mut verlieren, Mr. Pratt! Nicht jeder kann den Morris tanzen, nicht wahr, Vater Ditch?«

»Es ist ein Rätsel, ja, das ist es«, sagte Ditch. »Sehr geheimnisvoll. Und es wäre gar nicht recht, wenn alle Welt es einfach so erlernen könnte!«

Denis kam am Samstag vor Pfingsten nach Stanton St John, im Auto seines Onkels Ferdinand. Als Erstes verbrachte er zwei Stunden in der Küche mit Mrs. Ditch und spielte ihr die Morris-Melodien auf seiner Geige vor. Mrs. Bradley unterhielt sich zwanzig Minuten lang mit ihrem Sohn, danach kehrte Ferdinand nach London zurück. Carey und Ditch verstauten gerade eine Bierlieferung im Keller, und Walt fütterte die Schweine. Bob rupfte das für das Pfingstessen gedachte Geflügel und lauschte derweil mit einem kritischen und kundigen Ohr dem Geigenspiel.

»Wie war das, Bob?«, fragte Denis, nachdem er eine bestimmte Melodie sechs Mal gespielt hatte.

»Ah, das geht schon in Ordnung so, Master Denis«, antwortete Bob.

Während Denis spielte, bügelte Mrs. Ditch die Morris-Hemden und plättete die weißen Hosen der Tänzer. Die Hemden waren aus Leinen und vorne und an den Ärmeln aufs Feinste plissiert. Die Männer hatten die Kostüme während der letzten Probe am Montagabend getragen, und Mrs. Ditch hatte sie in der Zwischenzeit mit stolzen, liebevollen Händen gewaschen. Als sie mit dem Bügeln und Plätten fertig war, machte sie sich daran, die Bänder und Rosetten zu glätten, mit denen die Kostüme der Tänzer verziert wurden. Denis legte die Geige zurück in ihren Kasten.

»Und wie läuft es mit dem Mord, Mrs. Ditch?«

»Aber, aber, Master Denis!«, tadelte ihn Mrs. Ditch.

»Ach, Unsinn! Ich *weiß* doch, dass es einen Mord gegeben hat, und es wird mir schließlich nichts Schlimmes geschehen, wenn ich danach frage, oder? Man hat noch niemanden verhaftet?«

»Ihre Großtante rechnet damit, den Schuldigen am Montag zu fassen«, gab Mrs. Ditch widerstrebend zu. »Sie scheint zu glauben, dass er Priest während des Tanzes etwas antun will. Und dann kann sie ihn sich schnappen.«

»Also so was!«, sagte Denis. »Das wäre ja absolut großartig! Das würde ich unglaublich gerne sehen! Ich werde mich wie eine Klette an Tante Bradley hängen. Obwohl, das brauche ich ja gar nicht! Wenn ich für die Tänzer spiele, werde ich ja sehen, was passiert. Das ist ja wirklich absolut großartig! Tausend Dank, dass Sie mir das erzählt haben, Mrs. Ditch.«

»Na, na, jetzt machen Sie mal keinen Unsinn, Master Denis! Wenn Ihnen etwas zustößt, was um alles in der Welt sollen wir dann tun?«

»Hat Tante Bradley gesagt, wann genau es passieren wird? Ich meine, während welchen Tanzes oder so?«

»Nein, das hat sie nicht. Ich nehme an, das kann sie nicht. Und mir gefällt diese Geschichte ganz und gar nicht. Außerdem ist da ja auch noch dieser Mr. Pratt. Der hat sich zwar während der letzten beiden Wochen unglaublich verbessert, aber ich fürchte, es bräuchte nicht viel, um ihn völlig aus dem Takt zu bringen, und dann würde Vater Ditch sich ganz schrecklich ärgern, das kann ich Ihnen sagen!«

»Ich denke eher, dass ihm das mächtig Dampf machen wird, die ganze Aufregung, meine ich. Also mir wird das bestimmt Dampf machen! Ich wette, ich werde am Montag besser spielen als je zuvor! Wer geht denn mit dem Hut rum?«

»Das sollte eigentlich Vater Ditch machen, der Narr ist ja oft der Kopf der Truppe«, sagte Mrs. Ditch. »Aber er liebt nun mal das Tanzen und hat für die Narreteien nicht so viel übrig. Deshalb hat er das Priest zugeteilt. Der hat das letztes Jahr auch schon sehr gut gemacht. Aber es scheint so, als hätte die alte Dame ihn gewarnt, dass er in Gefahr ist. Er macht in letzter Zeit irgendwie keinen besonders glücklichen Eindruck. Der brütet so vor sich hin, und gehässig ist er auch. Würde mich nicht wundern, wenn den sein Gewissen drückt, aus irgendeinem Grund. Und unsere Linda, die macht auch Ärger, die will gar nicht mehr zu ihm nach Hause. Oje! Das hätte ich Ihnen gar nicht alles erzählen dürfen!«

»Das ist schon in Ordnung«, sagte Denis. »Ich werde es nicht weitererzählen.«

Mrs. Ditch lachte und segnete seine Unschuld. Denis machte ein gekränktes Gesicht und wechselte das Thema.

»Haben Sie noch irgendetwas über das Priesterversteck herausgefunden, Mrs. Ditch?«

»Ich? Nein. Ihre Großtante hat versucht, vom Holzschuppen in Roman Ending einen unterirdischen Gang hierher zu finden, aber da ist nichts draus geworden. Der geht immer nur im Kreis, der Gang. Jedenfalls hat mir das unsere Linda erzählt, schon vor langer Zeit. Da hat anscheinend mal ein sehr altes Haus gestanden, und der Gang war wohl Teil der Grundmauern. Aber wenn Sie wissen wollen, wie man aus diesem Kämmerchen da wieder rauskommt, dann brauchen Sie nur hoch in das kleine stille Örtchen zu gehen – Sie wissen schon, welches ich meine – und dort das Wachstuch vom Boden zu nehmen. Aber passen Sie bloß auf, wenn Sie da runterklettern, sonst brechen Sie sich noch das Genick. Und dann erleben Sie den nächsten Montag garantiert nicht mehr!«

»Ich höre jemanden rufen«, sagte Denis plötzlich. Er ging und öffnete die Küchentür.

»Es ist Hugh«, sagte er. »Er fragt, ob irgendjemand daheim ist. Ich nehme an, der Lieferwagen hat ihn von Oxford aus mitgenommen.«

»Das bedeutet, dass es Zeit für das Mittagessen ist. Gehen Sie Master Carey rufen«, kommandierte Mrs. Ditch.

Nach dem Essen machten sie alle zusammen die Runde durch die Schweineställe, danach bildeten Hugh und Mrs. Bradley das Publikum, zusammen mit Mrs. Ditch als Chefkritikerin, während die Morris-Tanztruppe zum letzten Mal für ihren großen Pfingstauftritt probte. Die Tänzer trugen Arbeitshosen, Hemden und Tennisschuhe, abgesehen von

Pratt, der sich in eine kurze Hose und ein Unterhemd gekleidet hatte. Sein langer dünner Körper sah länger und dünner aus denn je, und wie er da so mit hängendem Kopf dastand, ähnelte er – wie es der junge Walt sehr malerisch ausdrückte – »einer Osterglocke, deren Blüte zu schwer für ihren Stängel ist«.

Als Walt diesen Vergleich Carey erzählte, lachte dieser herzlich darüber und verpasste Walt eine Kopfnuss, und in dieser unbeschwerten Stimmung nahm die Probe ihren Lauf. Ditch, der so souverän tanzte wie eh und je, verzichtete diesmal sogar darauf, den Tanz zu unterbrechen oder irgendjemanden zu kritisieren, und Pratt machte – zur Überraschung seiner Gefährten und zu seiner eigenen großen Erleichterung – keinen einzigen Fehler.

Am Pfingstsonntagmorgen stand Mrs. Bradley sehr früh auf, kochte sich eine Tasse Tee und ging durch den kleinen Wald und die Felder nach Roman Ending hinüber. Priest stand in einem der Schweineställe und mischte das Schweinefutter. Als er Mrs. Bradley kommen sah, hellte sich sein Gesicht auf.

»Ich habe die Bilder, Ma'am, nach denen Sie mich gefragt hatten. Hier sind sie. Mr. Lestrange hat sie letzte Nacht vorbeigebracht. Sind sogar farbig.«

Er reichte ihr zwei Wappenzeichnungen. Das eine trug den Zickzackschnitt, das andere den Bastardfaden.

»Interessant«, sagte Mrs. Bradley und steckte sie in ihre Tasche. »Aber sonst haben Sie keine Zeichnungen erhalten? Nur diese hier von Mr. Lestrange?«

»Nein.«

»Also gut. Ich glaube, Sie sollten sich jetzt besser aus dem

Staub machen. Sie haben mir erzählt, Sie hätten Verwandte in Berkshire. An Ihrer Stelle würde ich heute noch hinfahren. Ich werde George bitten, Sie zu chauffieren. Halten Sie sich dort versteckt, bis mindestens morgen Abend. Dann können Sie wieder zurückkommen.«

»Ich kann morgen nicht den ganzen Tag weg sein, Ma'am! Was ist mit dem Tanz?«, protestierte Priest.

»Das lässt sich eben nicht ändern. Die Gruppe muss jemand anderen finden.«

»Verdammt noch mal, nein, das lasse ich nicht zu«, sagte Priest. »Nein, Ma'am, das wird nichts. Ich werde morgen den Morris-Narr spielen. Ich habe keine Ahnung, warum Sie so steif und fest davon überzeugt sind, dass ich das nächste Mordopfer sein werde. Was ist schon dabei, wenn ich mich tatsächlich wie ein Narr verhalten habe, als ich Mr. Simith bei Nero gefunden habe? Warum sollte mich deshalb jemand ermorden wollen? Das würde ich gern mal von Ihnen wissen. Niemand wird mich ermorden! Warum auch? Ich weiß nichts. Keiner hat einen Grund, mich zu ermorden!«

»Wissen Sie was? Sie sind ein schrecklich dummer Klotz!«, sagte Mrs. Bradley streng. »Und wenn Sie weiterhin so dickköpfig sind und, was noch schlimmer ist, mir weiterhin diese ganzen albernen Lügen auftischen, überlasse ich Sie einfach Ihrem Schicksal, ganz gleich, wie das aussehen mag!« Sie trat nah an ihn heran und sah ihm in die Augen. »Sie haben am Weihnachtsmorgen ein Schwein geschlachtet. Sie haben in der Nacht des zweiten Weihnachtsfeiertags Simiths Leiche aus Neros Koben geholt. Sie sind um ein Uhr morgens Mr. Lestranges Eber holen gegangen. Sie haben dabei geholfen, Simiths Leiche auf den Shotover Hill zu bringen und sie mit

Schweineblut zu übergießen, um die Öffentlichkeit darüber zu täuschen, dass Simith in Roman Ending getötet wurde. Sie ...«

»Soll ich nun das Schwein getötet haben oder den Mann?«, fragte Priest mit einem Ausdruck kindlicher Unschuld auf seinem hässlichen Gesicht.

»Seitdem sind Sie für den Mörder eine ständige Gefahr. Glauben Sie allen Ernstes, dass er Sie verschonen wird?«, verlangte Mrs. Bradley zu wissen. Aber es hatte nicht den Anschein, als wäre mit einer Antwort zu rechnen. Priest fuhr fort, in der Futtermischung zu rühren. Sein abstoßendes Gesicht wirkte vollkommen gleichmütig.

»Warum lassen Sie mich nicht einfach verhaften und bringen die Sache damit zu Ende?«, fragte er schließlich.

»Weil es mir im Moment noch nicht gelingen würde, dem Mörder genug Angst einzujagen, um mein Ziel zu erreichen. Das müsste Ihnen doch eigentlich klar sein.«

»Sie meinen, Sie können ihn nicht an den Galgen bringen, weil es noch nicht schwarz genug für ihn aussieht? Und weil Sie mir genauso wenig etwas beweisen können?«

»Ja, genau das meine ich.«

»Wer weiß davon, dass Sie heute Morgen hierhergekommen sind?«

»Niemand, denke ich. Sie könnten mich getrost ermorden, wenn auch vielleicht nicht ungestraft, obwohl ich mir auch da gar nicht mal so sicher bin.«

»Dann werde ich das doch verdammt noch mal versuchen! Sie haben mich die letzten Wochen genug drangsaliert!« Er hob die Stange hoch, mit der er das Schweinefutter gerührt hatte.

»Die ist aus Eisen!«, brüllte er, holte aus und ließ die Stange niedersausen. Mrs. Bradley sprang behände zur Seite, sodass die Stange auf den Kupferkamin prallte, vor dem sie gestanden hatte. Der Aufprall erfolgte mit solcher Gewalt, dass Priest ein heftiger Schmerz durch den Arm schoss und er die Waffe fallen ließ, um sich das Handgelenk zu reiben. Mrs. Bradley hob die Eisenstange auf und hielt sie auf Priests Brust gerichtet, als handelte es sich um einen Degen.

»Los jetzt, marschieren Sie nach draußen«, sagte sie und stieß ihm die Stange brutal in die Seite. Er wollte sich auf sie stürzen, aber ein zweiter Hieb mitten ins Zwerchfell brach seinen Widerstand. Er krümmte sich vor Schmerzen, doch Mrs. Bradley zwang ihn, sich aufzurichten, indem sie ihm die Stange erneut in den Leib stieß. Er verfluchte sie, drehte sich dann jedoch um und ging den Mittelgang entlang. Als er auf halbem Weg zur Tür versuchte, einen Überraschungsangriff zu starten, bekam er einen weiteren schmerzhaften Hieb verpasst.

»Sie bringen mich noch um!«, rief er.

»Das hätte der Henker auch getan, wenn Sie mich getötet hätten«, entgegnete Mrs. Bradley lachend.

Ihr Tonfall war jedoch derart unerbittlich, und auch ihr ganzes Verhalten unterschied sich so radikal von dem Bild, das er sich sein Leben lang vom weiblichen Geschlecht gemacht hatte, dass er zu der Überzeugung gelangte, es wäre wohl besser, sich zu fügen. Sie zwang ihn, zum Haus hinüberzugehen. Als sie an der Türschwelle anlangten, pfiff sie plötzlich dreimal dermaßen laut und schrill auf ihren Fingern, dass Priest so heftig zusammenfuhr, als hätte man ihm einen Stromschlag verpasst. Im nächsten Moment erschien

Tombley und beschwerte sich empört. Er trug noch seinen Schlafanzug, war unrasiert und hatte sich lediglich rasch eine Jacke übergeworfen.

»Guten Morgen, Geraint«, sagte Mrs. Bradley mit einem breiten Grinsen. »Ist heute früh etwas mit der Post gekommen?«

»Nein, es ist Sonntag. Was machen Sie da mit Priest?«

»Ich unterrichte ihn in der Kunst der Selbstverteidigung. Sie können jetzt wieder zurückgehen und die Schweine füttern, Priest.«

»Einen Moment noch, Priest«, sagte Tombley. »Letzte Nacht ist ein Brief für Sie gekommen. Das ist mir gerade erst wieder eingefallen, als Sie nach der Post gefragt haben«, fügte er an Mrs. Bradley gewandt hinzu.

»Dachte ich's mir doch«, sagte Mrs. Bradley mit ihrem verstörenden Grinsen.

»Da ist er«, sagte Tombley und reichte Priest den Brief.

»Der hat ja gar keinen Poststempel«, sagte Priest und drehte den Umschlag hin und her. Er machte einen äußerst beklommenen Eindruck und schien auch keine Eile zu haben, den Brief zu öffnen.

»Jetzt machen Sie ihn schon auf, Mann«, rief Tombley, der genauso beklommen wirkte. »Oder geben Sie her! Man könnte meinen, Sie rechnen damit, dass das Ding Sie beißt!«

»Hier, ich kann sowieso nicht so gut lesen.« Er drückte seinem Arbeitgeber hastig den Brief in die Hand, ganz offenbar erleichtert darüber, ihn nicht selbst öffnen zu müssen. Tombley riss den Umschlag auf. Im Innern steckte ein raues, unliniertes Blatt Papier, auf das zwei kleine Wappen gezeichnet waren. Das erste trug das Symbol des Zickzackschnittes, das zweite den Bastardfaden, genau wie Mrs. Bradley es prophezeit hatte.

»Was um alles in der Welt ...!«, rief Tombley und hielt das Papier von sich weg, als könne es ihm etwas antun. Er sah Mrs. Bradley an. »Das sieht genauso aus wie das, was mein Onkel bei sich hatte, als er starb.«

»O, Sie wussten darüber Bescheid, Geraint?«, fragte Mrs. Bradley. Priest sah sie an und murmelte etwas, das zu leise war, als dass sie es hätte verstehen können. Dann schlurfte er davon.

»Oje! Er wird dieses Ding hier brauchen«, sagte Mrs. Bradley. Sie zielte hoch in die Luft, die Stange wirbelte der Länge nach herum, wie beim Baumstammwerfen, und landete etwa zwanzig Schritte vor dem erstaunten Gehilfen auf der Erde. Er hob sie auf und drehte sich perplex zum Haus um. Mrs. Bradley winkte ihm kurz zu und ging dann mit Tombley nach drinnen.

Zur Teestunde erschien der Inspektor an der Haustür des Alten Hofs. Er wurde von einem Wachtmeister begleitet.

»Was ist denn passiert?«, fragte Mrs. Bradley und nahm den Inspektor mit in den Garten, um sich mit ihm die ersten Rosenblüten anzuschauen.

»Ein Fall von Vandalismus in der Kirche St Peter ad Vincula in South Newington, Ma'am.«

»Wo ist South Newington, Inspektor?«

»Das liegt an einem Fluss namens Oke, Ma'am, zwischen Chipping Norton und Banbury.«

»Erzählen Sie mir nicht, dass es da eine Verbindung zwischen dem Vandalismus und dem Mord an Thomas Becket gibt, Inspektor.«

Er starrte sie fassungslos an.

»Dann haben Sie also von dem ähnlichen Fall in der Kathedrale von Canterbury gehört, Ma'am?«

»Nein. Aber wenn Sie jetzt als Nächstes das Becket-Fenster erwähnen ...«

»Also wirklich. Da brat mir einer einen Storch, Ma'am! Sie wissen ja schon über alles Bescheid, da können Sie so ahnungslos tun, wie Sie wollen!« Er sah sie voll ehrlicher Bewunderung an. Mrs. Bradley grinste und schüttelte den Kopf.

»Ich versichere Ihnen, ich habe bisher nichts von dieser Sache gehört«, sagte sie. »Bitte rekapitulieren Sie. Charlie wird es sicher nichts ausmachen, das alles noch einmal zu hören.«

Der junge Wachtmeister lächelte und schlenderte außer Hörweite davon.

»Wir erhielten den Bericht letzte Nacht, und weil Sie ja gesagt haben, dass die anderen Vandalismus-Fälle mit diesen Todesfällen hier in Verbindung stehen, bin ich zusammen mit Charlie rasch nach South Newington gefahren, um mir die Sache vor Ort anzusehen. Viel gab's da allerdings nicht herauszufinden, genauso wenig wie in Horsepath. Nur ein Stück Papier, das in Form eines Pfeils an der Wand klebte. Die Spitze des Pfeils wies auf ein Wandgemälde, das man dort vor einiger Zeit entdeckt hat. Darauf ist tatsächlich der Mord an Becket dargestellt. Was ich aber, ehrlich gesagt, nur weiß, weil ich den Pfarrer gefragt habe.«

»Und der Vandalismus in der Kathedrale?«, fragte Mrs. Bradley.

»Im Prinzip das Gleiche. Wieder ein Papierpfeil an der Wand, der auf das Bleiglasfenster zeigt, das den Mord an

Becket darstellt. Hier ist der Pfeil. Wir haben es nicht geschafft, ihn in einem Stück von der Wand zu lösen.«

»Das ist ein Trost, dass der Mörder in den Kirchen keinen größeren Schaden angerichtet hat«, sagte Mrs. Bradley. »Tatsächlich scheint er eine recht feinfühlige und kultivierte Person zu sein. Also hören Sie zu, Kind. Morgen werden Sie endlich Ihre Verhaftung vornehmen können, und es wird dabei auch keinerlei Schwierigkeiten geben. Es ist sogar möglich, dass Sie das große Glück haben werden, Zeuge eines neuerlichen Mordes zu werden, da es mir nicht gelingen will, das Opfer davon zu überzeugen, sich von den Feierlichkeiten fernzuhalten.«

»Und wer ist dieses Opfer, Ma'am?«, fragte der Inspektor.

»Der Gehilfe Priest, natürlich«, antwortete Mrs. Bradley. »Ganz ehrlich, Sie sollten ihm Polizeischutz gewähren.«

»Wie Sie meinen, Ma'am«, sagte der Inspektor skeptisch. »Charlie, kommen Sie doch mal eben her«, rief er. Der junge Wachtmeister folgte seinem Ruf.

»Steigen Sie auf Ihr Fahrrad, fahren Sie rüber nach Littlemore und bringen Sie Billy Middlen auf Ihrem Gepäckträger mit zurück. Ich werde Sie beide auf diesen Priest ansetzen. Dann wollen wir doch mal sehen, ob wir es nicht verhindern können, dass er ermordet wird. Das ist eine gute Übung für Sie zwei. Mal ein bisschen Arbeit wie bei Scotland Yard, zur Abwechslung!«

Der Inspektor verabschiedete sich, und Mrs. Bradley ging zurück ins Haus. Die erste Person, der sie dort begegnete, war Denis. Er machte einen sehr ernsten und aufgeregten Eindruck und platzte offenbar geradezu vor Neuigkeiten.

»Stell dir vor, Tante Bradley!«

»Was denn, mein Junge?«

»Stell dir vor, Hugh hat eins von diesen Blättern bekommen!«

»Was für Blätter denn?«

»Du weißt schon – die mit diesen kleinen Wappen. Oder vielmehr, diesmal war es nur eins. Er regt sich ganz furchtbar auf. Er glaubt, dass man ihn ermorden will, wie diese beiden alten Männer, die auch solche Blätter bekommen haben.«

»Und was ist es dieses Mal für ein Wappen?«

»Na ja, eigentlich ist es nur eine Hand, aber es scheint ihm Angst einzujagen, dass es eine linke Hand ist. Ist denn die linke Hand schlimmer als die rechte, Tante Bradley?«

»Das hängt ganz davon ab, welche Bedeutung man ihr beimisst, Kind. Ich denke, Hugh tut gut daran, sich Sorgen zu machen. Aber jetzt steht uns ja erst mal der Pfingstmontag bevor, und die Morris-Tänzer ... Wie heißt es doch so schön in Philip Stubbes' Pamphlet über die ›ungebührlichen Sitten‹ zu Shakespeares Zeiten? ›Mit ihren schrillen Pfeifen, ihren dröhnenden Trommeln, ihrem Getrampel und Getanze, den klingenden Schellen, den Taschentüchern, mit denen sie über ihren Köpfen umherwedeln wie Wahnsinnige, ihren Steckenpferden ...‹ Wie geht es noch mal weiter?«

Carey trat lachend zu ihnen.

»›... und unzähligen anderen Ungeheuern, die inmitten des Gewimmels ihre Scharmützel austragen‹«, beendete er das Zitat.

Mrs. Bradley sah ihn an und seufzte.

Siebzehntes Kapitel

KARTEN AUF DEN TISCH
IN STANTON ST JOHN

Am Pfingstmontagmorgen herrschte herrlichstes Wetter. Ditch war bereits um halb fünf aufgestanden, und kaum eine halbe Stunde später kam Mrs. Ditch mit dem Tee in Mrs. Bradleys Zimmer.

»Wollen Sie sich anschauen, wie unsere Jungs um den Maibaum tanzen, bevor der eigentliche Morris-Tanz losgeht?«, fragte sie, während Mrs. Bradley sich einen magentafarbenen Schal um die dünnen Schultern legte, die Teetasse entgegennahm und in zierlichen Schlückchen daraus trank. Sie sah mehr denn je wie eine Hexe aus, fand Mrs. Ditch. Und weil in diesem Moment ausnahmsweise einmal der Aberglaube über ihren ansonsten sehr praktisch veranlagten Verstand triumphierte, kreuzte Mrs. Ditch vorsorglich die Finger hinter dem Rücken, wandte den Blick ab und schaute zum Fenster hinaus. Eine Rosenblüte wiegte sich sanft in der frühmorgendlichen Brise und klopfte gegen das geöffnete Fenster, und ein Vogel, der auf dem Sims saß, flog plötzlich und geräuschvoll davon, um sich in einem der sommerlichen, blätterschweren Bäume niederzulassen.

»Ich stehe sofort auf«, sagte Mrs. Bradley.

»Das ist gut, Ma'am. Aber wenn Sie noch eine Minute warten, hören Sie die Morris-Melodie. Die wird gespielt, um die Tänzer herbeizurufen, und so lange können Sie ja ohne Weiteres noch im Bett bleiben, stimmt's?«

»Sehr wahr«, sagte Mrs. Bradley. Mrs. Ditch nahm ihr die leere Tasse ab und verließ den Raum. Und tatsächlich hörte Mrs. Bradley nach kurzer Zeit eine zarte, beschwingte Geigenmelodie. Sie stand auf und durchquerte das Zimmer, um aus dem Fenster zu schauen. Neben dem Hoftor stand Denis, die Geige unters Kinn geklemmt, den Bogen in der schmalen Hand. Er trug eine Flanellhose, die Jacke seiner Schuluniform und um den Hals einen Seidenschal, dessen Enden ihm auf die Brust baumelten. Seitlich auf seinen dichten, blonden Haaren saß ein Kranz künstlicher Rosen. Mrs. Bradley steckte den Kopf zum Fenster hinaus und kreischte zum Gruß wie ein Papagei.

»Komm runter! Es ist ganz herrlich hier draußen! Carey sagt, ich sei die Maikönigin!«, rief Denis und schob den absurden Blumenkranz noch ein wenig weiter zur Seite.

»Du siehst aus, als wärst du einem Bacchanal entstiegen, Kind! Ich will auch so einen Kranz!«, rief seine Großtante und zog den Kopf zurück. Sie kleidete sich rasch an und ging nach unten. Auf dem Weg zur Eingangstür kam ihr Carey entgegen.

»Scab spielt die Morris-Melodie, um die Tänzer zusammenzurufen. Das war Hughs Idee«, sagte er. »Hugh und Tombley mähen gerade auf Roman Ending die Wiese vor dem Hof. Dort wird nämlich der letzte Tanz stattfinden. Erst wird im Dorf getanzt, dann kommen alle hier im Innenhof für ein Mittagessen zusammen, danach tanzen wir hier und dann noch mal vor der Kirche, und zum Abschluss kredenzt Tombley in Roman Ending den Tee. Das Wetter verspricht, fantastisch zu werden! Komm zum Frühstück! Scab wird auch gleich reinkommen. Er muss die Melodie nur noch einmal vorm Pfarrhaus spielen, dann ist er fertig. Wir werden mit dem Frühstück nicht auf Hugh warten, er tanzt ja nicht mit. Wenn ich die Schweine gefüttert habe, ziehe ich meine weißen Tanzsachen an, und dann brauchen wir bis zur Mittagszeit nichts mehr zu tun.«

»Wunderbar!«, sagte Mrs. Bradley. »Und hier kommt auch schon unser Freund, der Inspektor!«

»Dann bitte ihn doch zum Frühstück herein.« Carey hob den Kopf und jodelte Mrs. Ditch herbei. Sie erschien in einer riesigen blauen Schürze, die sie sich umgebunden hatte, um ihr bestes Mieder und ihren besten Rock zu schützen. Ihr Gesicht leuchtete wie ein blank polierter Apfel, und ihre Haare waren an den Schläfen so straff nach hinten gezogen, dass es aussah, als müssten sich die Kämme, mit denen sie festgesteckt waren, jeden Moment aus ihrer Verankerung lösen und die grauen Strähnen der sommerlichen Brise preisgeben.

»Wunderbar!«, wiederholte Mrs. Bradley. Sie selbst hatte sich in ein hellviolettes Kostüm gekleidet. Statt eines Kranzes, wie sie ihn sich eben noch herbeigewünscht hatte, trug sie einen kleinen barettartigen Hut, der über und über mit gelben Stiefmütterchen aus Samt bestickt war. Sie hatte ihren Schießstock in eine Ecke des Wohnzimmers gestellt und in ihrer geräumigen Rocktasche einen Totschläger von handlicher Größe verstaut.

»Aha!«, sagte sie. »Inspektor!«

Der Inspektor lehnte sich über den Blumenkasten voll gelber Pantoffelblumen und steckte seinen Kopf ins Zimmer.

»Anwesend, Ma'am! Und Charlie wartet auf dem Feldweg.«

»Holen Sie ihn doch her«, sagte Carey. »Kommen Sie herein und frühstücken Sie mit uns, Sie alle beide!«

Als Hugh zurückkehrte, waren sie gerade bei ihrer letzten Tasse Kaffee angelangt. Mrs. Ditch servierte ihm einen Teller mit Schinken, Eiern und Blutwurst. Denis, der sich nicht lange nach Beginn der Mahlzeit zu ihnen gesellt hatte, war in der Zwischenzeit schon wieder verschwunden. Carey sah auf die Uhr.

»Höchste Zeit, dass ich die Schweine füttere und mich umziehe«, sagte er und verließ den Tisch. Mrs. Bradley folgte ihm.

»Ich nehme an, du hast Priest heute früh noch nicht gesehen?«, fragte sie.

»Nein, habe ich nicht. Aber er müsste in einer knappen halben Stunde hier sein. Wir fangen vor dem Gasthof George an, ziehen danach zum Star weiter und dann noch zum White Horse. Anschließend tanzen wir auf der Straße vor dem Tor zum Kirchhof, und danach kommen wir wieder hierher. Wir müssen uns zwischendurch ausruhen, weißt du, und Priest hat in seiner Eigenschaft als Narr die Aufgabe, uns die Menge vom Leib zu halten, damit wir genug Platz zum Tanzen haben. Und wenn wir fertig sind, muss er das Geld einsammeln. Er taugt eigentlich gar nicht für diese Rolle, muss ich leider sagen. Der Narr sollte Scherze machen und die Menge belustigen können, damit die Leute auch großzügig ihr Geld in den Hut werfen, aber du weißt ja, was für eine mundfaule Plage er ist – der bringt doch kein einziges Wort heraus, es sei denn, man hat ihm eine direkte Frage gestellt.«

»Wird er sich das Gesicht anmalen?«

»Ich denke schon. Vielleicht schwärzt er es ja dieses Jahr. Hugh wollte eigentlich ein Steckenpferd mitbringen, aber so was hatten wir noch nie, und Ditch wollte keine neuen Sachen. Nicht, dass so ein Steckenpferd etwas Neues wäre, die sind schließlich steinalt, die Dinger – aber wir haben sie eben noch nie eingesetzt. Was willst du jetzt machen? Magst du mir beim Schweinefüttern Gesellschaft leisten?«

»Ja, ich muss die Zeit nutzen, solange du mich noch gernhast«, sagte Mrs. Bradley grinsend. Aber es war kein fröhliches Grinsen, sondern eher eine Grimasse des Widerwillens und der Beklemmung.

»Was ist los, meine Liebe? Ist dir etwas schlecht bekommen?«

»Nein, Kind. Ich glaube nicht.«

»Dann Kopf hoch! Alles ist gut. Und das Wetter ist herrlich!«

»Es ist nicht alles gut. Und ich denke, es wird noch vor Mitternacht ein Gewitter geben.«

»Man muss zugeben«, sagte Pratt zu Mrs. Bradley, während sie zusammen mit Carey, Jenny, Fay und Hugh vom Alten Hof zum Treffpunkt gingen, wo die Darbietung der Tänzer beginnen sollte, »dass man eine gewisse Nervosität empfindet, die man nur mit den Gefühlen vergleichen kann, die man unmittelbar vor seinem ersten Kricketspiel hegte.«

»O, Sie spielen Kricket?«, fragte Mrs. Bradley. Jenny mischte sich ein, bevor Pratt eine Antwort geben konnte.

»Ob er Kricket spielt? Das will ich doch meinen! Er ist ein unheimlich guter Fielder und läuft als Reservespieler der hiesigen Grafschaft auf!«

»Die Grafschaft Oxfordshire«, sagte Pratt bescheiden, »spielt in dieser Saison nicht besonders gut, fürchtet man.«

Mrs. Bradley betrachtete seine schmächtige Gestalt mit neu gewonnenem Respekt.

»Hast du deinen Morris-Stock dabei, Maurice?«, fragte Fay plötzlich.

»Man war davon ausgegangen, dass der Leiter unserer Truppe, Mr. Ditch, für alle Utensilien verantwortlich ist.«

»Das ist eine große Verantwortung für Ditch«, bemerkte Mrs. Bradley. »Ich hoffe doch sehr, dass er das Gefühl haben wird, dass sich das alles gelohnt hat, wenn der Tag erst einmal vorbei ist.«

»Für mich ist es eine noch größere Verantwortung«, sagte Carey, der zurückgeblieben war, um sich einen Schuhriemen zu binden, der sich gelöst hatte. »Ich muss das ganze Dorf durchfüttern.« Die anderen blieben nun ebenfalls stehen, doch Mrs. Bradley gab Jenny ein Zeichen, woraufhin diese weiterging und ihre Halbschwester und Hugh mit sich zog.

»Sehr geschickt eingefädelt, Kind. Und jetzt muss ich dir noch rasch Folgendes sagen: Sei vorsichtig! Pass auf dich auf! Du brauchst keine Angst zu haben – aber sobald du das Gefühl hast, dass irgendetwas nicht stimmt, dann schlag mit deinem Morris-Stock um dich, als wolltest du einen Kricketball aus dem Feld dreschen. Kümmere dich nicht darum, ob du dabei jemanden verletzt oder nicht. Schlag zu, so fest du kannst.«

»Aber vor wem soll ich mich denn in Acht nehmen?«

»Das kann ich dir nicht sagen, sonst würdest du alles verraten.«

»Man hofft doch, dass man diskret ist, wie Pratt sagen würde.«

»Ja, ja, ich weiß. Aber Kind, vertrau mir und tu, was ich dir sage. Die Polizei *muss* diesen Mann fassen! Ich kann nicht zulassen, dass noch ein weiterer Mord geschieht. Ich konnte die ersten beiden nicht verhindern, aber ich kann und ich werde diesen hier verhindern. Ich warne dich auch nur, weil ich weiß, dass du nervlich damit fertigwirst.«

»Da bin ich weit weniger sicher, als du das zu sein scheinst.«

»Dann solltest du dich besser zusammenreißen und dir ein Herz fassen, mein liebes Kind. Und kümmere dich um Jenny, wenn der Morris-Tanz vorbei ist. Das Mädchen ist in dich verliebt, Carey. Und jetzt vergiss all das. Tanze und gib dein Bestes! Bis nach dem Mittagessen wird nichts passieren, das verspreche ich dir!«

Sie schlossen zu den anderen auf, die erneut stehengeblieben waren.

»Maurice hat uns gerade erzählt, er könne seine rechte Hand nicht mehr von seiner linken unterscheiden«, sagte Jenny und kicherte.

»Ist schon übel, wenn man so gepiesackt wird«, sagte Hugh verständnisvoll. »Machen Sie sich keine Sorgen, Pratt, Sie haben es bald hinter sich.«

»Man weiß das. Aber dieser Gedanke spendet einem seltsamerweise nicht besonders viel Trost. Man ist jedoch dankbar für all die freundlichen Worte und guten Wünsche.« Er sah Jenny an. Sie nahm in einer liebenswürdigen Geste seine Hand und drückte sie ermutigend.

»Kopf hoch«, sagte sie. »Sehen Sie, da sind wir auch schon.«

Eine beträchtliche Menge von Dorfbewohnern hatte sich versammelt, zu der sich zudem zahlreiche Besucher von außerhalb gesellt hatten, die mit Autos, Fahrrädern, Ponykarren, Fuhrwerken oder Lieferwagen hergekommen waren, um sich die Tänze anzuschauen. Mitten unter ihnen, und doch unübersehbar, war Priest. Er lief wild durch die Gegend und trieb die Menge mit einem Stock auseinander, an dessen einem Ende ein Kalbsschwanz befestigt war und an dessen anderem Ende eine Kalbsblase baumelte. Letztere ließ er jedoch unbeachtet und benutzte stattdessen immer nur den Kalbsschwanz, den er mit grimmiger Begeisterung durch die Luft sausen ließ, um Platz für die Tänzer zu schaffen. Er war nicht wiederzuerkennen – und das galt nicht nur im traditionellen Sinne, bei dem die Dorfbewohner so taten, als wüssten sie nicht, um welche Personen es sich bei den Morris-Tänzern handelte. Er hatte sich, abgesehen von zwei zinnoberroten Streifen auf den Wangenknochen, sein Gesicht von oben bis unten geschwärzt und trug einen Hut mit niedriger Krempe, von der zahlreiche bunte Luftschlangen herabhingen, die nicht nur seine Schultern, sondern auch den Großteil seines Gesichts verdeckten.

»Der sieht ja richtig gruselig aus«, sagte Hugh lachend, als sie die Menge erreicht hatten und sich eine gute Stelle suchten, von der aus sie dem Tanz zuschauen konnten. Als Priest Mrs. Bradley sah, stieß er einen lauten Ruf aus, drängte sich durch die Menschen zu ihr hinüber und zog sie in die Mitte des Kreises, den er gerade freigeräumt hatte.

»Komm, Mädel!«, rief er ihr mit schallender Stimme und einem beinahe grausamen Lachen zu. »Seht, ihr Nachbarn! Hier ist sie! Die alte Mrs. Moll, die böse Hexe!«

Mrs. Bradley lächelte ihr Echsenlächeln, riss ihm den bebänderten Hut vom Kopf und setzte ihm stattdessen ihr eigenes Hütchen mit den gelben Stiefmütterchen auf. Sie drückte sich den Hut mit der niedrigen Krempe und den unzähligen Luftschlangen auf die schwarzen Haare, raffte ihre Röcke und legte zur Musik von *Bean-Setting* einen wilden Solotanz hin. Denis spielte das Stück im doppelten Tempo auf seiner Geige und krümmte sich derweil vor Lachen. Auch die Menge war von diesem kleinen Intermezzo begeistert. Nachdem Mrs. Bradley sich ihr Blumenhütchen zurückgeholt hatte, eilte Priest in den Gasthof, um sich vor dem Spiegel seinen Hut wieder zurechtzurücken, und die Morris-Tänzer nahmen ihre Plätze ein.

Mrs. Bradley schlüpfte aus dem Kreis und stellte sich wieder zu Hugh, Fay und Jenny. Ein wenig später folgten sie den Tänzern zum nächsten Wirtshaus, wo der Tanz fortgesetzt werden sollte. Pratt machte seine Sache gut. Mrs. Bradley sah, wie Ditch ihm auf die Schulter klopfte, während die Morris-Tänzer die Straße hinunterliefen und Priest mit seinem Zeremonienstab für Ordnung sorgte.

Das Mittagessen wurde in ausgelassener Stimmung eingenommen. Priest zählte das Geld und gab es Ditch, der es wiederum in die Küche des Alten Hofs trug, wo Mrs. Ditch es sicher verstaute, bevor sie das Essen auftrug. Linda hatte sich den Tag freigenommen und war gekommen, um zu helfen, zusammen mit sieben oder acht Mädchen aus dem Dorf, die ebenfalls an den Tischen servierten. Es war ein Tag der offenen Tür für die Dorfbewohner. Fast zweihundert Leute waren gekommen, die sich ihre eigenen Stühle und Schemel und auch ihre eigenen Teller und Becher mitgebracht hatten. Man hatte ein Bierfass angestochen und auch eins mit Apfelwein. Überall wurde gescherzt und gelacht, und hier und da auch gesungen. Tombleys Grammophon kam ebenfalls zum Einsatz, und alle tranken auf Careys Wohl.

»Und jetzt, liebe Freunde«, sagte Carey, »lasst uns in Ruhe zu Ende essen und dann weitertanzen!«

Und so geschah es auch. Die Gruppe begann den nächsten Tanz. Mrs. Bradley täuschte derweil Müdigkeit vor, betrat das Haus und ging in ihr Zimmer hinauf. Sie warf sich aufs Bett und hüpfte ein wenig auf und ab, sodass die Sprungfedern ächzten – so laut, dass man es bis hinunter in den Hof hören konnte. Dann erhob sie sich wieder, ohne das geringste Geräusch zu verursachen, schlich auf Zehenspitzen durch den Flur und betrat das Badezimmer, in dem der Gang aus dem Priesterversteck endete. Dort zog sie den Vorleger zur Seite, hob die Falltür an und stieg die Treppe hinunter. Als sie die kleine Geheimkammer betrat, sah sie, dass man die Tür in der Holzvertäfelung, wie von ihr gewünscht, einen Spaltbreit offen gelassen hatte. Sie schob die Tür auf, durchquerte das sonnendurchflutete Wohnzimmer, wobei sie kaum zu atmen wagte und sich unterhalb der Fenster hielt, setzte sich auf einen niedrigen Schemel, den sie selbst in den frühen Morgenstunden dort deponiert hatte, und wartete geduldig.

Draußen vor dem Fenster begann Denis gerade, die Melodie von *Constant Billy* zu spielen, und wenige Sekunden später legten die Tänzer los. Das Geräusch der Schellen war dort, wo sie saß, laut und deutlich zu hören. Sie spitzte ihre Ohren und lauschte auf ein weiteres Geräusch, und schon bald hörte sie es auch. Es waren Schritte, die die Steinstufen hinaufstiegen. Sie wartete, bis sie sicher sein konnte, dass die Person den oberen Treppenabsatz erreicht hatte, und machte sich dann mit dem Totschläger in der Hand auf den Weg – eine kleine, unbezwingbare Frau mit wachsamem Blick und einer derart grimmigen Entschlossenheit, dass ihre Freunde sie nicht wiedererkannt hätten. Sie schlich zu ihrer Schlafzimmertür und drehte den Schlüssel im Schloss um, den sie zuvor von außen hatte stecken lassen. Dann ging sie die Treppe wieder hinunter und ins Wohnzimmer zurück.

»Ich frage mich, ob ich die richtige Person eingesperrt habe oder ob mir irgendein bedauernswerter unschuldiger Mensch ins Netz gegangen ist«, sagte sie zu Mrs. Ditch, als diese den Raum betrat, um ihr Bescheid zu geben, dass die Gesellschaft, die sich gerade auf dem Alten Hof aufhielt, den Vorschlag gemacht habe, demnächst zum Tee hinüber nach Roman Ending zu gehen.

»Das war Master Hugh, der da eben nach oben gegangen ist.«

»Hugh? Oje, oje! Würde es Ihnen etwas ausmachen, hinaufzugehen und ihn herauszulassen, Mrs. Ditch?«, fragte Mrs. Bradley kichernd. »Sagen Sie ihm, ich hätte meine Handtasche oben gelassen und dann gedacht, ich sollte wohl besser noch einmal umkehren und die Tür abschließen. Erzählen Sie ihm bloß nicht, dass ich glaubte, ich würde einen Möchtegern-Mörder einschließen!«

»Sie dachten doch wohl nicht, jemand hätte es auf Sie abgesehen und wollte Sie ermorden, Ma'am?«, fragte Mrs. Ditch leicht verwundert. Mrs. Bradley lachte meckernd und ging dann nach draußen, um noch ein wenig dem Tanz zuzuschauen. Priest schien die ausgelassene Laune, in der er sich vorhin noch befunden hatte, längst verloren zu haben. Er saß auf einem umgedrehten Eimer, hatte den Kopf in den Händen vergraben und war ganz offenbar das Opfer düsterer Gedanken geworden. Sein Hut mit der niedrigen Krempe lag neben ihm auf der Erde.

»Kopf hoch, Priest! Jetzt dauert es nicht mehr lang«, murmelte Mrs. Bradley ihm im Vorbeigehen zu. Priest schaute auf, und der Schatten eines Lächelns huschte über sein hässliches Gesicht.

»Das ist gar nicht mal so sehr das Problem. Es ist dieses Ding da. Das wiegt bestimmt an die zehn Tonnen, wette ich.«

»Setzen Sie ihn wieder auf«, sagte Mrs. Bradley kurz und knapp. Priest nahm den Hut, wich ihrem Blick aus und schlich davon, wobei er seinen Stock mit dem Kalbsschwanz und der Blase niedergeschlagen durch den Staub hinter sich herzog. Er ging zu dem Zelt hinüber, in dem das Bierfass stand, scheuchte eine Gruppe von Jungen fort, die sich um den Eingang geschart hatte, und trat ein. Carey hatte das Bierzelt auf der Koppel unmittelbar neben dem Innenhof aufgebaut, weshalb Priest nicht nur von den empörten Rufen der Jungen verfolgt wurde, die er verscheucht hatte, sondern auch von den neidischen Blicken der Tänzer, die sich gerade zwischen zwei Tänzen ausruhten.

Mrs. Bradley sah zu ihrem Schlafzimmerfenster hoch, doch es war kein eingesperrter und gestikulierender Hugh zu sehen. Daher ging sie davon aus, dass Mrs. Ditch ihren Anweisungen gefolgt war und ihn freigelassen hatte. Sie stellte einen Stuhl auf einen der Tapeziertische, kletterte hinauf, setzte sich hin wie der Schiedsrichter bei einem Tennisturnier, und sah zu, wie die Morris-Tänzer einen Tanz namens *Laudnum Bunches* tanzten.

Während der Tanz noch im Gange war, kam der Morris-Narr aus dem Bierzelt zurück. Es schien, als hätte das Getränk ihm gutgetan, denn er begann nun selbst zu tanzen und schnipste währenddessen den anderen Tänzern spielerisch die Kalbsblase um die Ohren. Besonders Pratt schien er sich zum Opfer auserkoren zu haben und verwirrte ihn derart, dass dieser beim Tanzen ein- oder zweimal einen Fehler machte. Pratt wurde allmählich zornig, und die Dorfbewohner, denen die Clownereien großen Spaß machten, fingen an zu lachen. Als der Tanz zu Ende war, sprang der Narr davon, um etwaigen Vergeltungsmaßnahmen zu entgehen.

»Sie müssen es ja nicht gleich übertreiben, Priest!«, rief Ditch. »Wir wissen alle, was Sie in dem Zelt gemacht haben!«

Diese Attacke entlockte der gut gelaunten Menge ein begeistertes Grölen, und der Narr winkte zur Antwort spöttisch mit der Hand. Dann ging er wieder ins Bierzelt, was bei den Tänzern eine unverhohlene Empörung hervorrief. Mrs. Bradley kletterte hastig von ihrem Hochsitz herunter, rannte dem Narr – von schallendem Gelächter begleitet – hinterher und zog ihn an dem Zipfel seines Hemdes, das ihm aus der Hose gerutscht war, wieder aus dem Zelt. Daraufhin drehte er sich um und rannte zu den Tänzern zurück, die sich soeben zu *Blue-Eyed Stranger* formierten. Der Hemdzipfel flatterte wild hinter ihm her, was die Zuschauer zu einem nun schon fast hysterischen Gelächter veranlasste.

Blue-Eyed Stranger war einer der Tänze, die mit den Taschentüchern ausgetragen wurden, und Mrs. Bradley hatte als besonderen Gefallen darum gebeten, dass man Carey und Tombley erlauben möge, die Plätze an der Spitze der Formation einzunehmen. Der Narr begann erneut, seine Possen zu reißen, obwohl Ditch ihn zweimal wütend anbrüllte. Eine der Tanzfiguren erforderte es, dass die Tänzer auf die andere Seite hinüberwechselten, und als sie das taten, schlug der Narr plötzlich auf Carey ein. Der jedoch wich dem Schlag aus und brachte seinen Gegner zu Fall. Der Narr stürzte unter dem Gelächter der Leute der Länge nach zu Boden, und im nächsten Moment sprang Mrs. Bradley schnell wie der Blitz mit dem Totschläger in der Hand mitten unter die Tänzer. Die Menge schrie bestürzt auf, als sie auf die sich windende Gestalt einschlug, bis diese reglos liegen blieb.

»Ab ins Bierzelt!«, rief sie, worauf sofort mehrere Personen losstürmten. Plötzlich hörte man ein Rufen, und im nächsten Moment kamen zwei Männer heraus, die einen dritten mit sich schleppten, der leblos in ihrem Griff hing. Sein Gesicht war schwarz, mit roten Schlieren. Ansonsten hatte er weiße Haut und war nackt. Jemand zog sich seine Jacke aus und bedeckte damit seine Blöße.

»Bringt ihn hierher zu den Tänzern«, rief Mrs. Bradley. »Wir werden die Sache so beenden, wie sie begonnen hat.« Man brachte den Mann herüber und legte ihn neben den anderen Narren, der ausgestreckt am Boden lag. »Maskerade und Geisterbeschwörung – das hat zum Tod geführt«, sagte Mrs. Bradley zu den Tänzern. »Und jetzt wird der Tanz zur Heilung beitragen. Bildet zwei Reihen und tanzt zu *Bean-Setting*, bitte!« Sie kniete sich neben die beiden Männer und machte sich daran, ihre Gesichter zu reinigen. Denis, der vor Erstaunen ganz große Augen machte, begann die Melodie zu spielen, und die Männer fingen an zu tanzen, dem Mysterium einer uralten Tradition gehorchend. Sie vollführten ihre Sprünge und Hiebe, klopften den Rhythmus mit ihren Stöcken und sahen erstaunt zu, wie der nackte Mann scheinbar von den Toten auferstand. Als sein Gesicht von sämtlicher

Farbe befreit war und er sich die Jacke züchtig um den Körper gewickelt hatte, hob er den Stock mit dem Kalbsschwanz und der Blase auf und reichte ihn Mrs. Bradley. Der bekleidete Narr brauchte ein wenig länger, um wieder zu sich zu kommen, doch als das geschah, rief Denis laut:

»Na so was! Seht nur! Es ist Hugh!«

Hugh Kingston rappelte sich mühsam auf, doch kaum stand er aufrecht, traten zwei Männer zu ihm, und einer von ihnen legte ihm die Hand auf die Schulter.

»Es war sehr dumm von ihm, an seinem Plan festzuhalten. Ich habe ihn sogar gewarnt. Ich habe ihm das Wappen mit der offenen Linkhand geschickt«, sagte Mrs. Bradley. Sie hob den Narrenstab auf, der auf einer Seite außerordentlich schwer war, und reichte ihn Tombley. »Fühlen Sie mal«, sagte sie.

Die Teemahlzeit war vorüber, und man hatte es geschafft, die aufgeregten Dorfbewohner zum Heimgehen zu bewegen. »Glücklicherweise war der Stahlhelm, den Priest trug, seiner Aufgabe gewachsen. Er bekam einen Schlag auf den Kopf, gleich nachdem er das Zelt betreten hatte. Dort lauerte der Mörder ihm auf, der sich zuvor im Haus das Gesicht geschwärzt hatte. Er wollte sicherstellen, dass Priest auch wirklich tot war, als er das Zelt später noch einmal zu betreten versuchte. Deshalb bin ich hinter ihm hergerannt und habe ihn wieder herausgezogen.«

»Sie sind ein Genie«, sagte Tombley und reichte den Stab an Pratt weiter. »Dann soll das hier wohl der Bastardfaden oder vielmehr der Bastardbalken sein, nehme ich an?«

»Man empfindet es als schwierig, um nicht zu sagen unmöglich«, sagte Pratt, »sich vorzustellen, wie es Ihnen gelungen ist, die Identität des Mörders aufzudecken. Sollen wir wirklich glauben, dass Mr. Kingston - man kann sich aus irgendeinem Grund nicht dazu durchringen, mit seinem Taufnamen auf ihn zu verweisen -, dass also Mr. Kingston Mr. Fossder und Mr. Simith ermordet hat und nun auch versuchte, Priest zu ermorden?«

»Die Identität des Mörders aufzudecken, war fast noch das Leichteste an der Sache. Die eigentliche Schwierigkeit bestand darin, es auch hinreichend zu beweisen.« Mrs. Bradley sah zu Carey hinüber, der zutiefst niedergeschlagen am anderen Ende des Tisches saß. »Der erste Hinweis fand sich in Hughs Charakter. Er ist ängstlich, er liebt es zu töten, und er hat eine hohe Meinung von sich selbst.«

»Aber woher wusstest du denn, dass er so war? Du hast ihn doch nie so erlebt, während er hier zu Besuch war«, fragte Carey überrascht. Mrs. Bradley wiegte den Kopf hin und her.

»Ich habe das natürlich nicht alles sofort gesehen, Kind. Aber weißt du noch, wie du Denis einmal erzählt hast, Hugh hätte Angst gehabt, in einem Spiel gegen das Lehrerkollegium anzutreten, als ihr beide noch zur Schule gingt?«

»Aber davon konntest du dich doch unmöglich leiten lassen! Erstens habe ich das nur als Scherz gemeint. Und zweitens gibt es sehr viele Jungen, die sich dagegen sträuben, gegen die Lehrer anzutreten.«

»Dann gibt es eben sehr viele ängstliche Jungs«, sagte seine Tante mit ihrem Meeresschlangenlächeln. »Aber du würdest mir doch sicher insofern zustimmen, dass er es liebte zu töten.«

»Aber auch das ...«

»Also gut, Kind. Auch hier gilt: Es gibt viele Kerle, die

gerne töten, aber die tun das dann nur in ihren Gedanken oder anhand eines Stellvertreters. Aber dass er arrogant war – das wirst du doch wohl nicht abstreiten.«

»Arroganz ist ein relativer Begriff.«

»Das ist richtig. Aber weißt du noch, wie er einmal gesagt hat, dass eine deiner Säue das einzige weibliche Wesen sei, das jemals eine Abneigung gegen ihn empfunden habe, abgesehen von einer Dame bei einer Preisverleihung in der Schule?«

»Aber verdammt noch mal, Tante Adela ...«

»Wie du willst, Kind. Kommen wir zu den Morden selbst. Das Erste, was ich im Zusammenhang mit Mr. Fossders Tod interessant fand, war der Umstand, dass Hugh mit Jenny einen Spaziergang den Treidelpfad entlang gemacht hat, in dessen Verlauf Jenny dann über die Leiche gestolpert ist.«

»Sie sind losgezogen, um den alten Fossder zu finden und ihn nach Hause zu bringen, weil Tombley die Verabredung nicht einhalten konnte und es in dieser Nacht so entsetzlich kalt war«, protestierte Carey.

»Der Vorschlag kam von Hugh, Kind, nicht von Jenny. Ich habe mir die Mühe gemacht, das ganz genau herauszufinden. Man sollte eigentlich meinen, dass ein junger Mann eher den Wunsch haben würde, mit seinem Mädchen so schnell wie möglich zum Alten Hof zurückzukehren. Es war zu diesem Zeitpunkt schließlich schon nach Mitternacht.

Nun, wie ihr wisst, haben die beiden Fossders Leichnam gefunden. Jenny ist über ihn gestolpert. Von George habe ich erfahren, dass Hugh zuvor hinter Fossder hergelaufen war, angeblich, um ihm zu sagen, dass Tombley die Verabredung nicht würde einhalten können. Es ergab in meinen Augen wenig Sinn, dass er ihm noch einmal folgen wollte, es sei denn – und dies war ein Gedanke, der mir schon sehr früh im Verlauf dieses Falls kam – Hugh bräuchte einen Zeugen für den Fund der Leiche. Und zwar einen Zeugen, der – verzeihen Sie mir, Jenny! – sowohl unschuldig als auch einigermaßen naiv war.

Als ich dann später erfuhr, wie es um das Testament bestellt war, fiel mir auf, dass von allen darin begünstigten Personen Hugh derjenige war, der am meisten zu verlieren hatte – für den Fall, dass Jenny enterbt worden wäre. Das Geld sollte, wie ihr euch sicher erinnert, nicht den Mädchen zugutekommen, sondern deren Ehemännern. Hugh war arm. Er war in einem der Londoner Vororte als Bibliothekar angestellt. Er war zwar nicht mittellos, das stimmt, und allem Anschein nach hatte er auch keine Schulden, dennoch hätte das Geld, das er erben würde, falls er Jenny heiratete, für eine gewaltige Veränderung seiner Lebensumstände gesorgt. Fossder spekulierte gerne, wie Hugh durchaus bekannt war, und hatte nicht selten auch viel Glück dabei. Es war daher sehr gut möglich, dass Hugh durch die Heirat mit Jenny in den Besitz mehrerer tausend Pfund gelangen würde.

Das, was im Zusammenhang mit Fossders Tod den Verdacht der Polizei erweckte – einen Verdacht, der sie zweifellos zum Handeln veranlasst hätte, wenn es auch nur den geringsten Hinweis auf eine Gewalttat gegeben hätte –, war jene alberne Wette. Der Umstand, dass eine Wette über zweihundert Pfund mit diesen besonderen Bedingungen abgeschlossen wurde, ließ mich zu der Überzeugung gelangen, dass die dafür verantwortliche Person einen sehr gewichtigen Grund haben musste, um Fossder in jener Nacht nach Sandford zu schicken. Es war nicht leicht, diese Wette zu Hugh zurückzuverfolgen, aber da sein Postsparbuch für einen jungen Mann, der vorhatte zu heiraten, verdächtig wenig Geld aufwies, ging ich davon aus, dass er noch ein anderes Bankkonto haben musste, aus dem die zweihundert Pfund stammten. Nun, jedenfalls kam ich zu dem Schluss, dass Fossder in seiner offenen, ehrlichen Art Hugh von seinem Plan erzählt haben musste, Jenny zu enterben. Und das durfte nicht geschehen, beschloss Hugh. Fossder musste sterben. Hugh wusste, dass er Fossder nur einen Schock versetzen oder ihn zum Rennen zwingen musste, um seinen Tod herbeizuführen, und glaubte, auf diese Weise einen Weg gefunden zu haben, ihn zu töten, ohne sich selbst in Gefahr zu bringen. Doch er machte einen Fehler bei der Wahl des Ortes, an dem er die Tat ausführte. Er hatte damit gerechnet, die Gegend dort am Flussufer zu diesem Zeitpunkt vollkommen verlassen vorzufinden, doch stattdessen wurde sein gesamter Auftritt von einer anderen Person gesehen und gehört – mehr gehört, als gesehen, denn es war eine sehr dunkle Nacht. Und zwar von einem äußerst grausamen alten Mann.«

»Simith«, sagte Pratt. »Aber was tat Simith um diese Uhrzeit dort? Er war der Reiter, der tagsüber durch Garsington gekommen war. Daran bestand nie ein Zweifel. Aber wie ist er ...«

»Ich dachte zunächst, er sei losgezogen, um seinen Neffen auszuspionieren, denn er wusste höchstwahrscheinlich über die Wette Bescheid. Später kam ich jedoch zu dem Schluss, dass es einen anderen Grund gegeben haben könnte. Es war durchaus möglich, dass er auf dem Weg zu einer Verabredung mit Fossder war, um dessen neu aufgesetztes Testament zu bezeugen.«

»Was? Das Testament, in dem Fossder Jenny enterben wollte?«

»Genau. Allerdings werden wir wohl nie erfahren, wie sich das Ganze tatsächlich zugetragen hat. Man hat bei der Leiche kein Testament gefunden, aber Hugh wird sicherlich Fossders Taschen durchsucht haben. Ich kann mir vorstellen, dass das Testament eines der Themen war, die Simith zur Sprache brachte, als er Hugh zu sich nach Roman Ending kommen ließ. Erinnerst du dich noch an das Grammophon, Carey? Das war ein Vorwand, um Hugh nach Roman Ending zu locken und ihn zu quälen, und zwar mit einer genauen Beschreibung des Geistes und dessen Aktivitäten auf dem Treidelpfad am Weihnachtsabend. Simith wird zweifellos auch die Verkleidung, die der Geist trug, bis ins kleinste Detail beschrieben haben, da er sie ja selbst an sich genommen hatte.«

»Warum hat Hugh die Kleider nicht einfach in den Fluss geworfen?«, fragte Carey. »Das hätte ich jedenfalls getan.«

»Vielleicht hat er ja verdächtige Geräusche gehört – Simith, wie er auf seinem Pferd daherkam, womöglich –, oder er könnte gehofft haben, dass es ihm später gelingen würde, das Kostüm auf Tombleys Hof zu verstecken und ihn damit zu belasten, falls irgendjemand gegen ihn selbst Verdacht schöpfen sollte. Wahrscheinlich kannte er den Grund, weswegen Tombley nicht in der Lage gewesen war, die Verabredung einzuhalten. Und das erklärt den Mord an Simith. Er war die unmittelbare Konsequenz aus dem Mord an Fossder.«

»Onkel Simith hatte es nicht besser verdient«, sagte Tombley. »Und Priest hat sich wie ein Narr verhalten.«

»Priest weiß das nur zu gut!«, sagte Mrs. Bradley. »Der Angriff auf dich, Carey, kam daher, dass Hugh heute zum ersten

Mal etwas erkannt hat, das zu erkennen seine Eitelkeit bisher verhindert hatte – nämlich den Umstand, dass Jenny dich ganz offenbar bevorzugt. Er unternahm auch einen Versuch, *mich* aus dem Weg zu räumen. Er bemerkte zu spät, dass ich eine größere Gefahr für ihn darstellte, als er geglaubt hatte.«

»Haben dir diese Wappen eigentlich irgendwie weitergeholfen?«, fragte Carey.

»Zunächst nicht, außer dass sie es mir ermöglichten, Personen wie Priest und Linda Ditch von meiner Liste zu streichen. Hugh, das wurde mir schon sehr früh klar, war von allen am ehesten in der Lage, die notwendigen Informationen zusammenzusuchen, die für diesen Fall relevant waren. Am Ostermontag habe ich all meine Vermutungen in dieser Hinsicht bestätigen können, als ich eine Sondererlaubnis zum Besuch der Bibliothek bekam, in der Hugh arbeitete. Dort fand ich ein Buch über Heraldik, das ihm als Vorlage für die kleinen Wappen hätte dienen können, und die Bibliothek verfügte zudem über Adressenverzeichnisse der Grafschaften Berkshire, Buckinghamshire und Oxfordshire, in denen die Kirchen und weitere Informationen dazu zu finden waren. Es gab ein Buch, in dem die Dörfer der hiesigen Gegend beschrieben wurden, und auch eines über den Morris-Tanz. Und im Lesesaal fand ich die aktuelle Ausgabe der *EFDS News*. Denis erinnert sich sicher, wie Hugh mich herausforderte, die Quelle eines Zitats zu benennen, das, wie sich herausstellte, aus eben dieser Ausgabe stammte. In der Handbibliothek befand sich sogar ein kleines Büchlein über die Boar's Head Tavern in Eastcheap – ebenjenes Wirtshaus, das in dem von Hugh zitierten Shakespeare-Stück *Heinrich IV.* vorkommt.«

»Also hat Priest Hugh tatsächlich bei dem Mord an Simith geholfen?«, fragte Carey später, als er mit Mrs. Bradley allein war.

»Er hat dabei geholfen, Simiths Leiche aus dem Koben zu holen, er hat deinen Eber Hereward aus seinem Stall geholt und ist mit ihm zum Shotover Hill gefahren, und er hat das Schwein für Hugh geschlachtet und das Blut über die Leiche gegossen, nachdem diese auf dem Shotover Hill deponiert worden war.«

»Hat Simith nicht gehört, wie das Schwein geschlachtet wurde?«

»Ich nehme an, Priest ist damit auf die andere Seite des kleinen Waldes gegangen. Tombley war in der Kirche. Simith hatte Hugh an jenem Morgen schon getroffen, und das Schwein wurde am ersten Weihnachtsfeiertag getötet, wie du dich vielleicht erinnerst. Ich hatte nicht den geringsten Zweifel, dass Priest nur allzu bereit dazu war, jedem, aber auch wirklich jedem dabei behilflich zu sein, Simith zu ermorden. Er wollte sich unbedingt an ihm rächen, wegen Linda.«

»Ja, soweit kann ich das nachvollziehen. Was ich aber nicht verstehe, ist, warum Hugh es dann plötzlich auf Priest abgesehen hatte, nachdem er doch vorher mit ihm verbündet gewesen war.«

»Wie gesagt, Hugh war ein ängstlicher Mensch. Zu ängstlich, um Priest zu trauen. Ich dachte zunächst, Priest würde Hugh vielleicht erpressen, aber das war nicht der Fall. Deshalb war es auch nahezu unmöglich, Priest davon zu überzeugen, dass er sich in Gefahr befand. Er wollte nicht glauben, dass Hugh sich gegen ihn gewendet hatte und ihn aus dem Weg schaffen wollte. Und Hugh begriff seinerseits nicht, dass Priest, wenn er Hugh belastet hätte, auch sich selbst belastet hätte.

Hugh hatte die ganze Zeit mit seinem Gewissen zu kämpfen. Das ist ein weiterer Punkt, den wir nicht gänzlich aus den Augen verlieren dürfen. Er versuchte, sein Gewissen zu beruhigen, indem er Warnungen verschickte – die kleinen Wappen und die Pfeile in den Kirchen. Seine Schuldgefühle könnten auch ein weiterer Grund dafür sein, warum er Priest aus dem Weg räumen wollte. Dessen Gegenwart erinnerte ihn die ganze Zeit an seine entsetzlichen Taten.«

»Aber wie hätte er dann den Mord an Priest mit seinem Gewissen vereinbaren können, falls ihm dieser gelungen wäre?«, fragte Carey. Er sah bereits ein wenig besser aus und wirkte nicht mehr ganz so angespannt und elend, wie Mrs. Bradley befriedigt feststellte. Es war gut, dass er gewillt war, über das alles zu reden und es sich erklären zu lassen. Und außerdem gab es da ja auch noch Jenny, die ihn trösten würde und die er seinerseits trösten konnte.

»Aufgrund desselben Prinzips, nach dem es dem durchschnittlichen Europäer längst nicht so viele Gewissensbisse bereitet, farbige Menschen niederzumetzeln, als wenn es sich um Weiße handeln würde. Ein klassisches Beispiel dafür sind natürlich die Vorfälle in Abessinien!«

»Also ehrlich. Das klingt ja furchtbar! Du meinst, nur weil Priest arm ist und ein Bauer und ungebildet ...« Er verstummte und schüttelte den Kopf.

»Natürlich waren die Warnungen recht obskur gehalten«, fuhr Mrs. Bradley fröhlich fort. »Und meistens hat er sie auch erst verschickt, als es längst zu spät war, um noch irgendetwas zu bewirken – selbst wenn die Opfer in der Lage gewesen wären, sie zu entschlüsseln. Fossder war schon längst tot, und trotzdem dauerte es noch eine ganz Weile, bis ich herausfand, dass das Tatzenkreuz auf dem Tor der Temple Farm dasselbe Kreuz war wie das auf dem mit Bleistift gezeichneten Wappen und auch dasselbe wie das, das mit roter Farbe auf Fossders Tor gemalt worden war. Als ich diese Verbindung dann endlich hergestellt hatte, ergab sich daraus auch die Verbindung zu Nappers Geist. Zwar nicht zum Geist selbst, aber immerhin zu dem Ort, an dem er angeblich sein Unwesen treibt. Dir ist natürlich der Fehler bei der in der Wette angegebenen Uhrzeit aufgefallen. *Nach* Mitternacht in Sandford! Das hat meinen Verdacht erregt. Hätte jemand tatsächlich nur einen Streich spielen wollen, hätte er natürlich Punkt Mitternacht geschrieben. Schließlich ist das die Geisterstunde.

Und dann war da ja noch die Warnung vor Simiths Tod – der Eberkopf in dem Fenster der Kirche von Horsepath. Der Kopf ist auf der Spitze eines Speers dargestellt. Außerdem rief uns Fossders Mörder den Eberkopf auch ins Gedächtnis, indem er sich während einer unserer Unterhaltungen auf das ›kleine Bartholomäus-Schweinchen‹ bezog. Das war hier, in diesem Haus. Erinnerst du dich noch an das Zitat? Es stammt ebenfalls aus *Heinrich IV.*«

»Ja, ich erinnere mich. Natürlich hat er furchtbar viel Zeit in dieser Bibliothek verbracht, ohne besonders viel zu tun zu haben, deshalb hat er wahrscheinlich die meisten Bücher dort gelesen. Dadurch war sein Kopf mit einer Unmenge brauchbarer und unbrauchbarer Informationen vollgestopft.«

»So ungefähr habe ich mir das auch vorgestellt. Also gut. Als Nächstes kamen zwei weitere Wappen mit der Post. In Simiths Fall habe ich sie erst gesehen, als er schon tot war, aber sie waren äußerst interessant, insbesondere der Zinnenschnitt, der, wie du sehr richtig bemerkt hast, den Eindruck vermittelte, dass das Blut des Mörders in Wallung geraten war. Hughs Problem war, dass er so gar keine Ahnung von der menschlichen Natur hatte. Denn Fossder war die Art von Mensch, die – wenn Hugh ihn damit konfrontiert hätte – sein Testament sicherlich noch einmal zu Jennys Gunsten geändert hätte. Und Simith hätte ihn sicher nicht als Mörder entlarvt – ja, er *konnte* ihn gar nicht als Mörder entlarven, angesichts des Totenscheins, den der Arzt ausgestellt hatte, und auch, weil der Leichnam keinerlei Spuren von Gewalt aufwies. Und was Priest angeht, so hasste er Simith dermaßen abgrundtief, dass er die Person, die für seinen Tod verantwortlich war, als seinen Wohltäter angesehen hätte.«

»Es war dir also sofort klar, was der Zickzackschnitt und der Bastardfaden zu bedeuten hatten?«, fragte Carey. »Du konntest daraus aber doch unmöglich schließen, dass er vorhatte, Priest zu ermorden! Ich meine, du konntest zwar Sandford mit Fossder in Zusammenhang bringen, weil er sich auf die Wette mit dem Geist eingelassen hatte, und du konntest auch – mit ein wenig Fantasie – die Bedeutung des Eberkopfs im Zusammenhang mit Simith erkennen, weil er ein Schweinezüchter war. Aber Priest war nicht einmal einer der Tänzer. Es war Hugh sehr wohl bekannt, dass Scab für die Morris-Tänzer spielen und Ditch daher tanzen und Priest den Narren darstellen würde.«

»Ich kam zu dem Schluss, dass Priest in Gefahr war, nachdem ich zu meiner eigenen Zufriedenheit bewiesen hatte, dass er bei dem Mord an Simith behilflich gewesen war. Auf meine Anweisung hin hat ihn der Inspektor stark bedrängt und versucht, ihn zu einem Geständnis zu bewegen, aber Priest ist ein mutiger und auch ein sehr störrischer Mann. Und was die Absicht, ihn zu ermorden, anbelangt, so hat uns der Mörder, der, wie ich schon sagte, sehr eitel war und allen Ernstes dachte, ich würde bei den ersten beiden Morden vollkommen im Dunkeln tappen, kühn einen absolut unmissverständlichen Hinweis auf die Identität des anvisierten dritten Opfers gegeben. Sein Angriff auf *dich* war schiere Eifersucht und nicht geplant. Übrigens ...« Sie schwieg einen Moment und grinste ihn an. »Erinnerst du dich noch an die Broschüre über Schweinezucht, die Fay und Jenny von Roman Ending mitnehmen wollten, an dem Tag, als Tombley dich aus Versehen in den alten Grundmauern eingesperrt hat?«

»Ja, da standen irgendwelche kryptischen Abkürzungen drin.«

»Das war der Zeitplan des Mörders, Kind. Den hat er irgendwann einmal erstellt, eher nebenbei, nur so zum Zeitvertreib, und dann ist er ihm plötzlich wieder eingefallen. Ich dachte an jenem Tag, Fay sei gekommen, um etwas für Tombley zu holen, aber es war genauso gut möglich, dass Jenny dort auf der Suche nach etwas war, was Hugh haben wollte. Und als du mir dann gesagt hast, dass diese Schweinebroschüre eigentlich eine Leihgabe vom Alten Hof war ...!«

Sie zog das Bulletin hervor.

»Posten 60 – Gold erst im Januar 193?«, las sie vor. »Das bezog sich auf Fossder und sein Geld, Kind. »Mit ›Bampton, hoch das Bein‹ ist natürlich Simith gemeint, der aus Bampton stammte und der Linda Ditch, auf die er ein Auge geworfen hatte, den Liedtext der Bampton-Variante von *Constant Billy* beigebracht hatte. Als Nächstes steht der Wunsch auf dem

Programm, nach Amerika zu reisen und dort ein neues Leben zu beginnen. Die Zeile, die mit ›D. däml. MP‹ beginnt, beweist, dass der Mörder weder für Pratt, den er hier ›dämlichen MP‹ nennt, noch für Tombley besonders viel übrig hatte. Das mit dem ›mies. Baron Tafelrund‹ ist eine bissige Anspielung auf den Umstand, dass Tombley, den er als einen Baron der Tafelrunde bezeichnet – denn sein Vorname lautet ja Geraint, verstehst du? –, sich heimlich Fays Liebe gestohlen hatte.«

»Und du glaubst, das hat er alles nur zum Spaß aufgeschrieben?«

»O ja. Das war ein Zeitvertreib, in einer müßigen Stunde, mehr nicht. Aber der Mörder glaubte trotzdem, dass das Buch gefährlich für ihn werden könnte. Wie ich schon sagte, es war eigentlich dein Exemplar, und Hugh hat hier auf dem Hof darin herumgekritzelt. Als dann das Exemplar aus Roman Ending bei Simiths Leiche gefunden und von der Polizei beschlagnahmt wurde, hat sich Tombley deines ausgeliehen. Hugh hat Jenny geschrieben und sie gebeten, nach Roman Ending zu fahren und es für ihn zu holen, glaube ich, aber ich habe Jenny diesbezüglich noch gar nicht befragt, da es letztendlich von geringer Bedeutung ist.«

»Wenn auch interessant«, sagte Carey. »Aber kommen wir noch mal auf den Punkt zurück, wo wir vorhin aufgehört haben – ich verstehe immer noch nicht, woher du wusstest, dass Priest das nächste Opfer sein würde.«

»O, darauf haben mich das Becket-Fenster in der Kathedrale von Canterbury und die Wandmalerei in der Kirche von South Newington gebracht«, sagte Mrs. Bradley. Sie lächelte und strich zärtlich mit der Hand über den Ärmel ihres orangefarbenen Pullovers. »Die Chronisten sind sich anscheinend nicht einig, wie die genauen Worte lauteten, die König Heinrich II. benutzt haben soll, bei jener historischen Begebenheit, bei der er den Wunsch äußerte, den Erzbischof von Canterbury loszuwerden.« Sie warf Carey einen prüfenden Blick zu. »Natürlich gab es da auch noch die Geschichte mit meinem Auto an Heiligabend«, unterbrach sie sich plötzlich selbst. »Ich kam schon bald zu dem Schluss, dass es Hugh gewesen sein musste, der das Auto sabotiert hatte, weil er hoffte, auf diese Weise George loszuwerden und allein mit dem Motorradgespann nach Iffley fahren zu können.«

»Donnerwetter!«, sagte Carey andächtig. »Aber wie war das jetzt mit deinem Wissen um die Identität des dritten Opfers, das Hugh sich auserkoren hatte?«

»Nun, in einem der Bücher in Hughs Bibliothek lauteten die Worte, die Heinrich II. im Zusammenhang mit Thomas Beckets Mord gesagt haben soll, wie folgt: ›Kann mich denn keiner von diesem lästigen Priester befreien?‹«

C.H.B. Kitchin
**Das Geheimnis der Weih-
nachtstage**
Kriminalroman
Aus dem Englischen von Dorothee Merkel
336 Seiten, bedruckter Leinen-
band
ISBN 978-3-608-96639-8

Es weihnachtet sehr in der Beresford Lodge in
Hampstead, unweit von Londons Zentrum. Mal-
com Warren, ein Börsenmakler, wird von einem
seiner Klienten zu einer Weihnachtsparty eingeladen. Eine Gruppe von Bekannten und die einigermaßen komplizierte Familie des Klienten kommen
zusammen, feiern ausgelassen, spielen Spiele.
Doch als Warren am Weihnachtsmorgen im Gäste-
zimmer aufwacht, findet er eine Leiche.